LE
RENÉGAT

Roman Contemporain

PAR

JULES CLARETIE

PARIS

E. DENTU, ÉDITEUR

LIBRAIRE DE LA SOCIÉTÉ DES GENS DE LETTRES

PALAIS-ROYAL, 15-17-19, GALERIE D'ORLÉANS

✳✳

LE RENÉGAT

4038

ŒUVRES DE JULES CLARETIE

HISTOIRE

Camille Desmoulins, Lucile Desmoulins, essai sur les Dantonistes.................................... Jn-8° 1 vol.
Les Derniers Montagnards (Prairial an III)......... In-18 1 vol.
Histoire de la Révolution de 1870-71, nouvelle édition revue....................................... In-8° 5 vol.

ROMANS

Robert Burat, nouvelle édition, avec préface, (sous presse). 1 vol.
Madeleine Bertin..................................... 1 vol.
Mademoiselle Cachemire............................... 1 vol.
Les Muscadins.. 2 vol.
Le Beau Solignac..................................... 2 vol.
Noël Rambert... 1 vol.
Les Belles Folies.................................... 1 vol.
Le Roman des Soldats................................. 1 vol.

CRITIQUE LITTÉRAIRE ET ARTISTIQUE

La Vie moderne au théâtre. Deux séries............... 2 vol.
Molière, sa Vie et ses Œuvres........................ 1 vol.
La Libre Parole...................................... 1 vol.
Peintres et Sculpteurs contemporains................. 1 vol.
L'Art et les Artistes français contemporains......... 1 vol.
Portraits contemporains.............................. 2 vol.

LE

RENÉGAT

Roman Contemporain

PAR

JULES CLARETIE

PARIS

E. DENTU, ÉDITEUR

LIBRAIRE DE LA SOCIÉTÉ DES GENS DE LETTRES

PALAIS-ROYAL, 15-17-19, GALERIE D'ORLÉANS

AVANT-PROPOS.

L'auteur de ce livre n'a pas à se défendre d'introduire les études de mœurs politiques dans le roman contemporain et de venir ainsi après plusieurs autres. Depuis quelques années déjà, et bien avant que le goût se fût mis à ces peintures, il avait tracé un tableau de nos mœurs parlementaires dans un roman qui date de 1868, Madeleine Bertin. Aujourd'hui il reprend son bien et son projet. Mais ce qui n'était qu'un coin du voile légèrement soulevé dans Madeleine Bertin, se trouve ici singulièrement élargi; ce qui était l'accessoire occupe le premier plan.

L'auteur tient beaucoup, au surplus, à ce qu'on ne cherche pas un portrait dans tel caractère dont il aurait

1

voulu faire un type. *Michel Berthier* ne ressemble à personne et n'est tracé d'après personne.

N'y a-t-il pas une anecdote où l'on raconte que certain artiste de l'antiquité prenait plusieurs modèles pour arriver à la beauté parfaite, empruntant à l'un son regard, à l'autre son torse, à d'autres la tête ou la main? Il en est un peu de même ici, avec cette différence que, pour composer ce type, l'auteur a choisi ou plutôt pris au hasard quelques traits des faiblesses et des apostasies d'un temps qui les compte malheureusement par milliers.

J. C.

LE RENÉGAT

I

« — *Michel Berthier! Michel Berthier! Michel Berthier!* »

Ce nom, tant de fois répété déjà, retentissait de seconde en seconde et de tous côtés, avec la régularité d'un balancier de pendule.

On dépouillait, dans une salle d'école servant de section de vote, le résultat du scrutin qui avait donné la fièvre à tout un arrondissement de Paris. Jamais, depuis que l'Empire était établi, deux candidats n'avaient mieux et plus nettement incarné, l'un un système, l'autre un principe.

M. Brot-Lechesne, fabricant de chaussures et notable commerçant, était le dévouement au pouvoir et l'aveuglement poussés jusqu'à la servilité.

Michel Berthier, l'orateur puissant, l'avocat applaudi, le fils du proscrit de Décembre, personnifiait, dans
sa plus virile énergie, la revendication de la liberté. On
s'était passionné, dès qu'il avait paru dans les assemblées populaires, en écoutant les harangues de cet
homme qui avait juré de n'entrer dans l'Assemblée,
s'il y entrait, que comme le *spectre du passé*. On s'effrayait, au Château, de sa popularité croissante.

Les jours s'étaient écoulés. Paris avait voté, et l'on
ouvrait maintenant les boîtes carrées, scellées de cachets rouges, qui représentent improprement l'*urne* du
scrutin. Les bulletins, préalablement comptés, avaient
été distribués aux vérificateurs bénévoles qui se partageaient le soin de compter les voix, l'un dépliant les
bulletins et appelant tout haut les noms, les autres
inscrivant un à un sur des feuillets de papier les suffrages obtenus.

C'était le soir, un soir de mai, après un jour de chaleur déjà grande. On étouffait dans cette salle aux planchers couverts de bulletins tombés, maculés, foulés aux
pieds, détritus de la bataille électorale, feuilles mortes
du vote. On se pressait autour des scrutateurs, on se
penchait sur leurs épaules, on montait, pour mieux
voir, sur les bancs et sur les pupitres des écoliers.

Cette anxiété qui serre le cœur devant tout *inconnu*,
— un duel ou une partie de cartes, un condamné qui
attend sa sentence ou un candidat qui attend son triomphe, — cette fébrile angoisse agitait les mains, allumait
les regards, se traduisait par des trépignements d'impatience, des soupirs d'ennui ou des mots rapides.

Méthodiquement, lentement, gravement, comme des gens nouvellement investis d'une fonction, les scrutateurs improvisés continuaient cependant leur œuvre sans se plus hâter et, à mesure que les bulletins dépliés s'amoncelaient en deux ou trois tas sur les tables, il était facile déjà de prévoir le résultat de la journée.

« — *Michel Berthier! Michel Berthier! Michel Berthier!* »

Ce nom revenait invariablement par séries presque ininterrompues, comme une *couleur* qui s'acharne à sortir au jeu de la roulette, et chaque fois qu'il éclatait dans la salle d'étude envahie par la foule, c'était un frisson de victoire et de joie, bientôt coupé par quelques éclats de rire et les lazzis que faisait naître ce nom jeté à de rares intervalles : *Brot-Lechesne!*

— Berthier est nommé, c'est évident, disait-on de tous côtés; nommé à une majorité formidable!

— Quel succès!

— Quel écrasement pour M. Brot!

— Quelle leçon pour le ministère!

— Songez donc! Berthier! Le fils de Vincent Berthier, un ennemi personnel de l'empereur! Jamais l'opposition n'aura obtenu un pareil triomphe!

C'était, maintenant, lorsque les scrutateurs trouvaient sur un bulletin le nom de Brot-Lechesne, des explosions de gaieté, des plaisanteries que les *chut!* les *silence!* les *taisez-vous donc, messieurs!* ne parvenaient pas à réprimer. La griserie du succès montait rapidement à tous ces cerveaux. Berthier élu, c'était l'affirmation solennelle de la liberté, c'était la revanche

éclatante du droit contre la force, c'était la signification de la volonté nationale nettement faite à celui qui
se disait le maître de la nation. Quel rôle désormais
pour l'homme dont le nom sortait acclamé de la lutte!
Avec quel prestige, quelle autorité, quel rayonnement,
il allait entrer, tête haute, au Corps législatif!

— Il y en aura au moins un *bon* là-bas, disait un vieil
ouvrier à son voisin en se frottant les mains. On n'a pas
à craindre que celui-là faiblisse.

— Tu le connais?

— Non. Mais je connais son père. D'ailleurs on me
l'a dit...

— Oh! alors...

Ces propos échangés, d'un côté avec la crédulité profonde, presque enfantine, naïve et sublime du peuple,
de l'autre avec ses soupçons narquois et ses airs de
doute.

Devant la porte de l'école, dans la rue, les sergents
de ville ne prenaient même plus la peine de faire circu-
ler la foule qui attendait, silencieuse. Les visages inquiets de ceux qui stationnaient là interrogeaient les
visages souriants de ceux qui sortaient.

— Eh bien?

— Eh bien, c'est Berthier!

— Berthier! Bravo! A la bonne heure!

Et cette foule aussi manifestait sa joie. Des gens inconnus les uns aux autres se passaient joyeusement la
nouvelle et la commentaient avec passion.

— Combien de voix de majorité?

— On n'en sait rien, mais c'est superbe!

— Et les autres sections?

— Magnifiques!

— Si nous allions chez Berthier?

— Attendons au moins le chiffre final.

— Non, non, chez Berthier!

— Chez Berthier!

— Nous lui annoncerons les premiers la nouvelle!

— Il nous fera un discours!

— Chez Berthier! chez Berthier!

Il s'était formé rapidement un groupe fait de gens convaincus, de curieux, de patriotes ardents et de flâneurs, des éternels spectateurs de toutes les comédies parisiennes, qui, comme un ruisseau grossissant, se mit à rouler par les rues vers le logis de Michel Berthier.

En chemin, un de ceux qui marchaient, un homme du peuple, rencontra un pauvre diable, un camarade d'atelier, qui lentement passait, frôlant la muraille, l'œil sur les pavés, et tenant au bout de chaque main un enfant maigre qui marchait avec peine.

L'homme du peuple se détacha du groupe et vint à ce passant :

— Tu ne sais pas, dit-il, Michel Berthier?...

Et tout son visage étincelait.

— Eh bien?

— Il est élu!

— Ah! fit l'autre en le regardant d'un air vague, morne et lassé. Eh bien! qu'est-ce que tu veux que ça me fasse? A-t-il de l'ouvrage à me donner? — Allons, moucherons, un peu de courage!

Il s'éloigna, traînant ses petits en haillons, haussant les épaules et murmurant entre ses dents :

— Quoi, Berthier?... Après?... Et du pain?

— Faites donc quelque chose pour ce peuple-là, dit alors l'autre ouvrier en courant un peu pour rejoindre ceux qui se rendaient chez le nouvel élu. — Michel Berthier! un homme qui se fera peut-être tuer demain pour nous!... Ingrat, va!...

Celui-là était sans doute de ceux qui, prêts au sacrifice, croient naïvement que leur cœur ardent bat avec le même entrain dans toutes les poitrines humaines.

II

Michel Berthier habitait, avenue Trudaine, un appartement dont le balcon dominait Paris. Quand il ouvrait ses fenêtres, au printemps, il apercevait la double file verte et poudrée de blanc, des arbres en fleurs de l'avenue. L'hiver, il avait sous les yeux cette féerie des branches couvertes de neige et semblables à des cristallisations. C'était là que, bien souvent, il se tenait, les yeux fixés sur cet entassement de maisons d'où les clochers émergeaient dans la brume indistincte de cette atmosphère qui est comme l'haleine de la grande ville. Les toits apparaissaient, nombreux, géométriquement découpés, s'étendant à l'infini, et, de cette masse de pierre, une rumeur humaine montait.

Quel rêve, dominer cette ville ou plutôt l'emplir de
sa voix et de son nom! Quelle gloire, lui jeter la parole
écoutée, lui montrer le but, marcher à sa tête vers l'a-
venir plus libre et plus beau! Combien de fois, assis et
accoudé là, Michel Berthier avait-il entendu à ses
oreilles le frôlement d'ailes des ambitieuses chimères
qui passaient auprès de lui!

Il disait parfois, en riant :

— A cette place, et en regardant cet immense Paris,
la tête vous tourne!

Il y revenait cependant et il y demeurait parfois de
longues heures, rêvant...

Il y était, ce soir de mai où son nom emplissait toutes
les bouches; il était là, debout, s'efforçant d'être calme,
et sa main, qui brûlait de fièvre, se cramponnait au
fer du balcon dont le froid lui faisait du bien. Il regardait droit devant lui, voyant le crépuscule tomber
lentement sur la cité à demi enveloppée d'ombre,
et, tandis qu'un homme plus âgé que lui le regardait,
avec une certaine expression de curiosité bienveillante,
il demeurait silencieux, comme si de cet amas de maisons allait sortir son arrêt de vie ou sa sentence de mort.

— *To be or not to be*, dit en riant celui qui, debout aussi
sur le balcon, se tenait à côté de Michel Berthier.

— Ma foi, oui, fit le candidat, et, en vérité, je ne savais pas qu'une élection pût pousser aux pensées sha-
kespeariennes. Ce besoin qu'on a de connaître le sort
qui vous attend remue en vous, — c'est pourtant vrai!
— tous les souvenirs. Et si je n'étais pas élu, je serais
vraiment navré, non pour moi...

— Mais pour celui dont vous portez le nom? demanda l'autre.

Michel Berthier ne répondait pas.

— Eh bien! oui, continua son compagnon; cette journée de mai est sa revanche. Pauvre homme! Je voudrais le voir, là, comme je suis auprès de vous, Michel. Il serait heureux!

— Vous croyez donc?...

— Je suis certain que vous serez élu. Qu'est-ce que je dis? Vous êtes nommé à l'heure qu'il est, et le premier coup de sonnette qui retentira à votre porte vous l'apprendra. Allons, mon cher enfant, si vous voulez bien qu'en souvenir de la vieille amitié que Vincent Berthier avait pour moi, je vous donne toujours ce nom...

— Dites ce titre, monsieur Ménard, fit le jeune homme.

— Mon brave et bon Michel, maintenant l'heure est venue d'être digne de la tâche que des milliers de vos concitoyens vous ont confiée... Oh! je sais que votre devoir sera rempli!... Quand on porte un nom comme le vôtre, quand on a du talent comme vous, et surtout quand on a votre cœur, on est de ceux qui s'attachent à ajouter une richesse nouvelle à l'héritage d'honneur qu'on a reçu... Je vous demande pardon de prendre ce ton de prédicant, qui ne me va guère. Mais, en vérité, puisque vous parlez de souvenirs, tout notre passé de quinze ans me revient aujourd'hui. Je me rappelle la nuit de Décembre où, en compagnie de quelques autres braves gens, fidèles à la parole donnée, nous organi-

sions, avec votre père, la résistance légale au Carré Saint-
Martin... Vincent, bien décidé à mourir, me prit à part,
dans un coin de la barricade. « Tu es garçon, toi,
« Pierre, me dit-il, et la vie d'exil que nous allons me-
« ner, si nous sommes écrasés — et nous le serons —
« n'est pas de celles qui tentent beaucoup une femme.
« Tu ne te marieras vraisemblablement pas. Eh bien !
« promets-moi que, si je tombe tout à l'heure, ou de-
« main, sur quelque pavé, tu serviras de père à mon fils,
« dont la mère est morte et qui n'a plus que moi seul
« pour famille. Il a quatorze ans, et, s'il était hors de
« son collége, je le sais assez fou ou assez brave pour
« venir à nos côtés, mais sa tâche future est plus rude
« peut-être que notre devoir présent. Les temps qui
« vont venir appartiendront à la calomnie et au men-
« songe, et il est bon que la vérité soit chaque jour ré-
« pétée à Michel, et qu'il sache exactement ce que
« nous avions espéré, tenté, adoré... » Et en disant
cela le pauvre homme regardait, à la lueur d'un falot,
deux miniatures qu'il avait emportées avec lui — toute
sa fortune avec quelques écus en poche — le portrait de
votre mère et le vôtre... Au moment où nous crûmes
que nous allions combattre, je vis, une heure après,
qu'il baisait ces chères images. Ce n'était pas faiblesse,
ce que c'est qu'une faiblesse, il ne le sut jamais. C'é-
tait une dernière pensée donnée à celle qui avait été
son bonheur, et à vous qui étiez son espoir... Nous ne
nous battîmes pas. La résistance était partout écrasée.
— Le peuple, il faut bien l'avouer, avait laissé faire.
« Soyons martyrs, soit, dit l'un de nous, ne soyons pas

dupes ! » Et, après avoir appelé la mort brutale par la
foudre du coup de feu, nous allâmes droit à l'exil, cette
mort de tous les jours, la mort par l'amertume, par le désespoir, par le doute quelquefois, par la misère souvent,
par l'ennui toujours. Eh bien ! Michel, maintenant, pendant que je vous parle et tandis que votre nom sort
vainqueur du scrutin, je revois cette scène de la
nuit d'hiver. Il me semble que votre père, le falot
rougeâtre, les deux petits portraits, l'ombre redoutable
de la barricade attendant, silencieuse, l'attaque immi-
nente, tout est encore là, et que j'entends Vincent Berthier, votre père, me dire avec son accent méridional
qui donnait je ne sais quelle expression de gouaillerie
à son héroïsme : « Eh bien ! Pierre Ménard, vingt mille
bulletins de vote, voilà qui vaut mieux que d'inutiles
balles tirées sur de pauvres soldats ! »

— Vingt mille bulletins ! fit Michel en laissant échapper un rire un peu forcé. Vingt mille !

— A peu près, dit Pierre Ménard, assez surpris, pour
dire vrai, que, dans toutes ses paroles, ce fût seulement
ce chiffre qui eût frappé le jeune homme.

L'émotion du souvenir paternel était moins puissante
chez Berthier que celle de l'anxiété présente. Le fils
disparaissait légèrement sous le candidat.

Pierre Ménard, ancien représentant, habitué à ces
fièvres de l'inconnu, connaissait d'ailleurs assez bien
les angoisses particulières à tout homme dont la destinée semble entre les mains du hasard, pour ne pas s'é-
tonner longtemps de la direction que prenaient les idées
de Michel. Il avait autrefois éprouvé ces mêmes sensa-

tions. Pourtant il s'était montré plus grave et plus calme devant la perspective du devoir qu'il demandait à remplir.

Lorsqu'on lui avait annoncé que ses compatriotes l'avaient choisi, le premier sur la liste du département du Doubs, pour parler en leur nom, il lui avait semblé, tant le sentiment de la responsabilité était fort en lui, qu'il venait de recevoir comme un nouveau baptême : il oubliait sa propre personnalité pour ne plus voir en lui-même que le porte-parole de ceux qui lui avaient dit :
— Va !

Ce n'était pas tout à fait la même impression que ressentait Michel Berthier. L'idée de la confiance que les électeurs avaient ou pouvaient avoir en lui était moins forte que la joie qu'il éprouvait à se dire que l'avenir désormais allait s'ouvrir, immense, à ses justes désirs. Sans doute, il ne rêvait que le beau et le bien, la liberté reconquise, le bonheur des foules, mais toutes ces conquêtes, il les entrevoyait, si l'on peut dire, comme marquées à son chiffre. C'est lui qui voulait les arracher, les enlever, les conquérir, les donner au monde.

Il apporterait, dans cette lutte, toute son énergie, toute sa juvénile ardeur, car c'était un homme dans le plein éclat de la jeunesse que celui dont on avait opposé l'autorité morale à l'influence commerciale de M. Brot-Lechesne.

Michel Berthier avait depuis quelques années dépassé la trentaine, mais une vie de lutte intense, de travail et de fièvre, ne laissait cependant sur son visage aucune ride profonde. Il eût encore ressemblé à un tout jeune homme, si l'expression souvent rêveuse et parfois sévère de son regard n'eût donné à sa physionomie quelque chose de pensif et de mûr.

Il était grand, bien fait, avec des mouvements souples et virils. Une longue chevelure d'un blond ardent plantée dru sur le front et rejetée derrière la tête comme une crinière, des favoris emmêlés et touffus, descendant jusqu'à l'os maxillaire inférieur, des lèvres serrées, ironiques, semblables à un arc tendu ; un œil d'un bleu pâle, non point éteint comme celui de l'empereur, mais mobile, brillant, brûlant, inquisiteur, une expression à la fois inquiète et résolue, troublée et volontaire ; tout donnait à cette figure pâle, au menton et aux lèvres rasés, une expression d'audace nerveuse et d'étrange mobilité.

Dès l'abord, au surplus, on devinait en lui une nature d'élite, active et cultivée. Michel Berthier s'était intéressé à tout, à l'art, au théâtre, à la politique, aux lettres. Il eût voulu tout embrasser à la fois, suivre tous les chemins, se jeter, hardiment, dans toutes les aventures. Il était de ces fils mécontents du siècle le moins pondéré de l'histoire qui, d'une prunelle avide, interrogent à la fois tous les horizons et souffrent jusqu'aux os d'être bornés à un seul avenir.

Laborieux, savant, effleurant plutôt que traitant tous les sujets, il avait publié, sous son nom ou sous des pseudonymes, des études de politique et des critiques d'art, il avait donné à l'impression jusqu'à des vers, volume devenu rare, péché de jeunesse dont il avait

fait rechercher un à un et détruit presque tous les
exemplaires, à mesure qu'il s'était senti devenir un
homme grave et grandir.

Bref, il y avait chez ce tribun applaudi un homme de
lettres étouffé, et, à le bien étudier, on se fût promptement
aperçu qu'il était fait, comme dit Bacon, non de
ce bois solide dont on fabrique les navires destinés à
lutter contre les tempêtes, mais de ce bois flexible, ai-
sément façonné, que les mains habiles changent quelquefois en objets d'art.

Michel Berthier savait, il est vrai, dissimuler ces
qualités ou ces faiblesses sous une apparence d'in-
domptable virilité. Il était trop clairvoyant pour n'a-
voir pas remarqué de bonne heure que la vertu qui
s'impose le plus facilement à ce peuple léger et ondoyant
de France, c'est précisément celle qui manque le plus
à la masse : l'austérité. Il avait donc, moitié par calcul,
moitié par lassitude, par précoce dégoût de la vie facile
et des inanités de la joie, affiché une sorte de puritanisme hautain dont les révoltes souvent lui faisaient passer comme un courant de laves dans les veines.

Jeté presque sans fortune en plein Paris, n'ayant
plus, dans ses dernières années de collège (son père
étant hors de France) qu'un *correspondant* en cette
grande ville, un vieux sculpteur, ami de David (d'An-
gers), qui le faisait sortir de temps à autre, il n'avait, à
dix-huit ans, réellement connu aucun bonheur, lorsqu'il
apprit, au moment même où il allait le retrouver à l'é-
tranger, que son père venait de mourir.

Seul Michel avait donc continué son éducation ; seul,

il s'était donné cette instruction solide et forte qui complète celle de l'Université ; seul, il avait passé ses examens, soutenu ses thèses, conquis ses grades au barreau. Il s'était ensuite, économisant sur ses faibles ressources, sur les rares et premières causes qu'il rencontrait, mis à voyager, étudiant à la fois, en Europe, la vie moderne d'un peuple et le testament de son passé : — l'art qui éternise *hier*, et la politique qui prépare *demain*.

Puis, avec une allure décidée, prenant part à tous les mouvements qui trahissaient, chez la jeunesse comprimée par l'Empire, un besoin de réveil et de liberté, il s'était préparé à la vie politique dans les conférences d'avocats, dans les réunions électorales, jusqu'au jour où un procès retentissant, la défense d'un livre hors de pair, saisi et poursuivi parce qu'il abordait de front le problème de la justice en matière de religion et de politique, l'eût tout à fait mis en lumière.

Michel Berthier n'avait pas, au surplus, longtemps attendu pour arriver à la popularité. Son nom l'avait dès longtemps signalé à l'attention de la foule. La démocratie a aussi sa noblesse du nom, mais qui signifie dévouement au lieu de dire privilége. Des conférences publiques, toutes littéraires, puisqu'au début il n'était point permis d'y aborder les questions de politique et d'économie sociale, assurèrent définitivement à Michel Berthier une autorité grande sur l'esprit des masses.

Il avait parlé de sacrifice en parlant de Corneille ; il avait fait tressaillir tous les bons instincts du peuple en évoquant l'héroïsme des vieilles tragédies, et les galeries de la vaste Salle Barthélemy avaient longuement retenti des acclamations dont les auditeurs, hommes et femmes, saluaient le discours du jeune tribun.

Michel Berthier était donc tout naturellement désigné aux suffrages parisiens, lorsque Pierre Ménard, l'ancien compagnon de son père, rentré en France depuis l'amnistie, se fit hautement le patron d'une candidature qui devait emprunter sa signification la plus nette à la courte profession de foi verbale du candidat :

— Je ne regarderai jamais le Corps législatif que comme le champ clos de la bataille décisive, et, s'il le faut, comme l'antichambre de l'exil !

Les électeurs, à la fois très-faciles à entraîner et très-soupçonneux, ont toujours aimé les situations et les explications nettes et claires. Ils n'avaient donc pas eu longtemps à rechercher le sens exact de la candidature de Michel Berthier. C'était une arme de combat : — ils la saisirent ; — et le résultat donna victorieusement raison à Pierre Ménard, qui avait inventé cette candidature et, par la plume et la parole, bataillé partout pour elle.

Michel Berthier, qui regardait toujours Paris, et, de temps à autre, passait fébrilement ses longs doigts noueux dans sa chevelure, tressaillit tout à coup et regarda Ménard en face, lorsque celui-ci lui dit :

— Je vous ai rappelé un souvenir, me permettez-vous de vous donner un conseil ?

— Lequel ? fit Berthier.

— Eh bien ! notre vie à nous, qui appartenons au

public et qui habitons en quelque sorte des maisons de
verre, doit être droite et sans ombre, comme un beau
lac en plein soleil. Si nous voulons en arriver à ce que
notre parti soit, comme il doit l'être, le plus honoré,
parce qu'il est le plus vivant et le plus militant, il faut
que tous ceux qui le guident puissent, au besoin, confesser leur existence tout entière sans redouter qu'on
y trouve quoi que ce soit de douteux ou d'hésitant.

— C'est bien mon avis, dit Michel Berthier en essayant de sourire à ces paroles qui traduisaient si exactement ses propres pensées, celles qui l'avaient porté
à afficher une certaine sévérité de mœurs ; mais vous
me parlez là comme si je pouvais, moi, compromettre
en quoi que ce soit le parti auquel j'appartiens !

— Il ne s'agit pas de me prêter une pensée que je n'ai
point, mon cher enfant. Me permettez-vous, je le
répète, de vous parler à cœur ouvert ?

— Oui, certes, et je vous demande de le faire !

— Eh bien...

Pierre Ménard s'arrêta. C'était un homme aux fortes
épaules, au cou robuste, à la barbe grise, le front dé-
garni et le crâne tonsuré par l'âge, les yeux fatigués,
mais souriants et bons. Il n'y avait rien en lui du puritain affecté, du fanfaron d'austérité cachant une ardeur hypocrite ; sa physionomie de brave homme et de
bonhomme, au parler franc, un peu rude, sans façons
et sans ambages, gardait cependant une autorité vigoureuse comme sa large et solide main.

Ménard n'en hésitait pas moins à dire ce qu'il voulait ajouter,

Michel le força à continuer.

— Eh bien? demanda-t-il.

— Vous avez une maîtresse, dit alors Ménard avec une brusquerie corrigée par un ton affectueux.

Michel, assez pâle d'ordinaire, devint blanc jusqu'aux lèvres, qu'il mordilla un moment sans répondre, puis il dit, d'un air étonné et mécontent :

— Je croyais que j'avais le droit de vivre à ma guise, et j'espérais avoir pris ce soin que nul ne pût soupçonner quelle femme j'aimais, et si j'aimais une femme !

— Oui, « *cache ta vie*, » dit le sage ; mais à Paris on ne cache jamais rien bien longtemps, vous le voyez.

— Et alors?

— Alors il faut, tout simplement, et comme on dit en langage vulgaire, régulariser sa position !

— En vérité? dit Michel. Y pensez-vous?

— J'ai attendu que vous fussiez élu pour vous le conseiller. Et, croyez bien, Michel, que votre père vous l'eût ordonné.

— Eh! qui vous dit que je suis élu? fit Berthier avec une sorte de colère en regardant la rue où il n'apercevait encore personne qui vînt du côté de son logis : — rien que des promeneurs sans but, des passants inutiles.

— Dans quelques minutes, vous apprendrez le résultat. Ou je ne suis qu'un visionnaire, ou Brot-Lechesne est battu. Or, songez-y, hier vous étiez libre, aujourd'hui vous appartenez à ceux qui vous ont choisi. Ils vous ont délégué ce qu'un homme a de plus sacré : le droit de penser et de parler. Mais, en revanche, ils vous demandent de mériter ce qu'ils vous donnent, et, sachez-le, mon cher enfant, ce que le peuple, malgré tous ses vices d'éducation, dont il n'est pas coupable, puisqu'il n'est pas émancipé, admire le plus, c'est la vertu, cet idéal si facile au riche et si difficile au pauvre. C'est parce que nous lui disons que la République est, avec la liberté, l'honnêteté dans la famille et dans l'Etat, qu'il nous écoute et qu'il nous suit. Ne lui donnons pas le droit de répondre que nous ressemblons à ce prédicateur de comédie qui répliquait : —« Faites ce que je dis et ne vous inquiétez pas de ce que je fais ! »

Michel, en tout autre moment, se fût irrité de voir que, malgré tout ce qu'il s'imposait de précautions, le roman de sa vie était aussi connu que son histoire. Il espérait bien pourtant avoir réussi à dérober même à ses plus intimes le secret de son cœur.

— C'est la première fois, dit-il, qu'on fait allusion à la femme dont vous parlez ! Comment avez-vous appris?...

— Comment apprend-on tout ce qui touche à ceux qui sont en scène? La foule est implacable dans sa curiosité. Elle traite ses favoris comme l'enfant traite ses jouets : il faut qu'elle sache ce qu'il y a dedans.

— Bref?

— Bref, Michel Berthier, simple particulier, pouvait hier garder la maîtresse qu'il avait; Michel Berthier, représentant du peuple, doit demain être inattaquable dans sa vie privée comme dans sa vie publique. Voilà mon avis.

— Mais la femme que j'ai choisie, la connaissez-vous ?

— Non.

— Elle est l'honnêteté et la droiture même.

— Vraiment?

— Pauvre fille ! je souhaite ne pas rencontrer dans la vie plus de déceptions que ne m'en a donné son amour. Je serais trop favorisé du sort.

— S'il en est ainsi, le moyen de tout concilier est facile.

— Comment?

— Epousez-la.

Michel Berthier regarda encore Ménard avec cette expression de surprise qui avait, tout à l'heure, traversé et comme crispé sa physionomie.

— Me dites-vous cela sérieusement?

— Très-sérieusement. N'aviez-vous jamais pensé à ce dénouement?

— Non.

— Que me disiez-vous donc que cette femme est l'honnêteté même ?

— Je l'ai dit et je le répète.

— Alors, vous ne l'aimez pas ?

— Je l'aime.

— Profondément?

— Profondément.

— Je ne vous comprends plus, dit Ménard. Il n'y a qu'une manière d'aimer, c'est de respecter et de contraindre le monde entier à respecter celle qu'on aime. Certes, ce n'est pas ainsi que vous aimez, puisque vous consentez à garder celle dont vous me parlez pour

maîtresse, et que vous vous étonnez lorsque je vous dis
d'en faire votre femme!   .

— Eh! c'est qu'il peut y avoir, dans les différences
d'éducation, de tels écarts qu'un mariage entre les deux
êtres qui s'aiment le plus...

— Soit regardé par l'un des deux à peu près comme
une mésalliance, voilà ce que vous voulez dire? Mon
cher enfant, il n'y aurait de mésalliance que si la femme
était moralement indigne de vous. Qu'importe la différence dont vous me parlez! Si cette enfant, dont j'i-
gnore le nom, n'a jamais aimé que vous, voulez-vous
donc en faire une femme tombée, sous le prétexte que
vous ne pouvez descendre jusqu'à elle?

Michel ne répondait pas; il avait quitté le balcon et
se promenait maintenant, de long en large, dans le cabinet meublé de bibliothèques, où il travaillait d'ordinaire. Il écoutait à peine ce que disait Pierre Ménard.
Il ne pensait qu'à cette élection dont le résultat n'arrivait pas. Il apercevait, par la pensée, les salles fumeu-
ses et pleines de bruit où l'on dépouillait le scrutin; il
suivait, par les rues, les porteurs qui couraient donner
les chiffres aux mairies; il avait la vision des bureaux
de journaux assiégés par les curieux, des kiosques en-
tourés de gens avides qui s'arrachaient les placards
tirés en hâte, et il lisait distinctement sur les feuilles de
papier encore mouillées et qui sentaient l'encre fraîche de
l'imprimerie le nom de *Brot-Lechesne*, suivi de ces trois
lettres éloquentes et terribles : *élu.*

— Allons, dit tout à coup Ménard, je vois que vous
ne m'écoutez guère!... Soit; nous reprendrons cela

plus tard. Notre causerie aura du moins ce mérite
qu'elle aura fait passer les minutes les plus difficiles
à tuer, les dernières. Je veux pourtant vous redire tout
net que, si votre maîtresse est digne de vous, vous lui
devez de lui donner votre nom ; si elle en est indigne,
vous vous devez de vous en séparer.

— Ecoutez, répliqua Michel, qui n'avait rien entendu qu'une clameur confuse partant de l'avenue Trudaine et montant indistincte. Qu'est cela?

En trois pas ils furent au balcon. Une masse noire se
mouvait, au bas de la maison, sous les arbres; elle emplissait le trottoir, débordait sur la chaussée, et des cris
en sortaient, que ni Berthier ni Ménard ne pouvaient
distinguer.

Michel promena rapidement sa main sur son front :
les gouttes de sueur froide perlaient à la racine de ses
cheveux.

— Tenez, dit Pierre Ménard, en montrant la masse
humaine, voici les hirondelles de la victoire !

Michel Berthier ne répondait pas. Il espérait, sans
doute. Mais si Ménard se trompait ? Si cette foule arrivait, accourait seulement pour le consoler de sa défaite ?

A l'idée qu'on pouvait lui apporter des compliments
de condoléance, il se sentait pris de rage. Et puis il
trouvait qu'on tardait bien à monter ! Il demeurait si
haut ! A coup sûr, en supposant qu'il fût élu, il pren-
drait un autre logement, il choisirait un étage moins
élevé. Au fait, pourquoi n'irait-il pas au-devant de ces
hommes? Mais quelle preuve de faiblesse ! Recevoir la

nouvelle sur l'escalier, là, devant la porte ouverte des
voisins ! Il demeurait donc immobile, muet ; toutes ces
pensées lui traversant l'esprit, comme un fil rouge qui
eût passé d'une tempe à l'autre, la main droite sur son
côté gauche et sentant son cœur qui battait atrocement.

Tout à coup, un grand coup de sonnette, hardi, vigoureux, pressé, plein de joie, retentit.

Pierre Ménard se précipita.

— Venez, dit-il.

— Non ! fit Michel. Justin va ouvrir. Attendons !

Il eût voulu se jeter vers la porte, et il s'imposait de
ne pas faire un pas du côté de cet *inconnu* qui entrait,
voulant, si c'était la déroute, conserver du moins encore, pendant un moment, son espoir.

La porte du cabinet s'ouvrit brusquement, et un flot
de gens roula dans le logis, sorte de houle d'où partaient, comme un pétillement plutôt que comme un mugissement, ces mots retentissants comme une fanfare :

— Dix-huit mille voix ! Elu ! Victoire ! Superbe ! Enfoncé, Brot-Lechesne ! Vive notre député ! Dix-huit
mille sept cents ! Quelle date ! Quelle journée !

Michel Berthier avait envie de sauter au cou de ces
gens ; il sentait ses yeux s'emplir de larmes, ses artères
battaient ; il crut un moment qu'il allait s'évanouir,
tant ses oreilles rouges, encadrant sa face pâle, s'emplissaient comme d'un jet de sang ; mais il eut la force
de rester debout, et, s'appuyant de la main gauche sur
sa table d'ébène garnie de drap rouge et chargée de
papiers :

— Citoyens, dit-il, d'une voix dont il écrasait les tremblements entre ses dents, merci, merci, mais pas de félicitations, je vous prie. Ce n'est pas moi qui les mérite, c'est vous !

Ce que venait de dire Michel Berthier était une de ces phrases toutes faites qui servent, tour à tour, d'exorde ou de péroraison, selon les cas. Mais peut-être aussi était-il sincère. Peut-être croyait-il vraiment que les électeurs avaient rempli leur devoir et fait acte de courage en choisissant dans la jeune génération l'homme qui pouvait mieux que tout autre défendre la cause du peuple et de la liberté.

Un sentiment de fierté soudaine emplissait son être. Il jouissait de ce premier triomphe avec une intensité telle qu'il eût voulu être seul pour laisser déborder sa joie, comme un enfant. Et, devant cette foule, il s'imposait de paraître froid, impassible, maître de lui-même. Il avait tout à l'heure pris une pose comparable à celle de M. Guizot dans le portrait qu'en a laissé Delaroche. Maintenant il regardait ces gens accourus d'un air calme et en se contraignant à ne pas même sourire.

Il y avait là des bourgeois de la circonscription, des étudiants, des ouvriers, même de simples désœuvrés qui avaient suivi; tous tête découverte, contemplant Michel Berthier avec plus de respect encore que de curiosité. Les électeurs s'inclinaient devant cet homme qu'ils venaient de sacrer eux-mêmes, en lui confiant un mandat.

Il leur semblait que Berthier était déjà au-dessus

2

d'eux. C'était le sentiment de Pygmalion tremblant d'émotion devant son œuvre.

Un homme se détacha pourtant de cette foule, un vieil ouvrier, vêtu de la blouse du maçon, les mains blanches de plâtre et tenant à la main sa casquette poudreuse. Il était un peu courbé, la barbe en collier, grisonnante, encore dans ses vêtements de travail, mais on devinait en lui un de ces laborieux artisans qui aiment le logis souriant de propreté, les enfants attentifs et la ménagère honnête.

— Voulez-vous, monsieur, dit-il sans timidité, mais sans l'aplomb habituel aux beaux parleurs, me laisser vous dire que vous avez raison d'avancer que c'est nous qui avons fait aujourd'hui du bon ouvrage ? Oui, vraiment, car nous sommes persuadés que vous êtes un homme, ce qui s'appelle un homme, et que vous défendrez nos intérêts comme il faut et sans faiblesse. Voyez-vous, monsieur, nous sommes las des révolutions, car c'est nous qui, quoi que nous fassions, en payons les frais. Mon père a attrapé une balle dans le bras en 1830 et j'ai failli me faire casser la tête en 48. Il n'y aurait pas besoin de ça si nous avions des députés résolus pour faire comprendre à tous ceux qui gouvernent que mal gouverner, c'est se suicider. Dites-leur bien ça, là-bas, n'est-ce pas ? Parlez et votez, et derrière vous, monsieur Michel Berthier, il y aura non-seulement les milliers d'électeurs qui vous ont donné leurs voix aujourd'hui, mais les millions de braves gens si souvent trompés, et toujours confiants, qui cherchent depuis si longtemps celui qui doit plaider pour eux !

— Merci, dit Berthier avec une émotion que cette fois il ne put dissimuler qu'à demi, tant la cordiale et rude franchise du maçon lui faisait comprendre, dans toute son étendue, la grandeur de la tâche acceptée.

— Ne craignez rien, ajouta-t-il encore, je serai digne de votre confiance, je serai à la hauteur du but, je marcherai droit au despotisme, le fer tendu, sans me demander si l'on me suit ; — et à l'heure du péril, comme dit le poëte...

Il promena son œil bleu, véritablement illuminé, sur cette foule silencieuse, puis, avec un beau geste d'orateur :

Et, s'il n'en reste qu'un, je serai celui-là !

dit-il d'un accent profond, mâle, plein de vaillance, qui fit passer un frisson d'espoir dans ceux qui écoutaient et leur arracha des applaudissements.

Il n'y avait plus, après cet effet suprême, qu'à se retirer et à laisser les électeurs sur cette émotion. Michel prétexta d'une migraine terrible, ou plutôt d'un travail forcé — un discours à préparer pour la défense d'un journal démocratique poursuivi, en province — et il demanda qu'on le laissât seul.

— Comment donc ! dit une voix. C'est trop juste !

Michel pressa les mains tendues, salua, trouva encore, çà et là, quelque éloquente parole, reconduisit les visiteurs jusqu'à l'escalier, et, appuyé sur la rampe, les regarda, les saluant du geste, s'éloigner, la plupart s'inclinant encore, le contemplant toujours, ne pouvant se

détacher de lui, admirant leur député avec une joie
naïvement orgueilleuse.

Michel éprouva une sorte de soulagement en rentrant
dans son cabinet de travail, où l'attendait Pierre Ménard, assis devant la cheminée, le front éclairé par les
lampes que Justin avait allumées pendant que la députation des électeurs était encore là.

— Ouf! dit-il; ils sont partis!

Cette exclamation parut à Ménard assez inattendue.
N'était-ce donc que la lassitude qui emplissait le cœur
de cet homme jeune et devenu, d'une minute à l'autre,
une puissance?

Dans l'avenue Trudaine, au bas de la maison, la foule
stationnait encore. Son murmure sourd continuait à
monter. En se penchant, on pouvait apercevoir la masse
noire s'agitant à la lueur des becs de gaz.

— Veulent-ils que je me mette au balcon? dit Berthier, en souriant.

Et il ferma, presque brusquement, la fenêtre.

Ensuite revenant à Pierre Ménard, et lui tendant les
deux mains, avec une effusion soudaine:

— Ah! mon ami, dit-il, que je suis heureux!

Cette fois, la joie sans mélange débordait. Il y avait
un rayonnement sur le visage juvénile de Michel. Ses
yeux avaient pris cette expression ravie, quoique surprise encore et presque incrédule, de l'enfant à qui l'on
apporte le jouet souhaité, de l'artiste qui touche à la
réalisation d'un rêve, de l'amoureux qu'affole un sourire, du savant, qui entrevoit, qui tient, qui touche la

solution de quelque grand problème. C'était la vie qui
s'ouvrait, éclatante, devant lui.

— Eh bien ! fit Pierre Ménard, que vous disais-je tout
à l'heure et ne suis-je pas bon prophète ?

— Vous aviez raison, Ménard, et maintenant je tiens
le levier qui doit soulever un monde !... Oui, quand on
pense qu'il se dit tous les jours dans un salon et qu'il
s'écrit chaque matin et chaque soir dans les journaux,
des choses qui, tombées de la tribune, passeraient pour
des événements ! La tribune, quel piédestal et quel
tremplin ! Un sot qui peut s'y maintenir dix minutes y
paraît grand tout aussitôt, simplement parce qu'elle est
haute. Enfin, enfin, j'y vais monter ! Ah ! mais, sur ma
foi, Ménard, il était temps que toute cette fièvre électorale finît !... J'étais las des réunions où il fallait me
montrer, las des discours à prononcer, des lettres à
écrire, des explications à donner, des délégués à recevoir, las de cette vie de candidat, la plus écrasante qui
soit au monde, et qui me faisait ressembler, depuis
quelques semaines, à un galérien traînant une urne au
lieu d'un boulet !

Et Michel, avec un mouvement de satisfaction profonde, absolue, se laissa tomber dans son fauteuil, les
bras au-dessus de sa tête et les jambes délicieusement
allongées, toutes droites, comme pour les détendre.

Ménard s'était levé, et, tout en cherchant son chapeau
laissé sur une chaise, regardait Berthier du coin de l'œil.

Encore une fois, ce n'était pas un tel sentiment qu'il
attendait chez le jeune homme après un semblable
triomphe.

                                        2.

Il ne disait rien, interrogeant tous les coins du cabinet.

— Vous cherchez quelque chose ? dit Michel.

— Oui, mon chapeau.

— Vous partez ?

— Je vous laisse. Vous avez besoin d'être seul.

— C'est un peu vrai, fit Berthier. Je disais tout à l'heure que j'avais la migraine. Ce sont plutôt mes idées qui tourbillonnent. Je vais sortir un peu, et prendre l'air.

— A demain.

— A demain, dit Michel.

Pierre Ménard essuyait machinalement, du revers de sa manche, le chapeau de feutre de forme haute, à larges bords, qu'il avait retrouvé.

— Mon cher Berthier, dit-il, vous avez raison de chercher un peu d'air, mais souvenez-vous qu'à partir de maintenant vous n'avez plus le droit d'être las. Vous souriez ? Je ne plaisante pas. Et songez à notre conversation de tout à l'heure, je n'insiste pas, ne voulant point jouer les *Tiberge*. L'emploi est ennuyeux. Encore une fois, à demain.

Il tendit la main à Michel et la serra avec force, puis il sortit.

En descendant les escaliers, cette amère pensée lui vint que Michel n'avait point reporté sa joie vers le souvenir de Vincent Berthier. Il s'en étonnait, il s'en irritait un peu. Mais après tout la main de Michel, qu'il venait de presser, était brûlante. Le jeune homme avait

réellement la fièvre. On a bien le droit d'être fatigué
et énervé.

— Certainement, dit en lui-même l'ancien proscrit, la
journée est bonne et le choix excellent. Allons, tout
arrive, même la justice, et tout finit, même la force.
Paris a bien voté. Vive la Nation !

Michel avait vraiment hâte de se sentir seul, de se
retrouver face à face avec lui-même, avec ses pensées,
ses espoirs, ses ambitions, ses souvenirs.

Même avec Ménard, il se croyait contraint de jouer une
comédie, la comédie du détachement de toute vanité;
il lui fallait dissimuler son immense joie. De crainte que
des amis ne vinssent le féliciter bientôt (ce qui ne pouvait manquer), il se jeta dans l'escalier presque sur les
pas de Ménard, après avoir répondu à Justin, qui lui
demandait si « monsieur dînerait quoique l'heure fût
passée : »

— Non. Ne m'attendez pas. Je souperai au restaurant !

Dans la rue, Michel se sentit remué jusqu'aux entrailles par la tentation d'aller, en pleins boulevards,
fendre cette foule toute retentissante de son nom, et
de passer, l'oreille caressée par l'écho de sa victoire,
sans que personne soupçonnât qu'il était là, que ce
passant, cet inconnu, cet anonyme, c'était *lui*.

Il voulait voir de près ce Paris qui lui appartenait,
ses cafés, ses magasins, ses lumières, tout ce qui était
à lui maintenant. Mais comment se montrer sans être
reconnu ? La photographie avait depuis longtemps
popularisé ses traits. Un journal de *charges*, tiré à

près de 100,000 exemplaires, l'avait représenté na-
guère monté sur un vélocipède et distançant rapidement le candidat agréable, le fabricant Brot-Lechesne,
qui perdait ses chaussures en chemin. Michel Berthier
éprouvait déjà, non sans un chatouillement heureux,
les inconvénients de la gloire.

Il se jeta donc, avec une volupté indéfinissable, du
côté des rues désertes, avide de silence, d'ombre, de
solitude, parlant tout haut, machinalement, menaçant
le pouvoir, déclarant aux abus une guerre mortelle,
escaladant, par la pensée, tous les sommets, avec des
applaudissements et des fanfares autour de lui. Et
quand il rencontrait quelque passant, un journal à la
main, pressant le pas sans doute pour rapporter plus
vite au logis le résultat de l'élection ; quand il voyait,
aux fenêtres ouvertes, des gens accoudés causant ou
fumant, c'était pour lui comme une caresse d'orgueil
de se dire :

— Tous ceux-là te connaissent, parlent de toi, pro-
noncent ton nom, l'ont acclamé peut-être, et attendent
de toi de grandes choses !

Et il se disait alors qu'on donnerait bien dix ans de
sa vie et qu'on braverait facilement l'exil, comme
l'avait fait son père, et qu'on renoncerait à bien des
voluptés en ce monde pour cette volupté plus brûlante,
plus profonde, pour cette âpre volupté de sentir qu'on
est une puissance et qu'on peut dominer de sa voix le
mugissement d'une ville comme Paris : — un monstre,
un monde !

Machinalement, il avait suivi une route sans but, qui

l'avait pourtant ramené, peu à peu, vers le quartier qu'il habitait et vers une maison du boulevard de Clichy ouvrant son large portail sur une allée et sur un jardin. Au bout de ce jardin, une petite maison à un seul étage, — à laquelle on arrivait en poussant la porte d'une grille de bois peinte en vert et en montant ensuite quelques marches d'un escalier de pierre, — se cachait à demi dans les arbres.

Michel s'arrêta un moment devant ce portail et regarda, au bout de l'allée, une petite lumière qui filtrait doucement, comme une étoile, à travers les branches.

— Pauvre fille, dit-il, elle attend! Comme son cœur doit battre, à elle aussi !

Il hésita encore avant d'entrer, regardant avec une sorte de joie les verdures qui frissonnaient doucement dans la nuit, et dont l'odeur saine lui montait au cerveau, chassant les odeurs d'huile, les émanations étouffantes qu'il avait respirées depuis deux semaines, dans l'atmosphère chaude des réunions électorales où, sous les quinquets, dans les salles de bals de barrière, s'entassait le public qui interrogeait et qui écoutait.

— C'est assez, pensait Michel ; la vue de ce jardin me fait du bien. Je ne me savais pas des goûts si bucoliques !

III

Les jardins à Paris sont rares. Il semble que tout terrain donné aux fleurs soit une place perdue. Les grands parcs qui se logeaient autrefois, tant bien que mal, entre les maisons, ont été éventrés, lacérés par les rues nouvelles ; les grands arbres, emprisonnés dans les murailles hautes, sont tombés. Ce sont pourtant là comme les sourires des villes. Une fleur, un bouquet de verdure illumine la ruelle la plus sombre. Paris a ses squares, ses jardinets officiels, ses fleurs époussetées, ses gazons réglementés, ses marronniers encastrés dans l'asphalte, ses cascatelles en *imitation*, mais un vrai, simple, libre et discret jardin, un jardin embaumé, un coin où l'on se cache, où l'on oublie, où l'on rêve, où le bruit des roues, le murmure de la foule, les lazzis et les chansons de tous les jours ne vous atteignent pas, un refuge ombreux et frais, un nid d'amoureux ou de poètes, voilà ce que n'a point Paris, le Paris de la mode et de la fièvre.

Il faut monter bien haut, du côté des sommets, au pied de la colline de Montmartre, vers ce qui était, il y a vingt ans, la banlieue, et il y a dix ans les boulevards extérieurs, pour retrouver un lambeau de terre souriant, plein d'herbes et plein de fleurs.

Certaines maisons du boulevard de Clichy, avec leurs grands portails ouverts, laissent apercevoir, au fond de quelque allée, des arbres à la verdure saine, marronniers aux pompons blancs, aux cônes fleuris, lilas dont les grappes retombent, pêchers dont les branches rampent le long des murailles et qui, crucifiées, ouvrent au soleil leurs fleurs d'un ton adouci, charmant et tendre. Ce sont pour la plupart des jardins d'ouvriers ou de petits bourgeois. Plusieurs locataires à la fois en ont, comme on dit, la jouissance. Les enfants y courent en commun, s'y roulent bravement, se tapant et se culbutant sur l'herbe drue. On y cause le soir. On s'y rassemble sous les arbres. Lorsque, la nuit venue, le travail fini, la chaleur tombée, on n'entend plus bavarder les oiseaux et jaser les gamins, alors les parents causent, les femmes babillent, les hommes fument. Quelqu'un lit parfois le journal, et, par les soirs de printemps et par les nuits d'été, on prend le frais à la belle étoile.

C'était un de ces jardins qu'habitait, mais toute seule, sans le partager avec personne, celle dont Pierre Ménard avait parlé à Michel Berthier. Michel avait fait de ce coin de terre du boulevard de Clichy son oasis et son refuge. Il y avait blotti son rêve.

Après être demeuré un moment pensif, il franchit le seuil de la maison, longea l'allée, poussa la porte de la grille, et se trouva, en deux pas, au haut du petit escalier. Une porte alors s'ouvrit ; une ombre apparut, encadrée dans le chambranle, et une voix de femme s'écria :

— Eh bien ?

— Elu ! répondit Berthier.

— Élu !

Deux petites mains battirent l'une contre l'autre avec des mouvements rapides et joyeux, et Michel sentit que deux bras entouraient son cou, tandis que, dans une caresse, on lui disait :

— Ah ! j'avais tant prié pour toi, vois-tu, que cela devait arriver ! Que je suis heureuse et que je suis fière !

Michel entra dans la maison. Sous une lampe à abat-jour d'opale, un ouvrage de guipure traînait à côté d'une corbeille doublée de satin bleu.

— Tu travaillais ? dit Michel.

— C'était le moyen de tuer le temps. J'étais si inquiète ! Je faisais ces carrés de guipures, tiens, que tu trouves jolis, pour les fenêtres de ton cabinet de travail !

— Chère Lia !

Il ne prit point la peine de s'asseoir et dit à Lia :

— Sais-tu une chose ? Je meurs de faim ! Il paraît que la victoire met en appétit !

Lia se prit à sourire, ouvrit une porte et, coquettement, montra, sous une suspension allumée, une table ronde avec la nappe mise, et deux couverts qui attendaient, le vin riant dans la carafe, et des cerises rouges et appétissantes entassées dans une corbeille à fruits.

— Tu m'attendais donc ?

— Ne savais-je pas que, dès que tu en aurais fini avec toutes ces choses graves qui nous séparent, tu viendrais à moi tout de suite ? Tu m'aimes toujours, n'est-ce pas ?

— Si je t'aime !

— Beaucoup ?

— De tout mon cœur.

Il l'embrassa au front, la poussa doucement vers la salle à manger et s'assit, en-face d'elle, heureux de se dire que, là, il était loin de tous ceux qui le cherchaient, qui l'acclamaient, qu'il s'appartenait, qu'il pouvait, à sa guise, être triste ou gai, soucieux ou emporté, et que tout ce qu'il disait, tout ce qu'il pensait, et tout ce qu'il voulait, cette créature qui était là — une enfant — l'approuvait et le trouvait beau et bien.

Michel la regardait, éclairée d'en haut par la lampe, le teint un peu pâle et le caressant de ses deux grands yeux.

Elle avait le teint chaud et la coloration dorée des races orientales. Le nez long, busqué, des lèvres d'un rouge vif, honnêtes, la lèvre supérieure arquée et mobile, sérieuse souvent, plus souvent souriante, se relevant avec des rictus d'enfant heureux, montrant des dents nacrées serties de rose. Le menton se creusait d'une fossette, le front sans rides couronnait des yeux noirs, baignés de douceur avec de longs cils qui s'abaissaient comme pour en tamiser la lumière ou pour en éteindre la flamme. Les cheveux bruns, relevés sans afféterie en deux bandeaux sur le front, s'enroulaient derrière la tête en une tresse puissante et donnaient à cette physionomie un peu enfantine le caractère altier d'une médaille. C'était, Lia étant juive, la race israélite, mais adoucie : — la beauté devenue gentillesse, la sévérité transformée en grâce, le style se changeant en charme, et ce charme consistait dans on ne savait

3

quoi de souple et de câlin, dans l'abandon honnête,
dans la chasteté du regard et de la caresse, dans une
harmonie séduisante qui attirait par l'éclat jeunc et
vibrant et retenait ensuite par une sorte de grâce
attentive, de sourire dévoué, par le velouté et comme
l'odeur du fruit savoureux à peine mûri du soleil.

— Comme tu me regardes, dit Lia, un peu étonnée
de l'attention avec laquelle Michel la considérait. Qu'as-
tu donc?

— Rien. Je te trouve belle !

Il songeait à ce que lui avait dit Ménard, et il pensait qu'après tout cet homme, quelles que fussent son
honnêteté virile et son affection, n'avait pas le droit de
se mêler à sa vie, — mieux ou pis que cela, de se mêler
de sa vie.

Avec quelle joie il se sentait échapper ici à tout ce qui
avait été l'occupation et la fièvre de ces derniers
jours !

— Si tu veux, disait-il, demain nous irons, par les
champs, tout droit devant nous, prendre l'air. J'ai soif
de voir des feuilles, de vraies feuilles sans poussière, et
de tendre ma joue au soleil !

— Oui, oh ! oui, répondit Lia avec un rire enfantin,
il y a si longtemps que nous ne sommes sortis de ce
Paris. Je ne m'en plains pas. Tu as tes occupations et
ta vie. Et puis il faut nous cacher; tu as raison. Le
monde t'en voudrait de notre bonheur. Il est méchant,
le monde ; il s'occupe de ceux qui ne s'occupent guère
de lui, — de moi, par exemple. Quelle joie de pouvoir
nous échapper demain !.. Et, dis donc, c'est la pre-

mière fois que je sortirai au bras d'un député. Un député ! Je cherche à voir si cela t'a changé, cette grandeur soudaine. Mais non. Tu es toujours le même. Tu
es mon aimé, à jamais aimé !

Et elle tendait, d'un geste charmant, une double
cerise à Michel en disant :

— Nous allons bien voir celui des deux qui aime le
plus l'autre.

— C'est moi ! répondait Michel triomphant, en tirant à lui la double verte tige.

— Oui, c'est vous, monsieur le député, répondait-
elle.

Et elle le saluait avec un respect souriant.

Michel Berthier se rappelait invinciblement — car
il analysait encore, lorsqu'il avait l'air de s'abandonner
— cette scène du drame de Gœthe, où Egmont appa-
raît, couvert d'un manteau de cavalier et vêtu du costume espagnol, dans la demeure de Claire. La fillette
recule éblouie :

« — Je n'ose vous toucher !... Ah ! et la Toison d'or !
Et ce velours ! Et cette broderie !... » Puis, comme
étonnée, embrassant tour à tour et regardant le
comte : « — Es-tu bien Egmont, le comte d'Egmont,
ce grand Egmont qui fait tant de bruit ? » « — Non,
Claire, répond Egmont, je ne suis pas cet homme-là.
L'Egmont dont tu parles est chagrin, solennel et froid,
contraint de prendre tantôt un masque et tantôt un
autre, tandis que l'Egmont que voici est sincère, heureux, tranquille, aimé !... »

Et lui aussi, cet homme dont on lisait le nom à

cette heure en tête de tous les journaux, qu'on s'arrachait autour des kiosques, lui, le vainqueur de la journée, l'élu de milliers d'hommes, le tribun qui faisait froncer les sourcils du ministre de l'intérieur et rendait aux Tuileries les visages pensifs et les fronts soucieux, il se disait qu'il n'était plus l'*Egmont* contraint de s'observer sans cesse, morne et ennuyé, « tandis que le monde le tenait pour libre et heureux, » et il se laissait aller à sourire, à oublier, tandis que Lia le regardait de ses grands yeux doux, au fond desquels Berthier pouvait lire aussi les paroles de Claire :

— Que je meure donc ! Le monde n'a pas de joies comparables à celles-ci !

Alors qu'il débutait au barreau, et que, dans son ardeur et ses appétits de gloire, il publiait des études de critique et des vers dans les journaux du quartier latin, tandis qu'il plaidait au Palais ses premières causes, Michel Berthier habitait, place de la Sorbonne, un appartement au second étage d'un hôtel d'étudiants. L'hôtel s'ouvrait sur la place par une petite porte surmontée d'une *marquise* de verre, et qui menait, par un corridor assez étroit et assez long, sur un escalier aux marches raides, un peu sombre, presque toujours éclairé, même en plein jour, par un bec de gaz brûlant à demi. La loge du concierge était occupée ou plutôt remplacée par le bureau de l'hôtel. Avant d'arriver à l'entresol, dans une sorte de niche ouverte en pleine muraille, mais qui, à la vérité, for-

mait la porte d'un appartement très-confortable, prenant jour par derrière à la façon des tableaux de Rem-
brandt, sur une cour intérieure, M. et madame Hermann,
les propriétaires de l'hôtel, se tenaient toujours à la
disposition des locataires. Le principal ornement de la
petite pièce qui servait d'entrée au logis des époux Hermann était, — après les portraits-cartes, les souvenirs
de famille et les gravures obtenues en prime, avec quelques pendules, lorsqu'on avait souscrit à quelque long
ouvrage de librairie, par livraisons, — un carré de bois
planté de clous à crochet où, sous des numéros tracés
à l'encre, se balançaient les clefs aux nervures un peu
usées, des appartements de la maison.

En sortant, chaque locataire suspendait là, comme il
est d'usage, sa clef, qu'il reprenait, la plupart du temps,
des mains ridées de madame Hermann lorsqu'il rentrait.
La mère Hermann ajoutait toujours, par-dessus le marché, quelque aimable sourire qui ridait sa bouche sous
son nez hébraïque. Avec son éternel serre-tête noir,
elle avait, quoiqu'elle eût depuis peu dépassé la qua-
rantaine, l'air d'une vieille femme de Denner poussée à
la charge.

Le père Hermann était plus âgé et plus beau. Il gardait, sous ses cheveux blancs et avec sa barbe grise,
l'air d'un prophète hébreu vêtu de notre triste costume
moderne. Les propriétaires de l'hôtel étaient juifs, et
parfois, en passant, Michel Berthier pouvait apercevoir,
dans le logis, de ces figures hébraïques, presque sor-
dides, aux cheveux crépus, aux grosses lèvres charnues
et aux dos voûtés qui semblent des Arabes défigurés

par la vie d'Europe. C'étaient des parents, des amis
venus pour célébrer quelque fête, pour entendre des
lèvres du vieil Hermann les prières de la Pâque et crier
avec lui : — « L'année prochaine à Jérusalem! »

Michel eût été curieux d'assister à ces fêtes, et il lui
semblait qu'il se trouvait là devant quelque chose d'inconnu et comme au seuil même de l'Orient. Un jour il
aperçut, à côté de madame Hermann, une jeune fille
brune et charmante qui, lorsqu'il s'approcha pour
prendre sa clef, se leva sur un ordre de la propriétaire
de l'hôtel et tendit une clef qu'elle détacha du carré de
bois en disant à Michel :

— Est-ce bien celle-ci?

La voix était caressante, un peu timide, et ces mots
bien simples, cette jeune fille les accompagnait d'un
regard franc, sans témérité et sans trouble, qui enve-
loppa cependant Michel comme d'une atmosphère de
feu.

Il resta un moment muet devant elle, étonné et la
contemplant comme il eût regardé un tableau.

— Merci, mademoiselle, dit-il enfin.

Et, en prenant la clef, ses doigts effleurèrent la main
de la jeune fille, qui salua doucement et alla s'asseoir
aux côtés de la mère Hermann.

— Quelle est cette enfant? se demandait Michel,
tout en remontant à sa chambre.

Il avait été réellement séduit par cette apparition.
Jamais la mère Hermann ne lui avait dit qu'elle eût
une fille. C'était sa fille cependant. Il y avait de longs
mois que, Lia étant un peu malade, on l'avait envoyée,

sur le conseil des médecins, aux environs de Metz, à la campagne, chez une sœur du père Hermann, établie en Lorraine. Voilà pourquoi Michel ne l'avait jamais vue. Lia revenait d'ailleurs du pays natal complétement guérie, avec les caresses du soleil sur une peau où courait un sang jeune et riche.

Ce qui en elle avait frappé Michel Berthier, c'était un mélange de grâce et de majesté qui faisait ressembler cette jeune fille de dix-neuf ans à la fois à une Transtévérine et à une miss anglaise.

Jusqu'au jour où il l'avait rencontrée, Michel n'avait, en réalité, pas aimé. Les faciles amours de rencontre l'avaient toujours profondément écœuré. Il les comparait à ces vins frelatés qui laissent un arrière-goût impur. C'est cette enfant qui devait et qui allait être son premier amour de jeune homme.

La sympathie naît assez vite entre certains êtres en quelque sorte de même race. L'amour était entré au cœur de Lia en même temps qu'il pénétrait dans celui de Michel. Ils ne s'étaient pas encore avoué ce qu'ils ressentaient l'un pour l'autre, qu'au trouble de leurs regards, lorsqu'ils se rencontraient, au tremblement de leurs voix, à leurs hésitations, aux longs silences succédant aux rares paroles échangées en passant, chacun d'eux eût pu deviner qu'il était aimé. Seulement l'amour vrai ne devine rien et, lorsqu'il espère, redoute toujours de se tromper.

Si cette jeune fille paraissait à Michel si charmante, il incarnait aux yeux de Lia l'élégance, la bonté mâle, l'intelligence supérieure, tout ce qui peut plaire à une

femme. Elle se disait seulement que c'était folie à elle
de penser à lui. Michel Berthier devait être riche, sans
doute. Dans tous les cas, il était appelé à d'autres destinées qu'elle. Pouvait-elle songer à l'épouser? Certes,
non. Il était donc plus sage de laisser s'envoler ses
rêves.

Elle souffrait, d'ailleurs; depuis qu'elle l'avait rencontré. A Metz, il avait été question de la marier à un
de ses cousins, qui tenait, dans le quartier juif, une
boutique quelconque. Lia avait été un moment sur le
point de consentir, et maintenant elle se disait qu'elle
eût peut-être bien fait, car sa vie se fût, de la sorte,
trouvée fixée.

A Paris, elle se sentait comme dans une atmosphère
étouffante. Quoique le père Hermann fût un ancien
colporteur lorrain, d'une intelligence plus élevée que
celle de son entourage, cependant il fréquentait, nécessairement, des gens de sa condition et de sa caste.
Le samedi, tandis que la mère Hermann gardait l'hôtel, il emmenait sa fille au coin de la rue du Chaume
ou de la rue des Rosiers, dans quelque café où l'on
mangeait des gâteaux secs ou des pâtisseries sculp-
tées.

Lia se sentait prise d'une mélancolie profonde dans
ce milieu vulgaire. Il y avait là des juifs de ce quartier
du Temple, qui est comme un ghetto parisien, de ceux
qui disent en riant rue *Six mille francs* pour rue *Simon-
le-Franc* et qui s'appellent, entre eux, de cet étrange
terme d'affection, à la Schylock : *mon petit or chéri;* de
ceux qui louent des serviettes à leurs coreligionnaires

pour s'essuyer les mains, aux cimetières ; des vendeurs de foulards en ville qui accrochaient leurs ballots aux patères du café, des gens aux cheveux crépus, les épaules rondes et le nez busqué, et qui parlaient avec leurs voix gutturales un jargon allemand-français.

Comme les heures semblaient lentes à la jeune fille dans un tel milieu, où une journée fériée ainsi passée s'appelait un repos, un plaisir ! Comme elle regrettait les verts coteaux lorrains, couverts de vignes et le petit village, au bord de la Moselle, où elle respirait à l'aise et vivait sans penser !

La mère Hermann la voyait avec effroi pâlir peu à peu, et, comme autrefois, redevenir triste.

— C'est Paris qui la tue, disait le père. Au prochain printemps, elle reprendra le chemin du pays.

Le printemps venu, Lia n'était plus au logis, Lia s'était donnée, s'était perdue, — perdue avec l'ivresse de celles qui risqueraient leur vie pour prouver qu'elles aiment, — et elle avait suivi Michel Berthier qui, fou d'amour, lui aussi, l'enlevait, l'emportait, avait fait de cette enfant une maîtresse, se disant peut-être alors : « Pourquoi n'en ferais-je pas ma femme ? »

Lorsque le père Hermann avait reçu la lettre par laquelle Lia implorait son pardon :

— Sarah, avait-il dit à la mère, nous pouvons mettre en vente le petit hôtel. A quoi bon gagner encore quelques sous ? Nous en aurons toujours assez pour nos vieux jours, et maintenant nous n'avons plus de fille !

Et comme la mère murmurait :

— Mais si Lia revenait jamais ?

3.

— Oui, avait-il dit doucement, je sais qu'il y a des
parents qui pardonnent, je sais aussi qu'il en est qui
vivent de la honte. Moi, je ne veux pas revoir celle qui
est partie, car, si elle reparaissait devant moi, je la
tuerais !

— Sais-tu seulement ce que tu dis ! fit la mère.

Les deux vieilles gens vendirent donc l'hôtel. Puis
ils allèrent, on ne savait où, du côté de Montrouge, perdus dans le grand flot anonyme. Hermann
avait eu, un moment, l'envie de retourner en Lorraine.
La perspective des questions, des propos, des commé-
rages du pays l'avait retenu.

— Je n'oserais pas, disait-il.

Quant à Lia, — après avoir écrit bien des lettres demeurées sans réponse, le père Hermann ne voulant
plus la voir et défendant à sa femme de chercher à retrouver sa fille, — pour se consoler, pour étouffer ses remords, pour oublier le foyer déserté, elle avait l'amour
de Michel.

Elle se sentait, à côté de lui, renaître et grandir. Il
lui semblait qu'elle avait toujours vécu ainsi et cependant elle conservait encore l'effroi de cette lourde vie
qu'elle avait évitée, quand elle pensait qu'elle eût pu
devenir la femme, la chose d'un de ces juifs du café de
la rue des Rosiers.

Elle voulait que Michel l'instruisît, l'élevât jusqu'à
lui, lui apprît tout ce qu'elle ignorait.

— Ce sera bien long, disait-elle, mais nous avons si
longtemps à vivre, côte à côte !

Elle avait accepté, à mesure que les années passaient

et que la situation de Michel s'élevait, le rôle obscur
de la femme qui se sacrifie et se tient dans l'ombre,
muette et inconnue, comme une esclave. Elle ne voulait rien prendre à la vie de celui qu'elle aimait, ni son
nom, ni sa renommée.

Elle avait eu jadis la vision du bonheur rayonnant,
béni, envié, lorsque, toute jeune fille, montant avec
quelque amie dans les galeries du temple de la rue
Notre Dame de Nazareth, elle avait, de là-haut, penché
sa tête brune, ouvert ses grands yeux curieux sur la
foule des invités d'un mariage, — hommes et femmes sé-
parés, selon le rite, celles-ci à gauche, ceux-là à droite,
— et sur le cortége de la mariée, marchant en robe
blanche, le visage pâle, mais souriant sous le voile des
vierges, et parfois les pieds se posant sur la *jonchée*
de vertes feuilles de laurier jetées sur le sol, à la coutume bordelaise.

Les bougies brûlaient aux chandeliers à huit branches ; c'était une illumination, un étincellement cri-
blant la *schule* de points rouges sautillants et clairs ;
un dais de velours grenat à crépines d'or couvrait les
fiancés, qui se tenaient devant le rabbin, les épaules
couvertes du *taleth* blanc.

La musique jouait des airs de fêtes, répondant à l'accent nasillard ou guttural du rabbin, les cantiques
hébreux ou la prière du *Moïse*, de Rossini. Tout était
parfums, lumières, joie, frissons de soie, dans ce temple où les tables de la loi, au fond du tabernacle, semblaient étinçeler, brodées en or sur le velours de couleur pourpre.

Avec quelle admiration Lia regardait ces jolies juives aux profils arabes, ces têtes pâles de filles d'Israël avec des cheveux noirs, légèrement ondulés parfois, comme ceux des filles du désert. Elles étaient couvertes de bijoux étincelants, souriantes, heureuses. Et quelle anxiété, lorsque, dans le mortier, le marié brisait le verre dont les débris symbolisent tout ce qu'il y a d'éternel, — d'irréparable, chuchotent les railleurs, — dans l'acte de l'époux qui prend une épouse ! Il faut que le cristal soit broyé en mille miettes pour qu'aux yeux des superstitieux du judaïsme l'union semble devoir être fortunée.

Et Lia se disait, entendant de là-haut briser ce verre :

— Celle-là n'a qu'à vivre paisiblement sa vie ! Elle est née pour aimer, pour être aimée, pour être heureuse !

Et, sans envie, — mais non sans regrets peut-être et sans soupir, — elle allait regarder, dans la rue, parmi la foule, la longue file des voitures qui s'éloignaient, avec leurs cochers enrubannés, fleuris de fleurs d'oranger à la boutonnière, et qui fièrement faisaient claquer leurs fouets et piaffer leurs chevaux.

Ces visions dataient de loin. Mais jamais, depuis qu'elle partageait la vie de Michel (et il y avait six ans de cela) leur souvenir n'était revenu à l'esprit de Lia, comme une tentation. Qu'avait-elle besoin de s'unir à celui qu'elle aimait ? N'étaient-ils pas attachés l'un à l'autre par le plus cher et le plus sûr de tous les liens, celui de l'amour ?

Elle n'avait nul souci du lendemain. Elle se fiait à

Michel comme au solide honneur. Elle lui disait parfois :

— Nous nous aimerons toute notre vie !

Et elle voulait, dans sa foi religieuse, qu'il ajoutât toujours :

— Et encore après !

— Et encore après, répondait alors Michel qui, parfois, disait aussi, avec un sourire : L'éternité, tu ne crois donc pas que cela puisse être bien long?

— Méchant ! répliquait alors Lia, un peu attristée, mais toujours confiante.

Elle lui avait fait répéter cette parole d'habitude le matin du jour où, Michel Berthier étant élu depuis la veille, ils s'échappaient, comme ils se l'étaient promis, vers un coin de campagne où ils ne pouvaient risquer d'être rencontrés.

Avant de partir, Michel était allé avec elle avenue Trudaine; pressé de fuir, il avait décacheté en hâte les lettres et regardé le monceau de cartes déposées chez son concierge. C'était le concert des félicitations et aussi le défilé des quémandeurs qui commençaient. De vieux amis de collége réapparaissaient, après des années, pour écrire *bravo !* sur un bout de carton. Des personnages considérables avaient apporté leurs cartes cornées. Des amis mêlaient une note moins austère à ces compliments quasi-officiels et donnaient une forme intime et presque narquoise à leurs applaudissements. Il y en avait plusieurs qui demandaient déjà un bureau de tabac.

— Que de cartes! bon Dieu ! que de cartes ! disait

Lia en les entassant toutes dans une coupe de Japon placée sur une table d'ébène, au coin de la cheminée. J'espère qu'on t'aime !

— Si le dixième de ces félicitations-là était sincère, répondit Michel, ce serait déjà beaucoup. — Allons, partons bien vite, dit-il. Je craindrais bientôt les importuns, et nous aurons de la chance si nous n'en rencontrons pas qui montent l'escalier !

Il éprouva un bien-être moral autant que physique à mettre la tête à la portière du wagon, à se dire qu'il dépassait les fortifications, à sentir qu'il s'échappait, qu'il s'affranchissait vraiment pour quelques heures.

Après l'immense joie du triomphe, venait cette volupté qui l'avait déjà saisi la veille : la volupté d'oublier qu'il avait triomphé.

Ils passèrent au Raincy, presque désert un jour de semaine, ces bonnes heures de repos. La pauvre Lia, qui sortait peu à Paris, qui vivait à demi prisonnière au fond du petit jardin du boulevard de Clichy, obéissant à Michel très-préoccupé de ne pas attirer l'attention sur cette liaison et sur ses amours, Lia se sentait la joie sans fin d'un jeune cheval en liberté.

Elle marchait toute joyeuse, devant Michel, et sa jupe violette, traînant le long du chemin, ramassait en route des branchettes et des brins d'herbe. Parfois elle se retournait et le regardait en riant. Le soleil, en filtrant à travers l'ombrelle rose qu'elle faisait tourner parfois au-dessus de sa tête, semblait baiser sa peau blanche et la colorer d'une rougeur rapide. Ses yeux brillaient comme ceux d'un enfant qui tient son jouet.

Elle aspirait ce grand air, elle respirait ces parfums de terre rajeunie, de fleurs et de printemps chaud comme un été. Elle courait, elle jetait un regard dans les maisons, dans les fermes, et disait, riant, avec une gaieté de fillette : « Des poules ! Voilà des poules ! »

Les poussins couraient, rapides, à grandes petites enjambées, et jetant des cris doux et effarés. Elle eût voulu les attraper. Elle voulait tout, les bouquets de fleurs et les fruits à peine ébauchés des arbres, les cerises vertes, les fleurettes tapies dans l'herbe. Quand ils passaient sous une allée ombreuse, il frappait de sa canne les branches d'acacias jaunes et fleuris, et elle levait le front pour recevoir en plein visage la pluie odorante qui tombait.

Puis on s'arrêtait sous la tonnelle, à la porte de quelque auberge. La vigne vierge, grimpant le long des feuillages, faisait de l'ombre sur la table où le vin riait dans les gros verres. Il faisait frais et bon. On voyait, à deux pas, la route blanche, poudreuse, incendiée de soleil. On entendait le bruit des buveurs trinquant près de là, ou le choc des billes d'ivoire des joueurs de billard.

Assis l'un devant l'autre, la main dans la main, ce n'était point le vin où ils trempaient leurs lèvres qu'ils buvaient, c'était à petites gorgées ou à longs traits, en regards, en baisers, c'était eux-mêmes, et dans cette griserie de parfums de jeunesse, sous ce soleil de mai, dans cet air chaud et bon, elle s'écriait, toute joyeuse :

— Quelle joie, Michel, quel bonheur ! Je t'aime, et mon cœur rit !

Le soir, comme ils remontaient en wagon, presque tristes de retrouver Paris, Michel choisit un compartiment où ils fussent seuls. Mais, à peine y étaient-ils installés, Lia enfonçant en riant son épaule dans le creux du coussin et se pelotonnant comme pour dormir, que deux hommes, à tournures bourgeoises, montèrent et prirent place à leurs côtés.

L'un d'eux, en apercevant une femme, éteignit son cigare. Les yeux de Lia avaient une expression navrée. Ces inconnus, sans le savoir, lui prenaient un peu de sa joie : il fallait se taire maintenant ! Au bout d'un moment, Michel entendit qu'un de ces hommes prononçait son nom. Il pressa doucement le pied de Lia pour l'avertir.

— Ainsi, vous avez voté pour lui? disait ce voisin.

— Oui.

— Moi, j'ai voté pour Brot-Lechesne. Celui-là est un des nôtres, un homme établi, marié, riche, considérable et considéré, père de famille. Tandis que ces avocats, c'est comme les journalistes : on ne sait trop comment ils vivent. Il y a toujours un peu de bohême dans leur cas.

Michel se demandait s'il n'avait pas été reconnu par hasard, et s'il ne devait point relever le propos. Mais non; ces gens ne l'avaient pas même regardé et continuaient une conversation commencée. Et puis, Lia étant là, que pouvait-il faire ?

Il se tut, pendant que les regards de la jeune femme se fixaient sur lui, plus inquiets.

La conversation continuait entre les deux voisins,

tantôt se traînant dans les généralités, tantôt abordant les questions de personnes. Il était maintenant bien évident pour Michel que ces gens ne le connaissaient pas.

Un mot cependant le frappa profondément :

— Est-il marié ?

— Non.

— Comment vit-il ?

— Très-honorablement. Peut-être y a-t-il quelque *anecdote* dans sa vie, mais tout le monde en a !

— Un homme public ne doit pas en avoir ! Nous, c'est autre chose, nous le pouvons si bon nous semble ; mais nous, nous ne demandons pas à être nommés députés, je suppose ?

Le ton sentencieux dont cet homme avait dit ces mots rappela à Michel le conseil sévère de Pierre Ménard. Il regarda instinctivement Lia. S'il eût fait grand jour, il eût pu voir que la pauvre fille était toute pâle.

En arrivant à Paris, elle se suspendit au bras de Michel avec l'énergie que doit avoir un noyé s'accrochant à la planche de salut, et elle lui dit rapidement, d'une voix étranglée, dès qu'ils furent seuls, hors de la gare :

— Tu as entendu ce qu'ont dit ces gens ?

— Oui.

— Et cela ne t'a pas fait de peine ?

— Non, dit-il, d'un air étrange.

— Ah ! mon Dieu, fit Lia, que de sots vous font du mal, en ce monde, sans le savoir !

— C'est que les sots sont le nombre et la force, dit Michel. Il ne faut peut-être pas braver les sots.

— Que veux-tu dire?

— Rien.

— C'est un mot terrible, ce mot *rien*. Il cache toujours quelque chose de tragique. Est-ce que tu ne m'aimeras plus bientôt?

— Folle! Es-tu folle! dit Michel. Tu sais nos conventions : toujours.

— Toujours?

— Et encore après!

Elle laissa échapper un petit cri de joie plein de confiance, et ils regagnèrent à pied, en prenant les rues sombres, le boulevard de Clichy, tandis que Michel Berthier, comparant les avertissements de Ménard avec les propos de ces deux inconnus, se disait que la raison était là, sans nul doute, et que cette Lia qu'il aimait allait peut-être devenir un obstacle.

— Un obstacle?

Il la regardait, tout en songeant. Une créature si faible et si charmante pouvait-elle devenir un obstacle! C'était une enfant. Il dénouerait quand il voudrait cette chaîne de fleurs.

— Ce qui est certain, concluait-il mentalement, c'est que le roman de ma jeunesse est mort et que personne ne m'empêchera d'aller droit au but! Personne!

Et machinalement, comme par le passé, il pressait contre son bras le joli bras demi-nu de sa maîtresse. Mais sa pensée était déjà ailleurs et, comme une double menace, deux voix distinctes, celle de Pierre Ménard et celle de ce passant, rencontré par hasard et disparu dans la cohue, lui répétaient :

— Prends garde aux jugements de la foule ; prends garde, toi qui lui as demandé sa faveur !

Comme il avait été, hier, las de la lutte, Michel était maintenant las du repos, las de cette idylle si tôt passée, du matin au soir, et, comme un soldat qui entend sonner la charge en retrouvant Paris et son air plein de salpêtre, il se répétait tout bas : *Aux armes !*

— Adieu, dit-il à Lia en la quittant au seuil de la maison du boulevard de Clichy.

— Tu me laisses seule ?

— Oui. Dès demain la vie me ressaisit. Tu sais bien que je ne m'appartiens pas !

— C'est vrai, fit-elle, et tu ne m'appartiens .pas davantage. Allons, à ton œuvre ! Et moi, à mon ombre ! Mais quand tu voudras une consolation, tu sais où il y en a, Michel, et tu sais aussi bien ce que te garde un cœur qui est à toi tout entier et une femme qui mourra le jour où tu ne l'aimeras plus !

— Mourir ! se dit Berthier en rentrant à son logis de l'avenue Trudaine. Allons donc ! On peut vivre d'amour... quelquefois, mais on n'en meurt jamais !

IV

Pendant les jours qui suivirent le triomphe de Michel Berthier, on peut dire que le nouvel élu fut le lion

et le roi de Paris. Justin avait toutes les peines du
monde à empêcher que l'appartement de l'avenue Trudaine ne fût absolument encombré de visiteurs. Des
photographes sollicitaient du député la faveur d'obtenir quelques minutes de son temps, « un éclair, une
seconde, ce qu'il faut pour obtenir un nouveau cliché.»
L'Amérique, disaient-ils, demandait des portraits par
grosses.

Un reporter était venu compter de très-près le nombre des volumes que contenait la bibliothèque de Michel, et il avait ramassé sur le tapis un bout de papier
chiffonné pour donner, dans son journal, le *fac-simile*
d'un autographe du personnage en vogue. Quant aux
biographes, on ne les comptait plus. Il y en avait de
toutes sortes, depuis celui qui tient à obtenir des détails précis, inédits, authentiques, — c'est le biographe
convaincu, — jusqu'au biographe famélique qui em-
prunte vingt francs, en manière de conclusion, après
avoir pris ses notes.

Tout ce tapage fait autour de lui, cette sorte de griserie produite par tout ce bruit et ce mouvement, ne
déplaisaient pas trop à Michel. Il entendait, avec une
vive satisfaction d'amour-propre, tinter à ses oreilles
cette monnaie de la gloire. Les invitations pleuvaient
chez lui, et il ne pouvait pas faire un pas, entrer dans
un théâtre, aller au Bois, sans que les chroniqueurs des
journaux, petits et grands, ne signalassent sa présence
partout où il était, et même où il n'était pas.

— Vous allez, désormais, vivre dans une maison de
verre, lui dit, un jour, Pierre Ménard.

Cette situation nouvelle ne laissait pas que d'inquiéter aussi un peu Michel. Il sentait bien que Ménard disait vrai, lorsque, sans fausse austérité, il lui prêchait le devoir à remplir avec cette femme qui, dans la vie du jeune homme d'Etat, pouvait devenir un danger.

Michel se trouvait devant le problème si nettement posé par son vieil ami : ou la maîtresse qu'il avait était indigne de lui et il ne devait pas hésiter à s'en séparer, ou elle méritait toute son estime comme elle avait son affection, et il devait alors l'épouser.

Cette seconde solution était, sans nul doute, la plus facile et la plus nette. Mais elle ne s'était jamais présentée bien sérieusement à l'esprit de Michel. Il s'était jeté, sans trop calculer, dans l'aventure qui devait l'attacher à Lia, et, emporté par sa jeunesse, par une bouffée d'amour qu'il prenait pour une passion profonde, il s'était laissé entraîner vers elle, comme elle, pauvre fille, toute de premier mouvement et d'ignorance de la vie, s'était donnée à lui. Mais l'idée du mariage ne s'était pas plus offerte à Michel que l'idée d'une séparation. Il se laissait vivre comme il se laissait aimer. Le but de sa vie était ailleurs. Cette affection, très-réelle, qu'il avait conçue pour Lia et qui s'était accrue par l'habitude, était pour lui le repos, un prétexte à des haltes heureuses dans sa fébrile course au succès.

Il prit le parti, pour éviter une certaine angoisse, de ne plus songer à ce que lui avait dit Ménard. Il se souvenait, au reste, qu'un soir, dans un moment de vague tristesse, comme il demandait à Lia où les mènerait l'un et l'autre leur amour, elle avait répondu :

— Qu'importe ! Il nous a menés où nous sommes, c'est-à-dire à la joie profonde pour moi, qui ne vis que pour t'aimer ! Laissons passer les jours, Michel, sans chercher à savoir où ils nous conduisent. Nous sommes jeunes. Tant que je n'aurai pas de rides, tu m'aimeras sans doute. Et ce sera toujours, car j'espère bien mourir avant d'avoir un cheveu blanc !

Michel avait donc rangé la solution du problème parmi ce que les Allemands appelleraient les *quantités négligeables*, et il s'était mis, avec une âpre volonté d'action, à préparer sa campagne politique pour la session qui allait s'ouvrir. L'ouverture des Chambres était fixée aux premiers jours de novembre. Michel avait donc quatre longs mois pendant lesquels il pouvait s'inspirer de la situation, s'aboucher avec les autres chefs opposants, et, avec un soin profond et une attention particulière, s'étudier à faire de son début à la tribune un véritable événement parlementaire.

Il voulait, pour son coup d'essai, frapper un coup de maître, et, choisissant pour modèle l'historien précis et complet, l'orateur puissant par la raison, dont on a dit qu'il avait pris la massue de Démosthène pour en faire des flèches, il avait résolu de présenter à la Chambre, en une série de faits groupés avec art, le tableau de l'affaissement intérieur et de l'affaiblissement extérieur de la France sous le régime personnel. La matière était ample et pouvait fournir un *maiden speech* éclatant.

Les amis de Pierre Ménard en parlaient déjà par avance, et tout ce qui s'était publié, depuis des années,

ir l'Allemagne, le Mexique, l'expédition de Chine et
. régime dictatorial, s'amoncelait, en tas de bro-
ures multicolores, sur une large table spéciale placée
portée de la main, à côté du bureau de Michel Ber-
ier.

Quelques années avant cette date qui marquait sa
omination, Michel avait, en compagnie d'une dou-
aine de jeunes hommes de son âge, formé une de ces
ssociations assez fréquentes à Paris, dans le monde
es lettres et des arts, réunions périodiques qu'on ap-
elle, on ne sait trop pourquoi, fraternelles, et qui ont
our avantage effectif, et parfois unique, de grouper
eux qui en font partie dans un dîner mensuel où l'on
change, entre le potage et le café, les paradoxes, les
héories, les nouvelles et les projets.

Il était d'usage, lorsque l'un des membre de cette as-
ociation ou plutôt des causeries de ce dîner obtenait
quelque succès, d'en faire le héros de la réunion future
t de lui porter galamment quelque aimable toast. La
late mensuelle arrivée, Michel Berthier éprouva quelque satisfaction à se rendre au restaurant du boulevard
où se tenait le *Dîner des Douze*. Après les caresses de la
popularité, il ne lui déplaisait pas de recevoir les hom-
mages, plus choisis, de ses compagnons de jeunesse.

Ces *douze* convives avaient en effet à peu près tous un
nom dans ce *tout Paris* qui fait loi, sans être toujours
très-digne de légiférer. Plusieurs même faisaient partie
de la véritable réserve de la France. Les uns comp-
taient par le talent, les autres par l'argent. Toutes ces
puissances fraternisaient au dessert.

Avec Berthier, son homme politique, le *Dîner des
Douze* possédait son peintre classique qui était Émile
Meyer, prix de Rome, israélite surtout célèbre par
de nombreuses peintures murales exécutées dans les
églises catholiques, et son peintre de genre, Paul Vigneron, qui vendait, bon an mal an, pour quatre-
vingt mille francs de petites figurines habillées tantôt
en costume espagnol, tantôt en vêtements italiens,
souvent à la dernière mode parisienne, et parfois à la
turque, quand la Turquie était à la mode.

Un Alsacien, tout fier d'avoir un nom qui rimait avec
Mendelssohn, Limmansohn, représentait la musique,
mais la musique nouvelle, hostile à toute mélodie,
remplie de fureur contre l'Italie tout entière. Limmansohn, dont on citait de nombreux opéras inédits, tenait, dans un journal important, la férule du critique.
Cette phrase fameuse était de lui :

« Rossini, qui eût mieux fait de passer sa vie à filer
du macaroni, n'est qu'un lazarone facétieux. Quant à
Mozart, ce jeune homme qui prit l'inspiration pour de
la science, il n'a laissé qu'une œuvre un peu suppor-
table, c'est *Don Juan*. »

Gontran de Vergennes, charmant causeur, fort riche
autrefois, mais ayant dépensé la plus grande partie de
sa fortune dans des expéditions lointaines, voyageant
par plaisir et par soif de l'inconnu, disparaissant pendant des années de la vie parisienne, puis revenant
brusquement tantôt du pôle Nord, tantôt des sources
du Nil, charmait parfois le dîner des Douze par ses récits exacts comme la vérité et fantastiques comme le

rêve. Michel Berthier l'aimait beaucoup. Avec un tel homme, son ancien camarade de collége, il y avait sans cesse quelque chose à apprendre, et Michel calculait toujours presque instinctivement ce qu'il pouvait tirer d'une amitié ou d'une relation.

C'était le contraire avec Louis Dalérac : on n'avait avec lui à écouter que des phrases, et des phrases toutes faites, banales et usées comme des pièces de monnaie qui ont trop couru. Avocat par métier, la monnaie dont se servait Dalérac était du billon. On devinait en lui une terrible envie de parvenir. Il avait la louange facile, la parole aimable et l'échine souple. Il parlait toujours, il parlait de tout, il parlait partout. Bien des fois on avait regretté qu'il fît partie de ce dîner des Douze, où les autres cherchaient volontiers un plaisir et où il trouvait avec joie des auditeurs. Cravaté de noir, mais l'air académique, prenant l'habit pour uniforme, Dalérac était prêt à tout comme doit l'être le sage ; il pouvait aller et il allait le même soir chez le ministre au pouvoir et chez l'opposant armé en guerre, s'inclinant, avec autant de docilité et le même sourire caressant, devant les deux ennemis acharnés.

Dalérac, en un mot, était un de ces *inévitables* qui, les jours de premières représentations, se carrent au balcon ou se dressent au milieu des fauteuils pour se mieux faire voir, qui risquent journellement des fluxions de poitrine pour courir de l'enterrement d'un homme célèbre à la messe de mariage d'un financier en renom, véritables forçats de leur vanité, qui arrivent à la no-

toriété à force d'être rencontrés et cités partout et qui,
sans montrer ni talent oratoire, lorsqu'ils parlent, ni
style personnel lorsqu'ils écrivent, pourraient passer
pour des sots s'ils n'avaient, ce que n'ont pas de plus
remarquables, l'esprit de se faire prendre au sérieux
par leur public.

En pensant à Dalérac, Michel Berthier s'était souvent dit :

— Voilà un homme médiocre qui pourra me rendre,
un jour, de grands services. Ambitieux vulgaires! Ce
sont de telles gens qu'il faut au service des ambitieux
hautains comme moi!

Les autres convives du *Dîner des Douze* laissaient volontiers la parole à Gontran de Vergennes, qui les inté-
ressait, et à Dalérac, qui leur paraissait fastidieux, et
composaient, à part, dans la table commune, une sorte
de petit coin intime qui ne prenait point toujours part
à la conversation générale.

Ceux-là étaient peut-être les plus spirituels et les plus
aimables.

Olivier Renaud, le journaliste; le docteur Gerveix; le
banquier Verneuil, dont la galerie de tableaux était
aussi renommée que son crédit; Georges Soriolis, un
poète de talent, fort riche par-dessus le marché, cour-
tisant la Muse comme si elle eût été Danaé, et n'en si-
gnant pas moins de fort jolis vers, pénétrants et profonds; Charles Dumas, l'architecte, et Charles Varoquier, un gros garçon qui incarnait l'agriculture, et
qui, retiré et marié en province, revenait des environs
d'Orléans, du village d'Olivet, tous les mois, pour se

reparlaniser en causant entre amis. C'était là le groupe
des silencieux, de ceux qui ne parlaient guère que pour
dire quelque chose, ce qui est la plus simple et la plus
difficile manière de parler.

Tous ces compagnons, qu'ils lui fussent chers ou indifférents, Michel avait hâte de les revoir.et de déguster
leurs louanges. Il eut fort habilement la précaution de
se faire attendre, de manière à arriver le dernier et à
se ménager, comme on dit au théâtre, une *entrée*. On
se mettait à table, l'heure étant passée, quand il arriva.

Un garçon ouvrit alors, toute grande, devant Michel
cravaté et ganté de blanc, la porte du salon, et tout
aussitôt une grande clameur retentit, joyeuse, suivie
d'exclamations et de battements de mains :

— Enfin ! c'est lui !

— Voici le député !

— Hurrah !

— Un ban pour Berthier, représentant du peuple !

— Place à notre honorable !

— Vive Son Inviolabilité Michel Berthier !

— Mon cher ami, dit Gontran de Vergennes en montrant à Berthier la place du milieu, demeurée vide, la
place d'honneur; voici ton siége. Ce soir, le Dîner des
Douze ratifie le choix du suffrage universel et je te cède
mes droits à la sonnette. Là-bas, tu seras présidé par
M. Schneider, mais ici tu nous présides!...

— Non, non, fit Michel gaiement, j'ai bien assez
d'être présidé. La sonnette? Diable ! C'est presque un
sceptre !

— Pas de fausse modestie, c'est le masque d'une ambition démesurée, dit Gontran en riant. Et assis ! Nous mourons de faim !

— Nous avons failli attendre, comme Louis XIV, dit Olivier Renaud, et comme le sien, notre appétit est royal.

— J'aurais volontiers, pour ma part, attendu plus longtemps ! ajouta Dalérac en inclinant son dos rond devant Berthier et en rejetant en arrière ses longs cheveux blonds qui tombaient droit dans son assiette.

Il fallut bien que Michel acceptât la présidence. Le dîner fut gai. On réserva la politique pour le dessert. L'aspect de la table était appétissant; les fruits colorés, les verres de cristal sur la nappe blanche, une magnifique pièce montée représentant une Renommée portant sur le drapeau de sa trompette le nom de *Berthier* (on ne s'en aperçut que lorsqu'on la démolit pour la servir), deux corbeilles de roses superbes : l'œil était ravi. Lorsqu'on porta un toast à son succès, Michel répondit par une improvisation brillante sous forme de causerie intime, véritable œuvre d'art oratoire qui ravit les autres convives.

Malheureusement, Dalérac eut la mauvaise pensée de prononcer un second discours. Il parut long. Il traita, sans plus tarder, là, pendant qu'on servait le café, des conditions d'une bonne organisation du suffrage universel dans les pays libres et même dans ceux qui ne le sont plus.

— Mais c'est une conférence, dit Paul Vigneron.

— L'écho répondrait *rance*, fit Olivier Renaud.

Et il ajouta bien vite :

— Pardon. C'est honteux. Je vais noyer le mot dans du kummel.

— Voici le kummel.

— ..... Oui, messieurs, continuait Dalérac, je ne crains pas de le dire, et ma faible voix a déjà fait entendre cette vérité dans une autre enceinte, oui, ce qu'il faut au monde moderne, c'est la libre manifestation de ces idées, qui n'ont rien de commun, sachez-le bien, et je le déclare sans feinte, avec les idées vieillies des temps qui l'ont précédé, que dis-je ? qui l'ont préparé.... Ce qu'il faut...

— Il y a du vrai dans ce que dit Dalérac, interrompit Gontran de Vergennes, espérant couper court à la dissertation.

— Rien n'est beau que le vrai, le vrai seul est aimable,

ajouta quelqu'un.

Mais le parleur était lancé. On prit le parti de le laisser continuer son discours, tandis que des conversations particulières s'engageaient autour de la table, et que déjà Limmansohn préludait au piano à quelque morceau inédit.

— C'est d'Auber, je parie, ce que tu joues là ? lui disait Paul Vigneron avec l'ironie froide de l'homme accoutumé aux *charges* d'atelier.

— Auber ? Ne me parle jamais de ce vaudevilliste ! Tu sais quels sont mes dieux : Wagner et Berlioz !

— Oh ! oh ! Wagner ! C'est encore de la musiquette ! On fera plus sérieux si les *jeunes* s'en mêlent !

4.

Et Limmansohn, avec fureur, haussait les épaules et regardait Vigneron d'un air farouche.

— Ah ! ces musiciens ! disait le peintre en riant.

— Et ces peintres ! fit Limmansohn, prêt à se fâcher.

Gontran s'était levé et, amenant Berthier vers une fenêtre ouverte, il se mit, tout en fumant son cigare, à lui parler de la situation que lui avait faite la lutte dont il venait de sortir victorieux. Michel fut frappé de ce fait que les observations et les conseils de Gontran ressemblaient absolument à ceux de Pierre Ménard. L'homme du monde et l'ancien représentant du peuple se rencontraient, sans se connaître, dans la façon d'envisager le devoir.

Michel ne put même s'empêcher de l'avouer à Gontran.

— C'est que peut-être, dit Vergennes en souriant, il n'y a qu'une façon de l'envisager : la bonne !

Michel était demeuré rêveur, regardant au-dessous de lui le boulevard plein de promeneurs, la chaussée où passaient les fiacres, les boutiques brillantes devant lesquelles la foule s'arrêtait, les kiosques illuminés, semblables à d'immenses lanternes chinoises, et au-dessus de tout ce bruit, les étoiles qui s'allumaient dans un ciel d'un bleu laiteux.

— Te voilà arrivé, comme moi je suis revenu, dit Gontran. L'heure vient de sonner où il faut faire une fin et se créer un foyer.

— Tu te maries ?

— Dans deux mois, et tu es le premier à qui je l'annonce. J'épouse en Poitou une jeune fille très-bonne,

très-intelligente, ni trop jolie, ni laide, pieuse sans être
dévote, qui ne se moquera pas de mes rhumatismes, si
mes nuits passées sur le sable m'en ont donné, ce qui
est probable, et qui m'aidera à bien élever mes enfants
— je ne dis pas s'il m'en vient, mais quand il m'en
viendra!

— Alors, les voyages?

— J'en suis las. J'ai vu tant de choses, et je trouve,
à dire vrai, que rien ne vaut en ce monde les coteaux
de Bellevue et les bois de Viroflay! Les voyages ont
cela de bon qu'ils vous apprennent à mieux aimer
votre pays, comme les maîtresses vous poussent ensuite à mieux apprécier votre femme! J'ai l'air de faire
du paradoxe, et je suis banal comme ce satané Dalérac,
tiens! qui continue imperturbablement sa harangue,
ou comme M. Joseph Prud'homme, son maître!

— Ah çà! dit Gontran, en jetant son cigare, que fais-
tu ce soir?

— Ce soir? Tu vois, je dîne avec toi!

— Tu as dîné. Et ensuite?

— Je vais rentrer paisiblement et ouvrir un
livre.

— A cette heure-ci? Il n'est pas dix heures! Tu as
la cravate blanche, comme moi. Permets-moi de t'enlever.

— Où vas-tu?

— Chez une femme charmante, la baronne de Rives,
qui offre un thé à quelques intimes et qui brûle de te
connaître, oui, oui, toi. Je vais te dire: la baronne est
une de ces femmes qui n'ont qu'une pensée, glisser dans

leur album le portrait carte de toute célébrité, avec une dédicace autographe !

— Je puis lui envoyer la signature et le portrait.

— Ces choses-là n'ont de prix que si on les tient du héros lui-même.

— Du héros ou de la bête curieuse, au choix !

— Non, non ! Du héros ! Oh ! la baronne a le bon goût de choisir. Son Panthéon serait trop mêlé !

— Je suis donc flatté qu'elle ait pensé à moi !

— Alors, tu viens ?

— Non.

— Pourquoi ?

— Parce que la baronne, que je connais de réputation, passe, à tort ou à raison, pour une de ces femmes dont je trouve la race purement détestable. Une femme politique, une grande dame qui fait les renommées de la tribune comme d'autres, dans leurs salons, fabriquent des académiciens ! Avec cela, écornée de réputation. La madame de Warens des Pitt et des Chatam en herbe.

— Qui t'a dit ce que tu répètes là ?

— Des gens qu'elle a voulu séduire.

— Et qui ont résisté peut-être ? Les maladroits ! Vois-tu, Michel, le goût se perd en France !

— Non, mais il me semble que l'honnêteté s'y altère !

Gontran se prit à rire.

— Où diable as-tu vu, dit-il, qu'il y ait ici la moindre question d'honnêteté ? Voilà de bien gros mots, et si tu n'étais pas mon plus intime ami, je te dirais que le puritanisme poussé à l'extrême n'a jamais rien valu et

jamais rien prouvé. Tel qui hurle contre la tentation
montre seulement qu'il n'a jamais été tenté. Que seraient donc des convictions qui s'écailleraient sous le
sourire d'une jolie femme? Et que deviendrait la vie s'il
fallait fuir une charmante réception comme celle de la
baronne, sous le prétexte que la bonne grâce de l'accueil
s'accommoderait mal avec les lois de Dracon? Pour moi,
qui ai vécu, qui vivrai et mourrai dans l'amour absolu
de la liberté et la haine de tout despotisme, je te réponds
bien d'une chose, c'est que nulle femme au monde, fût-
elle cent fois plus adorable que madame de Rives, ne
me ferait changer d'opinion, ni dévier d'un pas, et je
t'assure pourtant que je n'affiche pas une inflexible
raiderie de principes, et que je ne porte point ma vertu
comme une cocarde. Ce qui prouve que ma vertu à
moi est une bonne fille, mais, je le dis sans vanité, une
vraie honnête femme !

— C'est vrai, répondit Michel entraîné par cet accent
de franchise. Et quittant le ton qu'il s'imposait depuis
un moment en se tenant sur la défensive : au fait
Athènes valait bien Sparte !

— Conclusion : Tu m'accompagnes ?

— Oh ! oh ! un moment !... On m'a dit que madame
de Rives était une familière de Compiègne.

— Si elle y va pour se divertir, lui en ferais-tu un
crime ? D'ailleurs on t'a trompé. Elle n'y a jamais mis
les pieds. Elle ne pouvait guère le faire sans son mari,
et son mari...

— Est-elle séparée ?

— De fait, oui. Légalement, non. Madame de Rives est

une folle de beaucoup d'esprit et, je crois, de beaucoup de cœur, qui a eu la franchise, n'aimant pas son seigneur et maître, de le lui déclarer.

— Et de le lui prouver, dit-on, ou de le prouver à d'autres.

— Je n'en sais rien. J'arrive du Congo, tu le sais. La calomnie mondaine ne va pas jusque-là.

— Tu crois à la calomnie ?

— Absolument. Mais tu sais quel est mon *Credo*, en somme. Je crois qu'il ne faut trop croire à rien.

— Et M. de Rives?

— Il a quitté Paris. Il vit en province, dans le Berry. Il se pique de pousser l'agriculture dans la voie du progrès. L'ami Varoquier doit le connaître. M. de Rives est un très-honnête homme. Il a laissé le soleil parisien à sa femme et il a accepté ou recherché l'ombre provinciale. Il porte peut-être là-bas le deuil de son amour !

— Comme M. de Montespan. Ce n'est pas du tout un vilain rôle, fit Michel Berthier.

— Surtout quand ce n'est pas un rôle, répondit Gontran de Vergennes d'un ton très-sérieux.

Il prit ensuite le bras de son ami, et l'entraînant en riant :

— Allons, viens, triomphateur. Viens encore chercher des lauriers !

— Tu y tiens ?

— Je tiens à te faire connaître une des plus jolies femmes de Paris et à lui présenter un « homme du jour ! »

— Soit. Mais, dans deux mois, lorsque tu seras marié, lui présenteras-tu ta femme?

— Moi? Je t'ai dit que j'habiterais le Poitou. Un joli village, par exemple, très-pittoresque. Par les matins et les soirs d'été, c'est un Corot. Nous ferons visite au maire, au juge de paix, au notaire, qui traduit Horace, en alexandrins, s'il te plaît, et lorsque nous inviterons ces braves gens à venir jouer aux dominos au château, ce sera charmant!

Cette façon de ne pas répondre, au lieu de faire reculer Berthier, le piqua au vif. Il était désireux maintenant de voir de près madame de Rives. Michel, tout affiné qu'il fût au point de vue intellectuel, et tout élégant qu'il pût paraître, sentait bien qu'il y avait au-dessus de lui un monde ignoré, un monde fermé, auquel, avec sa renommée d'orateur du parti démocratique, il devait sembler quelque chose de redoutable et de fauve.

Il avait vu, sans doute, dans son cabinet d'avocat, plus d'une femme titrée venir lui demander ses conseils et le secours de sa parole, mais c'était presque toujours quelque femme tombée, déclassée, traînant son nom et parfois sa honte au tribunal. Madame de Rives, au contraire, représentait pour lui la femme exquise et parfaite, telle que son imagination d'adolescent lui avait autrefois représenté les grandes amoureuses des romans mondains. En outre, elle avait pour lui le charme mystérieux du danger. Il n'ignorait point, comme il le disait à Gontran de Vergennes, qu'on assurait tout bas, et même tout haut, que la baronne

avait attiré dans le parti dont elle incarnait si bien l'é-
trange idéal, tout d'appétits, de luxe et de fièvres,
plus d'un esprit indépendant et militant comme tel
écrivain aux cruautés attiques dont chaque article
attristait et atteignait César, et qui, depuis qu'il avait
rencontré madame de Rives, avait si bien émoussé
ses flèches, qu'il semblait ne plus les manier que par la
pointe, en caressant de leur barbe ceux qu'il piquait
autrefois de leur fer.

— Allons chez madame de Rives, dit-il. A demain les
affaires sérieuses !

Gontran regarda par la fenêtre sur le boulevard.

— Mon cocher est en bas, répondit-il. En dix minutes
nous serons au boulevard Malesherbes !

— Boulevard Malesherbes ! fit Louis Dalérac, en
s'approchant tout à coup de Vergennes. Je parie que
vous allez chez la baronne de Rives ?

— Tiens, vous avez donc fini, vous ? Eh bien ! oui,
nous allons chez la baronne.

— Pourquoi ?

— Parce que je vous prierai de me présenter, mon
cher vicomte, je brûle du désir de voir de près une
femme aussi accomplie !

— C'est que, mon cher...

Gontran hésitait.

— Ne craignez rien, dit Dalérac. J'ai des gants frais
et j'emporte toujours une cravate blanche dans ma
poche !

Et il sortait d'un papier satiné une petite cravate
de batiste délicatement pliée en quatre.

Gontran et Michel Berthier échangèrent un sourire.

— Laisse-lui donc *placer* sa cravate, fit Michel, il me servira de contenance.

— Et de repoussoir.

— Venez, Dalérac, ajouta Gontran. Il y a un strapontin dans le coupé.

— D'ailleurs, ajouta Michel, à demi-voix et en souriant, le temps est magnifique. Il ne serait même pas mal sur le siége!

Et, tandis qu'après avoir pris congé des membres du *Dîner des Douze*, Michel partait, avec Gontran et Dalérac, au galop des chevaux, Olivier Renaud causait du prochain emprunt avec le banquier Verneuil, le poète Soriolis récitait un poème au docteur Gerveix, qui lui répondait par un *Sonnet à la Jusquiame*, et Paul Vigneron déclarait à Emile Meyer, qui faisait la grimace, que l'Ecole de Rome n'était rien qu'une fabrique·de fruits secs, et que tous les chefs-d'œuvre des maîtres du *nu* ne valaient pas un seul des petits *bonshommes* de Meissonnier.

Quant à Limmansohn, il s'abîmait avec délices dans les splendeurs des *Niebelungen*, tandis que Charles Varoquier, venu d'Olivet pour « reprendre l'air de Paris, » appuyait tranquillement sa bonne figure de notaire campagnard contre le palissandre du piano et dormait...

V

La baronne de Rives habitait, boulevard Haussmann, près de la Chapelle Expiatoire, — dans ces quartiers nouveaux qui semblent, avec les environs du parc Monceaux, attirer et absorber la haute vie parisienne, — un appartement au premier étage qu'elle avait fait meubler avec ce luxe tout moderne dont l'éblouissement est moins somptueux, à coup sûr, que les élégances féminisées du dix-huitième siècle, les sévérités du temps de Louis XIII, ou les grâces de la Renaissance. Tout était, chez madame de Rives, marqué à ce coin un peu banal dans sa beauté qui caractérise les intérieurs « sans caractère » de ce temps-ci.

Après avoir eu la passion de ce qu'on nomme les *bibelots*, dans cette sorte d'argot courant qui appartient aux mondains aussi bien qu'aux artistes, madame de Rives s'était, tout à coup, sentie lasse du *rococo*, des meubles Louis XVI, de la teinte noire des bahuts Henri II, et des ornements dorés des *cabinets* mauresques. Elle avait, comme une simple *anonyma*, avec une joie d'inassouvie, heureuse de renouveler son logis, tout envoyé à l'Hôtel des ventes, et la maison Bourtibourg et Cⁱᵉ s'était chargée de meubler, de fond en comble, le magnifique appartement de la baronne.

— Je n'aime pas beaucoup ces logis qui se ressemblent tous, disait en chemin, à Michel, Gontran de

Vergennes, et en lâchant la bride aux tapissiers on fi-
nirait par ne plus pouvoir entrer dans une maison sans
rencontrer le même salon rouge, le même lustre de
cristal, les mêmes vases de Chine et du Japon et les
mêmes girandoles. Mais si le logis de la baronne ressemble à tous les autres, la baronne ne ressemble à
personne. C'est une adorable et amusante ennuyée,
très-parisienne et très-pratique. Tiens, ce mobilier
justement, ce fameux mobilier aux satins éclatants,
sais-tu comment elle l'a soldé?

— Non.

Dalérac écoutait tout en ayant l'air de ne pas entendre.

— En faisant donner à Bourtibourg, de la maison
Henri Bourtibourg et Cᵉ, la croix de la Légion d'honneur et en changeant ce sieur Bourtibourg, aujourd'hui
retiré des affaires, en un candidat à la députation. Oui,
elle l'a fait élire, tout simplement. Le Bourtibourg, qui
est riche, et qui « représente, » comme on dit, en vaut bien
un autre. Elle l'a appuyé auprès du ministre de l'intérieur, qui l'a appuyé auprès du préfet de Melun, qui
l'a recommandé aux maires, qui l'ont prôné aux gardes
champêtres, qui l'ont imposé aux paysans, et Henri
Bourtibourg, ancien tapissier, est aujourd'hui député
— côté droit, — comme tu es, toi, représentant du
peuple, côté gauche, côté du cœur. Et voilà, mon cher
ami, comment on fabrique un législateur pour solder
la facture d'un fabricant de fauteuils.

— En vérité, mais ta baronne... commença Michel.

— Ma baronne est une femme de ce temps-ci, voilà

tout. Parisienne par la grâce, Américaine par la méthode, femme jusqu'aux ongles et capable, après avoir
écrit un billet comme madame de Sévigné, d'en re-
montrer à Barême comme calculatrice : un adorable
produit qui a affiné jusqu'à la grâce et mis en actions
jusqu'à l'amour. J'ai été fou de madame de Rives pendant huit jours, mais je me suis, fort heureusement,
aperçu bien vite qu'elle est de celles qui, franches en
amitié, sont absolument traîtresses en amour. Et
comme je ne voulais point payer par de longues années de petites calomnies la satisfaction de vanité ou
la mince sensation de plaisir que je pouvais éprouver
pendant quelques heures, je me suis imposé silence à
moi-même et j'ai pris le parti de la conserver pour
amie, afin (ne me prends pas pour M. de la Palisse),
afin de ne pas l'avoir pour ennemie.

— Et si tu crois que le portrait est flatté, fit Michel,
tu te trompes. Tu me parles là d'une femme du monde
comme s'il s'agissait d'une actrice des Bouffes. Il n'est
donc pas difficile de se faire aimer de madame de
Rives?

Dalérac, qu'on supprimait si volontiers dans cette
causerie entre hommes où le bavardage se fait aussi
indiscret que s'il était féminin, attendait la réponse
avec une évidente curiosité.

— Très-difficile, au contraire, répondit Gontran ;
je crois fermement qu'elle n'a jamais aimé personne.

— Alors, c'est un monstre?

— Au contraire encore, c'est peut-être un ange.

— Je ne comprends plus du tout.

— C'est que je ne la comprends pas davantage. Au reste, tu vas la voir. C'est une curieuse, une nerveuse, une femme qui s'ennuie, je te le répète !' Brode sur ce fond de caractère tout ce que la fantaisie peut te dicter d'excentricités, tu arriveras peut-être à définir la baronne. Elle est au mieux avec tout ce que Paris compte d'illustrations de toutes sortes. Nous arrivons dans un soir de causeries intimes, mais les jours où elle reçoit, les ministères, les ambassades, l'Académie, le théâtre, les arts, envoient chez elle leurs représentants les plus célèbres. Elle a sa cour. Son salon est des plus agréables. On y trouve le bon ton du monde sans sa raideur et la liberté du demi-monde sans son débraillé. J'ai vu là, le même soir, un président de République du Sud, un cardinal romain, le chef des fenians d'Irlande, un ministre du jour, trois ministres du lendemain et une autre demi-douzaine d'Excellences de la veille, le tout mêlé à des peintres, des membres de l'Institut, des savants et des chroniqueurs de petits journaux. Une Abbaye-au-Bois sans morgue et avec le Bois et sa cascade en plus : voilà le salon de la Récamier où je te conduis !

En descendant de voiture, Michel Berthier paraissait hésitant.

— Mon cher ami, dit Louis Dalérac qui n'avait soufflé mot durant le trajet, et avait paru profondément intéressé par tout ce que disait Gontran, mais rien n'est plus tentant que de voir de près une telle femme ! En vérité, mais c'est déjà une bonne fortune.

— Allons, Spartiate, laisse-toi tenter, ajouta Gontran.

Ils montèrent lentement l'escalier recouvert d'un tapis, tiré, à chaque marche, par un rouleau de cuivre, qui conduisait chez madame de Rives.

— Est-ce aussi le député Bourtibourg qui a fourni cela? demanda Berthier, d'un ton railleur, et comme pour chercher un prétexte nouveau de ne plus faire un pas en avant.

— Qu'est-ce que ça te fait? dit Gontran.

— L'important, ajouta Dalérac, qui enfonçait ses talons dans la haute laine, c'est que le tapis soit bon.

Lorsque Michel Berthier entra dans le salon, tendu de satin bleu, où se tenait la baronne, il éprouva précisément la même sensation que Dalérac. Les tapis qu'il foulait lui semblaient particulièrement doux, il se sentait transporté dans une atmosphère nouvelle et une vague et caressante odeur d'héliotrope lui montait au cerveau, parfum de femme qui décelait la femme exquise avant qu'on ne l'aperçût.

Madame de Rives était à demi étendue dans un fauteuil de forme basse, au dos large, tandis qu'un gros homme d'un certain âge, à la carrure magnifique, le visage épanoui et coloré, le ruban rouge à la boutonnière, les favoris bien taillés et trop noirs pour n'être pas un peu teints, se tenait assis à côté d'elle, sur un pouf de satin, dont il faisait, tout en causant d'un air enchanté, tourner du bout des doigts les longues franges. Derrière le fauteuil de la baronne, sur le plus large panneau du salon, un beau portrait de Carolus Duran, qui avait fait fureur à l'avant-dernier salon, montrait madame de Rives debout en robe noire, les épaules et les bras nus, se détachant impérieuse à la fois et ironique, sur un fond lumineux de soie d'un bleu intense. — La baronne se leva lorsqu'on annonça M. de Vergennes et ses amis.

Mais en présentant les deux convives du *Dîner des Douze*, Gontran donna une intonation bien différente au nom de Michel Berthier et à celui de Dalérac. On sentait que Michel était le personnage attendu, et que Dalérac entrait dans ce salon à la façon d'un confident de tragédie, d'un comparse, d'un de ces personnages qu'on nomme au théâtre des *utilités* — peut-être parce qu'ils sont très-souvent fort inutiles.

Michel examina rapidement la femme qui venait à lui, souriant d'un sourire étrange, un peu de travers, charmant, un sourire qui relevait, du côté gauche, la lèvre supérieure et qui faisait paraître plus séduisante encore, plus piquante, cette élégante physionomie de jeune femme blonde, mince, la taille bien prise, le teint admirable, les dents éclatantes, la main pure comme un beau marbre, tout cela dans l'épanouisse-ment complet de la beauté de vingt-huit à trente ans.

Madame de Rives était vêtue d'une robe de crêpe de Chine bleu pâle, garnie de dentelles blanches et de nœuds de faille bleu clair, qui dessinait d'une provo-quante façon la sveltesse de son corps et faisait res-sortir davantage la grâce particulière à cette beauté blonde se découpant, telle que le peintre l'avait repré-sentée, sur le fond de satin du petit salon, comme une figure bien enlevée dans un harmonieux tableau.

Au coin du corsage ouvert carré, et dont la dentelle

couvrait à demi une poitrine en quelque sorte juvénile, une rose naturelle était fixée, à gauche, et sa note, souriante et parfumée, avait pour écho une autre rose, aussi fraîche et comme baignée de rosée, piquée dans l'or profond des cheveux.

Les bras, des bras ronds et d'un ravissant dessin, s'échappaient avec des ondulations de col de cygne, des flots de dentelles blanches qui terminaient les larges manches tombant plus bas que le coude, ce coude qu'elles laissaient apercevoir parfois, aviyé comme par une touche de pastel rose.

Le cou sortait, pur et sans nul ornement, élégant, savoureux, appelant le baiser, du corsage ouvert, tandis que de longues boucles d'oreilles, où le diamant mêlait ses éclairs au sourire des turquoises, tombaient le long des joues d'un contour jeune et délicat.

Michel ne fut frappé que par l'ensemble de cette physionomie, qui faisait songer, en les rendant plus hautains et plus électriques à la fois, aux visages piquants et comme railleurs des coquettes du siècle dernier. La baronne en avait la séduction malicieuse, mais avec un accent plus libre, plus inquiet, plus moderne, plus irritant aussi, et quand son œil d'un bleu gris, acéré, ne souriait plus, il devait prendre une expression nouvelle, quelque chose de résolu, d'implacable et de cruel.

Pour le moment, l'œil était caressant et doux comme la voix, et Michel trouva réellement charmante cette figure, dont les lèvres ressemblaient à une double cerise et dont la peau blanche et satinée faisait revenir à la mémoire les fades madrigaux du temps passé. Précisément, cette grâce un peu maniérée déplut tout d'abord au jeune homme. Ce qui le charma, ce fut la façon aimable dont, avec des mouvements de chatte, la jolie baronne l'accueillit.

Après l'avoir fait asseoir, elle prit place devant lui, l'étoffe de sa robe dessinant autour de son corps des plis souples et voluptueux, et ses souliers de faille bleue, à hauts talons Louis XV, apparaissant, petits et cambrés avec leurs nœuds de dentelle, laissaient voir des bas de soie à coins brodés qui semblaient baiser la peau en l'emprisonnant étroitement.

A travers les portières à demi soulevées, des accords de piano arrivaient jusqu'à Michel, sautillants et alertes comme les figures d'un quadrille.

La baronne se pencha à demi sur le dossier de son fauteuil afin d'ajouter plus de force à sa voix, et, tandis que Michel admirait les lignes séduisantes que donnait à ce souple corps de femme cette cambrure inattendue, elle s'écria, en riant, à quelqu'un placé dans un autre salon, et qu'on ne voyait pas :

— Avez-vous fini de déchiffrer *Chilpéric*, Nadèje ?

— C'est son frère, c'est Tancrède qui la pousse à ça, dit alors le gros homme à l'air satisfait, qui continuait à tresser autour de ses doigts les franges du pouf.

— Ah ! vous avez là deux enfants accomplis, fit la baronne avec un léger ton d'ironie.

— Oui, chacun d'eux représente un million qui marche, répliqua le père tout simplement.

Dalérac contemplait cet homme avec un évident respect, tandis que Gontran, après avoir échangé un regard avec madame de Rives, se mordait la lèvre pour ne pas rire.

La baronne se tourna alors décidément vers Michel, et, avec un sourire accueillant, qui découvrit encore ses dents admirables, attirantes comme la neige :

— Monsieur, dit-elle, je remercie vivement mon ami M. de Vergennes d'avoir bien voulu vous amener ici ; il y avait longtemps que votre renommée m'avait donné le désir de connaître votre personne.

Berthier s'inclina.

— Cette sorte de renommée dont vous parlez, madame, dit-il, a tant d'inconvénients qu'il faut bien qu'elle ait aussi ses compensations. L'une d'elles est cette sympathie inconnue qui naît pour nous en de certaines âmes, et dont nous ne pouvons pas toujours nous féliciter, puisque nous ne la connaissons malheureusement presque jamais !

La phrase était bien faite, trop bien faite, et, sous une apparence de modestie courtoise, elle décelait une certaine vanité, d'ailleurs presque naturelle, mais qui ne pouvait échapper à une femme telle que la baronne. Un petit sourire, à la fois railleur et flatteur, releva le coin de la bouche de madame de Rives. C'était justement ce sourire de travers qui lui donnait un charme singulier, troublant, agaçant et mystérieux.

— Monsieur Bourtibourg, député de Seine-et-Marne, dit-elle, en présentant le gros homme cravaté de blanc et décoré. Puisque vous êtes destinés à vous rencontrer au Corps législatif et (elle sourit encore) à vous

combattre, je suis enchantée de rendre le duel moins
terrible. Vous vous souviendrez, j'espère, lorsque vous
lutterez là-bas, que vous vous êtes tout d'abord sa-
lués chez moi.

Michel salua en effet M. Bourtibourg, qui lui
rendit son salut d'un air très grave, en homme dont
tous les gestes, comme toutes les actions, doivent avoir
une signification politique.

— Je connaissais monsieur de réputation, dit alors
Berthier; et vous vous êtes présenté à Melun contre un
de mes amis.

— Savignotte? Oui. Ah! le pauvre diable, fit Bourtibourg avec un gros rire et un style de commis-voya-
geur qui a enlevé un client à un concurrent, je lui ai
joliment coupé l'herbe sous le pied!

— Voilà qui n'est pas un langage très-généreux pour
un vainqueur, mon cher Bourtibourg, fit la baronne.

— Je l'ai enfoncé, si vous aimez mieux. Entre un
Savignotte — un publiciste comme il s'appelle — et
moi, les électeurs ne pouvaient pas hésiter beaucoup.

— Ils ont cependant hésité, dit Michel; votre victoire est d'autant plus complète qu'elle a été plus dis-
putée!

— Nous avions l'administration pour nous, dit la
baronne en souriant un peu de la grimace que fit
Bourtibourg.

— L'administration! L'administration! Elle a fait de
belles choses, l'administration! Parlons-en!

— Oh! oh! Bourtibourg, un mot encore et vous
tombez dans l'ingratitude. M. de Bovelles, le préfet de

Melun, est mon intime ami, et sans lui, sans le ministre et sans moi....

— Bien, interrompit Bourtibourg avec humeur, dites tout de suite à M. Berthier que mon élection mérite d'être cassée et, en sa qualité d'opposant, il me prendra pour tête de Turc lors de la vérification des pouvoirs !

— Oh! mon cher collègue, dit Berthier, en se plaisant à prononcer ce mot et en lui donnant cependant un petit accent légèrement narquois, ce qui se dit devant moi chez madame de Rives est, non point banal comme une causerie, mais sacré comme une confidence !

— Bourtibourg n'en doute pas, fit la baronne, et moi, monsieur Berthier, je suis enchantée de voir que je ne m'étais pas trompée !

— Trompée ?

— Oui, quand je soutenais que vous n'étiez pas, comme on voulait le donner à entendre, un forcené, un boute-feu, un iconoclaste....

— En vérité ? Et qui vous avait dit que j'étais tout cela ? Sur l'honneur, madame, je n'ai point porté la tête de madame de Lamballe au bout d'une pique !

— Si ce n'est toi, c'est donc ton frère ! dit Gontran de Vergennes en riant.

La conversation se maintenait ainsi dans les généralités et les banalités, et Michel, qui trouvait cependant la baronne fort jolie, n'éprouvait pas un plaisir bien grand à avoir accompagné Gontran jusque chez elle, lorsque la portière du petit salon se souleva et le domestique annonça M. le comte et mademoiselle de Morangis.

— Pardieu. dit Gontran à l'oreille de Michel, tu as de la chance, tu vas voir la plus jolie jeune fille de Paris !

La baronne s'était levée et tendait déjà la main à un homme d'une cinquantaine d'années, grand, grisonnant, la barbe entière, comme poudrée par l'âge, le profil net et fier, l'œil bon et bleu, le crâne déjà chauve, portant à la boutonnière la rosette de la Légion d'honneur, et qui, entrant avec sa fille à son bras, au lieu de saluer simplement la baronne, lui prit la main avec une bonne grâce de gentilhomme et la baisa galamment à la vieille mode.

C'était M. François de Morangis, pair de France sous Louis-Philippe, et pair de France opposant, membre de l'Institut, légitimiste boudeur depuis l'Empire, et qui se consolait des déceptions de la politique avec ses travaux littéraires auxquels il devait une place choisie à l'Académie des sciences morales et politiques.

Le comte était surtout célèbre pour son grand ouvrage sur la *Vie de Couvent au Moyen-Age,* où il avait montré, avec une érudition et une émotion singulières, tout ce que la civilisation doit, paraît-il, à ces moines qui ont sauvé les lettres et les arts durant les longues années sanglantes et barbares.

M. de Morangis s'était bien gardé, d'ailleurs, d'énumérer tout ce que la pudeur monacale a détruit de manuscrits, gratté ou anéanti d'antiques ouvrages. Son livre n'était qu'un tableau incomplet, mais pénétrant, poétique et séduisant comme un roman.

Un lien assez étroit unissait M. de Morangis à madame de Rives. La baronne était sa cousine, une cousine éloi-

gnée, mais qu'il avait dû autrefois épouser et qu'il avait
sincèrement aimée sans aucun doute, s'efforçant d'oublier cependant cet amour pour demeurer fidèle à la
mémoire de celle qui lui avait donné Pauline. Et le souvenir de cette sorte d'idylle ancienne lui était demeuré
comme un parfum qui ne s'évaporerait pas. Il pardon-
nait bien des choses à la baronne, sa vie capricieuse et
agitée d'aujourd'hui, par exemple, en souvenir de ses
candeurs et de ses séductions d'autrefois. M. de Morangis
était, au surplus, de ces hommes qui n'ont réellement pas
l'instinct du mal et qui, ne l'apercevant point, le nient.

Le comte était demeuré, dans le monde un peu
rigoriste du faubourg Saint-Germain, un des défenseurs
de cette baronne qui, en se familiarisant avec l'Empire,
s'était déclassée, disait-on, et il soutenait très-souvent,
en toute bonne foi, que madame de Rives était la plus
honnête des femmes.

— L'auteur de la *Vie de Couvent* devrait demander
plus que cela, lui dit un jour la vieille duchesse douai-
rière de Croix-Mare, il devrait exiger que ce fût la plus
vertueuse des femmes! Il y a un monde entre une certaine honnêteté et la Vertu!

— Oui, duchesse, répondit M. de Morangis ; mais que
voulez-vous? Les études que j'ai précisément faites
m'ont enseigné, avant toutes choses, la plus chère des
vertus...

— Qui est?

— La Charité !

Ce qui faisait dire, sans méchanceté aucune, à la duchesse, ce mot répété même dans les couloirs de l'Insti-

tut : « François de Morangis est un mondain qui s'occupe d'études religieuses. Il nous a peint des moines de
salons. C'est le Dubufe des couvents. »

— J'aime mieux les séductions rosées de Murillo que
les rudesses de Zurbaran, répondit M. de Morangis,
quand il connut le *mot*.

M. de Morangis était donc, avant tout, un galant
homme, un esprit aimable et une âme un peu naïve, en
dépit de l'âge. Il avait perdu, après un an de mariage,
la comtesse Jeanne, sa femme, qui lui avait laissé une
fille dont le comte faisait littéralement son admiration
et sa vie.

C'était cette enfant dont Gontran avait dit tout à
l'heure à l'oreille de Michel :

— Tu vas voir la plus jolie jeune fille de Paris !

Lorsqu'elle entra, au bras de son père, délicieusement
vêtue d'une robe d'algérienne blanche, forme grecque,
avec une guirlande de roses de différentes couleurs
courant de l'épaule à la ceinture, un bouquet de roses
dans ses cheveux châtains, le visage sérieux, le teint
pâle et mat, de grands cils noirs s'abaissant sur des
yeux d'un bleu profond, pleins de pensées, ses cheveux
formant, sur sa joue, à côté de son oreille d'un dessin
charmant, une sorte d'ombre ; lorsqu'elle inclina doucement vers le baiser de madame de Rives son beau
front pur, sans rides mais déjà grave, semblait-il, et
comme penché sous une précoce douleur, Michel se sentit réellement frappé d'une admiration muette, comme
devant une statue élégante ou une œuvre d'art.

Tout était harmonie dans ce corps jeune et élancé ;

la robe caressait les contours d'une poitrine exquise. Il y avait, dans cette jeune fille de dix-huit ans, une noblesse d'allure et un rhythme de gestes qui imposaient et qui charmaient. Le regard de mademoiselle de Morangis rencontra, par hasard, celui de Michel.

Ce furent les paupières du jeune homme qui se baissèrent, non qu'il y eût dans les prunelles de cette enfant rien de provoquant ou d'audacieux, mais parce que quelque chose de pensif, d'interrogateur, d'attristé, de pénétrant tombait de ses yeux et leur donnait la puissance troublante des regards d'un juge.

— Comme vous voilà belle, ma chère Pauline, dit madame de Rives après avoir contemplé un moment mademoiselle de Morangis. C'est charmant, cette guirlande de roses ! Où allez-vous ainsi ?

—Chez madame de Poyenval, dit Pauline avec une voix exquise, aux notes chaudes et graves mais un peu lentes, comme alanguies, et sans que le compliment de madame de Rives eût fait passer sur son beau visage pâle, régulier et mélancolique comme certaines figures de Gleyre, autre chose qu'un sourire où la lassitude était plus visible que la coquetterie.

— Madame de Poyenval reçoit donc encore ?

— Oui, avant de partir pour Trouville !

— Irez-vous à Trouville ?

— Certes, dit M. de Morangis. Oh ! je suis bien décidé, baronne, à tout essayer pour dissiper cette mélancolie dont Pauline...

Il s'arrêta sur un signe rapide de mademoiselle de Morangis qui, d'un coup d'œil circulaire, lui montra, sans sévérité, avec prière plutôt, Michel Berthier, Gontran de Vergennes et ceux qui écoutaient.

M. de Morangis s'arrêta, mais, eût-il continué, que Michel Berthier ne l'eût pas entendu. Il était tout entier à la contemplation de ces deux femmes, si différentes et si parfaitement belles : la jeune fille qui demeurait sérieuse comme si la vie l'eût déçue au premier pas qu'elle avait fait, et la femme qui gardait encore, naturel ou contraint, le sourire heureux, triomphant, à peine déformé par quelque fugitive amertume, de la jeune fille qui espère. Et il se disait que c'était la beauté parfaite, cette enfant belle et chaste comme une apparition sacrée et cette femme séduisante comme un rêve affolé ! L'une était le calme, la gravité, la tendresse un peu attristée, l'autre l'esprit et la grâce vivante, avec l'enlacement et le coup de fouet de la torpille.

Michel alors imaginait, par la pensée, un duel improbable, un duel de passion où chacune d'elles, la baronne et la jeune fille, seraient appelées à jouer un rôle et il se demandait de quel côté serait la victoire.

Quand il regardait Pauline, ses yeux bleus et limpides, son front sévère, sa beauté de Diane impeccable : « Elle triompherait ! » se disait-il. Puis, lorsqu'il examinait madame de Rives, avec son sourire énigmatique et son irrésistible attrait qui cachait, on le devinait, toute science : « Non, ajoutait-il, celle qui vaincrait, ce serait elle ! »

L'impétueuse entrée des deux enfants de M. Bourtibourg coupa court aux réflexions de Michel. Mademoiselle Nadèje avait achevé le finale de *Chilpéric.* Elle avait entendu la voix de Pauline, sa camarade de couvent. Elle accourait. Tancrède Bourtibourg, son frère, petit, rosé, pommadé, blond et coquet, le gilet échancré, une fleur à l'habit, faisant tournoyer un carreau rond — qu'il appelait *son œil* — au bout d'un cordon de soie noire, suivait Nadèje qui, dans sa toilette de mousseline agrémentée de fleurs enguirlandée et attifée, ressemblait, toute blonde, tout empoudrerizée et toute fade, à la caricature de son frère. Deux bonbons. Tancrède avait vingt-quatre ans; Nadèje en avait dix-neuf.

— Pauline! dit Nadèje en se jetant au cou de mademoiselle de Morangis. Ah! que je suis contente de te voir!

Elle poussa ensuite un cri d'étonnement.

— Mais laisse-moi te regarder! Tu es ravissante! Peste, quel luxe! Tu deviens donc coquette?

— Non! dit Pauline.

— Et qui a pu te décider à te mettre un peu à la mode, comme tout le monde, toi qui là-bas étais, de nous toutes, la moins occupée de chiffons?

— Qui? Personne.

— Oh! personne! Et M. de Morangis?

— Oui, mademoiselle, dit à Nadèje M. de Morangis, vous avez deviné, c'est pour moi que Pauline se pare. Il faut bien plaire un peu à son père, n'est-ce pas?

— Certainement, fit Bourtibourg, certainement. Oui, voilà le devoir d'une jeune fille bien élevée!

— Eh bien, papa, dit Tancrède en incrustant son monocle devant son œil droit, Nadèje ne t'a-t-elle pas

obéi? On a copié la toilette que voici dans la *Vie Pari-*
sienne. Robe de mousseline à pouf Camargo, retroussé
par une ceinture de taffetas, mousseline formant bas-
ques, sabots, fichu, tablier, etc., etc. Une marguerite
cachant chaque soulier. Tout est pur, absolument pur.
Voilà une toilette que je conseillerai pour la prochaine
pièce de Meilhac, à...

— A qui?

— Rien. A personne !

Et, se penchant à l'oreille de Gontran, à qui il avait
tendu deux doigts en passant :

— J'allais faire « un impair ! » dit-il.

Pauline de Morangis s'était assise, mais pour se relever assez vite et demander à madame de Rives la per-
mission de se retirer.

— Comment, Pauline, dit la baronne, vous appa-
raissez et disparaissez ? Aidez-moi au moins à servir le
thé !

Mademoiselle de Morangis s'excusa avec grâce. Elle
était fatiguée et il fallait absolument qu'elle se
montrât chez madame de Poyenval. Elle l'avait promis. Le ton, tout discret qu'il fût, dont M. de Morangis
ajouta ces derniers mots à l'excuse de sa fille, fit deviner à Michel Berthier qu'il s'agissait sans doute de
quelque présentation, d'un projet de mariage peut-
être, et il en ressentit instinctivement, sans bien s'en
rendre compte, un léger dépit.

— Alors, fit la baronne, vous ne serez venue, ma chère
enfant, que pour nous laisser des regrets ! En vérité,
ce n'est pas bien,

Elle sourit, embrassa la jeune fille et ajouta :

— N'importe. Je vous pardonne. Et j'ai bien de la
bonté, dit-elle à M. de Morangis, car Pauline est de
ces anges dont, au contraire, on doit implorer le pardon !

A ces mots, et Michel le remarqua, le visage de M. de
Morangis se rembrunit visiblement. Le comte essaya
de sourire et de remercier, mais il ne put donner à ses
lèvres qu'une expression de tristesse profonde.

Pauline salua la baronne, embrassa mademoiselle
Bourtibourg, s'inclina à demi en promenant un regard
circulaire sur les hôtes de madame de Rives, et Michel
Berthier se sentit enveloppé d'une atmosphère réchauf-
fante lorsque les yeux d'un bleu puissant de cette enfant
rencontrèrent ses prunelles, puis tout disparut comme
une vision, et le jeune homme entendit à la fois Gontran et Dalérac qui disaient : — Adorable !

— Elle est charmante, ajouta madame de Rives lorsque le comte et mademoiselle de Morangis furent
partis. Et, de plus, riche comme si elle était hideuse.
Oui, voilà un des plus beaux partis que je con-
naisse.

— M. de Morangis doit avoir une jolie fortune, fit
Bourtibourg sur le ton d'un homme qui va traiter une
affaire.

— Il a cinq millions... Peut-être davantage.

— Et mademoiselle Pauline est fille unique?

— Unique.

Les yeux de M. Bourtibourg cherchèrent instinctivement ceux de son fils Tancrède, comme pour lui bien

faire remarquer le chiffre qu'avait cité la baronne et
pour lui indiquer une piste à suivre.

— Cinq millions! se disait Michel.

— Et avec cette fortune, M. de Morangis est parfaitement malheureux. Pourquoi? dit madame de Rives en
voyant l'étonnement de ceux qui l'écoutaient. Parce que
cette ravissante jeune fille que vous avez vue là a l'horreur absolue du monde et de la vie et qu'elle veut tout
simplement se faire religieuse.

— Religieuse! dit Bourtibourg avec une stupéfaction
profonde.

— Religieuse? fit Michel.

— L'appétit du cloître, le dégoût de l'existence nor-
male, quelque chagrin secret, quelque douleur ina-
vouée.... et voilà une nonne en perspective.

— Ce serait dommage, dit Tancrède Bourtibourg,
tandis que Dalérac demandait à Gontran de Vergennes
s'il ne connaissait pas le secret de mademoiselle de
Morangis.

— Mais c'est tout un roman, dit en souriant Michel
Berthier, plus étonné qu'il ne le voulait paraître.

— Oh! fit mademoiselle Bourtibourg, au couvent
des Oiseaux, Pauline était déjà rêveuse et triste comme
elle l'est aujourd'hui. Elle n'aimait rien de ce que nous
aimions.

— Et qu'est-ce que vous aimiez, mademoiselle? demanda Gontran. Je suis peut-être indiscret....

— Non, du tout. Mon Dieu, nous aimions ce que tout
le monde aime, les comptes-rendus des premières représentations que nous lisions, en cachette, dans les

journaux que nous prêtaient nos frères, les échos des
courses, la musique d'Offenbach, les dessins de Grévin...

— L'Encyclopédie des gens du demi-monde !

— Chacune de nous avait un surnom. Mathilde de
Méran, — tu sais, Tancrède, ta danseuse de Vichy, —
nous l'appelions Saule-Pleureur. Pauline, qui était moins
poseuse et plus sérieuse, avait, à cause de sa mélancolie, mérité le surnom de mademoiselle de La Vallière.

— Il lui va bien ! dit Dalérac.

— Pauline a l'énergie en plus, fit la baronne.

— Et vous, mademoiselle, dit Gontran à Nadèje, on
vous appelait?

— Moi?.... Toquette !....

— Joli nom ! fit Dalérac.

— Très-distingué ! ajouta Gontran.

Michel ne disait plus rien, n'écoutait plus. Il regardait madame de Rives. Il trouvait quelque chose d'irrésistible à son sourire, et cependant sa pensée se re-
portait invinciblement vers Pauline de Morangis, si
belle, si charmante et si riche! A côté de ces deux femmes, comme la figure charmante de la petite grisette
juive, comme le profil de Lia semblait effacé, perdu
dans une sorte de pénombre !

— Bah ! reprit la baronne en riant, la mélancolie de
Pauline n'aura qu'un temps. Le jour où elle rencontrera
celui qu'elle doit aimer, tout sera dit. Plus de brouillard, le grand soleil. Ah ! messieurs, messieurs, le beau
rôle à remplir pour vous : arracher cette jeune fille au
couvent et faire battre ce grand cœur honnête ! Les pa-
ladins d'autrefois n'auraient pas hésité.

— D'autant plus, dit Gontran de Vergennes, qu'au
bout de l'entreprise sont la pomme d'or et le trésor enchanté ! Cinq millions !

— Ça ne se trouve pas dans le fer d'un cheval, dit
M. Bourtibourg. Ma fille et mon fils n'en représentent
que deux, et c'est déjà gentil !

Un domestique apportait une table à thé où les gâteaux apparaissaient dans des assiettes de Sèvres ornées
du tortil héraldique en or mat bruni à effet. Madame de
Rives servit le thé, pendant que Nadèje présentait
les gâteaux, sucrés d'un sourire.

En arrivant à Michel, la baronne, lui offrant la
tasse, le regarda avec son énigmatique sourire, et demeura un moment toute droite devant lui, comme si,
dans un regard, elle eût voulu le braver, le séduire ou
le deviner, et Berthier ressentit, pour la première fois,
la puissance aiguë et troublante de l'œil bleuâtre de
cette femme.

Il essaya d'abord de demeurer impassible, poli et
froid ; puis, sous le coup d'œil glissant à travers les
cils, devant le sourire et l'expression de ce visage qui
semblait avoir étudié l'ironie du portrait de la Joconde,
il se sentit frissonner, faiblir, et la baronne eut alors
dans la prunelle et sur les lèvres un double éclair de
triomphe.

Elle se sentait intérieurement dominatrice et, dès la
première rencontre, elle avait enfoncé, comme un
stylet, la flamme de son regard au fond de ce cœur.

VI

Michel était encore sous l'impression de ce regard, lorsque madame de Rives, qui avait disparu un moment dans le petit salon où tout à l'heure mademoiselle Bourtibourg jouait des airs d'Hervé, reparut, tenant à la main un petit encrier bleu, joli comme une bonbonnière et posé, avec un porte-plume d'or, sur une sorte de cahier bleu aux tranches dorées.

— Ah ! bravo, baronne, s'écria Gontran en apercevant le petit cahier ; voilà qui est intéressant, et l'élu de Paris va être encore forcé de faire sa profession de foi !

— Comment cela ? demanda Michel.

La baronne souriait avec une malice délicieuse.

— Après le supplice de l'Album, dit-elle, je n'en connais pas de plus désagréable que celui du Livre de Confessions, mais je n'en sais point de plus curieux aussi !

Michel regardait l'encrier, la plume et le cahier et devinait qu'il s'agissait d'autographe. Il y était habitué.

Le jeune Tancrède Bourtibourg le contemplait pourtant d'un air narquois, comme un homme auquel on va infliger une corvée, tandis que le député, son père, lui murmurait à l'oreille :

— Tu as entendu ce que la baronne a dit tout à

l'heure de mademoiselle de Morangis. Voilà une affaire !
Au lieu de t'endetter pour des drôlesses !

— C'est que les drôlesses sont drôles, fit Tancrède,
tandis que le mariage...

— Tais-toi, le mariage est la plus belle des institu-
tions. N'en médis point, je te prie. Tu ne sais pas s'il
n'y a point quelqu'un qui t'écoute et qui voudrait
épouser ta sœur.

— Ma sœur ? Oh ! pas difficile à caser, ma sœur !
Elle a le million !

— Et l'autre en a cinq !

— Moralité : elle peut se marier cinq fois !

— Incorrigible !

— Voici ce dont il s'agit, disait madame de Rives à
Michel ; il faut répondre aux questions posées dans ce
livre, y répondre franchement, nettement... Vous verrez qu'il y a dans mon Livre Bleu plus d'une personnalité remarquable qui n'a pas craint de livrer son secret... Suivez l'exemple, voici une plume, de l'encre,
une table... Nous vous donnons cinq minutes pour
vous confesser... Et même je vous accorde le droit de
ne pas répondre aux questions qui vous paraîtraient
un peu trop impertinentes.

— Je répondrai à toutes, madame, dit Berthier en
prenant la plume que lui tendaient les jolis doigts de la
baronne.

— Et prends garde à toi, fit Gontran. Tourne sept
fois la plume entre le médium, l'index et le pouce, tes
électeurs te contemplent !

Michel feuilletait machinalement le Livre Bleu pour

chercher des réponses agréables autant que pour connaître celles que ses prédécesseurs avaient faites. Le
jeu serait piquant s'il était sincère ; mais, en se confessant ainsi, chacun prend une attitude, un sourire ou
un rictus. Le jeune tribun obéit à la règle générale. Il
se drapa dans son austérité, laissant échapper cependant la vérité à travers les plis de ce manteau.

— Voyons ! dit madame de Rives, curieuse, lorsque
Michel eut achevé d'écrire.

Elle prit le petit cahier, s'approcha de la cheminée,
et, à la lueur des lampes, tandis que Michel, un peu
pâle, regardait les dessins du tapis et que les autres
écoutaient, elle lut, tantôt souriant, tantôt faisant la
moue, applaudissant ou critiquant d'un signe de tête,
la confession que voici :

« — Quelle est votre vertu favorite ? — La fidélité !

« — Votre qualité favorite chez l'homme ? — La cheva-
« lerie !

« — Chez la femme ? — La douceur.

(Madame de Rives fit une moue charmante.)

« — Votre occupation favorite ? — Travailler, étudier.

— Et parler, murmura Gontran.

« — Le trait principal de votre caractère ? — Le désir
« d'être aimé !

— C'est bien banal, mais il est des souhaits plus ir-
réalisables, fit la baronne.

« — Votre idée du bonheur ? — Le rêve !

« — Votre idée du malheur ? — L'absence.

« — Votre couleur et votre fleur favorites ?

Michel avait regardé la toilette de madame de Rives,

t il avait répondu : « *Le bleu et le rose.* » Elle s'en perçut très-bien.

« — *Si vous n'étiez pas vous, qui voudriez-vous être?* — *Mirabeau.*

— Je l'attendais, fit la baronne.

« — *Où préféreriez-vous vivre? — Ici.* ·

— Et je m'y attendais, fit-elle encore.

Elle ne paraissait cependant pas railler la banalité des réponses.

« — *Quels sont vos héros favoris dans le roman?* — *Julien Sorel, Rastignac.*

— Ah! bah! dit madame de Rives. Ils sont cependant bien égoïstes et bien secs!

— Mais ils réussissent, songeait Michel Berthier.

« — *Vos héroïnes favorites dans l'histoire et le roman?* — *Charlotte Corday, la duchesse de Langeais.* »

— Pas mal, dit madame de Rives.

— Il oublie Isabelle la bouquetière, dit Tancrède à Gontran.

—Et Marie-Antoinette, fit mademoiselle Nadèje, qui s'était mise, pour suivre le ton, à la religion de la reine.

La baronne lut assez bas, et rapidement, d'autres questions, d'autres réponses, et, comme si elle eût eu hâte d'arriver aux dernières. plus précises et plus indiscrètes, elle regarda les dernières lignes de la page que venait de couvrir Berthier sur le Livre Bleu :.

« — *Quels caractères détestez-vous le plus dans l'histoire? — L'apostat, les renégats.*

« — *Quelle est votre situation d'esprit actuelle? — Le sentiment du devoir à accomplir,*

« — *Quelle est votre devise favorite?* — SEMPRE DI-
« RITTO : *toujours droit.* »

. — Bravo ! fit madame de Rives, après avoir achevé
cette lecture. Vous auriez pu faire afficher cette con-
fession-là, monsieur Berthier. On vous eût nommé député sur la simple lecture de ces réponses !

— Un peu puritain, Berthier, murmura doucement
Dalérac à l'oreille de Gontran. Il finira par passer pour
poseur !

— Vous êtes un véritable ami, vous, dit Gontran.

— La franchise avant tout, répliqua Dalérac.

— Seulement, ajouta la baronne, prenez garde ! Ce
maudit petit Livre Bleu a déjà survécu à bien des crises,
et il a vu bien des transformations humaines. Ce qui
est écrit là est ineffaçable. Qui sait si vous ne vous re-
pentirez pas un jour d'y avoir dépensé quelques gouttes d'encre?

— Jamais, dit Michel Berthier avec fermeté.

Les événements les plus décisifs de la vie d'un homme
appartiennent souvent au hasard. C'était par une sorte
de désœuvrement et un peu de curiosité que Michel avait
suivi Gontran de Vergennes chez madame de Rives, et
il sentait instinctivement en en sortant que les deux
heures qu'il venait de passer là seraient peut être les
plus importantes de sa vie.

C'était malgré lui-même cependant qu'il s'avouait
cela. Lorsque le moment était venu de prendre congé
de la baronne, madame de Rives l'avait, avec une insistance toute particulière, engagé à venir à ses récep-

ions intimes, le remerciant d'avoir bien voulu perdre, lui, un homme politique dont, le rôle à remplir était si grand, une soirée à des jeux de femme désœuvrée.

— Mais puisque vous voulez bien dire que vos réponses au Livre Bleu étaient sincères, souvenez-vous que vous y avez écrit que c'est ici que vous préféreriez vivre et venez-y quelquefois! C'est promis? fit-elle avec son sourire ineffable.

Dalérac, remarquant avec un certain dépit qu'on ne l'invitait pas, lui, prit le parti de répondre pour Michel Berthier, et assura à la baronne que son salon n'aurait pas d'hôtes plus fidèles. Michel en fit même l'observation à Dalérac, d'un ton un peu vif. Il semblait ne pas tenir beaucoup à reparaître chez madame de Rives.

— Toi? Et pourquoi? demanda Gontran lorsque Dalérac les eût quittés. Tu as réussi chez la baronne comme je te souhaite de réussir à la Chambre. Est-ce la famille Bourtibourg qui t'ennuie? Parce que Bourtibourg est gouvernemental? Ce respectable tapissier, ton adversaire, te donnera sa fille quand tu voudras. Je parie qu'il ne serait pas fâché de se mettre bien avec l'opposition tout en demeurant en bons termes avec le pouvoir. Il t'a salué avec une majesté! Les réponses du Livre Bleu l'ont stupéfait. Note que la petite Nadèje est jolie, qu'elle aura *le million*, comme dit son frère, et que, sauf sa manie de collectionner des portraits de Marie-Antoinette et des objets ayant appartenu à la reine, — simple façon d'imiter l'impératrice, — elle

6.

n'est ni plus sotte ni plus mondaine que les quatre-
vingts dixièmes des femmes de ce temps-ci !

— Il ne s'agit pas de cela, répondit Michel, je ne
reviendrai pas chez la baronne, parce que la baronne
ne me plaît pas autant que j'aurais pu le croire d'après
ce que tu m'en avais dit.

— Elle te déplaît ?

— Non, mais son sourire m'a plus d'une fois donné sur
les nerfs. Elle a une façon de vous regarder d'un air
railleur qui vous irrite...

— Dis qui vous trouble. Oh ! ça, mais, Berthier, la
jolie madame Francine de Rives a produit sur toi plus
d'effet que tu ne te l'imagines, mon bon !

— Elle s'appelle Francine ? demanda Michel.

— De mieux en mieux ! Tu t'inquiètes de son nom !
Et tu le trouves joli, je parie, adorable, charmant ?
Très-bien. C'est ce que ton favori Stendhal appelle *la
cristallisation*. Ça prend, mon cher ami, ça se fige !

— Tais-toi, fit Berthier, je ne pense pas du tout
à la baronne.

— Alors c'est à mademoiselle de Morangis ?

— Pourquoi mademoiselle de Morangis ?

— Parce qu'elle est ravissante. Et vraiment une telle
créature à sauver du froid du cloître, c'est tentant !

— Sauve-la, toi !

— Je suis trop gai !

— Et moi trop triste. Au reste, dit Michel, comme à
lui-même et avec un geste de nerveuse impatience, tu
sais bien que je ne puis pas me marier...

— Comment ?

— Lia, fit Michel, faisant tenir tout le secret de sa vie dans un nom.

— Je croyais que c'était fini, dit Gontran. Ce n'est donc pas fini ?

— Non.

— Ça dure trop pour un amour qui ne doit pas toujours durer.

— Peut-être. Mais quand cet amour vous tient au cœur par des racines profondes...

— On creuse un trou plus grand et on fait plus d'efforts pour les arracher, mais on les arrache, et je te raconterai peut-être un jour comment j'ai fait, moi.

— Tu as donc aimé ?

— Tu es poli ! C'est comme si tu me demandais si je suis vacciné et si j'ai passé mon baccalauréat. Allons, à bientôt, Michel, et — je connais la baronne — n'oublie pas que je serai peut-être capable de te demander bientôt ta protection pour être bien reçu chez elle, moi qui t'ai présenté aujourd'hui. Sérieusement, elle t'a trouvé charmant...

— Crois-tu ? fit Michel.

Gontran s'était déjà éloigné. Il descendait vers la rue d'Aumale, où il demeurait, tandis que Michel prenait la rue de Douai, à demi déserte, pour rentrer dans son logis de l'avenue Trudaine.

Sa tête était lourde comme après une nuit d'insomnie. Les deux images si différentes de madame de Rives et de Pauline de Morangis passaient et repassaient devant ses yeux comme des visions ; il se répétait, comme s'il les eût pesés, ces deux noms : *Francine* et *Pauline*, demandant en quelque sorte à chacun d'eux son secret.

Les adorables femmes !

Et ce qui frappait surtout en elles, c'était, chez Francine, cette séduction capiteuse et dangereuse qui attirait Michel comme un charme et qui le faisait reculer comme un péril, et chez Pauline, cette beauté calme et grave à laquelle ce chiffre éloquent : « cinq millions » ajoutait sa valeur nette et absolue, écrasante.

Michel était enfiévré et sentait à ses poignets battre ses artères. Il avait soif de calme, de repos et d'oubli, et, — comme après les fatigantes heures de l'élection, c'était auprès de Lia qu'il avait cherché un refuge, — ce fut chez elle qu'il alla, ce fut elle qui lui apparut, semblable à la consolation vivante.

Au moment de sonner à la porte de l'avenue Trudaine, il rebroussa chemin, remonta vers le boulevard de Clichy, et, à chaque pas, il se disait :

— Si j'avais le courage d'imposer Lia au monde, le bonheur serait là ! Mais comment Gontran, qui représente l'opinion facile et pratique des indulgents, se rencontre-t-il avec Pierre Ménard pour me dire qu'il faut en finir? C'est qu'en effet, l'obstacle et le danger sont là, et qu'il faut sacrifier à mon avenir la pauvre fille qui m'a donné sa vie. Mais du moins lui demanderai-je encore, — et avec quelle joie ! — d'étouffer mes angoisses et de calmer mes fièvres, chère bien-aimée, sous ses baisers!

VII

Tout dormait dans le logis du boulevard lorsque.
Michel Berthier y entra. Une petite lumière continuait
à briller dans la maisonnette de Lia, à travers les
arbres du jardin. Combien de fois Michel avait-il appelé cette lumière son étoile ! Il entra dans le cher logis
et il trouva la jeune femme encore éveillée. Il n'avait
pas fait de bruit pour la voir sans la troubler et jouir
de sa surprise.

Couchée, Lia, tenant un livre, lisait. La lumière
d'une bougie caressait, la couvrant d'ombre, sa peau
brune, chaude, et son profil se dessinait, sérieux, sur
cet oreiller où elle enfonçait coquettement ses épaules.
Elle repliait sous les draps les jambes et, y appuyant
le livre, elle en tournait les feuillets de sa main droite,
tandis que l'autre bras, nu, sortant d'une manchette
de dentelles, pendait, au dehors du lit, avec des ondulations exquises.

On n'apercevait sous la chemisette qui ourlait, con-
tournait cette poitrine jeune, que les grâces timides du
sein qui se soulevait doucement avec la régularité d'haleine d'un enfant qui dort. Toute cette physionomie
piquante était pourtant grave, la bouche s'entr'ouvrait
doucement et la lumière se jouait sur les cheveux
noirs, luisant sur le duvet soyeux des joues ou sur le
lobe de l'oreille, rosé et nacré comme certains coquil-
lages.

Michel la trouvait maintenant cent fois plus belle que
Pauline de Morangis, cent fois plus séduisante que cette
étrange baronne de Rives.

— Bonjour, Lia ! dit-il en allant vers elle, les bras
tendus.

Elle se jeta à son cou, l'embrassa, le questionna, le
regarda toute ravie.

— Un habit noir ! Une cravate blanche ! Tu viens de
quelque fête encore ?

— Qu'importe d'où je viens ? Ma joie est ici, tiens,
dans cette petite chambre !

Et il remarqua qu'elle était bleue, comme le petit
salon tendu de satin de madame de Rives. Un petit réduit, sans autre luxe que ces mille riens intimes qui
font le logis aimé : une cheminée, garnie d'une cre-
tonne bleue à fleurs blanches et d'une ligne de clous
de cuivre qui brillaient. Au chevet du lit, les portraits
préférés ; le petit calendrier en papier satiné où se marquaient les jours heureux ; l'armoire à glace devant
laquelle s'habillait Lia en se donnant, en passant, un
sourire ; le piano fermé sur lequel couraient les parti-
tions, les boîtes à ouvrage, et cette toilette à dessus de
marbre où l'on sentait les parfums de violette que la
femme aimait.

— Le courage de rester ici, ah ! ce courage, qui me
le donnera ? se répétait intérieurement Michel, comme
s'il eût continué sa conversation avec Gontran de Vergennes.

Et, contemplant Lia, il se disait qu'après tout elle
était bien, elle qui s'était donnée sans compter, aussi

digne de respect que cette fille du comte de Morangis, qui avait l'effroi de la vie et la folie du cloître, et que cette baronne de Rives dont on ne voyait jamais le mari, pleurant peut-être au fond du Berri son existence brisée.

— Ah ! si j'osais ! pensait Michel.

Mais tout aussitôt la réalité se dressait devant lui, froide, coupante, terrible. Avec Lia, l'avenir était borné, Michel n'étant pas riche, et un mariage avec elle se trouvait aussitôt exploité par ses ennemis qui en colportaient méchamment la nouvelle.

Le beau législateur, forcé de mettre ordre à ses affaires intimes avant de s'occuper des affaires publiques ! Cette légitimation du passé pouvait prendre les proportions d'un scandale ! Cette bonne action pouvait peser dans la vie de Michel Berthier plus lourdement qu'une faute !

— A quoi bon songer à cela? se dit-il. Nous verrons demain !

Demain ! Et c'est ainsi qu'on laisse passer les jours et les années. Les heures d'oubli s'accumulent, et le caprice prend un nom douloureux dont le pseudonyme décent est l'habitude. On a sacrifié inutilement une partie de sa propre vie et on a gâché celle d'une créature qui ne songeait plus à ce lendemain dont on disait : « Ce sera le dernier jour ! »

Le lendemain, Michel Berthier ne put s'empêcher de songer à l'appartement de la baronne de Rives et aux tapisseries de la maison Bourtibourg, en se retrouvant dans cette chambre d'amoureux à la fenêtre de laquelle

il avait si souvent rêvé, regardant les passereaux sau-
tiller à travers les branches, dans le petit jardin.
Elle avait, cette chambre, ce désordre pittoresque et
gai qui ressemble à la chevelure ébouriffée d'une enfant.
Tout traînait de tous côtés. L'ombrelle était posée sur
l'encrier ; le corset, dégrafé et jeté sur la chaise, riait
près d'une bottine couchée sur le côté comme une barque au repos ou un chat endormi. Le corsage violet, ac-
croché au pied du lit, avait, avec le chapeau de paille
un tête-à-tête muet. Des journaux couraient, à demi
froissés, çà et là. Un éventail, entr'ouvert, pendait
a la muraille, à côté d'un portrait-carte encadré.
Des fleurs sortaient de vases de porcelaine à fond
chamois ourlé de roses, et semblaient humer un rayon
de soleil qui entrait, par la fenêtre, comme pour ga-
miner.

Tout cela, l'édredon jeté dans un coin et gardant
encore l'empreinte des petits pieds roses qui s'étaient
posés dessus comme des pieds de nymphe sur une
outre aux fêtes dionysiaques, la robe de chambre jetée
au hasard sur les chaises, les rubans mis à côté des
livres, le papier blanc à côté du sucrier, ces robes ac-
crochées, ces armoires entr'ouvertes, ces brosses galo-
pant sur la cheminée, tout cela eût paru le cadre désor-
donné de quelque bohème, sans ce je ne sais quoi de
gai, de sain, de riant, qu'avait cette petite chambre
bleue, et sans ce parfum de jeunesse et d'amour vrai qui
semblait tout envelopper, tout illuminer et tout em-
baumer.

Et cependant, pour la première fois, en regardant ce

logis, cette chambre, cette femme, Michel Berthier se sentait le cœur serré et apercevait distinctement sous la poésie grisante de ce cher désordre la réalité cruelle, la vérité dure et nue. Lia, éveillée, sortait sa petite tête d'oiseau, qui se détachait, brune, la peau mate, sur les draps blancs, en regardant avec des yeux brillants et curieux. Elle ramenait ses cheveux, emmêlés par le sommeil, frisant sur le front, et Michel comparait cette enfant, fillette de Mürger, avec l'élégance de la baronne de Rives ou la beauté à la fois sympathique et altière de mademoiselle de Morangis.

Il était de ces gens qu'une tristesse soudaine, irrésistible et nerveuse, envahit lorsqu'ils arrêtent leur pensée sur un sujet cruel. Michel était venu chercher l'oubli auprès de Lia et, pour la première fois peut-être, il y trouvait, plus profond encore, le sentiment navrant d'une situation qui ne pouvait se dénouer que par un déchirement.

La pauvre Lia connaissait trop bien Berthier pour n'avoir pas vu que quelque amère pensée lui avait traversé l'esprit :

— Tu es tout sombre, dit-elle. Regarde-moi. Tu n'es plus le même. Qu'as-tu donc ?

— Rien !

Elle vit qu'il fallait chasser de cet esprit inquiet toute tristesse et, croyant encore à sa puissance d'autrefois, elle se leva et, par un de ces enfantillages d'amoureux qui plaisaient tant à Michel, elle voulut dissiper ses pensées troublantes.

Elle se savait jolie, d'ailleurs, et comptait sur sa

grâce; elle se redressait, toute fière, avec une attitude
de statue, ses traits charmants prenant alors comme
une expression sévère, et après avoir eu le charme, elle
avait le style. Ses cheveux se déroulaient en nattes sur
ses épaules, et elle les dénouait rapidement, les rejetait
en arrière comme un flot, et, les lissant sur ses tempes,
elle souriait à Michel. Puis elle disparut, le laissa un
moment seul, rêvant, et reparut bientôt transformée.

— Si tu ne m'aimes plus, dit-elle alors en riant, tiens,
voici une autre femme !

Elle s'était costumée comme en Africaine, un pei-
gnoir blanc caressant et modelant son corps, et l'é-
chancrure laissait apercevoir la peau ambrée de la poitrine, où brillait un collier à grains d'or.

Elle avait à ses oreilles les boucles de filigrane
découpées en forme de croissant que Michel avait, un
jour, apportées de Cadix, et sa physionomie orientale
prenait, grâce à ces bijoux, un caractère nouveau.

Coquette, elle laissait pendre maintenant ses nattes
dénouées.

Sa beauté rayonnait d'une expression étrange qui
rendait, semblait-il, ses yeux noirs plus brillants, et
plus éclatantes ses dents blanches.

Michel la regarda un moment, la comparant tantôt
à Francine, tantôt à Pauline, puis, il l'embrassa au front
et lui dit, avec un sourire qu'elle ne lui avait jamais
vu :

— Tu es toujours belle !

Et il s'excusa de ne pouvoir rester.

— Tu ne déjeuneras pas ici? demanda-t-elle.

— Non. Il faut que je rentre. On m'attend.

— Bien sûr?

— Je te le dis, fit-il un peu froid.

Lia sentait en lui une dureté inaccoutumée.

Elle hocha la tête.

— Je riais tout à l'heure, dit-elle, mais j'ai bien peur d'avoir dit vrai; tu ne m'aimes plus...

— Es-tu folle !

— Ou tu ne vas plus m'aimer. Non, c'est vrai, tu as raison, je suis folle, c'est impossible. Mais pourquoi pars-tu si vite? Oui, je sais, je sais... tu ne m'appartiens pas... Il faut que tu songes à toi, à ton avenir, à ta gloire !... Eh bien! va, mon aimé, et ne t'inquiète pas de moi, mais donne-moi toujours les miettes de ton temps dont est fait mon bonheur à moi !

Il la quitta. Il avait hâte d'être seul, pour songer encore peut-être à la soirée de la veille. Lia le suivit des yeux, elle, à la fenêtre, lui, s'éloignant par le jardin et par la longue allée. Elle s'attendait à le voir relever vers elle son visage ; elle voulait lui envoyer, de la main et des lèvres, un salut un souhait, un sourire. Il ne se détourna pas.

Il était encore à portée de sa vue que la pauvre fille ne le voyait déjà plus, ses beaux grands yeux étant voilés et aveuglés de larmes.

Gontran devinait juste. Il était évident que le souvenir de Francine de Rives absorbait profondément Michel Berthier. La baronne avait fait sur cet homme, peu habitué aux séductions de certaines femmes, une impression vive et en quelque sorte aiguë, et Michel, après avoir éprouvé un sentiment de révolte contre la magnétique puissance de madame de Rives, s'y abandonnait avec une volupté véritable. Il se rappelait, non sans vanité, que Vergennes, ce Parisien à l'œil exercé, avait remarqué l'effet produit par lui sur la baronne. Michel avait encore dans les prunelles le regard pénétrant de Francine. Il lui restait là quelque chose comme cette tache noire qui demeure, lorsqu'on a regardé en face quelque point brillant.

Poussé par le besoin de confidences qu'on éprouve à de certaines heures climatériques, il parlait volontiers de madame de Rives; il en parla même à Pierre Ménard, qui lui dit tout net :

— La baronne est bien connue. C'est elle qui a rallié le polémiste du *Courrier du Dimanche*, Berger-Delanoue, à l'Empire.

— Est-elle donc si dévouée à la dynastie? Je lui ai été présenté et elle ne m'a point semblé, je l'avoue franchement, de la religion de César.

— C'est une femme très-dangereuse, dit Ménard, voilà tout ce que je sais !

Michel eut bientôt pris sur Francine tous les renseignements presque banals que peut fournir le bavardage parisien sur ceux qui *font partie du rond*, ou qui *sont dans le train*, comme disait volontiers Gontran de Vergennes. La baronne, à tout prendre, sortit de l'enquête sans blessure. Fille du marquis de Rouvre, qui était le roi du *turf*, sous Louis-Philippe, et que des spéculations maladroites avaient ruiné, elle avait épousé, sans amour, paraît-il, mais pour obéir à son père, le baron

Jacques de Rives, et le marquis de Rouvre, connaissant
le loyal et noble caractère du baron, était mort certain
du bonheur de sa fille.

Et assurément M. de Rives eût rendu Francine heureuse si la passion pouvait suffire à assurer le bonheur. Il n'était pas vieux, et sans avoir l'aspect d'un
héros de roman, on le trouvait élégant, érudit, spirituel, même sympathique et grave ; en outre, il adorait
sa femme, et il y avait à la fois dans son amour de la
passion, du dévouement et du sacrifice. Francine, toute
fière de se sentir ainsi aimée par un homme dont elle
reconnaissait la supériorité, avait d'abord rendu affection pour affection, amour pour amour. Mais le baron
l'aimait un peu à la façon des égoïstes qui traitent une
femme comme l'avare un trésor et le cachent.

Or, Francine avait rêvé, avec le mariage, une vie active de plaisirs et de fêtes. Les toilettes, les bals, les
loges aux Italiens et les réceptions à la cour l'avaient
séduite plus encore que le mari. Pourquoi M. de Rives
ne présentait-il pas sa femme dans le monde ? Elle se
disait bien souvent que vivre d'une telle façon, c'était
seulement avoir changé de couvent et de réclusion.

Jacques de Rives s'aperçut enfin que son amour
quelque profond qu'il fût, ne suffisait pas à la vie de
Francine. Il essaya alors de reconquérir le terrain
perdu. Malgré sa répugnance, il demanda à faire partie
de la cour qui renaissait après le coup d'État, et bientôt
Francine fit une éclatante entrée dans le monde officiel. Elle eut tous les succès de vanité, tous les triomphes de la femme, mais l'amertume et la misanthropie

du baron, qui passait un peu comme Alceste au milieu
de ces fêtes, les lui faisaient payer trop cher.

Madame de Rives n'était pas heureuse. La réalité se
trouvait toujours au-dessous de ses espérances. Elle était
née pour la fièvre, le mouvement ne lui suffisait pas.
Sans cesse ennuyée, elle aspirait nonchalamment à un
avenir meilleur. A chaque surprise nouvelle, son regard
non rassasié semblait dire : *Après?* Tous les fruits dé-
fendus et toutes les routes dangereuses la tentaient. Elle
avait soif des vins énivrants de la passion ; peu lui im-
portaient les séductions de ce monde. Au fond, c'était
les délices, non du paradis perdu, mais des paradis qui
perdent, qu'elle demandait.

Toutes les fautes et tous les crimes ont leur genèse.
Bientôt vient le septième jour, où l'on se repose, au
milieu d'un monde nouveau créé par l'esprit malade
et déjà plein de remords et de reproches. Mais Francine devait s'éveiller de son rêve sans connaître ni reproches ni remords. Elle avait mis, une fois, le pied
dans le sentier mauvais. Elle y marcha bientôt bravement, sans se soucier de l'affection de ce mari qui,
lorsqu'il s'aperçut de l'outrage fait à son honneur,
préféra le silence au scandale, la souffrance à la colère, et se retira dans son château, après avoir laissé
à Francine une fortune plus que suffisante pour ne
pas tomber jusqu'à la vénalité après être descendue
jusqu'à la honte.

Et dès lors Francine avait vécu entourée, fêtée, acceptée, comptant pour quelque chose dans le monde le
plus élevé de l'Empire, exerçant son influence jusque

dans les sphères les plus hautes, souvent attaquée, plus
souvent défendue; calomniée, disaient les uns; plus
dangereuse qu'elle ne le paraissait encore, affirmaient
les autres : une de ces puissances non pas occultes, mais
bizarres et inexpliquées, qu'on subit sans les respecter ,
et qui, trop mystérieuses et trop douteuses pour qu'on
s'incline devant elles, sont trop accueillantes et dispo-
sent de trop d'attraits et de pouvoirs pour qu'on ne les
subisse point, souvent même avec plaisir. Le déclasse-
ment de la société actuelle a multiplié et multiplie tous
les jours ces types singuliers qui semblent prendre plaisir à vivre en marge pour n'être pas confondus avec la
foule et pour être, en deux mots, plus remarqués et
plus applaudis.

Michel Berthier apprenait tout cela à la fois, et, loin
de se sentir effrayé ou refroidi par ces renseignements
qui pouvaient être faux ou exagérés, il se trouvait au
contraire, plus à l'aise maintenant devant la baronne
de Rives. Une hermine l'eût troublé, une grande dame
sans tache lui eût inspiré un sentiment voisin de la vé-
nération, c'est-à-dire de la froideur. Francine, attaquée
ainsi, lui semblait plus femme et plus accessible à ses
regards, peut-être aussi à ses espérances.

Après s'être juré tout d'abord de ne plus reparaître
chez elle, il était devenu, peu à peu, l'hôte assidu de
son salon. Il avait plaisir à écouter, à étudier, à con-
templer cette créature étrange et charmante, qui tantôt
l'accueillait avec une préférence marquée et des sourires d'une expression caressante, tantôt le recevait avec
l'espèce de banalité, d'une politesse exquise, qu'elle

avait pour Dalérac ou pour Tancrède Bourtibourg.

Ces changements d'humeur, ces inégalités de caractère, ces effusions qui se glaçaient et cette réserve qui se fondait ensuite en confidences, produisaient sur Michel cette sorte d'irritation qui nait de l'appétit surexcité et non satisfait. Il était mécontent de lui-même et devenait volontiers maussade : il comparait alors, en immolant la femme à la jeune fille, cette admirable Pauline de Morangis, si chastement charmante, à Francine de Rives ; et pourtant mademoiselle de Morangis n'avait guère sur lui d'autre séduction que son titre et sa fortune.

Il sortait parfois du salon de madame de Rives en se disant que cette baronne jouant à la Célimène méritait, sans nul doute, tout ce que la médisance colportait sur elle ; puis, le lendemain, Francine prenait à ses yeux l'aspect d'un ange, et il se livrait intérieurement à des transports furieux contre cette chose infâme qu'on appelle la calomnie.

Michel Berthier se croyait un être absolument fort et n'était qu'un nerveux ballotté par les événements qui le grandissaient en le portant. D'un talent supérieur et d'une âme mollement trempée, cet homme incarnait en lui les aspirations, les élans et les faiblesses d'une époque où, de toutes les maladies physiques, la plus fréquente est l'anémie, et de tous les malaises moraux, le plus terrible est l'affaissement, l'effacement des caractères.

Il était encore dans tout l'enivrement de son succès, et, en quelque sorte, dans la lune de miel de la gloire,

et déjà il se sentait troublé, inquiet, assailli par le
doute et l'ennui. Le Devoir se dressait devant lui quotidiennement sous des formes multiples qui lui prenaient son temps, sa liberté, sa solitude. C'était la visite d'un électeur pauvre. C'était la lettre d'un conseiller qui faisait, d'un style farouche, connaître au tribun
la route à suivre. C'était quelque compagnon d'exil de
Vincent Berthier qui rappelait au fils les dernières paroles du père. C'étaient des comités de secours, les
organisateurs d'une bibliothèque d'arrondissément, les
délégués de quelque corporation ouvrière, qui venaient
demander à Michel de les présider. Il fallait écrire, il
fallait recevoir, il fallait répondre.

Les électeurs de la circonscription qui avait vu la
défaite de M. Brot-Lechesne organisèrent certain soir,
en l'honneur du candidat victorieux, un banquet
donné, sous l'œil de la police, dans une espèce de
salle de bal du boulevard extérieur.

Le banquet était présidé par un orateur populaire
fort écouté, teneur de livres dans la maison Bourtibourg, doué d'une éloquence ironique et vibrante, et
unissant dans toute sa personne les ressources intellec-
tuelles de la bourgeoisie lettrée aux ressentiments du
travailleur mal rétribué.

Lia avait voulu accompagner Michel Berthier jusqu'à la salle du banquet.

— Je te vois si rarement, disait-elle ; laisse-moi
cette joie de faire quelques pas avec toi. La nuit est
presque tombée et, ce soir, le temps est sombre. Qui
te verrait ?

Il consentit. Ils allèrent ainsi jusqu'à la porte du banquet, logé dans l'annexe du vaste établissement d'un marchand de vins traiteur.

Pendant le chemin, Lia avait plusieurs fois balbutié des commencements de confidences, comme si elle eût voulu dire à Michel quelque chose qu'elle n'osait formuler, et lui, tout préoccupé de la réunion à laquelle il se rendait, et des paroles qu'il y devait prononcer, n'avait pas fait grande attention aux élans bientôt réprimés de Lia.

Elle commençait d'ailleurs, sans qu'il s'en rendît compte, à occuper moins de place dans sa pensée. Depuis quelque temps, l'image féminine qui se présentait à lui, lorsqu'il rêvait, n'avait plus le profil de la petite juive, mais plutôt le sourire à la Monna Lisa de madame de Rives. Lia attribuait aux soucis de la politique et aux devoirs de son nouvel état l'espèce de froideur inaccoutumée qui, peu à peu, semblait s'emparer de Michel.

Michel ne venait plus que rarement au logis du boulevard de Clichy. Que de fois elle l'attendait, inquiète, désespérée, tremblant qu'il ne fût arrivé un malheur ! Quand il ne venait pas, toutes les angoisses emplissaient l'âme de la pauvre fille. Elle croyait que Michel était arrêté ou qu'il se battait. Un duel ! Elle avait si souvent entendu parler de duels ! Le matin, plus d'une fois, la surprit à sa fenêtre, pâle, fatiguée, les yeux rouges.

Mais elle ne lui disait rien de toutes ces craintes. Elle eût redouté qu'il s'en fâchât, ou, ce qui eût été plus cruel, qu'il se prît à en rire. Elle se contentait de lui dire qu'elle l'aimait quand il venait et de penser, — consolation suprême! — à l'éternité de cet amour lorsqu'il ne venait pas.

L'idée que Michel pût aimer une autre femme ne lui était jamais venue. Lia n'était point jalouse, étant certaine de l'affection de cet homme. Au surplus, — quelle joie! — elle était invinciblement assurée de l'avenir depuis que... Comment lui dirait-elle cela? Quelle surprise! quelle émotion! quelle joie! Et elle marchait au bras de Michel, se serrant contre lui avec des frissons pleins de caresses, et le regardant de côté avec ses yeux de gazelle, épiant le moment favorable pour lui apprendre un doux secret qui lui brûlait les lèvres et lui inondait le cœur [d'une] ivresse folle, inattendue, sans limites.

Elle eût tout dit si Michel eût compris à demi-mot, mais la pensée du jeune homme était évidemment bien loin de Lia. Elle le sentait, elle le lisait clairement sur cette physionomie troublée.

Il mordillait sa lèvre inférieure et ses dents s'y marquaient, visibles.

— Attendons, se disait-elle. Qu'importe! Ce sera toujours si bon de dire cela!

Devant l'entrée de la salle du banquet, elle lui murmura : Au revoir.

Les éternels sergents de ville se promenaient deux par deux, lentement, devant le logis.

— Allons, dit Lia, ne m'oublie pas, et, ce soir quand tu reviendras, eh! bien... je te dirai quelque chose.

— Quoi?

Il la regarda fixement, et ne fut pas aussi frappé qu'il eût pu l'être de l'expression de joie étrange et un peu confuse qui éclairait ce joli visage.

— Mais qu'y a-t-il? demanda-t-il encore.

— Ce qu'il y a? Rien. Un secret. Tu le sauras plus tard. Et tu seras heureux, va, Michel! Oui. Entre. Va-t'en. A bientôt!

Les doigts de Lia serrèrent, à traverser leurs gants, la main de Michel, qui ne se donna point la peine de chercher à deviner ce que voulait dire sa maîtresse. Il franchit, tandis que Lia le regardait toujours, — un peu effrayée de le voir disparaître et courir peut-être au devant de quelque danger, — la porte qui s'ouvrait sur la salle du banquet, monta quelques marches d'un escalier de bois, et, poussant une porte, il se trouva brusquement au milieu de deux ou trois cents convives qui, dès qu'ils l'aperçurent, l'acclamèrent avec énergie.

Dès cette entrée, Michel fut soudain comme enveloppé de quelque chose de réchauffant. Il sentait que ceux qui étaient là l'aimaient et l'aimaient sans le connaître, virilement, profondément, comme s'il était dit que les plus vives sympathies et les plus profonds dévouements humains sont les sympathies et les dévouements inconnus.

La table du banquet était disposée en forme de fer à cheval. Au centre, deux places d'honneur réservées: l'une pour Faverjolles, le président, l'autre pour Michel Berthier.

Malgré lui, et poussé par son esprit analytique, le

jeune député comparait, par la pensée, cette salle des
boulevards extérieurs, aux murs nus, couverts d'une
couche de peinture au jaune de chrome, cette longue
table de bois blanc, dont la nappe encore humide sentait la lessive, avec le salon de restaurant du *Dîner des
Douze*, ou le boudoir de satin bleu de la baronne, et
dès l'abord il se sentit plus à l'aise, dans ce milieu
mâle et franc, parmi ces ouvriers aux belles têtes énergiques qui s'étaient cotisés pour lui offrir ce repas, et
qui le regardaient avec cette expression naïvement ad-
mirative des âmes d'enfants.

Sur un signe de lui, plus d'un de ces hommes se
serait fait tuer avec joie! Michel le sentait, le voyait
clairement et il en était fier. Le général jette avant le
combat, sur ses troupes, le même coup d'œil que Michel Berthier donna à ceux qui étaient là et qui l'a-
vaient, en quelque sorte, sacré.

Il était heureux. Il se trouvait enfin dans une saine atmosphère. C'est maintenant surtout qu'il découvrait
chez madame de Rives certaines coquetteries dangereuses qu'il n'avait jamais remarquées. La rudesse des
mains qu'on lui tendait à l'envi, avec hâte, avec respect, avec ce besoin qu'a le peuple de toucher son
fétiche, lui faisait du bien. Cela lui semblait doux.

Le banquet, ouvert par un *speech* du président, fut
électrique et chaud. On avait placé devant Michel un
énorme bouquet de fleurs tricolores, où des *wergiss-
mein-nicht* formaient, au centre, deux lettres : R. F. Il
les regardait machinalement, tout en causant et se
disant, avec la préoccupation de l'orateur qui cherche

des *effets* d'éloquence comme le peintre des effets de couleur et l'acteur des jeux de physionomie :

— Ces fleurs-là me serviront tout à l'heure de péroraison !

Et elles lui donnèrent vraiment l'occasion d'un nouveau triomphe. Tous les convives avaient hâte d'arriver au dessert pour entendre enfin la parole de Michel Berthier.

Des propos s'échangeaient à travers la table :

— Tu ne l'as pas encore entendu ?

— Non. Je n'ai pas pu assister aux réunions électorales. Nous étions *pressés* chez le patron. Une forte commande. On était dans le coup de feu. Et il parle bien ?

— Tu m'en diras des nouvelles.

— Mieux que Bancel ?

— Mieux que Bancel.

— Diable !

L'orateur parlait bien, en effet, et, dès qu'il ouvrit la bouche, son auditoire fut conquis. L'assemblée était là, d'ailleurs, pour applaudir. Chaque électeur admirait son œuvre.

Michel Berthier fut littéralement acclamé et tous les convives se levèrent pour lui faire une ovation lorsque, après avoir répété sous une forme nouvelle les remerciements qu'il avait déjà adressés tant de fois à ses électeurs, il saisit le bouquet placé devant lui et faisant allusion aux fleurettes bleues, aux « Ne m'oubliez pas » qui formaient au centre les deux lettres R. F., il s'écria dans le langage un peu déclamatoire mais saisissant du Lamennais des *Paroles d'un croyant* :

« — Pauvre bouquet, qui es-tu ?

« — Je suis le bouquet de fleurs qui vient te rappeler
de n'oublier jamais la République !

« — T'oublier, moi ?... Y pensez-vous, fleurs bleues
de nos ruisseaux de France ? »

Et, continuant ainsi, d'une façon presque lyrique,
Michel donnait à son discours la saveur d'un morceau
de littérature et l'accent d'une poésie. Il connaissait
l'instinct artistique du peuple de Paris, et c'était à cet
instinct qu'il s'adressait.

Alors, il fit connaître, dans ce style vague et séduisant, quel était l'idéal vers lequel il marchait ; ce qu'il
voulait, ce qu'il souhaitait, ce qu'il réclamerait au Corps
législatif, c'était l'amélioration matérielle et morale du
sort de ceux qui souffrent ; le développement de l'instruction, de l'industrie, du crédit ; il salua l'aube de
la liberté naissante, et, revenant à ce bouquet, maintenant rejeté sur la table :

—Ces fleurs se faneront, dit-il, mais ce qui durera éternellement, c'est mon dévouement pour vous, qui m'avez
élu, et pour la liberté que nous voulons donner à la
France !

Les bravos frénétiques, dont on couvrait Michel Berthier, n'étaient pas encore achevés, qu'un homme se levait au fond de la salle, un homme très-pâle, très-mai-
gre, la barbe et les cheveux roux, l'œil bleu et un
peu hagard, une sorte de Christ tragique, dont l'énergique et osseux visage sortait d'un paletot noir râpé et
strictement boutonné, et qui, remerciant Michel Berthier des paroles que le député venait de prononcer,

lui rappelait aussitôt que la liberté était le souverain
bien, mais que l'égalité était le souverain but.

— L'égalité et le bonheur de tous, dit cet homme,
voilà ce que nous attendons de vous, citoyen Berthier,
et non des *bonzes* et des *vieilles barbes* de la démocratie !

La voix était assez énergique, le geste bref et viril.
Tout d'abord, les convives s'étonnèrent de l'audace de
cet inconnu qui prenait la parole après Michel Berthier. Le président Faverjolles risqua même de faire
observer que c'était à quelques voix autorisées, comme
celle de Pierre Ménard, de répondre à la harangue du
représentant du peuple.

Mais déjà un sentiment de sympathie soudaine succédait à l'étonnement et allait droit vers l'inconnu.
Cette pâle incarnation de la souffrance frappait à la
fois tous les convives, comme une revendication vivante.
Ils avaient soif de l'écouter, ce nouveau venu qui se
dressait ainsi, hardiment, demandant à compléter le
programme du député favori, et, mieux que cela, exi-
geant que Michel Berthier complétât sur-le-champ
ce programme.

Et l'inconnu, d'une voix stridente et brève, récitait,
en leur donnant parfois une forme nouvelle, les phrases
principales du *Manifeste des Egaux*, répétant avec Ba-
beuf que la terre n'est à personne et que les fruits sont
à tout le monde, et s'écriant, avec une terrible ferveur
d'apôtre :

« — Assez et trop longtemps, moins d'un million
d'individus dispose de ce qui appartient à plus de

ingt millions de leurs semblables, leurs égaux !... Dis-
araissez, révoltantes distinctions ! Qu'il ne soit plus
'autre différence parmi les hommes que celle de l'âge
t du sexe ! Puisque tous ont les mêmes besoins et les
nêmes facultés, qu'il n'y ait plus pour eux qu'une
eule éducation, une seule nourriture. Ils se con-
entent d'un seul soleil et d'un air pour tous; pourquoi la même portion et la même qualité d'aliments ne
uffiraient-ils pas à chacun d'eux ? »

Cet homme se contentait de déclamer le fragment qui,
ans ses lectures, l'avait enfiévré sans doute et lui était
pparu comme l'évidence, comme le but envié et géné-
eux, mais Berthier sentit avec effroi, tandis que l'ora-
eur enflait sa voix, passer sur les convives le téné-
reux battement d'ailes de la Chimère.

Devant cette perspective enivrante du bonheur com-
nun, de la commune existence, de l'égalité et de la féli-
ité suprêmes, les yeux s'embrasaient comme ceux des
ervents devant une cité sainte. Quelque chose d'inquiétant et de farouche passait sur ces fronts honnêtes.

— Va-t-il donc réciter le *Manifeste* tout entier ? de-
nanda Michel à Faverjolles.

Le président essaya d'arrêter l'homme qui parlait ;
l prétexta l'heure avancée de la soirée, l'oreille de la
oolice qui pouvait être là. Mais des voix irritées répon-
lirent violemment à Faverjolles. Un sentiment de jus-
ice animait cette salle.

— On vous a écouté quand vous avez parlé, dit quelqu'un, écoutez à votre tour, citoyen Faverjolles !

Et, applaudi, acclamé à son tour, l'homme conti-

nuait, livide, résolu, sec et impassible, le regard fixe
et souriant à la fois, comme un martyr qui va droit
devant lui en dépit des bourreaux.

Michel Berthier se sentait de plus en plus effaré devant ce quelque chose d'inconnu, à quoi il se heurtait. Son idéal à lui, la liberté, aboutissait là : — à la
chimérique perspective de la communauté ! Ce qu'il
rêvait de grand devenait une satisfaction d'appétits.
Ce qu'il détestait dans le césarisme, il le retrouvait dans
ceux qui l'avaient élu. Il parlait au cœur, on applaudissait ; cet homme parlait au ventre, on applaudissait
encore. Michel eut comme le frisson et comme l'angoisse de quelque terrible avenir.

Il songeait. Il était muet tandis que les convives,
électrisés, demandaient frénétiquement le nom de l'orateur qui venait de parler et que celui-ci, toujours froid
et convaincu, de sa voix stridente répondait :

— Qu'importe mon nom ? Mon nom est Jean Levabre !
Mais mon véritable nom, quand je parle ainsi, c'est
« le Peuple » ou « le Pauvre ! »

Et l'accent qu'il mit dans ces mots, l'éclair qui passa
dans ses yeux bleus, le rictus qui traversa sa barbe
rousse, révélaient une existence de tortures, de luttes,
de défaites, une âpre vie trempée de ces larmes·qui
rendent le pain tristement amer.

Ce fut Pierre Ménard qui répondit à cet orateur convaincu et souffrant de la misère. Avec l'autorité de
l'exilé qui n'a rien demandé à son parti que le droit de
risquer pour lui son indépendance et sa vie ; avec le
mâle orgueil du patriote qui s'est voué tout entier à son

pays, il rappela vaillamment à ceux qui venaient d'applaudir Jean Levabre que les deux mots glorifiés par les aïeux de 92 étaient le mot de *dévouement* et le mot de *sacrifice*.

Il opposa aux théories décevantes des Egaux la religion sainte du Devoir. Il montra, à travers les âges, les générations s'immolant, dans la recherche de la liberté, aux générations futures, et il fit comprendre à ces esprits rudes que la fin d'un homme libre mourant dans sa liberté est préférable à cette égalité trompeuse que les Césars font miroiter aussi bien que les utopistes, et qui n'est que l'égalité du pourceau devant l'auge.

Il brandit en quelque sorte, sans faiblir le drapeau du stoïcisme. Il montra le peuple de 92 mourant de faim peut-être, mais redressant le front devant le Tableau de ses Droits proclamés, et après avoir, en souriant, opposé au babouviste le mot du proverbe arabe : « Que parlez-vous d'égalité absolue ? Les cinq doigts de la main ne sont pas égaux ! » il conclut en proclamant que tout homme, tout citoyen a devant la patrie, devant l'Etat, une égalité de droits, une égalité de devoirs, et en répétant, avec la vigoureuse ardeur d'un homme qui a reçu la tradition virile de nos aïeux du dix-huitième siècle, que le sacrifice et le dévouement font la durée des nations, comme ils font la fierté des hommes, tandis que l'appétit et la jouissance ne sont que le signe précurseur de rapides décadences.

Il y avait tant de conviction dans les paroles de Ménard, que les convives se sentirent, en quelque sorte, retournés par ce cri d'une conscience résolue. Tout le

passé de l'exilé appuyait d'ailleurs éloquemment sa
protestation, et derrière lui se dressait la vision altière
des tribuns d'autrefois qui n'avaient pas seulement fait
un pacte avec la mort, mais avec les privations et la
misère.

Un frisson généreux avait passé sur les auditeurs, et
Ménard, à cette heure, eût pu leur demander, exiger
d'eux tous les sacrifices. Il se contenta de leur donner
une leçon de sagesse, ajoutant familièrement, après les
fiers accents qu'il avait fait entendre, que la fermeté,
la résistance légale et la patience, sont aussi des armes,
et peut-être les mieux trempées; qu'il faut, avant tout,
rassurer et non effrayer; que «les minorités ne peuvent
devenir majorités qu'en détachant des adhérents des
autres partis, et que ce n'est pas assez d'avoir raison
pour devenir forts en nombre, qu'il faut encore prouver aux indifférents qu'on n'a pas tort. »

Ce dernier conseil était donné d'un ton d'une bonhomie mâle et à la fois un peu narquoise, à la Franklin,
qui contrastait étrangement avec l'aspect robuste et
résolu de Ménard. On sentait que ce n'était point par
pusillanimité, mais par le sentiment profond d'une tactique honnête et excellente aussi, que le *bonze*, comme
l'eût appelé Jean Levabre, conseillait la modération;
nul n'eût douté qu'à l'heure du péril, Pierre Ménard
ne se fût retrouvé au premier rang, la tête haute et
haut le cœur.

Les applaudissements qui lui répondirent montrèrent
bien que l'ancien compagnon de Vincent Berthier avait
deviné juste, et qu'il savait toucher les plus nobles

cordes d'un auditoire. Le banquet s'acheva sur ce
triomphe. Michel ajouta encore quelques mots, mais
seulement en manière de conclusion ; il engagea Levabre à venir le trouver pour discuter plus profondément et de plus près les doctrines que l'orateur populaire venait d'énoncer ; il embrassa Faverjolles, ne
pouvant, disait-il, donner l'accolade à toute l'assemblée, et s'éloigna au bras de Ménard, tandis que les
convives applaudissaient encore.

Il y en avait qui, placés aux deux bouts de la salle et
n'ayant aperçu leur député que de loin, montaient sur
leurs chaises pour mieux le voir passer.

VIII

Michel avait hâte de se trouver dehors. Il éprouvait
une sorte d'irritation nerveuse depuis que Jean Levabre
avait parlé ; cette réalité militante était si loin de
ses rêves !

— Nous avons certes raison d'attaquer le despotisme.
dit-il à Pierre, mais les soldats dont nous disposons
pour enlever la citadelle sont souvent terribles.

— Aussi bien est-ce à nous de marcher à leur tête
dans le chemin droit et non pas de les suivre, répondit Ménard.

— Et le mot de Ledru-Rollin, qu'en faites-vous ?
N'est-ce pas lui qui disait : « Il faut bien que je les
suive puisque je les commande ? »

— Une boutade et voilà tout, mon cher enfant, un trait d'esprit qu'on s'étonne de trouver sur les lèvres d'un homme de cœur. Il ne faut jamais suivre un mouvement qu'on désapprouve. On y est brutalement renversé et, sans pitié, foulé aux pieds : — et c'est justice !

Ils se séparèrent sur ces derniers mots. Michel tenait encore à la main quelques-unes des fleurs qu'on avait placées devant lui et qu'il avait arrachées, en priant qu'on portât le bouquet à son logis, et il les respirait machinalement, tout en suivant, comme d'instinct, le chemin du logis de la baronne.

Il n'était pas très-tard. Le salon de madame de Rives devait être encore fort animé, et c'était précisément le grand jour de réception. Michel avait hâte de se retrouver dans ce milieu exquis. Il lui semblait qu'il venait d'assister à quelque tragique spectacle, et la figure pâle et rousse de Jean Levabre le poursuivait comme une vision. Il avait, en quelque sorte, besoin maintenant du sourire indécis et troublant de la baronne.

— La vie est pleine d'antithèses, songeait-il en montant l'escalier de Francine. Est-ce bien moi qui suis ici, est-ce bien moi qui étais là-bas ?

Et il revoyait, avec cette émotion première qui avait précédé en lui une sorte de déception, la grande salle aux murs nus, toute peuplée de rudes et mâles visages.

Au moment où il allait sonner à la porte de madame de Rives, M. de Morangis sortait ; le comte François s'écarta doucement pour laisser passer sa fille.

Jamais Michel ne songeait à mademoiselle de Moran-
is sans un certain sentiment indistinct qui tenait de
admiration et de l'envie. Pauline lui semblait évi-
emment la jeune fille idéale. Elle manquait sans
oute de ce charme capiteux qui rendait madame de
ives si profondément irrésistible, mais elle était, en
uelque sorte, comme la statue même de la Beauté,
'une beauté calme, honnête, sérieuse, et, de plus,
le avait cinq millions : — presque trop de fortune.
'homme qui épouserait jamais une telle femme ris-
uait fort de rencontrer le bonheur absolu!

Pauline était à demi enveloppée d'un voile qui lui
onnait .l'apparence d'une Madone, lorsque Michel
aperçut. Il ôta lentement son chapeau et la regarda
vec l'expression d'un respect chaleureux qui mit du
u dans ses yeux d'un bleu pâle. Elle, rougissant un
eu, répondit à ce regard ardent par un regard pro-
nd, et Michel eut alors cette sorte d'éblouissement
u'on éprouve lorsque la toile d'un théâtre se lève sur
uelque décor éclatant.

Quel merveilleux langage que celui des yeux! C'était
nsi, en se trouvant face à face avec madame de Rives,
ue Michel Berthier avait ressenti, pour la première
is, le pouvoir de Francine.

L'impression, cette fois, n'était point d'ailleurs la
ême, et c'était Pauline de Morangis qui paraissait
ésitante et troublée. Ce trouble ne se traduisit, il est
rai, que par la rougeur légère qui colora les joues
ates de la noble fille et par le salut presque timide
u'elle rendit à Berthier, en inclinant la tète de côté et

en abaissant ses paupières aux longs cils pleins d'ombre.

M. de Morangis salua, à son tour, Michel Berthier
avec une politesse qui sortait visiblement de la banalité,
donna le bras à Pauline qui posait déjà le pied, un
pied petit et fin, sur la première marche, pour descendre.

Et Michel demeura là, n'entrant pas encore, regardant par-dessus la balustrade de l'escalier cet homme
et cette jeune fille, et écoutant le délicieux frisson de la
jupe féminine, frôlant la rampe.

— Epouser celle-ci, songeait Michel, vaudrait mieux
certes qu'aimer celle-là...

Il avait alternativement tourné son visage vers l'escalier et vers la porte close. Puis, cette pensée lui vint,
rapide, que Lia était toujours là, Lia, cet amour qui lui
prenait toute sa vie...

Et la pauvre Lia redevenait, encore une fois, pour
Michel Berthier, un obstacle. Et il ressentait plus durement encore le poids de cet amour!

Il sonna, au bout d'un moment, avec une véritable
brusquerie, comme si, pour s'arracher à la vie quotidienne, il avait hâte d'entrer dans une terre promise.

Madame de Rives était dans un jour d'adorable
bonté. Elle accueillit Michel avec plus d'amabilité que
jamais. Berthier fut tout surpris de retrouver chez elle
Louis Dalérac, qui paraissait être entré fort avant,
grâce à un nombre considérable de madrigaux, dans
l'intimité de la baronne.

Sur-le-champ, Michel ressentit une sorte de douleur
ou de morsure.

Il se demanda si cet éternel courtisan aux longs cheveux plats n'avait pas un but déterminé et n'élevait
point ses vœux jusqu'à la baronne. Dalérac était certes
bien capable d'ambitionner un tel marchepied. Et les
femmes sont si bizarres!

L'impression que ressentit Michel fut si vive qu'il
profita d'un moment de causerie intime avec madame de Rives pour lui demander, ce qui était à la
fois étrange et assez naïf, ce que Dalérac lui disait tout
à l'heure tout bas.

La baronne se donna le plaisir de demeurer un moment sans réponse. Ses yeux gris pétillaient d'une
façon narquoise; son délicieux sourire de travers était
maintenant plein de malice.

— Mais, en vérité, monsieur Berthier, dit-elle alors,
savez-vous que vous devez être absolument effrayant
en amour?

— Pourquoi? dit Michel qui tressaillit et qui sentit
un jet de feu passer dans ses veines.

— Parce que, si vous êtes déjà aussi inquiet en amitié, Othello ne doit être qu'un modéré auprès de vous
en matière de jalousie !

— Ne trouvez-vous pas que la jalousie est la meilleure preuve de la vivacité de l'amour? dit Michel en
rapprochant légèrement sa chaise du fauteuil où madame de Rives était étendue.

Dalérac n'était plus là. Il écoutait, dans le petit salon voisin, M. Bourtibourg qui expliquait à l'avocat
comment on s'y prend pour obtenir certaines nuances
d'étoffes pour meubles. La plupart des habitués du

8

salon de la baronne faisaient cercle autour de Nadèje Bourtibourg et d'une femme de lettres qui, par
hasard, avait le visage rose, quoiqu'elle eût les bas
bleus.

Il semblait à Michel qu'il devait, cette fois ou jamais,
profiter du tête-à-tête que le hasard lui ménageait et
faire connaître à la baronne les sentiments si divers,
presque fiévreux, qui l'agitaient.

Et ne semblait-elle pas, elle-même, par son sourire,
son abandon, sa raillerie même, provoquer les confidences?

— Prenez garde, dit-elle, ne faites pas l'éloge de la
jalousie. On a écrit l'éloge de la folie et je comprends
cela. C'est parfois charmant, la folie. Mais la jalousie,
fi! c'est toujours brutal!

— Alors, la vertu que vous préférez, en amour,
c'est?...

— C'est la confiance!

— Vous avez peut-être raison, dit Michel. Mais alors
il faut être certain que celle qu'on aime...

Il s'arrêta.

Madame de Rives se mit à rire.

— Ah! monsieur Berthier, fit-elle, un mot de plus
et vous alliez dire une impertinence! Croyez-vous donc
sérieusement qu'on puisse aimer une femme qui ne
soit pas digne d'être aimée?

— Oui, dit-il.

— Cela vous est arrivé? demanda-t-elle avec une
adorable moquerie.

— Non!

— Eh bien, alors?

Elle riait encore, comme si elle eût pris un malin
laisir à dérouter, à affoler et à confondre le pauvre
lichel. Jamais, à dire vrai, elle n'avait été aussi élé-
ante, aussi électrique, aussi femme.

— J'espère, dit-elle tout à coup, sans avoir l'air d'at-
acher une grande importance à ce qu'elle disait, que
ous n'êtes pas jaloux de votre maîtresse? On la dit
harmante.

Michel regarda madame de Rives et devint atroce-
nent pâle. Elle ne lui avait jamais parlé de Lia! Elle
n'avait même jamais fait allusion à cette liaison que
Berthier croyait ignorée de tant de gens. Comment
avait-elle appris cela? Et avec quelle intention ironique
évoquait-elle l'image d'une autre femme?

Il ne répondait pas; il prévoyait qu'il allait balbutier
et devenir ridicule; ses lèvres minces demeuraient serrées, et il s'efforçait de rester maître de lui-même; mais
sa pâleur persistait, et Francine de Rives était enchantée de le voir ainsi.

— Allons! dit-elle en laissant tomber une à une,
avec un son de voix plein de caresses, chaque parole
comme on verse goutte à goutte une liqueur dangereuse, ne dissimulez pas avec moi comme avec les
autres!

Et elle mettait une provocation dans ces mots :

— Vous voyez bien que je m'inquiète de ce que vous
faites, et que je sais tout, exactement tout.

Et ses yeux aux éclairs bleuâtres continuaient de
sourire.

Chose étrange, maintenant, dans ce que lui disait la
baronne, Michel Berthier n'entendait plus que les paroles qu'il pouvait interpréter comme un aveu dissi-
mulé, et les lèvres de Francine voluptueusement et
ironiquement relevées se fronçaient avec tant de
charme — comme si elles eussent voulu saisir et baiser une confidence au passage, — que cet homme,
penché vers cette coquette, se sentait irrésistiblement
attiré par elle et qu'il oubliait tout, et celle dont on
parlait, et le salon où il se trouvait, et ces gens qui
causaient, à quelques pas de là, pour se laisser aller à
ce délicieux plaisir d'entendre dire : Je *pense à vous !* et :
Ne dissimulez pas avec moi, comme avec *les autres !*

Les autres ! Il y avait déjà dans ces deux mots le mys-
tère adorable d'un secret partagé et caché.

Michel alors se laissa aller à confier à cette femme,
qui l'attendait, le secret de sa vie. Il parla de Lia, sans
la nommer, et, par un phénomène cruel, à mesure qu'il
parlait d'elle, là, dans ce salon élégant, devant le rictus
un peu narquois de Francine, il se prenait à trouver la
pauvre enfant inférieure à cette irrésistible créature
dont il sentait parfois l'haleine tomber sur sa main ; il
la voyait, dans une sorte de mirage ironiquement cruel,
entrer dans ce salon, pâle, triste et gauche, n'osant
faire un pas, effrayée, et se réfugiant alors entre les
bras de son amant ou s'enveloppant dans un rideau,
pour échapper aux coups d'œil hautains ou aux sar-
casmes de Francine.

A mesure qu'il se livrait ainsi, Michel rougissait de
lui-même. Cet amour qu'il étalait dans une confidence

perfidement demandée, il le trouvait maintenant si loin de l'amour qu'il rêvait, si loin de ce que pouvait être l'amour brûlant de cette femme qui jouait, du bout de ses doigts, avec son éventail fermé et dont les seins se soulevaient doucement, avec des ondulations et des soupirs d'enfant qui dort!

Il s'arrêta tout à coup au milieu de sa confidence. L'idylle attendrie de sa jeunesse devenait à ses yeux quelque chose de furtif et de banal qu'il avait hâte de dissimuler. Il lui semblait que c'était comme un parfum subtil qui perdait son arôme en s'évaporant, une sorte de fleur sensitive, une belle-de-nuit et d'ombre que la lumière flétrissait brusquement.

Alors Francine, qui lisait, avec une terrible clarté, avec cette acuité féminine qui tient de la divination et du fantastique, ce qui se passait dans cette âme, n'hésita pas à railler, avec d'infinies précautions et d'adorables perfidies, cet amour caché, cet humble roman, cette vie à deux où Michel avait trouvé le bonheur et dont il se sentait maintenant prêt à renier le souvenir sous le regard de Francine.

— Monsieur Berthier, dit-elle enfin, à un homme comme vous, ce n'est pas un amour d'étudiant qu'il faut, et je ne crois pas qu'une grisette ait jamais influé sur la vie de Pitt ou de Robert Peel. Qu'un Mirabeau aime une Sophie, cela est bien : leur amour plein de douleurs sent le soufre et l'orage. Mais quoi! voyez-vous Mirabeau aimant Bernerette, et lord Chatam gravissant la tribune au bras d'une fillette de Mürger? Il faut à de certaines âmes de hautaines amours et de

8.

fières aventures, et quel que soit le dévouement de
cette jeune femme, je ne crois pas qu'elle puisse tout
à fait vous comprendre et...

— Et ?,.. demanda Michel frémissant, en se suspen-
dant aux lèvres de Francine.

— Et vous aider!

Elle dit ces mots rapidement et sans y attacher
d'importance apparente, Mais ils firent réellement
frémir Michel Berthier. Il y voyait un monde de promesses.

— M'aider? dit-il,

Il cherchait avec insistance les yeux de Francine,
ces yeux souvent insaisissables et qui, tout à l'heure,
étaient si doux. Mais elle regardait maintenant les
fleurettes qu'il tenait toujours à la main, machinalement, les ayant serrées entre ses doigts et n'ayant
point voulu les jeter, ou n'y ayant point songé, au moment où il entrait chez la baronne.

— Qu'est cela? fit-elle en touchant les fleurs du bout
de son éventail.

— Cela ?

— Oui.

— Les débris d'un bouquet que m'ont offert mes
électeurs !

— Ah! ah ! dit-elle avec un sourire bizarre. Ce ne
sont pas seulement des palmes ou des lauriers, ce sont
des fleurs qu'on vous donne?... Et, ces fleurs-là, vous
les conservez sans doute pour les offrir à quelqu'un
qui vous est cher ?

— A qui donc? demanda Michel.

Il se sentait la gorge serrée, et le sang de ses tempes battait avec force.

— A qui? dit Francine. Mais à celle dont nous parlions tout à l'heure, et que vous aimez...

— Moi?

— Pourquoi auriez-vous gardé ainsi ces fleurs qui verdissent vos gants?

— Pourquoi?

La réponse lui venait, brûlante; les mots d'amour lui montaient aux lèvres. Mais une crainte, un remords peut-être le retenait; il demeurait muet et ses prunelles seules répondaient.

— Voulez-vous me prouver, dit Francine, que ces fleurs ne sont pas pour elle? Donnez-les-moi!

— A vous?

Il lui tendit, avec un geste d'amour fou, les fleurs qu'elle prit lentement et qu'il la vit regarder un moment, tandis qu'elle disait :

— En vérité, les fleurs des électeurs de Michel Berthier doivent être bien étonnées de se trouver entre les mains de la baronne de Rives! Je ne vous ai pas dit, au fait, que nous étions ennemis politiques?

Et son sourire devenait plus aigu, plus étrange, presque terrible.

— D'ailleurs, je ne veux pas vous priver de tous ces brins d'herbe, ajouta-t-elle. Partageons!

Elle porta les fleurs à sa bouche, les baisa longuement, en les mordillant de ses dents et les humectant de ses lèvres : puis brusquement, se levant toute droite, elle en glissa la moitié dans son corsage

et laissa tomber les autres dans les mains tendues de
Michel à demi agenouillé...

Michel se sentait devenir fou de joie. Il allait répondre à Francine en jetant autour d'elle ses bras avides.
Tout disparaissait, près de lui, de ce qui était la réalité, lorsque, tout à coup, Gontran de Vergennes entra,
suivi de Tancrède de Bourtibourg et de Bourtibourg le
père, tandis que mademoiselle Nadèje demeurait un
peu en arrière encore, écoutant Louis Dalérac, qui citait un peu de latin pour la complimenter sur le bon
goût de sa toilette. Michel revint à lui brusquement,
composa en toute hâte sa physionomie et reprit son
sang-froid, tout en glissant dans ses gants les fleurs
fraîches encore du baiser de Francine.

— Ah! enfin, dit la baronne en apercevant ses hôtes,
vous vous décidez à venir de mon côté! Que disiez-
vous donc de si étonnant, là-bas? Tiens, monsieur de
Vergennes, je ne vous avais pas aperçu ce soir!

Gontran s'inclina et serra la main que lui tendait
Francine.

— J'écoutais M. Bourtibourg, baronne. Il nous expliquait avec beaucoup de sens et d'érudition les mystères
de la tapisserie.

— Histoire ancienne, fit Bourtibourg, avec l'importance d'un homme arrivé qui jette, du haut de sa fortune, un regard à son passé. Mais M. de Vergennes se
plaisait à apprendre comment nous obtenions ces
nuances passées, flétries, ces dégradations de teintes,
ces verts étranges, ces jaunes curieux qui ont fait fureur dans le public et qui ont toujours désespéré nos

concurrents. C'était fort simple. J'avais pris un paquet de chicorée — il ne faut pas aller aux Grandes-Indes pour en trouver — et j'avais dit à mes ouvriers : «Observez les changements de teintes à mesure que cela se desséchera ou se pourrira, et rendez-moi ça, mais absolument ça, vous entendez! » Et c'est ainsi que nous avons eu des tons verdâtres, jaunâtres, olivâtres...

— Brunâtres, interrompit madame de Rives en riant. Ah ! vous êtes un véritable artiste en votre genre, Bourtibourg.

— Je ne suis pas ; j'étais, rectifia l'ancien tapissier, avec une persistance qui marquait combien il prenait au sérieux son rôle de législateur, et qui prouvait que bien décidément le négociant était mort en lui.

— Et je gage, baronne, dit Gontran, que votre causerie à vous était autrement intéressante.

— Je ne vous le cacherai pas, fit-elle.

— Je ne vous demanderai point d'ailleurs, ne craignez rien, de nous répéter le dernier *mot* de Michel Berthier. Je ne suis pas, comme on dit, — c'est un nouveau métier, — *reporter*.

— Pourquoi ne le demanderiez-vous point, cher ami? Nous parlions, — mon Dieu, nous parlions de choses très-banales, mais très-intéressantes, — nous parlions de la nouvelle pièce du Théâtre-Français.

— Les *Faux Ménages* ?

— Justement. Et des gens qui livrent leur vie à des liaisons sans issue !

— Et vous étiez, sans doute, baronne, avec votre indulgence accoutumée, pleine de pitié pour ceux-là ?

— Sans doute, j'étais pleine de pitié ; mais j'exprimais pourtant cet avis qu'on peut donner tout son cœur sans donner toute son existence...

— Ce qui est très-juste, dit Gontran.

Michel était mal à l'aise. Il trouvait que Francine eût fort bien pu taire le sujet de la causerie qui venait tout à l'heure de se terminer comme par un baiser. Mais peut-être entrait-il dans la tactique de madame de Rives de faire pénétrer plus avant la pointe dans l'âme de Berthier et de le faire rougir davantage de la pauvre Lia.

— Ma foi, baronne, dit Gontran, je vous avoue que je n'entends jamais une honnête femme blâmer... celles qui passent pour ne point l'être, sans me dire qu'il perce un peu de dépit ou de jalousie dans son fait et sans être tenté de lui répondre, très-vulgairement : *Vous êtes orfévre, madame Josse !*

Gontran ne savait évidemment pas avoir dirigé le trait aussi droit.

Madame de Rives sourit ; elle était atteinte cependant.

— Et quand il y aurait un peu de jalousie ? fit-elle.

Gontran vit bien, au ton dont Francine avait dit ces mots et à l'embarras mal combattu de Michel, qu'il s'agissait de Lia, et il eut hâte de ramener la conversation sur le terrain des généralités.

Oubliant volontairement la baronne, il dit à demi-voix, après s'être assuré que mademoiselle Nadèje n'écoutait point, tout entière aux propos de Dalérac :

— Oh ! je vous vois venir, baronne, et vous allez parer au nom de la corporation complète! Vous êtes jalouses, mesdames, des maîtresses que nous avons ou que nous avons eues! Elles vous ont pris, dites-vous, toute notre jeunesse, notre ardeur première, le printemps de nos sensations, la primeur de notre affection! Elles vous ont dérobé ce qui était à vous, la pulpe du fruit, la fraîcheur, la rosée, notre flamme, notre ivresse! Pauvres femmes! Au lieu de les haïr, plaignez-les, celles que vous ne connaissez pas et que nous avons oubliées, les pauvres filles qui nous ont donné leur sourire, leur gaieté, leurs vingt ans, leur caprice! et, — qui sait? — leur amour peut-être, et qui sont on ne sait où, envolées, tombées, disparues! N'en soyez pas jalouses, et je dirai : soyez-leur reconnaissantes. Oui, en vérité, oui, baronne, ce sont elles qui ont eu ce premier amour de l'homme, amour méchant, taquin, irritable, souriant et menaçant comme un ciel de printemps, toujours entre le soleil et la pluie, cet amour mal pondéré, cet amour qui égratigne et qui blesse, et qui tue aussi. Amour égoïste qui n'aime guère que lui-même. Ce sont elles qui ont calmé, adouci notre humeur, souffert de nos rages de jeunes hommes, de nos jalousies d'écoliers, de nos ingratitudes d'enfants gâtés. Qui sait si cette tendresse qu'on vous prodigue, ce n'est pas à elles que vous la devez? Qui sait si cette bonté qui nous est venue, n'est point née de notre méchante humeur première adoucie par leurs baisers? Pauvres filles! Elles ont eu le fruit vert et qui fait grincer les dents. Elles nous ont donné le meilleur d'elles-mêmes; elles nous ont aimés, — car pourquoi n'aimeraient-elles pas?

— et lorsque, l'apprentissage terminé, nous avons eu soif d'un amour peut-être moins sincère, mais, comme on dit, plus sérieux, nous les avons quittées, laissées là, à mi-chemin, aller au hasard de la route, au fossé, à la boue, à l'hôpital, et nous vous avons apporté le cœur épuré, le volcan sans scories, l'affection vraie qu'elles nous ont donnés et que — nous ne leur avons très-souvent jamais rendus !

— Bravo, Vergennes! dit la baronne avec un sourire. Mais vous parlez là comme un homme qui va se marier ou se faire trappiste. Il y a du *frère il faut mourir* dans votre élégie.

— Oh! j'ai fait mon testament, répondit Gontran avec gaieté, et je vous avoue que j'en suis tout allègre.

— *Requiescat*, conclut Francine.

Michel étouffait pendant ces propos. Il se trouvait combattu entre l'amour, encore puissant, qu'il avait pour Lia et cette passion irritante pour la baronne qui peu à peu chez lui tournait à la maladie aiguë. Il prit congé de bonne heure. Madame de Rives essaya de le retenir.

Il avait envie de lui répondre :

— Laissez-moi partir. Lorsque je serai seul, je serai plus complétement avec vous que dans ce salon.

Il n'eut pas besoin de le dire. Elle le comprit et le serrement de main rapide et accentué qu'elle lui donna équivalait à la plus éloquente des réponses.

Michel se sentait un peu grisé par tout ce qu'il avait écouté, entendu, par tout ce qu'il entrevoyait et rêvait. Il venait de franchir le seuil de la porte lorsque, derrière lui, il entendit du bruit, et son nom prononcé.

Il se retourna. C'était Dalérac qui l'appelait.

— Eh! cher ami, dit Louis, vous êtes pressé? j'ai à vous parler...

— A moi?

— Oui. Me permettez-vous d'être franc?

Il faut se défier de ceux qui mettent ainsi la franchise sur leur programme.

— Sans doute, répondit Michel, aussitôt sur la défensive.

— Eh bien! cher ami... Maintenant, que vous voici... on peut le dire... devenu le demi-dieu du salon de madame de Rives...

— Le demi-dieu? fit Berthier.

— Le dieu, le dieu, se hâta de rectifier Dalérac, qu se trompait sur le sens de l'interruption... Eh bien! rendez-moi le service de... je ne sais trop comment m'expliquer... de... Nous sommes avocats l'un et l'autre... de plaider ma cause auprès de la baronne...

— Votre cause?

— Oh! ne craignez rien. Je ne suis pas un rival. Il s'agirait de gagner madame de Rives à un projet... Tenez, voilà. Je trouve mademoiselle Bourtibourg charmante... mais charmante! Et comme la baronne a une grande influence sur Bourtibourg, elle pourrait, sans doute, le décider...

— A vous donner sa fille, Dalérac?

— Le mariage c'est le port, cher ami!

— Eh bien! tâchez d'y entrer vous-même. Madame de Rives ne me paraît pas être une marieuse, et,

9

quant à moi, je n'entends rien à ces courtages...

— Courtage est dur, fit Dalérac piqué. J'ai fait aussi du courtage, moi, quand il s'est agi de tenir des réunions publiques pour faire réussir votre élection !

— Encore un ! pensa Michel Berthier. La veille, on ignore si quelqu'un votera pour vous ; le lendemain, tout le monde a voté !

Il s'adoucit volontairement et dit à Louis :

— Je verrai. Attendez. Patientez.

— Je me fie à vous. Mais, n'est-ce pas, cher ami, que mademoiselle Bourtibourg est ravissante ?

— Et riche...

— La fortune ne fait pas le bonheur !

— On n'a jamais vu non plus qu'elle fît le contraire !

Dalérac était enchanté ; il venait de poser un premier jalon. Pour ne pas insister et pour donner à Michel le temps de réfléchir, il se mit à parler d'autre chose, et, avec une jalousie de beau parleur, il critiqua assez vivement, de son ton doucereux et, en apparence, indulgent, le petit discours de Gontran de Vergennes.

— C'était joli, dit-il, mais un peu déclamatoire !

— Gontran n'a cependant rien du déclamateur, fit Michel. Déclamateur ! Mon cher Dalérac, vous avez peut-être lu *Joubert* ?

— Parbleu !

— Eh bien ! Gontran est, à votre choix, un orateur, ou un causeur, il n'est pas un déclamateur. Rappelez-vous la différence qu'établit Joubert : « L'orateur est occupé de son sujet et le déclamateur de son rôle ; l'un agit, l'autre feint; le premier est une personne exposant de grandes idées, et le second un personnage débitant de grands mots. » Voilà!

Il tourna brusquement le dos à Dalérac qui, un peu stupéfait d'abord, le suivit quelque temps de vue murmurant entre ses dents :

— Jolie définition, sans doute, mais les débitants de grands mots sont nombreux, citoyen Michel Berthier !

Quand il était seul, Dalérac sentait sa mansuétude prendre sa véritable odeur et tourner à l'aigre.

Michel avait été plus brusque que de coutume, lui qui ne tenait guère à se faire des ennemis, par cette raison seule qu'il ressentait en ce moment un âpre désir de pouvoir analyser, à son aise, toutes les impressions de cette soirée.

Dans sa vie active et fouettée, les instants de solitude étaient ceux qu'il attendait pour se rendre compte de la voie suivie. Quelque maître de lui que fût cet homme, il se sentait invinciblement emporté vers quelque chose d'inconnu qui l'effarait.

Le premier sentiment qu'il éprouva, cette fois, ce fut un sentiment de joie. Francine l'aimait donc ? Etait-ce vrai ? Etait ce possible seulement ? Et, si elle ne l'aimait pas, comment avait-elle pu mettre tant de fièvre, un aveu si complet, dans un regard et dans un baiser ?

Il avait repris et, à son tour, porté à ses lèvres les fleurs qu'elle avait embrassées et mordues. Il lui semblait qu'elles embaumaient, non parce qu'elles distillaient leur parfum, mais parce qu'elles avaient touché ses lèvres. Il eût donné un baiser d'amour à Francine qu'il ne se fût pas senti les artères plus brûlantes qu'en portant à sa bouche ces fleurs qui étaient à lui et qu'elle avait faites siennes, avec son geste adorable.

Il les enferma, en rentrant chez lui, dans le premier livre qu'il rencontra sous sa main. C'était le traité de La Boétie sur la *Servitude volontaire.*

— Amant de la liberté, pensa-t-il, n'as-tu pas fait aussi des sonnets d'amour ?

Et il songeait à ce qu'avait dit madame de Rives : A Mirabeau, il fallait Sophie.

Et Lia ?

La figure de Lia s'estompait, disparaissait peu à peu comme dans un brouillard.

Par quelle rencontre inévitable tous ceux qui entouraient Michel s'acharnaient-ils d'ailleurs contre elle et lui reprochaient-ils de prendre au jeune tribun le meilleur de sa vie ? Les amis de l'amant sont toujours les ennemis de la maîtresse. On jurerait que cette femme leur dérobe une partie de leur bien ou qu'ils sont jaloux du bonheur de cet homme.

Mais, cette fois, ce n'étaient pas seulement les compagnons qui conseillaient la rupture ; c'était, à la fois, Pierre Ménard, au nom de la doctrine du strict devoir ; c'était Gontran de Vergennes, au nom des préjugés du monde ; c'était Francine de Rives, au nom de l'amour même et de l'aristocratie dans l'amour. L'absolu et le relatif s'unissaient pour condamner Lia, la pauvre fille qui, là-bas, sans doute, attendait toujours

ce Michel Berthier, tandis que Michel déjà pensait à
une autre...

Par habitude, il se rendit, le lendemain, boulevard
de Clichy, où il trouva Lia un peu triste et toute pâle,
fatiguée.

Il lui demanda ce qu'elle avait, mais d'un ton qui
ressemblait beaucoup plus à de la politesse qu'à de
l'intérêt.

— Ce que j'ai? fit-elle. Méchant! Je t'avais dit hier
qu'un secret me brûlait les lèvres et tu ne t'es pas hâté
de me demander quel était ce secret-là! Non! tu n'es
pas venu! Toute la nuit j'ai tremblé! Je me suis relevée! J'ai voulu revoir l'endroit où je t'avais conduit. Je redoutais un malheur : la porte de ce cabaret
avait quelque chose d'effrayant. Est-ce qu'on sait jamais ce qui peut arriver avec votre politique? Les
lumières étaient déjà éteintes là où tu étais entré. On
m'a dit qu'il ne s'était rien passé. Alors je me répétais,
moi : « Mais pourquoi ne vient-il pas? » Ah! si tu savais comme j'avais une fièvre!...

Michel essaya de la calmer, lui représentant une fois
encore qu'il fallait bien qu'il fût libre, et que la vie publique avait ses devoirs. Et, tout en parlant, il sentait
l'irritation et une certaine amertume s'emparer de lui.
De quel droit cette enfant renouvelait-elle aussi souvent
de pareilles doléances? Allait-elle donc vraiment devenir une gêne? Lia ne demandait au contraire qu'à être
la consolation et le sourire.

L'espèce de changement qui s'opérait dans l'âme de
Michel Berthier était d'ailleurs bien loin de lui échapper,

Elle devinait, elle voyait clairement les troubles de cet esprit inquiet. Elle avait, plus d'une fois, tremblé en se demandant : — Ne m'aimerait-il plus ?

Mais cette idée que les expressions plus fréquemment soucieuses du visage de Michel venaient, non pas d'une souffrance intime, mais des préoccupations de la politique, l'avait bientôt calmée. Elle ne pouvait croire longtemps que son bonheur courût le moindre danger. L'éternelle promesse résonnait à toute heure à son oreille, comme la plus douce des caresses : « *Toujours! et encore après !* » Refrain attendri de l'amoureuse chanson qui, se disait-elle, ne devait jamais finir.

Au surplus, Lia maintenant se sentait forte, et, avec un ravissement profond et grave, comme transfigurée à ses propres yeux et assurée de mourir dans les bras de Michel, puisqu'elle allait conquérir bientôt — quelle joie ! — un nouveau titre à son amour. Elle allait être *mère.* C'était là le secret immense qu'elle n'avait pas encore révélé à Michel et dont elle voulait lui faire tendrement la surprise, quelque soir, à l'oreille, à demi-voix ou dans un baiser. Elle l'avait gardé pour elle, ce secret, depuis deux mois et plus, tremblant de s'être trompée, doutant toujours de ce qu'elle regardait comme une bénédiction d'en haut, à la fois confuse et fière, étonnée mais peureuse, et ne voulant rien dire à Michel dont elle ne fût réellement sûre.

Ah ! c'était là maintenant sa toute-puissance ! Qu'est-ce qu'une maîtresse qui n'a que l'amour ? Michel pouvait s'en lasser un jour, quoiqu'elle ne redoutât pas, — mesurant à la sienne l'affection de Berthier, — cette

tragique perspective. Mais une mère qui a le respect,
qui tient avec son enfant la vie du père entre ses mains,
une mère, cela est à la fois adorable et sacré. Comme
Michel allait l'aimer! ou plutôt comme il allait *les* aimer! Car elle se voyait déjà berçant sur son sein le
petit être qui tendait ses lèvres à son lait! Comment Lia
eut-elle la force de ne point se trahir et de savourer si
longtemps, toute seule, cette grande joie avant de la
faire partager à Michel ?

C'est qu'elle se donnait cette satisfaction féminine de
se répéter que maintenant Michel était bien à elle,
tout à elle, et pour toujours ; c'est que la pauvre enfant, qui ignorait l'art de la coquetterie, éprouvait une
sorte de jouissance inconnue à se redire que Michel n'é-
tait plus seulement l'amant, mais le père, et que leur
amour à tous deux était triplé par la venue de cet
amour vivant qu'elle portait en elle.

Lia était résolue à tout dire, la veille même, alors que
Michel se rendait au banquet où l'appelaient ses électeurs. Mais quoi! jeter au vent un tel secret, tout en
marchant, presque en *à parte*, et lorsqu'on va se séparer tout à l'heure? Non, elle avait eu le courage d'attendre encore, de reculer l'heure désirée, pour savourer à plus longs traits son ivresse et son triomphe.
Elle se figurait, par avance, la joie de Michel, ses
transports, tout ce qu'il avait en lui de jeunesse volontairement comprimée éclatant soudain en folies, et
se traduisant par des larmes et des baisers.

— Pauvre Michel! se disait-elle, comme il sera heureux! Jamais il n'aura éprouvé un bonheur semblable!

Jamais ! Et maintenant nous voilà pour toujours l'un à l'autre !

Après avoir écouté ce que répondait Michel à ses douces plaintes, elle l'attira tendrement vers la fenêtre donnant sur le petit jardin, dont l'odeur de feuilles et de fleurs montait jusqu'à eux, et là, souriante, très-pâle, ses jolies lèvres tremblant légèrement :

— Michel, dit-elle lentement, ce secret, dont je viens de te parler encore, tu ne me demandes pas de te le dire ?

— Si, répondit-il en fixant sur elle un regard un peu troublé.

Il pressentait quelque chose de sérieux et d'inattendu. Il trouvait, aujourd'hui, à ce doux visage de femme, à cette physionomie à la fois rieuse et rêveuse, où se reflétaient tour à tour d'ordinaire les vivacités impatientes de la jeune fille qui désire tout, à qui la vie n'a rien refusé, et les soudaines tristesses de l'être que l'avenir a déçu, à ce visage allongé qui unissait le caprice de l'enfant gâté au charme de la femme qui a souffert ; il lisait là, clairement, une expression nouvelle, une sorte de sévérité dont le fond était pourtant de la joie.

— Eh bien ! reprit Lia en buvant pour ainsi dire d'avance le contentement affolé qu'elle allait voir passer dans le regard de son amant, je t'ai souvent vu, quand nous passions, arrêter tes yeux sur les têtes blondes ou déjà brunes des petits qu'on porte encore ou qui marchent à peine, et il m'a semblé qu'il y avait en toi, Michel, un peu d'envie, l'envie de cette joie paternelle que tu voyais éprouver à d'autres...

Elle s'arrêta tout à coup. Michel était devenu blanc comme un suaire, et il la regardait, en serrant les lèvres et en ouvrant les yeux, avec une expression d'égare·ment.

— Tu es enceinte, dit-il brusquement ; — tu es mère?

Lia maintenant avait peur. La voix de Michel était stridente et comme menaçante. Etait-ce donc là cette immense joie qu'attendait la pauvre fille ? Peut-être le saisissement se traduisait-il, chez Berthier, par ces gestes saccadés et par ce cri où l'on devinait de l'effroi?...

Les deux mains du jeune homme saisirent les mains de la jeune fille. Lia était glacée. Il répéta sa question avec force et elle, alors, retenant ses larmes :

— Oui, dit-elle, oui, mère!

Et elle n'eût pas autrement laissé s'échapper un sanglot. Cette révélation soudaine, ce coup de foudre avait terrifié Berthier. Pendant que Lia parlait, il n'avait nettement vu qu'une chose : cette paternité tombant dans sa vie comme un devoir nouveau à remplir et comme un effroyable obstacle.

Il s'attendait si peu à ce resserrement subit et absolu d'un lien qu'il sentait, depuis quelque temps, s'enfoncer dans sa chair !

Lia, devenue mère, n'était plus sa *maîtresse*, celle que le hasard, l'amour ou le caprice avait unie à son existence ; elle était, dans toute la force du terme, maîtresse de sa vie. Peu de mois auparavant, il se fût dit : « — Tant mieux ! cette vie est fixée, et avant que cet enfant ne soit né, Lia Hermann sera ma femme ! » Aujourd'hui, il reculait terrifié. Ce qui eût été une joie devenait une terreur.

Ce ne fut d'abord qu'une impression, et toutes ces pensées tourbillonnèrent un peu confuses dans son cerveau. Mais ce fut assez pour que Lia quittât aussitôt la fenêtre et s'assît, comme pétrifiée, les mains croisées entre ses genoux, et regardant le parquet d'un œil fixe.

Michel passa brusquement sa main sur son front, se retourna, regarda la jeune femme et lui dit :

— Qu'as-tu donc ?

— Moi ? Rien...

Sa voix était brisée.

— Tu trouves peut-être que cette nouvelle ne m'a pas rendu aussi joyeux que tu t'y attendais ?

— Oui, eh ! bien, oui, justement. C'est cela. J'étais persuadée que tu allais me sauter au cou et m'embrasser comme un fou en me criant que tu m'aimais. Et tu m'as regardée avec une sorte de fureur, comme si j'avais commis un crime !

— Voyons, dit-il en s'approchant, il faut raisonner, Lia. J'ai été un peu surpris, je l'avoue et, devant tout inconnu, il est bien permis de se demander...

— Se demander quoi ? Est-ce que je me demande quelque chose ? Je t'aime, voilà tout. Je t'ai donné ma vie, je te donne un enfant, je suis heureuse, moi ! Je ne calcule pas, je ne cherche pas, je t'aime. Je t'aimerai toujours, et j'ai bien peur que toi... Ah ! mon Dieu ! mon Dieu ! dit-elle en pleurant, si tu savais, Michel, comme tu m'as fait du mal !

Elle avait, à travers ses larmes, ce regard désolé des êtres qui voient s'ouvrir un gouffre devant eux. Ils croient poser le pied sur un chemin sûr; la terre s'entr'ouvre et là, à deux pas, il y a un trou...

Michel, domptant, étouffant son émotion première, essaya alors de la calmer et de la rassurer. Il lui prit les mains, il les baisa; il lui dit, sans le penser, qu'il était joyeux, en effet, de cette paternité désirée. Il mentit. Et il ne savait même pas pourquoi il mentait. Parce qu'il aimait encore cette Lia, sans doute, et que devant les pleurs de la femme, il redevenait faible et amoureux. L'odeur pénétrante des larmes qu'il buvait sur les joues ambrées de la pauvre fille lui montait au cerveau et le grisait. Byron a dit, non pas en roué du temps passé, mais en désolé et en passionné de ce siècle, tout ce que le parfum âcre des pleurs de femme a de cruellement profond et de délicieusement amer.

Michel retrouvait peu à peu dans Lia la compagne adorée de ses amours premières. Il oubliait — pour une fois encore! — le sourire de côté, le sourire troublant de Francine, les rêves de passion et les réalités ambitieuses; il se laissait aller à murmurer tout bas à Lia que bénie était cette nouvelle et qu'il était heureux de savoir qu'un petit être allait venir qui les réunirait plus étroitement désormais.

Il éprouvait une sorte de jouissance d'artiste à tracer, en rhéteur, le tableau des joies paternelles, et elle l'écoutait avec une volupté qui, doucement, peu à peu, chassait sa déception et sa douleur de tout à l'heure; et

elle levait vers lui ses beaux yeux essuyés et charmés
et elle jetait autour de son cou ses bras câlins, et lui
agenouillé, elle le regardait jusqu'au profond du cœur
et lui disait :

— Oh ! je t'ai bien compris, cela t'ennuie, Michel
de te dire que maintenant tu es tout à moi, puisque tu
seras tout à *lui*. Ah ! l'ambitieux qui croit qu'un pauvre
petit ange dans sa vie peut lui être nuisible ! Crois-moi
mon aimé, va, celle à qui tu parles maintenant est la
femme qui t'aimera le plus au monde, et le vrai bonheur pour toi, je l'ai là, dans mon sein : c'est l'enfant
qui te sourira, qui t'entourera de ses bras, plus puissants que les miens, et qui te prouvera, lui, que les
triomphes de la vie publique ne valent pas une affection solide, comme celle qui palpite pour toi dans le
cœur de la pauvre Lia et dont tu ferais fi, ingrat, si tu
n'étais pas si bon, au fond de l'âme, et si tu ne m'aimais pas tant !

Elle n'avait plus de larmes dans les yeux ; elle lui
montrait un visage illuminé maintenant par la confiance, souriant, rajeuni après les pleurs comme un
ciel devenu plus bleu après l'orage, et elle lui faisait
répéter, appuyant sa tête brune sur l'épaule de Michel,
le mot consolant, charmeur et trompeur des amours
humaines :

— Toujours ! toujours ! toujours !

IX

Lia cependant avait deviné. Michel Berthier s'était senti effaré devant cette révélation qui menaçait de faire d'une liaison temporaire quelque chose de définitif. Jusqu'alors, Michel avait pu se dire : « Je suis libre ! » Et ce sentiment égoïste, qui, par la possibilité de l'affranchissement et la facilité de la rupture, fait plus longue la durée des liaisons passagères, donnait à la sienne, comme à toutes les autres, une véritable force. L'homme est ainsi pétri, qu'il dispose d'autant moins de sa liberté qu'il est plus maître d'en faire usage. Le sentiment seul de l'indissolubilité l'effraie et l'irrite.

Le mariage ne semble souvent une prison que parce qu'il est impossible d'en sortir autrement que par une violence. Le jour où on en entr'ouvrira la porte par le divorce, on n'en franchira pas plus souvent le seuil et on s'accommodera beaucoup mieux dans l'intérieur du logis. Combien d'unions illégales durent-elles des années et des existences entières, sans nuage aucun, simplement parce qu'elles ressemblent à des mariages tacites avec le divorce possible comme correctif !

Est-ce là une observation de moraliste ou de censeur? Toujours est-il que ce pourrait facilement devenir argument de statisticien.

Tant que Michel Berthier avait eu la liberté de se dire

que sa liaison avec Lia, née d'un amour sincère, dure-
rait autant que son amour, — et il n'assignait à cette
affection aucune limite, — il n'en avait subi que le
charme, il n'en avait point senti le poids. Aujourd'hui,
tout changeait brusquement. Le devoir — et quel devoir ! — se dressait tout droit devant lui. Il allait être
père ! Cette pensée, qui inonde de joie le cœur des plus
altiers ou des plus secs, ne le laissait pas seulement froid,
elle l'irritait. Il avait certes cédé à la pitié en voyant
couler les pleurs de Lia, il avait retrouvé en lui un dernier accent d'affection et un dernier cri d'amour, mais,
à peine fut-il rendu à lui-même, seul, qu'il calcula,
avec une terrible sûreté de coup d'œil, les conséquences
de ce très-simple événement qui lui apparaissait comme
une catastrophe.

— Un enfant ! Tout est fini, se disait-il. Ce qui n'é-
tait qu'un caprice devient un devoir. La fantaisie se
change en loi. Ah ! Pierre Ménard avait bien raison !
J'aurais dû rompre plus tôt !

Mais, rompre ? Etait-ce possible ? Etait-ce humain ?
Il l'aimait, après tout, cette Lia, ou il l'avait tant aimée que le souvenir de cet amour suffisait à la lui
rendre sacrée ! Et puis, la quitter maintenant qu'elle
allait mettre au monde un enfant !

— Allons donc ! Ce serait lâche !

Alors que faire ? Épouser Lia ?

Il haussait les épaules.

A coup sûr, dans son puritanisme hautain, Pierre
Ménard ne lui eût pas conseillé autre chose. Mais Michel s'était promis de ne pas lier ainsi sa vie. D'ail-

leurs, s'il se mariait, c'était la fortune qu'il lui faudrait. On épouse mademoiselle de Morangis, quand on veut la vie large, facile, insolente ; on n'épouse pas Lia Hermann !

Et il se rappelait ce Louis Dalérac, qui songeait à donner son nom à mademoiselle Bourtibourg, et à recevoir d'elle sa dot ! Un Dalérac faire un beau mariage ! Et lui, Michel Berthier, borner son ambition au petit jardinet du boulevard de Clichy ! Était-ce possible ?

Quelle folie aussi de prendre pour maîtresse, qui ? Une grisette. Ces romans se dénouent toujours d'une façon banale. La maîtresse idéale pour un homme comme Michel, il la connaissait maintenant ; elle avait la grâce électrique, le sourire attirant, la lèvre railleuse, et il conservait, pressées entre les feuillets d'un livre de l'avenue Trudaine, des fleurs dont elle avait mordillé la tige de ses dents aiguës.

Voilà celle qui était faite pour le comprendre, pour le conseiller, pour le servir ! Mais Lia ! Michel Berthier avait maintenant de véritables mouvements de rage en songeant à la pauvre fille. Tout ce qu'il y avait d'irrité, de révolté, de nerveux et de mécontent dans sa nature d'ambitieux ardent se réveillait et se redressait pour accumuler contre la malheureuse enfant les reproches et les amertumes.

Jamais Michel n'eût osé formuler tout ce qui se pressait de pensées mauvaises dans sa cervelle. Il eût rougi de les confier à un autre : il se fût méprisé à l'idée de laisser deviner par Lia ce qui lui traversait l'esprit comme un fer brûlant. Mais il se disait cependant que, pour sortir de cette impasse, pour se dérober à ce devoir, pour mettre à l'abri sa conscience, il eût souhaité découvrir une trahison comme il avait reçu cette confidence : brusquement, à la façon d'un coup de foudre.

Il songeait (c'était infâme !) qu'il serait heureux si on venait lui dire tout à coup :

— Rassurez-vous. Cet enfant n'est pas le vôtre. Cette femme vous a trompé !

Peu à peu, il se fit, dans son esprit, un travail d'analyse presque féroce. Il s'attacha à découvrir tous les défauts de cette enfant qui, elle, ne voyait que les qualités de cet homme et les exagérait. Il voulait se donner à lui-même des raisons de rompre. Il allait maintenant au-devant des avis, des conseils. Il avait besoin que Ménard lui répétât qu'il était temps, que Gontran de Vergennes lui redît encore :

— Il faut être libre !

En demandant de ces règles de conduite qu'on ne suit pas, Michel n'avait garde de dire la vérité tout entière. Cette maternité future de Lia, il la cachait. « A quoi bon en parler ? se disait-il, l'enfant ne naîtra peut-être pas ! » D'ailleurs, s'il eût dit un mot, les avis donnés eussent été différents, et il avait besoin, pour se pardonner à lui-même, de se laisser convaincre par les autres.

Gontran de Vergennes pouvait mieux que tout autre, — ayant vécu de la vie facile sans commettre une seule faiblesse coupable ni l'ombre même d'une chose douteuse, mais d'humeur accommodante pourtant, pratique et parisienne, — donner à Michel des conseils immédiats.

C'était donc à lui, non à Ménard, que Michel s'était adressé, cette fois.

— Allons, allons, dit Gontran, je vois que la dent est dure à arracher : il faut que le davier soit solide. Quand on est d'un tempérament à traiter les choses à la houzarde, c'est facile ; mais lorsqu'une affection vous tient au cœur !... Reste à savoir où elle pourrait vous mener.

— N'est-ce pas? faisait alors Michel. L'avenir, oui, l'avenir, voilà la question. Ce serait folie de le jouer tout entier sur la satisfaction d'une passion mortelle ! Toi aussi tu as fait ce que je veux, ce que je vais faire. Tu as rompu?

— Parbleu ! Et note, ajouta Gontran, qu'il fut un temps où j'aurais dit : Hélas !

— Alors on se console?

— De tout. Malheureusement, dit Alceste. Heureusement, dit Philinte.

— Peut-être aussi n'aimais-tu pas comme j'aime aujourd'hui?

— On croit toujours aimer plus que les autres. Fatuité pure. Ce qui est certain, c'est que j'aimais beaucoup.

— Et tu es parti?

— Je l'ai laissée partir.

— T'en repens-tu?

— Quand je m'en repentirais ? C'est fait. Que serais-je devenu si je n'avais pas pris ce parti? Ma

famille se soulevait, mon père ordonnait, ma mère
pleurait. Alors...

— Oh! ce dernier rendez-vous, fit Gontran, s'interrompant tout à coup, emporté par ses souvenirs,
crois-tu donc que je l'oublie? *Elle* partait; on l'envoyait
à Nice où le soleil devait la guérir. *Elle* souffrait, et
savait que notre amour était fini. La voiture qui nous
emportait vers la gare était pleine de nos sanglots.
Elle laissait aller sa tête sur mes épaules, comme un
enfant malade, et elle pleurait. Nous traversions des
rues de nous connues, et, à travers la buée de la
portière, nous apercevions des coins de carrefours où
nous avions cheminé tous deux autrefois. En passant
devant la chère maison dont nous avions gravi ensemble, le cœur battant, l'escalier, elle traça silen-
cieusement du doigt la figure d'une croix sur la vitre,
comme sur un tombeau. La voiture roulait vers la rue
de Lyon. C'était en janvier; il y avait encore des bara-
ques du jour de l'an sur les boulevards. Je me rappelle
encore le jour : un dimanche; la foule était grande
partout et ne s'inquiétait guère de ce fiacre, voiture
mortuaire de notre amour. Elle voulut, arrivée à la
gare, demeurer une heure encore avec moi et ne pas
prendre le train rapide. Elle partirait une heure plus
tard, mais elle demeurerait cette heure à mes côtés.
Pauvre fille! Nous ne voulûmes pas aller dans la
salle commune du buffet où se coudoient tous les dé-
parts, — quelques-uns joyeux, — nous entrâmes
dans une de ces petits restaurants qui avoisinent les
gares. Le cabinet était laid, triste, mais nous y étions

seuls. Sur la cheminée, une pendule d'un autre temps, et qui ne marchait pas, montrait, entre deux pots de plantes desséchées, une dame décolletée, en style empire, à qui un petit amour offrait, en souriant, une couronne de fleurs. Je regardais ce sot amour, cette mythologie en bronze doré! Mais à travers la fenêtre, le cadran lumineux de la gare marquait les minutes que nous avions à demeurer ensemble. Comme elle passa vite, cette heure dernière de notre amour! Nous causions de toutes choses, de l'avenir et du passé, nous interrompant parfois pour pleurer, pour crier contre la destinée. Ah! les folles tentations de partir avec elle, de fuir et de braver le monde, de quitter Paris, de donner ma vie à cette femme qui croyait m'avoir donné la sienne! Et cette amère et atroce souffrance était douce! Nous nous interrompions de pleurer pour nous répéter, l'un à l'autre : plus de larmes, et nos larmes continuaient à couler. Ce fut cruel surtout lorsque je lui dis — me rappelant le passé : — « Nous avons été pourtant bien heureux! » — Tout son amour lui remonta aux lèvres, en sanglots. Et je me repentais de lui avoir fait tant de mal. Je revois encore ses yeux rouges et ses lèvres gonflées. Les prunelles des vierges douloureuses de Van Eyck ont de ces regards navrés. Enfin l'heure vint, l'heure déchirante. Je lui remis entre les mains son billet et, pendant les dernières minutes qui nous séparaient du départ, nous demeurâmes appuyés l'un contre l'autre, son bras passé dans le mien, et moi la serrant contre moi, sur un des bancs de bois de la gare.

Les gens nous regardaient en passant. Nous devions
avoir l'air bien triste. Tout nous rappelait la chère vie
qui allait finir : les affiches des voyages en Italie nous
disaient les rêves de pays ensoleillés que nous avions
faits ensemble ; les *avis aux travellers* imprimés en
anglais nous rappelaient ce voyage à Londres où nous
avions passé de si bonnes journées. Ainsi, nous nous
heurtions partout à quelque souvenir, à quelque douleur. Nous regardâmes le cadran : — « Il nous reste
encore cinq minutes, » dit-elle. De ces quatre années
passées dans une vie commune de gaietés, de tristesses,
de soucis, de joies, d'amour, il nous restait cela, cet
atome : *Cinq minutes.* — « Viens au dehors, lui dis-je,
je veux t'embrasser une dernière fois. Et, sortant de
la salle, dans l'ombre du dehors, sous une bruine
glacée qui venait du brouillard fondu de la journée
jaune et lugubre, elle leva son voile et je lui donnai
ce dernier baiser de la séparation, plus fraternel qu'a-
moureux, et pourtant passionné, ardent et amer. Ensuite elle s'arracha de mes bras et, courant, elle disparut par la porte de cette salle d'attente par où tant
d'heureux et de souffrants ont passé, à l'heure des dé-
parts ! Je restai là, la cherchant encore des yeux, debout et fixe ; j'allai, à travers la vitrine de la salle des
bagages, cherchant à savoir si je l'apercevrais. Le tintement aigu d'une sonnette me dit que le train partait.
On ferma les guichets et les portes, et, comme je
sortais de la gare, le coup de sifflet de la machine vint
à la fois me déchirer et l'oreille et le cœur. Alors, me
redressant dans la pluie fine, jetant des paroles

amères, me faisant violence pour ne plus pleurer, je
me répétais, en marchant d'un pas saccadé : « — Eh
« bien, je l'ai fait, mon devoir ! Je me suisa rraché
« une part de moi-même ! Mon rêve est fini ! Ma
« folie est passée ! Je suis un sage ! Je suis seul ! Ah !
« vie pratique et décorum obligatoire, que de vic-
« times on vous sacrifie ! Et combien de pauvres êtres
« confiants et bons il faut immoler à la nécessité des
« régularités de l'existence ! » — Toute la nuit qui suivit ce départ, je la passai à pleurer encore, et la porte
de ma maison ne s'ouvrait point que je ne crusse entendre son pas précipité, et plus d'une fois il me
sembla que ma sonnette était tirée, comme si son cher
fantôme fût à ma porte, ainsi qu'autrefois, alors que
je courais lui ouvrir, et que je la trouvais essoufflée,
mais souriante, et qu'elle me disait : « Bonsoir, toi! »
Pauvre chère petite ! Quoi qu'il arrive, où tu es, sache
bien que tu as été aimée, comprise, estimée, et que tu
n'as pas plus versé de larmes que moi sur nos chers
souvenirs en cendres !

Michel avait écouté, profondément remué par l'accent de Vergennes, dont la voix réveillait en lui tout un
monde d'amour, fouetté aussi et éperonné par la résolution que montrait Gontran. Et lorsque celui-ci eut
fini :

— On jurerait, dit-il, que tu l'aimes toujours, et cependant tu te maries !

— Et tu te marieras aussi. Le mariage, c'est le pont
d'Avignon : tout le monde y passe !

— Qui sait ? fit Michel, devenu pensif.

Le soir même, encore tout impressionné par les confidences de Gontran, bien résolu d'imiter cet homme qui s'était montré à lui, dans cette fraternelle confidence, s'arrachant pour ainsi dire le cœur, il se rendit chez la baronne autant pour revoir Francine que pour oublier Lia. Francine n'était pas seule.

Dans le salon, auprès de madame de Rives, se tenaient le comte François et, vêtue de blanc, mademoiselle de Morangis.

La jeune femme sourit quand Michel entra; et la jeune fille salua et baissa les yeux, sans affectation, mais avec un léger trouble.

M. de Morangis avait pris un fauteuil, derrière le canapé où se trouvaient les deux femmes. Le coude appuyé au dossier, le front dans la main, il se leva à demi lorsque Michel entra et inclina la tête.

— Ah! dit Francine, c'est vous, monsieur Berthier... je vous attendais!

— Moi? fit-il, en regardant alternativement les deux femmes.

— Oui, vous, monsieur le législateur; car j'ai une prière à vous adresser, une iniquité à vous signaler...

Elle se tourna vers M. de Morangis, et lui dit :

— Oh! une affaire assez vulgaire, et assez fréquente, et je n'en parlerais point devant Pauline, si la charité ne permettait de tout dire, et si votre chère enfant n'avait pas un cœur à tout comprendre.

— De quoi s'agit-il donc? demanda Michel.

— D'une séduction et d'une pauvre fille abandonnée. Je vous ai dit que la chose était très-banale. On m'a ap-

porté, pour m'intéresser à la malheureuse femme, une
lettre que je vous demanderai de lire à haute voix et
que je vous prierai de prendre pour point de départ à un
discours très-net et très-utile sur la recherche de la paternité, qui est interdite et qui, à mon avis, doit être per-
mise si l'on ne veut pas que des misérables continuent
plus longtemps à laisser au hasard de la vie et au caprice de la mort des femmes infortunées et de pauvres
enfants... Mais ne trouvez-vous point que j'aborde un
sujet trop scabreux, mon cher comte ?

— Non, dit M. de Morangis, Pauline est de ces femmes qui, nées sœurs consolatrices de toutes souffrances,
ne reculent devant aucune plaie !

— Surtout, fit Pauline doucement, si elles pouvaient
les guérir !

Michel était surpris et se sentait violemment troublé
par cet accueil de Francine. Une séduction ! Une pauvre
fille abandonnée ! Pourquoi la baronne parlait-elle de
cela? Avait-elle donc deviné ce qui se passait en lui?
Etait-ce une épreuve ? L'image de Lia se dressait, toute
en larmes, là, devant lui ! Il plongeait son regard
maintenant dans celui de madame de Rives pour bien
savoir ce qu'elle voulait dire.

— Eh bien ! fit la baronne en tendant à Berthier une
lettre tracée d'une écriture tremblée, souvent effacée
par les larmes, lisez-moi cela et songez qu'il ne s'agit
ni d'une chose inventée, ni d'un cas exagéré. C'est la
vérité pure, la vérité nue, et dites-moi d'abord si les
romanciers inventeraient de telles souffrances, si simples, si profondes, et ensuite ce que les législateurs

doivent faire contre des abandons aussi lâches!

— De qui est cette lettre? demanda Michel, hésitant, inquiet.

— D'une femme de chambre tout simplement, qui l'écrivait à une amie, une pauvre fille, jadis élevée par madame de Courtenay-Montignac, et qui s'est faite religieuse. Cette lettre, c'est madame la duchesse de Courtenay qui me l'a remise... Lisez, lisez...

Michel fit un effort pour chasser cette vision de la pauvre Lia, qui lui revenait comme un éblouissement; il baissa deux ou trois fois ses paupières, et il lut, il lut d'une voix un peu altérée, mais d'autant plus séduisante, avec une expression d'angoisses parfois, comme avec une lutte contre un sanglot naissant, il lut en orateur éminent, en acteur et en homme, cette lettre poignante que chacun écoutait haletant, madame de Rives en hochant la tête, M. de Morangis avec tristesse, Pauline avec une ferveur et une souffrance profondes, comme déchirée par la douleur et à la fois exaltée par la perspective d'une consolation à porter.

Et, en vérité, Michel se laissait entraîner facilement, lui aussi, par l'émotion, et aucun comédien n'eût exprimé comme lui ce que contenait cette longue lettre trempée de larmes, d'une enfant qui, comme Lia, avait cru en celui qu'elle avait aimé et qui se trouvait, comme Lia allait l'être s'il se décidait à rompre, abandonnée et perdue:

2 novembre.

Ma bonne Caroline,

Le courage m'a toujours manqué pour vous dire combien j'étais indigne de vos bontés, maintenant je n'oserais plus

me présenter devant vous, à moins que vous ne me le per-
mettiez. Je n'aurais pas la hardiesse de tromper plus longtemps votre confiance et votre sincère amitié.

Je dois vous raconter les deux tristes années qui viennent
de s'écouler. J'espérais bien, avec la grâce de Dieu, que le
mal ne m'atteindrait pas, mais comme, malgré les grâces
sans nombre qu'il m'a accordées, je suis trop longtemps
restée dans une froide indifférence à son égard, alors il m'a
laissée livrée au péril et je suis tombée dans l'abîme. Je ne
saurais pas vous expliquer en détail toutes mes fautes, une
seule doit suffire. Ce récit me fera déjà trop de peine, mais
je crois devoir le faire.

Le 15 février 1860, je suis entrée dans une maison comme
femme de chambre. Là, j'eus le malheur de fréquenter
un domestique; je crois vraiment que j'étais folle! Cet
homme m'a trompée, puis abandonnée et laissée dans la
plus grande misère avec mon pauvre petit enfant. Mon cœur
se brise en pensant au martyre de ce cher petit ange; sa
vie si courte n'a été que souffrances sur souffrances.

Avant d'être au monde, il souffrait déjà; car, voulant cacher ma honte, je travaillais sans me plaindre. Outre cela,
que de chagrins, de contrariétés de la part de ma famille,
surtout de ma mère ! Je tremblais de crainte de la voir; il
semblait que toutes les choses en ce monde se donnaient le
mot pour m'être contraires. Chaque jour un nouveau chagrin.

J'eus le malheur de confier mon argent à une méchante
femme qui me l'a tout gardé; je suis restée trois mois chez
elle, bien mal nourrie, mal couchée, et avec cela maltraitée;
j'avais 300 francs, il m'aurait fallu aller en justice pour les
avoir, j'ai préféré rester tranquille, car je ne les aurais sans
doute pas eus. Enfin, désespérée, ne sachant que faire, j'eus
recours au ciel, espérant que je ne serais peut-être pas tout
a fait abandonnée. Je ne me suis pas trompée.

Pour la fête de Noël, j'eus le bonheur de m'approcher des
sacrements et le bon Dieu a eu pitié de moi, car le 29 dé-

10

cembre, après une discussion avec cette vilaine femme, je
l'ai quittée et j'ai pris la résolution d'aller à l'hospice ; il
était temps, car le lendemain, il aurait été trop tard.

J'avais espéré, avec mon argent, m'épargner ce chagrin,
mais je me suis trouvée alors bien heureuse, car je ne sais
pas ce que je serais devenue, ainsi que mon pauvre enfant :
il est né le 30 décembre et baptisé le 1er janvier. Qu'il était
beau, ce jour-là, ce cher petit ange!

Mon désir était de l'élever moi-même; mais, comment
faire? J'étais sans aucune ressource ; j'ai adressé à son père
lettres sur lettres ; le père n'était plus domestique, le sort
l'avait pris, il était soldat ; je le suppliai, au nom de son
enfant, de me venir en aide ; mais jamais de réponse! Alors
j'ai pensé qu'en me plaçant, j'arriverais mieux à remplir ma
tâche. Je l'ai donc mis en nourrice. Il y avait à peine un
mois qu'il y était que le feu prend dans la maison; il y avait
cinq petits enfants tout seuls ; une petite fille a été brûlée.

Je le mets chez une seconde nourrice qui le laisse mourir
de faim et de froid. Au bout d'un mois, il était à l'agonie.
J'ai alors quitté ma place. Je l'ai repris et soigné de mon
mieux, bien des personnes pourraient vous le dire, mais que
de peines et de privations! Le désespoir s'est souvent emparé de moi, et je me serais ôté la vie si je n'avais pas eu cet
ange près de moi.

Heureusement que je pouvais à peu près suffire à ses besoins; car si je l'avais vu souffrir de la faim, alors le courage m'aurait manqué pour supporter la vie.

Le beau temps semblait le faire reprendre un peu; ne
pouvant le garder toujours avec moi, j'allais le remettre en
nourrice, lorsque, la veille, il est tombé malade; le mal a fait
des progrès si effrayants, que j'ai dû renoncer à ce projet.

Sans argent, je ne pouvais avoir ni médecin, ni médica-
ments. Je suis allée à l'hospice demander qu'on veuille bien
le soigner; on ne pouvait pas le prendre sans un certificat du
commissaire de police; c'est avec bien de la peine que je l'ai
obtenu. Il m'a fallu traîner ce pauvre petit mourant sur mes

bras, de l'hospice chez le commissaire, de chez le commissaire à l'hospice. Après tout ce trajet, j'ai pu le remettre entre les bras d'une sœur; j'étais tellement anéantie, que je ne lui ai pas donné un dernier baiser; son regard a semblé me dire adieu, et puis, je ne l'ai plus revu.

Le lendemain matin, je vais savoir de ses nouvelles : il était mort. J'ai été reçue par le concierge avec des paroles bien dures; j'aurais voulu le voir, prendre de ses cheveux, ainsi que son petit collier pour souvenir, mais on ne m'a pas laissée entrer. Mon cœur se déchire en pensant à tant de souffrances et de chagrin.

Je ne sais comment je peux vous faire ce récit; encore, il est adouci, car bien des détails n'y sont pas.

Vous voyez que j'ai déjà été bien punie de ma faute. Maintenant, c'est, chaque jour, de nouveaux regrets. J'ai bien de la peine à me résigner à la volonté du bon Dieu; il me semble cependant que c'est cela qu'il m'a demandé dans mon rêve lorsqu'il m'a jugée, ainsi que le sacrifice de cette affection! Je l'ai fait, ce sacrifice, avec bien de la peine.

Quand je vous ai vue accomplir celui que vous avez fait de vous sacrifier entièrement vous-même, pour le salut de tout le monde, cela m'a donné du courage, mais il est si faible que j'ai peur de moi, je regarde souvent en arrière. Si vous voulez bien m'éclairer de vos conseils pour ce que je dois faire à ce sujet, je demande votre secours.

Vous m'avez bien des fois tendu la main sans le savoir; quelle grâce le bon Dieu m'a faite de me faire venir auprès de vous; peut-être qu'il m'aurait punie davantage, si je ne lui avais pas fait ce sacrifice, et que serais-je devenue dans cette affreuse maison?

Je vous assure que j'ai bien de la peine, car, malgré la conduite de cet homme à mon égard, je l'aime toujours et je ne puis facilement l'oublier. Pour me consoler, je vais vous parler un peu de mon petit enfant : il me semble toujours que je dois le revoir. Je ne pourrais pas vous exprimer combien je·l'aimais. Son sourire me rendait heureuse : il me faisait oublier pour un instant mes chagrins.

Il me connaissait déjà bien; quand, quelquefois, je le quittais, son regard me suivait comme pour me dire de rester. Ses yeux étaient beaux et bien intelligents, son front aussi était grand et beau. Il tenait cela de son père. Il me ressemblait aussi un peu. Je lui avais donné le nom de Gaston. Son père se nomme Théodore Thieck, au régiment du 2e grenadiers de la garde, 2e bataillon, 2e compagnie.

Vous m'avez promis de vous occuper de moi; vous voyez que je ne mérite rien; mais si vous voulez seulement vous intéresser à ma mère, qui n'est pas heureuse, je vous en serai bien reconnaissante.

. . . .

Michel s'était arrêté. L'émotion le serrait à la gorge. Émotion causée par la lettre elle-même, par le souvenir de Lia, par l'anxiété dans laquelle il se trouvait, ou par la façon dont il avait fait ressortir tous les traits touchants de cette lettre, navrante comme une plainte sincère ? Il y avait de ces deux causes dans l'impression que l'orateur ressentait. Michel se laissait prendre à son propre talent de lecteur. L'artiste réellement entraînait l'homme.

Quant à madame de Rives, elle était charmée du talent de Michel, tandis que Pauline de Morangis, pâle, les lèvres tremblantes et blêmes, les yeux cernés comme par une colère mêlée de souffrance, ne se donnait point la peine de cacher ses larmes. M. de Morangis lui avait pris les mains, tout effrayé de la voir ainsi.

— Pauline ! Pauline ! disait-il ; mais qu'as-tu donc, ma pauvre enfant ?

Elle le regarda fixement à travers ses pleurs et lui dit d'un ton brisé, tout bas :

— N'est-ce donc pas le monde, cela ? N'est-ce pas la vie ? Et, comprenez-moi, mon père, le cloître ne vaut-il pas mieux ?

M. de Morangis frissonna.

— Non, non, Pauline, dit-il, non, il y a des consolations au monde, il y a des vertus, des dévouements, du bonheur !...

Elle ne répondit pas.

Mais Michel Berthier, emporté par sa propre émotion et tendant à madame de Rives la lettre de la pauvre fille, s'était mis à parler maintenant avec une éloquence âpre, entraînante et profonde, du sort des femmes ainsi abandonnées, du crime des séducteurs, du droit des créatures innocentes qui naissaient des amours coupables.

Oubliant ses propres combats, tout entier au thème attendrissant que le besoin du moment le portait à traiter, naïvement, bravement, comme s'il eût été à la tribune ou à la barre, le rhéteur se lança dans une de ces improvisations où il était passé maître, allocution touchante qui s'adressait au cœur plus encore qu'à la raison, et il plaidait cette cause en arrachant des larmes. Il montra l'injustice des lois, les malheureuses poussées au crime par la misère et l'abandon, les don Juan de hasard étalant leur triomphe cynique, la lâcheté baptisée de bonne fortune, l'amour sincère devenant la faute passée, et pis encore, la faiblesse de la femme méprisée, la force et l'expérience de l'homme applaudies ; il retraça l'antithèse effrayante avec une telle vigueur, une telle vérité, une telle foi que Pauline sentait son désespoir devenir de l'admiration, la confiance lui entrer dans l'âme, et que Françine dit, en battant des mains :

— Bravo, Cicéron ! Plaidez ainsi la cause de la femme au Corps législatif et cette cause est gagnée !

— Je vous jure bien, madame, que je le ferai, répondit Michel. A quoi servirait le peu de facultés que je possède si je ne les vouais pas à la justice et à la vérité ?

Il rayonnait. L'avocat, le *parlatore* était enchanté de l'effet qu'il venait de produire.

M. de Morangis lui avait pris la main avec effusion. Pauline contemplait cet homme, dont l'œil bleu pâle étincelait, et qui, tout en parlant, secouait sa chevelure blonde comme si la flamme de son cerveau eût étouffé sous ce poids lourd. Malgré ses lèvres serrées, Michel Berthier, mince, élégant, altier, était séduisant, et, en de certains moments, vraiment beau.

Pauline de Morangis s'était levée et tendait les mains à la baronne, pour prendre congé d'elle.

— Vous partez, chère enfant ?

— Oui, dit Pauline avec une sorte de hâte. Il ne me reste plus qu'à vous demander le nom et l'adresse de la pauvre fille qui a écrit cette lettre.

— Clotilde Ballue, répondit Michel, qui avait repris la lettre, 12, rue Lepic, à Montmartre. Je tâcherai d'avoir l'honneur de devancer mademoiselle de Morangis dans ses bonnes œuvres !

Pauline, un peu rouge; inscrivit le nom de Clotilde sur un carnet et s'éloigna, comme étourdie de l'étrange impression que lui causaient et la lecture de la lettre et le discours de Michel Berthier.

— Crois-tu, dit-elle presque brusquement à son père dès qu'ils furent seuls dans leur voiture, crois-tu que M. Michel Berthier pense ce qu'il dit?

— La question est étrange, fit le comte en riant. Il me semble que M. Berthier avait l'air bien convaincu.

— Alors c'est un homme de cœur?

— Et un homme de talent, un orateur tout à fait puissant.

— Mais un homme de cœur? répéta Pauline avec une insistance étrange.

— Oui, un homme de cœur, répondit M. de Morangis, frappé de l'accent bizarre que prenait la voix de la jeune fille.

— Et que t'importe M. Michel Berthier? fit-il, un moment après.

Il essaya d'obtenir de Pauline un mot encore, une réponse, une parole. Elle demeurait muette. Ses deux grands yeux fixes rêvaient.

Mais, quand le coupé s'arrêta à la porte de l'hôtel de Morangis, le comte sauta plus allègrement à terre et, pour la première fois, depuis de longs mois, un sourire monta à ses lèvres :

— En vérité ! Serait-elle capable d'aimer? se demandait-il avec joie, et va-t-elle renoncer à la froide vision du cloître ?

X

Madame de Rives avait, avec ce sentiment de jalousie instinctif à certaines femmes, remarqué l'impression profonde que Pauline de Morangis venait de faire sur Berthier.

La jeune fille était à peine sortie que Michel, obéissant à une sorte d'attrait irrésistible, interrogeait la baronne sur cette mystérieuse enfant qui passait à travers le monde comme si ses pieds n'eussent point touché terre.

— On dirait une apparition, fit-il.

— Oui-dà ? dit Francine. Et je vois que la vision vous a singulièrement frappé !

Michel se troubla un peu devant l'expression assez ironique de la baronne. Il essaya d'attribuer à la curiosité pure les questions qu'il avait faites, mais Francine devinait, sous l'indifférence soudaine qu'affectait maintenant Berthier, un intérêt puissant né d'une admiration réelle. Et madame de Rives était trop femme pour ne point savoir que l'admiration est quelque peu parente de l'amour. — Plusieurs disent sa sœur aînée.

Elle se sentit d'ailleurs piquée au jeu et, dans une causerie curieuse, vive, semée de traits profonds et de lestes peintures de caractères, elle révéla à Michel, vraiment fasciné, le secret de mademoiselle de Morangis.

— Un secret, dit-elle, qui a été déjà deviné en partie

par le monde et que le comte François confie volontiers à ceux qu'il aime, comme font les gens qui souffrent et qui prennent un amer plaisir à montrer leurs blessures.

Et il arriva que, tandis que madame de Rives parlait, introduisant, pour ainsi dire, Michel dans l'intimité même du comte, lui faisant, en quelque sorte, toucher les mystères, très-simples mais très-poignants, de l'hôtel de Morangis, Berthier se trouva peu à peu, plus profondément charmé par cette femme adorable qui lui parlait, souriait, s'attendrissait et persiflait tour à tour, et qui analysait avec tant d'art, de coquetterie, d'émotion et peut-être aussi de perfidie, tout ce qui s'agitait dans le cœur de Pauline et dans la tête de M. de Morangis.

Parfois il l'interrompait pour lui dire, avec une naïveté passionnée :

— Mais quel romancier vous feriez, baronne !

— Allons donc, répondait-elle, les femmes sont nées pour lire les romans et non pour les écrire. George Sand est une glorieuse exception qui ne fait que confirmer la règle.

Elle continuait ensuite à peindre le caractère étrange de cette Pauline qui, jeune, adorablement belle, immensément riche, n'avait d'autre amour, d'autre passion, d'autre désir que le cloître.

Pauline n'avait pas connu sa mère. Il avait manqué à sa première enfance ces chers baisers réconfortants de l'être qui, après avoir donné la vie, la veut chaque jour peupler de bonheurs.

Elle avait grandi profondément aimée par son père,
mais peu comprise, sans doute, quoique l'âme de
M. de Morangis fût tendre et dévouée. Le lettré et
le chercheur occupaient, chez le comte, la meilleure
part de sa vie. Il s'enfonçait avec une passion de béné-
dictin dans ses travaux ; et, lorsque Pauline fut grande,
qu'elle entra au couvent, il ne s'occupa guère que des
joies qu'il pourrait lui donner, aux jours de congé, sans
se soucier de pénétrer dans ce cœur adolescent et d'y
lire ce qui s'y agitait.

Le docteur Loreau, grand ami de M. de Morangis,
quoiqu'il ne partageât aucune de ses idées, qu'il pré-
férât l'anthropologie à la métaphysique et le scalpel au
goupillon, disait bien, de temps à autre, à son ancien
camarade de collége, demeuré son intime compagnon :

— Prends garde. La mère de Pauline était une nature mystique, qui mourut avec joie, comme si elle eût,
à vingt-trois ans, été déjà lasse de vivre. La fille a hé-
rité de ces aspirations-là, et ce n'est pas l'éducation
qu'on lui donne qui l'en pourra guérir.

— C'est-à-dire ?

— C'est-à-dire que je ne t'engage pas à laisser,
quand Pauline sera sortie du couvent, tes livres de
théologie sous ses yeux. Laisse-lui lire Molière tant que
tu voudras, c'est une nourriture saine, c'est de la viande
noire ; mais tes ouvrages à toi, jamais de la vie.

Le comte haussait les épaules, appelait le docteur
« incrédule » et laissait grandir Pauline. Au couvent,
on sait qu'on avait surnommé mademoiselle de Morangis mademoiselle de La Vallière. Dès ce temps-là, elle

vait instinctivement l'appétit du sacrifice et la terreur
u monde. Elle était de ces âmes peureuses qui trem-
lent de se livrer à la vie et qui auraient, volontiers et
vec joie, l'héroïsme du dévouement et de la mort.

— Elle est bien ta fille, va, disait encore le docteur
oreau à M. de Morangis, et si [elle tient de sa mère,
lle tient aussi de toi, poëte religieux.

Le docteur Loreau, professeur à la Faculté de méde-
ine, était surtout célèbre pour ses deux ouvrages,
'un de science historique, la *Science pendant la Révolu-
ion;* l'autre, plus spécial, digne d'être comparé à l'ou-
rage de John Lubbock, les *Hommes avant l'Histoire.*

Au physique, un homme de cinquante ans, solide et
lond, les cheveux rares, le teint frais, la bouche sou-
iante et les dents blanches, aimant la vie et s'attachant
 la faire aimer, n'ayant rien du pédant, ayant tout de
'homme aimable et loyal, un vrai savant et tout de
robité : l'honneur souriant et l'érudition avenante.

Avant d'arriver à la situation qu'il occupait, il avait
ravaillé lentement, avec patience, dans ce temps où
a patience est un héroïsme. Pauvre, il avait économisé
ur sa pauvreté même pour mener son œuvre à bonne
in. Il avait voulu, lorsqu'il écrivit son travail sur la
Science pendant la Révolution, tout consulter, remonter
aux sources, ne rien négliger, pour affirmer, en conscience et connaissance de cause, cette vérité qu'il avait
devinée d'instinct, à savoir, que le renouvellement inté-
gral de la société renouvela aussi la science. Pendant
des mois il était allé, comme un employé, s'enfermer
dans quelque salle d'archives, devant ces papiers jau-

nes et maculés qui lui semblaient rayés de traits de
flammes.

Quel chemin il faisait chaque jour, mais avec fièvre
et d'un pied alerte, pressant le pas pour arriver plus
tôt, sortant la tête en feu lorsqu'il avait découvert quelque particularité nouvelle, emportant son trésor inédit,
comme un orpailleur ivre de la pépite qu'il a recueillie ! Après bien des mois de ces recherches, l'œuvre fut
bâtie, préparée. Il se mit à l'écrire. Ce fut une période
nouvelle de joyeuse ardeur coupée de découragements,
de désespoirs, d'ennuis. Il y a, pour l'artiste, dans la
période d'incubation, des joies inouïes, les voluptés de
tous les commencements de créations. Il rêve son
œuvre, il la porte en lui, la sent tressaillir et vit par
elle ; mais dès qu'il la mesure enfin à la juste taille, il
la compare avec son rêve et il gémit.

Le livre du docteur Loreau fut cependant salué
comme un événement et classa son auteur au premier
rang et parmi les historiens et parmi les savants. Mais
le retentissement de son grand ouvrage, *les Hommes
avant l'histoire*, allait être plus considérable encore.

Il faisait revivre, en quelque sorte, ces Troglodytes et
gigantesques aïeux, vivant dans leurs demeures souter-
raines, et sa discussion sur le « Chapitre V de la Genèse
et l'Archéologie historique » fut aussi lumineuse que le
travail profond que préparait alors, sur le même sujet,
son ami Henry Du Boucher, à Dax.

Le docteur Loreau, volontiers traité de matérialiste,
parce qu'il avait, par passion, continué les travaux de
Félix Fontana de Pise sur les anguillules de seigle ergoté

t du vinaigre, travaux cités par Diderot, et parlé un
our, dans sa chaire, de « la coordination de molécules
qui s'appelle l'homme, » continuait, sans se soucier des
clameurs, ses magnifiques travaux d'anthropologie et
ssurait à son pays une véritable gloire par ses recherches incessantes.

Un jour (Pauline était sortie du couvent), Loreau fut
out effrayé de la pâleur qu'il remarqua sur les traits
de M. de Morangis.

— Souffres-tu ? lui demanda-t-il.

— Oui, beaucoup.

— Qu'y a-t-il donc ?

— Il y a que tu avais raison, mon pauvre Edmond.
la fille est perdue pour moi !

— Perdue ?

— Elle veut se faire religieuse !

— Que t'avais-je dit! fit Loreau. Tu ne l'as donc jamais regardée? Elle a le crâne construit comme celui
de ces vierges romaines qui, effrayées de la corruption
de leur temps, se réfugiaient dans les catacombes et
échappaient à la douleur de vivre par la joie de mourir
déchirées dans un cirque, en confessant leur foi. Oui,
il y a de la martyre chrétienne dans ta Pauline.
Quand je t'avertissais de trembler !

Il demanda encore à François de Morangis comment
Pauline avait manifesté ce désir. — Un matin, en causant tout naturellement et comme si c'eût été une résolution irrévocable :

— Ne crois-tu pas, demandait le comte, éperdu, qu'il

11

y a dans cette passion pour le cloître quelque amour caché, méconnu, étouffé ?

— Peut-être, dit Loreau ; et cependant non. L'amour de la cellule peut être entré dans ce cœur ardent avec le dégoût de la vie. Il suffit d'une étincelle pour allumer de ces brasiers. Une jeune fille a une amie. Celle-ci se marie. Elle est malheureuse en ménage parce qu'elle tombe sur un sot ou un malhonnête homme. Elle confie ses peines à sa compagne. La confidente s'effraie. « Quoi ! c'est là le monde ! c'est le ménage ! c'est la vie ! C'est ce qui m'attend ? Plutôt cent fois le cloître ! Plutôt la mort ! » De là les vocations.

— Pauline avait en effet pour amie mademoiselle de Panges, qui a succombé, de chagrin peut-être, après un an de mariage, en donnant le jour à un enfant mort. Prise des douleurs de l'enfantement, elle avait écrit une lettre à Pauline pour lui recommander cet enfant, s'il devait vivre. Elle voulait que le pauvre être eût une mère, le père étant, paraît-il, indigne de remplir les devoirs imposés.

— Eh bien ! fit Loreau, il n'en faut pas davantage. La cause est là. Ajoutes-y le germe de mysticisme que Pauline tient de sa mère !

— Qui sait ? dit le comte. Oui..... Où as-tu donc étudié les femmes ?

— Dans mon laboratoire !

— Toujours le *dada*, comme dirait Sterne.

— Fais de l'anthropologie, François, répondit Loreau, et tu connaîtras un peu mieux les moines dont tu as conté les ravissements! Plus d'un, crois-moi, manquait de substance grise!

Le docteur Loreau faisait allusion à l'ouvrage de François de Morangis, la *Vie de Couvent au Moyen-Age*, un de ces livres mystiques et alanguissants, dont la mélancolie dangereuse préfère l'attrait puissant de l'éternel repos goûté par avance dans le froid du cloître, aux séductions, aux luttes, aux devoirs de la vie : — un livre tout débordant de la volupté des larmes, de mystique enivrement, de cette tendresse amère qui prête une harmonie aux soupirs du vent dans les cyprès, au sanglot de la religieuse agenouillée, à l'hymne funèbre de renoncement au monde ; livre pénétrant et passionné qui unissait parfois les ardeurs d'une sainte Thérèse aux lamentations qu'on entend encore autour des saints sépulcres d'Adonis ; livre captivant et magistral qui enveloppait dans la pourpre du style la froide statue de marbre de la Mort.

M. de Morangis avait à peine quitté le docteur Edmond Loreau qu'il faisait prier mademoiselle Pauline de se rendre auprès de lui dans son cabinet d'étude aux murs couverts d'œuvres d'art, peintures de Beato Angelico, copies des rinceaux de la Sainte-Chapelle de Paris, images pieuses qui étaient comme les illustrations mêmes du livre publié par le comte. Un corps de bibliothèque aux reliures austères attirait surtout l'attention dans ce réduit aux tentures sombres qui sentait l'étude et le travail.

C'était là que M. de Morangis écrivait. C'était aussi là que bien souvent Pauline venait chercher un volume qu'elle emportait et lisait avidement, avec fièvre, dans sa chambre.

— Tout ce qui est ici tu peux le lire, lui avait dit le comte.

Mademoiselle de Morangis avait donc beaucoup lu.

Il se tenait les coudes sur sa table de travail, songeant, lorsque Pauline entra.

— Vous m'avez fait demander, mon père? dit-elle de sa voix musicale.

— Oui, mon enfant. J'ai à te parler sérieusement.

Il se recueillit un moment, attira Pauline près de lui, lui prit les mains, la regarda bien en face, sourit et lui dit:

— As-tu réfléchi à ce que tu m'as confié, ma chère enfant?

— Si vous voulez parler de mon désir d'entrer au couvent pour n'en plus sortir, oui, j'ai profondément réfléchi, mon père.

Elle avait répondu fermement, avec une expression résolue qui fit tressaillir le comte.

— Voyons, dit-il encore en essayant de dominer son émotion. Que signifie ce caprice?

Il se reprit, voyant que Pauline faisait un geste.

— Que signifie cette résolution?

— Elle signifie que je veux consacrer ma vie à Dieu, notre père à tous!

— N'as-tu donc point pensé qu'en agissant ainsi tu me frapperais au cœur?

— Vous me pardonnerez, mon père, car notre commun sacrifice sera fait pour la plus grande gloire du Sauveur!

— Pauline, Pauline, dit M. de Morangis effrayé, tu es donc malheureuse ici?

— Non, mon père, je suis heureuse et je vous bénis!

— Il y a donc dans ta vie quelque douleur que je ne connais pas?

— Aucune!

— Tu aimes quelqu'un?

— Non, dit très-simplement mademoiselle de Morangis, je n'aime que vous et Dieu!

— Mais, en vérité, fit le père, il y a longtemps que tu as songé à cela? Je le devine à te voir!

— J'y ai songé, dit Pauline avec fermeté, depuis le jour où j'ai appris que la vie était mauvaise aux âmes aimantes, et que le bonheur sans tache et sans trêve était dans les bras de Jésus!

— Qui t'a dit cela? s'écria M. de Morangis. C'est au couvent qu'on t'a appris cela? Qui te l'a dit?

— Qui? fit-elle.

Pauline, sans quitter le regard du comte, alla lentement à la bibliothèque de son père, y prit, dans le rayon consacré aux œuvres de M. de Morangis, un gros in-octavo à reliure sombre et l'ouvrit, — sans chercher — comme lorsqu'on a l'habitude d'un livre, — à une page qu'elle avait lue et relue, sans doute, bien des fois.

— Ecoutez, dit-elle alors.

C'était un chapitre de ce grand ouvrage de François de Morangis, la *Vie de Couvent au Moyen-Age*, où l'écrivain avait accumulé, avec la patience de l'érudit et la séduction de l'artiste, toutes les preuves de la béatitude du cloître et tous les tableaux de ses pénétrantes joies et des félicités inconnues au monde. On eût dit un voyage adorable aux Jardins de *Délices*. Les retraites s'y faisaient chères, la solitude s'y faisait bénie. Un parfum pénétrant et subtil semblait se dégager de ces pages qui distillaient comme un arôme sacré.

Et c'étaient des paysages aux ciels d'un bleu tendre comme ceux du Pérugin ou d'Hans Memling, avec des lis candides mêlés aux roses embaumées ; des visions célestes où, dans une atmosphère lumineuse, apparaissait le Christ, souriant et tendant aux solitaires ses bras cléments et sa poitrine saignante. Il semblait que, dans les séjours de bienheureux que décrivait et qu'évoquait, d'après les abbés d'autrefois, — saint Bernard ou Pierre de Blois et les *Fioretti*, — M. de Morangis, l'air fût plus pur, toujours fleuri, le printemps toujours vert, le fruit toujours savoureux et la jeunesse éternelle.

C'était la consolation et l'oubli, une espèce de *nirvâna* chrétien, l'anéantissement de la créature dans le bonheur claustral. Et des chants pénétrants emplissaient ces visions sacrées ; des soupirs d'amour divin, chaleureux comme des strophes ardentes, passaient comme les pâmoisons invisibles d'âmes célébrant leurs noces avec Dieu ; des larmes chaudes tombaient, dont l'amertume même était savoureuse, sur ces pages exquises et dangereuses, passionnées pour le sacrifice et pour la mort en pleine vie.

L'écrivain, mondain cependant, se faisant poëte, célébrait cette paix profonde qui console, au fond des

efs glacées, de la stérile agitation humaine, cet éter-
el amour en Dieu qui panse les plaies cruelles de
instabilité des humaines amours ; et, quand on lisait
e chapitre d'une suavité divine, on éprouvait une
orte de tiède engourdissement, fait d'un demi-rêve,
'un alanguissement heureux dans un paradis plein
e caresses. O bonheur surhumain dont la poésie d'un
ante avait déjà fait comprendre à Pauline la douce joie,

Letizia che trascende ogni dolore,

tte jeune fille l'avait éprouvé, avec une vivacité
leine de fièvre en lisant et relisant ces pages tracées
ar la main de son père. Elle s'était sentie invincible-
ent attirée par la voix mélodieuse qui chantait,
our ainsi dire, au fond du monastère. Elle avait été
blouie par la lumière de ces visions saintes. La poésie
u livre l'avait enivrée, et, prise de la folie du dévoue-
ent, écœurée par les vilenies qu'elle avait déjà cou-
oyées ou devinées, elle avait pris le parti de se ré-
igier, jeune, belle, faite pour aimer, pour être aimée,
our être mère, dans la solitude et la béatitude du
loître.

— Ma réponse, dit-elle au comte d'une voix ferme,
rave, harmonieuse comme un cantique, ma réponse,
on père, la voici !

Et elle se mit à lire, avec des tremblements dans la
oix et des éclairs de flamme dans ses beaux yeux
roublés, cette apothéose du solitaire que M. de Mo-
angis avait écrite comme un versificateur eût chanté
a Mort en adorant la Vie.

Le malheureux écoutait et se sentait prêt à crier, à
se précipiter sur le livre, à l'arracher des mains de sa
fille, à lui dire, follement, éperdu :

— Laisse là, jette au loin cela : les livres mentent!

Il se voyait foudroyé, écrasé, frappé au cœur par
lui-même. Il ressemblait à un Pygmalion, non pas
amoureux de son œuvre, mais qui verrait l'être qui lui
est le plus cher s'éprendre de ce marbre fatal. Cette
résolution qui venait le frapper au cœur comme un fer
aigu, c'était lui qui l'avait inspirée. C'était lui qui avait
ciselé, avec une volupté d'artiste, la poignée de l'arme
qui lui traversait la poitrine. Il souffrait comme chrétien et comme père : comme chrétien dans sa foi, qui
se heurtait au doute affreux; comme père, dans cette
affection que sa propre religion, se dressant tout à
coup implacable, menaçait de lui arracher.

Il eût voulu effacer avec son sang les pages qu'il
avait écrites. Il eût renoncé, avec une volupté profonde, à tout ce que ses œuvres lui avaient donné de
gloire. Le père essayait de reprendre sur Pauline l'empire que l'écrivain lui avait fait perdre, et cette lutte
pleine d'angoisse d'un homme contre lui même n'était
ni sans grandeur ni sans enseignement.

— A quoi t'ont servi, lui disait parfois le docteur
Loreau, tes études sur ce qui est le passé, sinon à voir
se dresser devant toi le fanatisme même du passé, sous
es traits de ta fille?

Mais le docteur n'appuyait pas : il sentait la plaie
trop vive et la blessure trop profonde.

— Eh! lui répondait alors M. de Morangis, j'ai étudié les âmes d'autrefois comme tu étudies les hommes qui ont vécu ! Œuvre d'artiste et de chercheur !

— Oui, sans doute, mais en me courbant sur le crâne d'un Gallo-Romain ou d'un Mérovingien, je poursuis une vérité qui serve l'avenir, tandis que les bienheureux de la cité d'Assise ne font que préparer les âmes à l'inconsolable douleur et au renoncement au monde. Tu conçois qu'il me serait trop pénible et trop facile de triompher de toi, à l'heure qu'il est. Je t'ai souvent entendu te moquer des cerveaux humains que je conservais dans l'alcool ; hélas ! toi tu les as grisés d'encens et perdus de senteurs paradisiaques. Va, va chercher au fond du sanctuaire la raison de Pauline, enfermée dans quelque flacon d'huile sainte, comme la raison de Roland dans une fiole en quelque coin de la lune ! Pauvre et cher ami !...

Sous les boutades d'Edmond Loreau, M. de Morangis savait bien que se cachaient une sympathie profonde, une fraternelle souffrance et un dévouement absolu. Le comte recevait donc sans sourciller les lamentations du docteur qui prenaient ainsi comme une forme de reproches. Il comptait bien que le médecin, épris de la vie, l'aiderait victorieusement à triompher de cette sorte d'appétit de la mort qui s'était emparé de l'esprit de Pauline.

Il avait tout d'abord essayé, en usant pour la première fois peut-être de son autorité paternelle, de défendre à sa fille de songer jamais au cloître, et, comme il avait invoqué son droit de père, il avait été, tout à coup, effrayé lorsque Pauline lui avait répondu qu'au-dessus du père, à qui on doit l'existence, il y a le Seigneur tout-puissant, notre Père qui est aux cieux.

Instinctivement, le comte frémit en se trouvant en présence de ce souverain maître qu'il avait toujours adoré et qui, maintenant, se dressait devant lui comme un rival. Tout ce qu'il y a d'instinct qui emporte l'homme vers la créature née de lui, pétrie de sa chair, se révolta devant l'intervention tyrannique de ce roi des rois qui lui enlevait — de quel droit? — l'amour de son enfant.

Le comte pouvait-il, d'ailleurs, laisser deviner à Pauline tout ce qui se cabrait intérieurement en lui? Non certes. Mieux valait alors employer la conviction et la douceur, essayer de reconquérir cette âme sur Dieu même et (M. de Morangis se demandait, en vérité, si l'entreprise n'était point impie) la ramener au sentiment vrai de l'existence, à la compréhension exacte et au simple amour de la vie.

Dès la première tentative, M. de Morangis s'aperçut que l'entreprise était bien difficile. Pauline était de ces âmes qui se donnent tout entières, avec une sorte de bonheur et de fièvre, pour ne se reprendre que si quelque épouvantable déception vient faire écrouler leur illusion. Mais, si, par un profond et instinctif dégoût du monde, Pauline se sentait enivrée des parfums du cloître, attirée par l'austère bonheur d'une prière solitaire, dans l'ombre, sur la pierre glacée, Pauline aussi aimait profondément son père et eût voulu tout faire, à coup sûr, pour lui épargner un chagrin.

Lorsque M. de Morangis lui peignit sa douleur, ses

nuits d'insomnie, la perspective déchirante de l'éternelle séparation, la jeune fille s'attendrit donc, et elle consentit à ajourner un projet qu'elle regardait pourtant — et elle le déclarait même, en cédant aux sanglots étouffés du comte — comme irrévocable.

— Irrévocable ! Qui sait ? lui disait M. de Morangis en lui prenant les mains, en les baisant, en passant sur ce front si pur sa main paternelle, en regardant au fond des grands yeux de Pauline la pensée candide comme une neige vierge, de cette âme limpide et profonde. Y a-t-il rien d'irrévocable ici-bas ?

— C'est pour cela, mon père, que je veux entrer dans une existence où règnent, avec le devoir, l'irrévocable et l'absolu.

Il n'y avait rien à répliquer à des réponses aussi nettes et qui décelaient tant de réflexion et de volonté.

Le comte François essayait cependant.

— Sais-tu, ma chère Pauline, sais-tu seulement ce que c'est que cette vie où tu refuses d'entrer ? Et crois-tu que ce soit un cloaque où l'on ne puisse poser le pied ? Il y a des sentiers pleins d'herbes, des buissons fleuris, des jardins embaumés, des journées de soleil ! Tu ne connais point la vie.

— L'enfant qui naît ne la connaît pas non plus, et cependant, dès sa première minute d'existence, il crie, comme s'il avait le pressentiment des douleurs qui l'attendent.

Elle faisait alors, avec une amertume qui étonnait chez une jeune fille dont la divination devenait si cruelle, le tableau des lâchetés, des perfidies, des trahisons, des petites infamies quotidiennes de ce qu'on appelle le monde, et elle disait à son père :

— Jurez-moi que la vie, ce n'est pas cela !

Et lui, négligeant volontairement ce grain de misanthropie que toute âme haute porte en soi, s'efforçait de lui montrer ce qu'il y a de dévouements profonds, de vertus ignorées, de charité, de courage et de vertu parmi ces hommes qu'Alceste fuit pour le désert et d'autres délaissent pour une Thébaïde, et il lui demandait de consentir à traverser, du moins, le monde avant de lui dire adieu, à chercher à le connaître avant de le maudire.

— Vous le voulez ? dit Pauline. Eh bien ! j'y consens !

Cette parole fut pour le malheureux père quelque chose comme un vivant espoir.

— Demande-lui un an de réflexion, dit le docteur Loreau au comte, et, dans un an, si tu as su déterrer un brave garçon qui la comprenne, elle te restera, se mariera et te donnera beaucoup de petits-enfants !

Il fut donc convenu, entre le père et la fille, que Pauline de Morangis ajournait à un an ses projets de renonciation au monde. Mais si, dans un an, jour pour jour, les idées de la jeune fille ne s'étaient pas modifiées au contact et au courant des événements, il était convenu aussi que M. de Morangis n'opposerait plus aucune résistance aux projets de son enfant.

— Vous me le promettez? avait dit Pauline.

M. de Morangis était pâle et sa voix tremblait lorsqu'il répondit :

— Je te le promets !

— C'est bien, fit mademoiselle de Morangis. Dans un an, mon père, je reviendrai ouvrir ce livre à cette même page et je vous dirai : « Là est mon rêve, là est le bonheur, là est la vie ! »

— Dans un an, répondit Edmond Loreau à M. de Morangis, qui lui parlait de cet étrange et douloureux contrat, je te répète que la moustache en croc de quelque joli garçon, ou la parole d'or d'un poète, — et l'on est toujours poète quand on est profondément épris, tu vois que je ne suis pas déjà si matérialiste! — aura fait envoler en fumée les beaux projets de la recluse en expectative. Ainsi soit-il! comme tu dirais, François.

Un an! C'était un long espoir, en effet. Que de choses peuvent tenir à la fois dans ces seuls mots : *une année!* M. de Morangis essaya de toutes les séductions que peut donner la fortune pour rattacher à la vie Pauline, cette âme blessée, toute prête à s'envoler pour aller, plus haut, en plein éther, panser sa blessure.

Il la conduisit toute parée, dans le monde, et Pauline entendit bruire autour d'elle ce long murmure admiratif qui salue la grâce à son éveil. Il la mena en Italie, la faisant passer de cette merveille d'art dont le nom est comme embaumé et qui s'appelle Florence, à cette éternelle agitée, bariolée, coloriée qui se nomme Naples.

En Italie, Pauline ne se sentit heureuse qu'à Venise et à Rome. M. de Morangis l'arracha à la grande ville troublante, pleine de l'ivresse étrange de la mort. Elle quitta Rome sans paraître la regretter. A Saint-Pierre, elle avait paru simplement admirer une colossale œuvre d'art, et M. de Morangis ne s'était pas aperçu que, tout bas, elle priait.

De retour en France, le comte promena sa fille partout où la vie se fait aimable et affinée. Mademoiselle de Morangis fut la reine de toute une saison de bals et la séduction de la plage, durant les mois où l'éternel Océan devient une *actualité*.

Elle ravit, elle fut entourée, recherchée, demandée en mariage. Mais elle n'accueillait jamais que par une froideur absolue les demandes que lui transmettait son père, si vivement désireux de lui voir accepter un époux parmi ces jeunes gens, dont quelques-uns étaient charmants et qui se présentaient tour à tour.

La réponse la plus fréquente de Pauline était celle-ci :

— Encore un prétendant ? Est-ce moi ou vos millions, mon père, qu'il veut épouser ?

— Tu es insupportable, répondait, moitié souriant, moité sérieux, M. de Morangis. Jette tes millions à la mer et marie-toi ensuite, si tu trouves un soupirant qui te convienne, — et tu en trouveras !

— Après ce sacrifice ? Jamais. D'ailleurs, riche ou non, vous savez bien que je ne veux pas me marier.

— Hélas !

Un moment, mademoiselle Nadèje Bourtibourg, la camarade de couvent de Pauline, eut, conseillée par M. Bourtibourg père, la velléité de pousser Tancrède à faire la cour à mademoiselle de Morangis.

— Moi ? à quoi bon ? répondait Tancrède. Une poseuse !

— Je t'assure que mademoiselle de Morangis est
ravissante. Tu ne la connais pas.

— Eh bien ! qu'elle débute aux Variétés ; on verra !

— Toi, répondait Nadèje, tu ne seras jamais sérieux !

— Je suis sérieux en mon genre.

Et son genre était la parfumerie.

Tancrède Bourtibourg, fort ignorant en toutes choses,
était d'une érudition toute spéciale sur le chapitre
des parfums. Il savait exactement quel triple extrait
devenait à la mode et l'odeur qu'il était de bon ton
de répandre en tirant son mouchoir. Tous les vêtements du fils du tapissier semblaient se volatiser en
essences d'une suavité vague. Il sentait tantôt la clé-
matite et tantôt le vétiver, l'ess-bouquet ou le moos-rose ;
mais ses parfums préférés étaient les plus pénétrants :
le musc, le white-rose, l'opoponax ou l'ylang-ylang.
On l'eût pris, à vrai dire, pour une boutique ambu-
lante de distillateur-savonnier et sa petite moustache
était toujours strictement lustrée par la brillantine ou
quelque « fluide régénérateur, » tandis que ses cheveux, déjà rares, qu'il faisait péniblement onduler et
friser, semblaient garder un peu de la mousse du
champooing américain, dont il abusait. La fable veut
qu'Achille ait trahi son sexe en apercevant des armes.
Tancrède était de ces jeunes gens musqués et ambrés
qui semblent retrouver le leur devant les miroirs, les
éponges, les nécessaires à ongles, les boîtes à houppes,
et les sachets à l'iris.

Mademoiselle Nadèje était bien naïve de croire
qu'un tel homme pourrait jamais plaire à mademoi-

selle de Morangis, et, le plus triste, — se disait le comte, — c'est que pour Pauline tous les hommes étaient à peu près aussi insignifiants que cet odorant Tancrède Bourtibourg.

M. de Morangis vivait donc ainsi, assombri, essayant de triompher de la résolution qu'il sentait toujours vivante dans le cœur de la jeune fille. Ce père était profondément navré, et quand les grands yeux bleus de Pauline se levaient sur sa figure pâlie, ils ne rencontraient pourtant qu'un bon et beau sourire qui se montrait dans sa barbe grise. Il fallait bien cacher sa souffrance à cet enfant née pour souffrir.

Que de soupirs étouffés entendait cependant l'hôtel de Morangis! Que de nuits sans sommeil le comte passait devant sa table de travail, dans son cabinet, les yeux fixés sur ces livres écrits par lui autrefois et auxquels il ne touchait plus comme si leurs reliures et leurs feuillets eussent brûlé! C'est qu'il voyait s'écouler les mois, la fin de l'année venir, et qu'il ne s'était pas rendu maître de Pauline. C'est que la volonté de la jeune fille résistait. C'est qu'il avait déjà, dans l'oreille, le son des cloches qui devaient marquer le jour terrible de la prise de voile, et que ce son retentissait éternellement, pour lui, dans sa solitude, dont il disait autrefois : « *O beata solitudo, ô sola beatitudo,* » et qui, maintenant, était pour lui une torture, avec les affres sinistres de la séparation : — une douleur, une terreur, un enfer.

Francine de Rives avait, avec un art singulier d'ana-

lyse, conté à Michel Berthier toutes les phases de cette
souffrance paternelle vainement cachée, et, après avoir,
comme à plaisir, poétisé Pauline aux yeux du jeune
homme, — ou plutôt après la lui avoir montrée telle
qu'elle était, — elle se donna cette volupté malicieuse
de railler le trouble passager que Michel avait parfois
remarqué chez mademoiselle de Morangis et les espoirs
naissants du comte François.

— Mon cher député, dit-elle, maintenant que vous
connaissez le secret de cette enfant, c'est à vous de
rendre l'espoir et la vie à ce père. Vous croyez que je
plaisante ? Pas du tout. Je suis certaine que mademoiselle de Morangis songe à vous ! Ah ! que voilà, vous
l'avouerez, une belle entreprise : arracher une créature
aussi charmante à cette mort anticipée qui s'appelle
la cellule d'un couvent et dire à un pauvre homme
au cœur brisé : — « Vous me donnez votre fille, et je
vous la rends ! » La situation est piquante ou je ne m'y
connais pas. Qu'en dites-vous ?

Michel ne disait rien. Il était troublé, inquiet, il ne
savait si la raillerie de madame de Rives avait quelque
fondement ; il songeait avec une sorte d'éblouissement
à cette adorable Pauline, entrevue dans tout le rayonnement de sa beauté fière, et en même temps, il regardait Francine, et il ne pouvait détacher ses yeux des
prunelles bleuâtres de cette femme.

A demi penchée sur le bras du canapé, assez rap-
proché du fauteuil où se tenait Michel, la baronne fixait
sur le jeune homme ses yeux malicieux, ardents, électriques, qui semblaient s'agrandir et pétiller, tandis

que son mystérieux sourire revenait sur ses lèvres et
tordait délicieusement sa bouche, relevait les narines
mobiles de son nez, tirant un peu la lèvre supérieure
où, au milieu, la chair attirante se fronçait.

Michel devenait fou. Il se sentait attaché à ces yeux
qui, sous la lumière du lustre, semblaient se pailleter
d'or, à cette bouche ironique et sensuelle, à ce sourire plein de promesses, de raillerie et de défi. Tout
disparaissait autour de lui : le piano, couvert de par-
titions, les meubles de Beauvais aux dossiers dorés,
les plantes aux larges feuillages verts ou colorés, les
bougies reflétées par la glace et allumant des paillettes aux stalactites du lustre. Il ne voyait plus rien,
rien que cette tentation vivante, cette fiévreuse et
étrange créature, et le silence se faisait maintenant
de minute en minute plus profond, et les tapis épais
où le pied de Michel glissait, semblaient attirer, à leur
tour, cet homme enivré, et Michel ne savait quel geste
imperceptible et irrésistible à la fois de Francine lui
commandait de fléchir devant elle, comme si elle eût
éprouvé, elle aussi, la tentation d'être écoutée et regardée d'à genoux.

Quelque chose d'étrange, en effet, de méchant et de
séduisant passait, en ce moment, dans le cerveau de
cette femme. Elle éprouvait vraiment une griserie particulière. Elle avait bien vu, tout à l'heure, que Michel
écoutait avec fièvre, un peu pâle, quand elle parlait de
Pauline. Elle savait que Lia l'attendait là-bas, anxieuse
et peut être désolée. Et elle se disait qu'il y avait là
quelque chose d'inattendu, de nouveau, de charmant :

arracher à la fois un homme à deux femmes, à celle qu'il allait aimer peut-être et à celle qu'il avait aimée !

Quel triomphe ! Quelle sensation nouvelle ! Comme cela devait être savoureux et irritant de mordre à belles dents blanches dans ce fruit défendu !

Michel ne lui déplaisait point certes, mais ce qui lui plaisait, c'était cette triple victoire dans un seul triomphe : torturer, tenir entre ses ongles trois cœurs à la fois ; oui, trois cœurs, car Pauline pouvait, elle aussi, aimer Michel Berthier ! Peut-être — qui sait ? — l'aimait-elle déjà !

Ah ! quelle folie ! Est-ce qu'une femme doit aimer un homme dont Francine de Rives veut être aimée ?

Et elle regardait Michel, et ses dents aiguës attiraient autant que ses yeux les lèvres ardentes du jeune homme. Et maintenant elle se sentait maîtresse de lui. Il était là, à sa merci, suppliant, courbé, les yeux lâches.

— Est-ce que vous aimez mademoiselle de Morangis, monsieur Berthier ? demanda-t-elle en rendant son regard plus pénétrant et plus énervant.

Il ne répondait pas. Agenouillé, il la serrait entre ses bras.

— Est-ce que vous aimez encore votre maîtresse, Michel ?

Il se redressa comme un fou, il la pressa contre sa poitrine, il lui prit la tête à deux mains et il jeta ce cri qui s'acheva dans un baiser :

— Je t'aime !

XI

Une sorte d'enivrement qui l'arrachait à toutes les
réalités de la vie succéda, chez Berthier, aux troubles
qui l'avaient agité. Après s'être vu si étrangement placé entre ces trois femmes, dont l'une, Lia, était l'amour
satisfait sinon défunt, dont l'autre, madame de Rives,
était la passion désirée, et la troisième, mademoiselle
de Morangis, l'amour rêvé (il y a un monde entre le
rêve et le désir), Michel se laissait aller tout entier à la
joie ardente qu'il ressentait. Cette adorable Francine,
cette séduction incarnée, cette grâce vivante, était à
lui ! Quel songe à la fois et quelle ivresse ! Il lui semblait qu'il n'avait jamais rencontré de femme aussi
charmante, aussi profondément femme, de sensations
aussi fines, d'intelligence aussi parfaite. C'était comme
un parfum nouveau qu'il respirait, une essence troublante, capiteuse et exquise.

Madame de Rives prenait plaisir à jouir de son propre triomphe et ce triomphe était complet. Cet homme
qui inquiétait les Tuileries, n'était plus devant elle
qu'un enfant. Elle souriait de la faiblesse de celui dont,
en haut lieu, on redoutait la parole comme la plus
irrésistible des puissances. Le duc de Chamaraule, un
des familiers du château, et des conseillers les plus di-
rects et les plus écoutés, demandant un jour à la baronne de lui définir Michel Berthier :

— Ce n'est pas fort difficile, répondit Francine en riant. Figurez-vous une idylle qui jouerait à la satire, un faiseur de madrigaux qui emboucherait la trompette des *Châtiments*.

— En vérité ? fit le duc, alors ministre.

— Oui, grattez le tigre, vous trouverez l'agneau. Ses philippiques ne sont que des pastorales.

— Comment ! c'est ainsi que vous jugez les gens qui vous aiment, baronne, dit M. de Chamaraule, car on dit — et s'en montrer surpris serait une impertinence — que Michel Berthier est fou de vous !

— Qui dit cela ?

— Le monde.

— Le monde n'est qu'un grand petit journal dont dix mille commères sont les chroniqueurs. Que le monde se mêle donc de savoir où il va. M. Berthier m'aimât-il, d'ailleurs, à la folie, comme le dit... votre portier, ou le monde, cela se ressemble, que M. Berthier ne m'aimerait pas beaucoup et retrouverait bientôt la raison. Il est de ceux qui, en réalité, n'aiment guère qu'eux-mêmes.

— Un égoïste ?

— Un *égotiste !*

— Diable ! Mais savez-vous, baronne, que si vous avez séduit Michel Berthier, la réciproque n'est pas évidente !

— Ce qui signifie ?

— Que vous ne l'aimez guère, ou, si vous voulez, que vous ne l'aimez pas !

— Moi ? fit madame de Rives en souriant. Au con-

traire. Il me plaît beaucoup, ce tribun ! Et la preuve
que je l'aime plus que vous ne croyez, c'est que, si vous
consentez à m'y aider, je veux en faire...

— Quoi? demanda M. de Chamaraule. Le plus heureux des hommes ?

— Voùs êtes un impertinent, mon cher, dit la baronne. Non, je veux en faire un homme d'Etat !

— Oui-dà?

— Un ministre !

— De la République?

— De l'Empire !

M. de Chamaraule était devenu subitement sérieux,
tandis que madame de Rives souriait toujours.

— Vous avez des façons de plaisanter.... commença
M. de Chamaraule.

— Point du tout. Je ne plaisante pas. Restons-en là
pour aujourd'hui. Songez à ce que je viens de vous
dire. Parlez-en à qui de droit. Manœuvrez en consé-
quence. Quoi que fasse Michel Berthier, ne le rendez
pas *impossible*. Et rapportez-vous-en à moi pour pousser doucement vers le bercail cette brebis égarée, qui
joue au loup et que vous prenez pour une bête fauve...
Est-ce dit ? Au revoir, duc !

Michel ne se doutait pas que ces petites et jolies
mains de Francine entre lesquelles il s'était mis avaient
une force de ressorts d'acier et qu'elles en avaient
courbé bien d'autres que lui. Il se croyait d'ailleurs capable de résister à la fois à bien des séductions et à
bien des luttes. Il prenait pour de la force la confiance
qu'il avait en lui-même. Il attribuait à son caractère

la même puissance qu'à son intelligence, qui était en vérité souple et vaste. Il comptait qu'en un cas de péril ou d'épreuve, sa force morale serait à la hauteur de sa force cérébrale.

Avec cette inébranlable certitude en son propre pouvoir, peut-on redouter l'influence d'une femme, et d'une femme qu'on aime assez vivement — amour de tête ou de sens, qu'importe ! — pour ne pas chercher à l'analyser ?

Qu'était-ce qu'une femme de plus dans la vie de Michel ? Il s'affranchirait d'elle dès qu'il le voudrait comme il était maintenant résolu de s'affranchir de Lia. Au reste, il ne songeait pas à ce que pouvait devenir ce nouvel amour ; il ne pensait qu'à en savourer la volupté inconnue et il s'y plongeait avec ivresse.

A peine apparaissait-il, avenue Trudaine, dans son logis presque déserté à la porte duquel venaient se heurter les amitiés, les requêtes et les devoirs. Ni Gontran de Vergennes, ni Pierre Ménard ne voyaient presque plus Michel. Jean Levabre était venu plusieurs fois le demander, voulant, selon l'invitation que le député lui avait faite, expliquer au nouveau représentant ses vues de refonte sociale.

L'heure approchait pourtant où, la Chambre devant s'ouvrir, Michel Berthier allait, résolu, paraître à cette tribune dont il avait hâte de gravir les marches. Ceux des journaux qui avaient soutenu sa candidature laissaient, de temps à autre, échapper quelque indiscrétion sur le premier discours du fils de Vincent Berthier. On parlait d'une virulente sortie contre le

Deux Décembre. On citait, par avance, quelques traits d'une admirable audace que l'orateur avait confiés à quelques amis. Dans le rapport quotidien adressé au ministre de l'intérieur sur l'état de la presse et de l'esprit public, on signalait, après les avoir marqués au crayon rouge, les entre-filets consacrés à Michel Berthier, qu'un chroniqueur appelait l'*épée de Damoclès* du gouvernement impérial.

On trouvait presque chaque jour, aux *Nouvelles politiques*, des renseignements ainsi conçus :

« M. Michel Berthier prépare sur les affaires d'Alle-
« magne et sur la situation qui nous est faite depuis le
« traité de Prague, un important discours dont les
« avocats du gouvernement pourront difficilement at-
« ténuer l'effet... »

Ou :

« Nous sommes en mesure d'annoncer que M. Mi-
« chel Berthier compte prendre la parole dès l'ouver-
« ture de la session, et que, fidèle à sa profession de
« foi, il entend ne rien ménager et faire remonter les
« justes responsabilités jusqu'à celui qui fait et défait
« les ministres. »

Olivier Renaud, le journaliste ami de Berthier et membre du *Dîner des Douze*, prêtait, dans ses articles, un nombre infini de *mots* à sensation à Michel. Il assurait que, causant avec M. **Thiers**, Berthier demandait à son prédécesseur politique ce qu'il pensait de la situation : « Ce que j'en pense ? aurait répondu l'homme
« d'Etat, vos amis en 1848 ont défait la République ;
« l'Empire la refait. » Et Berthier ajoutait, dit on :

« — Je suis de votre avis. Grandes fautes politiques
et petits scandales. Nous sommes en 1847. »

Olivier Renaud était bien homme à donner de l'esprit aux autres; mais Michel Berthier eût été fort capable d'aiguiser les traits qu'on lui prêtait. On avait jadis
cité de lui plus d'une verte saillie qui valait presque le
mot terrible de M. Dupin, le « premier vol de l'aigle. »
C'est Berthier qui, lorsque le comte Walewski avait
succédé à M. de Morny, s'était contenté de citer ce vers
de Boileau:

Chassez le naturel, il revient au galop.

Lors du fameux décret du 19 janvier, qui supprimait
l'adresse des députés et donnait au pays une apparence de liberté, Berthier avait dit en souriant : « Il y
a plus d'habileté que d'*adresse*. » Les *mots* édités par
Olivier Renaud passaient donc pour authentiques, et
Michel n'avait pas encore pris la parole dans le Parlement qu'il semblait déjà, grâce aux indiscrétions
amies, avoir ouvert sa campagne contre l'Empire par
des coups d'épingle en attendant le coup de tonnerre.

— Patience ! disaient ses admirateurs inconnus, ses
fanatiques d'instinct, lorsqu'il aura parlé, on sentira
passer au-dessus des fronts le vent d'orage ! Celui-là
est un homme !

En effet, les nombreux portraits exposés aux vitrines
le montraient énergique, altier, la tête haute, les cheveux au vent, les favoris touffus, la pose tribunitienne,
une expression singulièrement volontaire dans ses lèvres minces dont l'inférieure avait comme un léger

12

renflement qui donnait à ce bas de visage quelque chose de profondément dédaigneux. Les appétits, les ardeurs, les fièvres et les inquiétudes du regard se trouvaient ainsi éteints, assoupis par la photographie qui rend la mimique d'un être, son port de tête, mais non son âme.

Michel Berthier se préparait-il bien, comme on le croyait, à donner l'assaut à ce pouvoir que les électeurs parisiens l'avaient chargé de combattre? Oui, car il mettait comme un amour-propre d'artiste à bien débuter, et par un coup d'éclat. Il sentait sa réputation d'orateur engagée autant que sa conscience. Il se passionnait d'avance pour ce qu'il allait dire et s'enivrait de l'effet qu'il produirait. Il avait peu de temps, d'ailleurs, pour penser à cet avenir qui, de jour en jour, se rapprochait. Sa passion croissante pour madame de Rives l'absorbait. La résolution qu'il avait à prendre et qu'il rougissait déjà comme d'une faiblesse de ne pas avoir prise, quand il songeait à Lia, le contraignait encore à de longues et fébriles réflexions.

Que faire? continuer à garder cette enfant attachée à sa vie, l'habituer à le considérer, lui, Berthier, comme le père légal de l'être qui allait venir au monde? Accepter, avec toutes ses conséquences, une situation pareille? Il se l'était souvent répété : c'était impossible.

D'ailleurs, s'il avait résolu d'avoir la force de rompre, quand il n'était point l'amant de Francine, depuis que cette femme faisait partie de sa vie, la résolution de Michel était devenue bien autrement implacable; Et Francine, par on ne sait quels sentiments com-

plexes, — satisfaction d'amour-propre, instinct subtil
d'une influence qui pouvait, sur le cœur de Michel,
contre-balancer la sienne, — n'avait-elle pas déclaré à
cet homme épris d'elle qu'elle n'était point de « celles
qui partagent, » et ne lui avait-elle pas ordonné de
choisir ?

Choisir ? Michel pouvait-il hésiter entre la pauvre
Lia, qui s'était donnée tout entière, cœur et âme, et
cette créature si étrange qu'elle semblait multiple et
qui aiguisait, en quelque sorte, l'amour de Berthier
par ses perpétuels changements d'humeur, de séduction, de beauté, à croire que son visage changeait selon ses fantaisies et son désir ?

Lia était sacrifiée, complétement sacrifiée, et sans
que Michel Berthier en eût maintenant un remords. Il
en était venu à s'appliquer à lui-même cette commode
théorie des hommes providentiels qui établit deux morales distinctes, la morale vulgaire des honnêtes gens
devenus des sots, et la facile morale des élus et des
êtres marqués pour un destin supérieur.

Certes, abandonner au hasard de la vie une femme
qui allait être mère, c'était chose atroce et vile ! Michel s'était, de bonne foi, senti indigné contre l'homme
qui laissait dans la misère et le désespoir celle dont il
avait lu la lettre chez madame de Rives.

Mais pouvait-on comparer cet inconnu à lui ? N'avait-
il pas d'autres devoirs que cet anonyme, ce domestique
devenu soldat et perdu dans la foule ? Devait-il sacrifier
son avenir et son ambition à une femme qui n'était que
le roman banal de sa vie et à un enfant qui, peut-

être (il l'espérait, il le souhaitait), ne naîtrait pas?

Francine n'eût point même eu besoin de le pousser à une détermination devenue irrévocable.

Restait le moyen de la faire connaître. Comment? Fallait-il écrire, charger un ami, comme Vergennes, de frapper au cœur la malheureuse dont la confiance était entière, absolue? Non. Mieux valait aller droit à elle et faire soi-même cette œuvre sinistre.

Michel Berthier était loin d'être un lâche. Il avait même comme un appétit du danger, une soif de souffrance, parfois des désirs de mort. Il lui avait fallu tant de succès faciles pour triompher de cette prédisposition bizarre : le goût cruel de la douleur. Parfois, à la chasse, quand il était seul, une de ses joies, — étrange et farouche joie, — consistait à se mettre dans la bouche le double canon de son fusil dont les chiens étaient armés, et à se dire, avec une sorte de volupté funèbre et pleine d'angoisse, que la vie, cette vie qu'il voulait ardente, heureuse, illustre, remplie de gloire et de puissance, tenait à un choc, à un mouvement inattendu, à un caprice de sa main devançant sa pensée, à un hasard, à un rien. Il éprouvait alors des frissons de plaisir bizarre qui le caressaient effroyablement jusqu'aux moelles.

Et, comme il aimait à se donner ces imaginaires craintes, il se plaisait aussi à les donner à d'autres. L'odeur des larmes lui plaisait. Il était de ceux qui troubleraient leur propre existence pour y trouver ce souffle d'orage qui leur donne une sensation inconnue.

— Oui, se dit-il, oui, j'irai moi-même, je lui dirai tout,

et nul mieux que moi ne saura la consoler de cette
effrayante nécessité !

Ce n'était pas sans crainte, cependant, qu'il s'était
résolu à une telle démarche. En dépit de la fièvre
sensuelle qu'il éprouvait depuis que madame de Rives
était à lui, il y avait encore, au fond de son cœur,
pour Lia, un ressouvenir vague, mais profond. Lia,
c'était le parfum embaumé, Francine, c'était l'élixir
brûlant.

— Pauvre Lia ! se disait-il en montant vers le boulevard de Clichy et en regardant machinalement la ligne
des arbres qui, sur le ciel d'un bleu tendre, pâli par le
crépuscule (le soir venait), se détachait comme une dentelle sur une robe de bal. Si ce coup pourtant était
trop rude? Si je la tuais? Ou si elle se tuait ?

Mais il se rassurait alors : Lia ne se tuerait pas. Il lui
avait souvent entendu dire, en riant, que le suicide est
une sottise, ou, devenant sérieuse et religieuse, un
crime. Quant à la douleur, elle en triompherait.

Ce qui allait se passer était-il donc, au surplus, si
étonnant? Lia n'aurait-elle pas tout ce qui console, tout
ce qui rassure, tout ce qui fait oublier? Et ce mot sinistre, en pareil cas, l'*argent*, lui montait aux lèvres. Et
puis, tout à coup, comme s'il se fût agi d'une affaire,
il calculait froidement, il comptait avec lui-même ce
qu'il donnerait à la malheureuse pour lui payer son
abandon.

Il hésita avant d'entrer dans le petit jardin au fond
duquel Lia attendait, dans la petite maison peuplée de
souvenirs. Il regarda de loin l'allée, où déjà l'automne

jetait les feuilles sèches, et il se demanda s'il allait faire un pas de plus.

— Elle m'aime tant! Et je l'ai tant aimée! se disait-il.

Une dernière émotion l'étreignait, un dernier sanglot lui montait à la gorge.

Mais il lui sembla tout à coup que, pareille à une vision railleuse, il apercevait là, devant lui, le visage narquois de madame de Rives, et ce sourire de perdition, si irritant et si cher, et l'éclat ironique de ces yeux d'un gris bleu pleins d'étincelles.

— Allons! dit-il, Francine et Gontran, et Pierre Ménard ont raison! Adieu, tout ce qui fut le rêve et la jeunesse! Les réalités valent mieux. Entrons.

Il s'avança dans la longue allée jusqu'auprès de la maison d'où il lui sembla entendre sortir le vague écho d'une vieille chanson, — du pays lorrain peut-être, — que Lia chantait bien souvent, et dont il savait les paroles :

> Choisis, ô Marjolaine,
> Quenouille ou beaux atours;
> Mais, pour dormir sans peine
> Et filer d'heureux jours,
> Sois fileuse de laine
> Toujours!

— Elle chante? c'est elle qui chante! se dit-il.

Et cette pensée qu'il allait frapper Lia en pleine confiance et en plein bonheur, au lieu de l'arrêter, lui donna soudain une fermeté plus grande, le poussa comme un aiguillon empoisonné.

C'était en effet Lia qui chantait : elle avait maintenant sur les lèvres un refrain que Michel aimait beaucoup et qu'il lui faisait souvent redire, la *Medjé* de
Gounod :

> Eh bien! prends donc cette lame,
> Et plonge-la dans mon cœur!

Sans doute, en chantant elle pensait à lui. En tout
autre moment il eût été frappé par les paroles de ce
soupir douloureux,

> Eh bien! prends donc cette lame!...

— Éternelles ironies du hasard!... songeait-il.

En apercevant Michel, elle s'arrêta, tout heureuse
mais toute surprise. Michel n'avait plus l'habitude de
venir si tôt, et même depuis longtemps il ne venait
plus.

— Toi? dit-elle. Ah! toi!... Voilà donc pourquoi je
chantais! Je me disais aussi : Qu'est-ce que j'ai donc à
être gaie, moi? C'est que tu devais venir!

Elle lui sauta au cou, passa ses deux bras derrière sa
tête et se suspendit à lui, qui, après l'avoir embrassée
au front, délia doucement ce cher collier et lui dit :

— J'ai à te parler, ma pauvre Lia.

Elle laissa brusquement tomber ses bras, regarda
Michel à la lumière vague de ce crépuscule d'automne
et dit, remarquant alors la pâleur du visage de son
amant :

— Ah! mon Dieu, Michel, il y a un malheur!

— Un malheur, oui, ma chère Lia, et une nécessité,

— Une nécessité ? dit-elle en répétant le mot. Et elle devinait bien, brusquement, tout à coup, qu'il prenait une signification terrible. Quelle nécessité ?

— Lia, dit-il, en appelant à lui tout son courage, en homme qui rassemble ses forces pour frapper un coup décisif, ne t'es-tu jamais demandé ce qui pourrait arriver, si j'étais forcé de m'expatrier, si j'étais exilé, si je mourais ?

— Si, fit-elle, si, je me suis demandé cela. Si tu t'expatriais, si l'on t'exilait, je te suivrais ; si tu mourrais, je mourrais !...

Elle se reprit brusquement et dit, avec un éclair dans les yeux :

— Non, au fait. Maintenant, je vivrais. Je travaillerais pour élever mon enfant — notre enfant — pour lui apprendre à t'aimer si ta mort était naturelle, pour lui dire de te venger si l'on t'avait tué !

Elle avait dit cela d'un ton simple, sans emphase, résolu, comme les choses auxquelles on a longtemps pensé, et qu'on exécuterait comme on le dit.

Michel se sentit humilié devant cette enfant qui, maintenant, de sa voix suppliante, lui demandait ce qu'il voulait dire : quelle était la nécessité dont il parlait, quelle nouvelle pleine d'effroi il apportait. Intérieurement, Michel se comparait à un boucher prêt à enfoncer sa lame, *la lame* du refrain de *Medjé*, dans le cou d'une brebis. Et, encore une fois, comme une vision, comme le produit de quelque fantasmagorie l'image de madame de Rives lui revint.

— Lia, dit-il alors brusquement, tu vas me maudire,

ma chère Lia, mais sache bien que je souffre autant
que toi du sacrifice que la vie nous impose ! Il faut
nous séparer, Lia !

Il avait mis dans ces derniers mots une rapidité
errible. Il les avait décochés comme une flèche.

Son cœur battait et, redoutant l'effet du coup de
oudre que devaient produire ses paroles, il tendait déjà
nstinctivement les bras vers la pauvre fille pour l'em-
êcher de tomber, anéantie.

Chose étrange, Lia ne bougea pas. Elle demeura
âle, droite, les yeux agrandis, les lèvres blêmes et ne
épondit pas un mot.

Michel se demandait si elle avait compris. Ce silence,
ette stupeur, cette fixité des prunelles l'effrayaient.
lle, elle regardait son amant, cherchant à deviner s'il
entait ou s'il était fou, ou plutôt ne cherchant rien,
ertaine qu'il y avait là quelque erreur pleine d'épou-
ante, mais une erreur, mais une méprise, et que
lichel Berthier ne pouvait point penser ce qu'il avait
it.

Michel était à la fois effrayé et déconcerté. Il s'atten-
ait à quelque chose de douloureux, peut-être de
rrible, à un évanouissement, à des cris, à des larmes ;
trouvait une sorte d'hébêtement farouche et incré-
ule. Il avait tout dit et il hésitait à tout redire.
omment expliquer ces atroces paroles ? Comment faire
onnaître, sans se troubler et sans faiblir, les motifs
'une résolution pareille ?

Michel saisit les mains de Lia pour les presser, pour
s embrasser, comme s'il eût voulu mettre une suppli-

cation, une demande de pardon et une apparence de
remords dans chaque baiser. Ces mains étaient glacées. Il les abandonna et, d'un mouvement automa-
tique, ces mains froides allèrent se coller le long du
corps de Lia, de ce corps roidi et immobile, comme le
long d'un cadavre.

Alors, ce Michel qui, tout à l'heure, redoutait une
explosion, une crise, fit ses efforts pour la provoquer,
pour galvaniser en quelque sorte cet être dont l'immo-
bilité effrayante lui donnait maintenant la crainte de
voir, après cette sorte d'état quasi-cataleptique, tomber Lia morte sur le coup.

Il lui parlait, il lui disait avec une volubilité extrême,
entrecoupée tantôt de baisers et tantôt de soupirs,
pourquoi la situation nouvelle qu'il s'était faite l'obli-
geait à rompre un lien qui lui était si cher.

Elle n'avait sans doute jamais cru à l'éternité de cette
union. Le doux refrain amoureux qui se terminait par
le mot *toujours* était propos de fous qui ne savent pas ce
que leur réserve la vie ! Elle lui avait donné le meilleur
de sa jeunesse ; il ne l'oublierait jamais. Il veillerait
sur elle, il la protégerait. Cet enfant qui allait naître,
il serait vraiment son père, il l'aimerait profondément
mais c'était cet enfant même qui les séparait. Sa naissance pouvait être un scandale. Si les nombreux ennemis que lui créaient ses opinions politiques appre-
naient ce roman caché, cette mystérieuse passion, avec
quelle facilité et quelle audace ils l'exploiteraient
contre lui ! Lia l'aimait assez, elle avait le cœur assez
haut et l'âme assez noble pour ne rien vouloir de ce

qui pouvait entraver sa carrière, briser l'existence d'un homme comme lui ! A quelles destinées n'était-il pas appelé ? Il est certaines gens qui portent le poids de leur propre gloire, qui doivent racheter leurs succès publics par leurs intimes souffrances. Elle savait bien, n'est-ce pas, qu'il était de ceux-là ? Elle lui pardonnerait la douleur présente en faveur de l'amitié future, d'une amitié presque supérieure à l'amour et qu'il lui promettait entière et dévouée.

Il parlait de reconnaissance envers le passé, de tout ce qu'il lui devait d'affection, des beaux rêves fleuris auxquels il fallait renoncer. Il prononça même le mot de protection et doucement il en vint à assurer à Liä qu'elle n'avait pas à se préoccuper de son existence matérielle, qu'il était toujours là, qu'il serait là toujours...

Elle n'avait rien dit jusqu'alors. Elle demeurait stupéfiée, comme fascinée par le gouffre, qui, brusquement, s'ouvrait béant sous ses pieds.

Mais quand Michel parla d'argent, ou plutôt quand il fit moralement, sans en parler, tinter le son de cet argent aux oreilles de Lia, elle se redressa vivement, d'un bond, comme si, de tout cela, elle n'avait compris que cette chose sifflante et mordante qui était l'injure.

— Tais-toi, dit-elle d'une voix étrange, où il y avait à la fois quelque chose de brisé et d'irrité, tais-toi, ah ! tais-toi !... Ta parole me fait mal ! On dirait que tu prends plaisir à me tuer ! Tais-toi !

Elle se mit à marcher dans la petite chambre, au fond de laquelle le lit aux rideaux à fleurs apparaissait vaguement dans la pénombre, et, maintenant, les mots jaillissaient de ses lèvres comme s'ils se fussent échappés de son cœur broyé :

— Tais-toi! Tais-toi! répétait cette enfant devenue soudain fière et redressant le front, est-ce que je comprends ce que tu me dis là? Au fond de tout qu'y a-t-il? L'envie de reprendre ta liberté, de fuir!... C'est donc possible, cela?... Tu ne m'aimes donc plus?... Non, non, tu ne m'aimes plus, puisque tu as honte de notre amour! Et si tu ne m'aimes plus, à quoi bon me dire autre chose! Vat'en!... Ce n'est pas moi qui supplierai, ce n'est pas moi qui implorerai!... Cet enfant, je l'élèverai sans toi. Il sera à moi seule, entends-tu, puisque tu as peur qu'on ne dise qu'il est à nous deux! Ce qu'on dira? Tu t'inquiètes de ce qu'on dira, toi? Qui pourrait trouver étonnant que tu fasses ton devoir, réponds-moi? Qui? Personne. Mais puisque ce devoir te pèse, laisse-moi, laisse-nous... mais ne dis rien, n'ajoute rien : je ne veux rien entendre. Je ne comprends qu'une chose : c'est que tu me rejettes loin de toi et que tu pars!... Ah! tiens, je suis punie! Je méritais cela. Tu fais, toi, ce que mon père menaçait de faire, et tu m'as atteinte où les coups sont les plus cruels, au cœur!

— Lia! dit Michel en s'élançant vers elle. Tu vas me haïr!

— Moi? Pourquoi?.. Je t'ai aimé, je t'ai suivi... je me suis perdue... A qui la faute?... Je suis aussi coupable que toi et j'en porte la peine!... Ah! tiens, j'ai mérité de mourir, je voudrais mourir !

Michel attendait cette parole, cette révolte. C'était, au moins, cela, l'orage attendu, les pleurs, la crise nerveuse qu'il redoutait moins que le silence plein l'effroi de tout à l'heure.

Il avait, sur la mort et sur la vie, des phrases toutes faites qu'il murmura doucement, comme des prières, à l'oreille de Lia, en la conjurant de vivre.

La nuit tombait peu à peu, plus épaisse ; mais Michel Berthier vit le regard de la jeune femme s'incendier lorsqu'elle lui répondit, d'une voix brève :

— Ne crains rien. Est-ce qu'on se tue quand on a un enfant à nourrir ?

Ces accès de résolution soudaine étonnaient Michel. Il n'eût pas soupçonné chez Lia tant de décision cachée sous tant de douceur. A vrai dire, son amour-propre, ce sinistre amour-propre, enroulé comme un reptile ou entré comme un ver au fond du cœur de l'homme, souffrait un peu de la façon dont Lia acceptait, presque sans rébellion, cette rupture inattendue.

Il ne songeait pas à cela : que la rapidité même d'une telle révélation ne permettait pas à la malheureuse d'en calculer, dès cette première minute, tout l'effroi. Il se disait seulement, et il avait presque envie de dire à Lia, sur le ton de la vanité blessée : « Je ne te croyais pas aussi forte ! » L'homme a de ces monstrueux égoïsmes et de ces profondeurs noires.

Michel se sentait d'ailleurs mal à l'aise maintenant dans cette chambre. Ayant tout dit, il ne songeait plus qu'à s'éloigner. Le premier coup étant porté, il lui restait, sans doute, à compléter son œuvre. Mais il le

13

ferait par quelque lettre, où il expliquerait plus nettement à la suite de quelle série d'inévitables réflexions il en était venu à s'arracher à son amour, à le déraciner du fond de son âme.

Il prit une dernière fois les mains de Lia, ces mains inertes, ces mains de morte, il les baisa, et plus d'une larme, feinte ou vraie, tomba de ses yeux; puis, se redressant, se contraignant à un calme qui malgré lui lui échappait, il chercha à tâtons son chapeau, dit à Lia, avec un sanglot, bien réel, cette fois :

— Adieu !

Puis s'avança vers la porte.

Alors toute la force factice de la pauvre Lia s'écroula après un effroyable déchirement; l'abandonnée poussa un cri, se jeta au cou de Michel et s'y cramponnant :

— Non, non, dit-elle ; non, c'est impossible ! Tu ne me fuiras pas ainsi ! Tu ne me quitteras pas ! Tu ne me quitteras pas ! Je t'aime !...

Elle pleurait maintenant; elle suppliait, elle dressait jusqu'à lui son visage sillonné de pleurs, et Michel sentait la pénétrante âcreté de ces joues mouillées.

Un énervement singulier s'emparait de lui. Il avait des envies brutales de prendre la pauvre fille par les poignets et de la rejeter bien loin, pour s'enfuir plus vite. Il sentait que, s'il demeurait, s'il cédait, s'il faiblissait, il était perdu. Tout ce qu'il avait dépensé jusque-là de volonté presque féroce aboutissait à quoi ? A rien !

Et cette chambre, cette étroite chambre, gardait

encore quelque chose du parfum grisant des amours envolées !

Michel fit alors sur lui-même un effort violent, héroïque, ou barbare. Il dénoua les mains, les doigts serrés, de Lia qu'il sentait se réunir sur sa nuque, et, repoussant doucement la pauvre fille, il ouvrit la porte rapidement et la referma derrière lui, d'un mouvement brusque, mais pas assez prompt cependant pour qu'il ne pût entendre le cri déchirant qu'avait poussé Lia et le bruit sourd de la chute d'un corps sur le tapis.

Elle était tombée! Elle pouvait s'être brisé le crâne en se heurtant au coin d'un meuble !

Le premier mouvement de cet homme fut de rentrer, d'appeler, d'aider à rendre Lia à la vie. Le second fut de fuir.

Il descendit en hâte les marches du petit escalier, et, comme il arrivait dans le jardin, instinctivement il se retourna pour regarder la fenêtre ouverte.

Une forme humaine était là.

Lia s'était traînée sur les genoux jusqu'à l'appui de la fenêtre et, voulant appeler, elle se penchait, ses cheveux dénoués lui retombant sur le front; et elle demeurait à cette place, le corps à demi courbé sur la barre de bois, les mains jointes, comme une pénitente en prières ou comme une morte.

Il la contempla un instant et se sentit frissonner.

Tout son amour étouffé, tout ce qui vivait, palpitait encore en lui du passé, lui remonta au cœur, emplit son cerveau de fièvre et de remords. Il avait envie de crier à sa maîtresse : — Attends-moi ! Pardonne-moi ! Je reviens ! Aimons-nous et oublions ce mauvais rêve !

Il n'avait qu'un appel à faire entendre, qu'un cri à jeter.

— Eh bien ! non, dit-il presque à haute voix, le grain de sable qui me ferait trébucher est ici, le but est là-bas !

— Adieu ! Adieu ! ajouta-t-il avec fièvre.

Et, sans détourner la tête, il traversa le jardin et se jeta, toujours courant, dans l'allée qui conduisait au boulevard extérieur.

Avant de franchir une dernière fois le seuil de ce logis peuplé de songes heureux, il regarda cependant encore la fenêtre où Lia se tenait immobile.

La nuit était pleine de brume, et pourtant il semblait à Michel Berthier qu'il revoyait toujours, là-bas, cette femme agenouillée, les bras tendus, les cheveux dénoués, — apparition muette qui était comme le fantôme de son amour !

Il fit un geste comme pour dire : « Bah ! le sort en est jeté ! » — et se précipita hors de la maison.

Des enfants riaient, causaient, les cabarets s'allumaient sur le boulevard ; les bancs, malgré le froid, se peuplaient de couples jaseurs ; des passants allaient et venaient, des ouvriers, des ouvrières regagnaient leurs demeures ; un chanteur populaire accordait son violon et vendait ses cahiers de chansons.

C'était la vie du Paris pauvre, gai, laborieux, inconnu, et Michel Berthier se disait qu'après tout il se devait à ces gens qui attendaient de lui tant de choses...

La vision de Lia avait déjà disparu !...

XII

L'amour-propre de Berthier, ce sentiment que le docteur Loreau appelait familièrement la *vanitite aiguë*,
eût été flatté de voir le désespoir presque affolé qui
succéda chez Lia Hermann à la crise dont Michel avait
été le témoin.

L'abandonnée demeura pendant longtemps à la fenêtre, dans sa pose tragique, les yeux fixes, sans
voir, ne pleurant plus et se répétant presque machinalement que ce qui arrivait était impossible, que Michel
avait simplement voulu l'éprouver, qu'il allait revenir,
rentrer, la prendre dans ses bras, et, comme autrefois,
lui dire le mot éternel : *Toujours !*

Elle ne bougeait pas : elle était là, courbée et brisée.
Elle ne s'était fait aucune blessure dans sa chute, mais
ce qui était atteint en elle, c'était l'âme.

Elle ne songeait à rien qu'à cette chose atroce :
« —Je suis seule ! Il m'a quittée ! » Quand elle se disait
que cela était vrai, il lui semblait que le monde lui
manquait.

C'était maintenant seulement qu'elle comprenait,
dans tout leur sens cruel, les paroles de Michel.

Comment cet homme, qui était bon, — elle le savait,
elle le croyait, — avait-il pu prendre une résolution
aussi atroce? Il aimait donc une autre femme ? Il allait
donc se marier? Lia n'avait cependant rien soupçonné

de tout cela. Elle l'avait bien souvent attendu, anxieuse, inquiète pour lui, mais non pour elle. Elle avait en lui une telle foi !

Tout un monde de pensées folles ou farouches lui traversait l'esprit. Elle voulait courir chez Berthier, le reprendre, pour ainsi dire, lui rappeler qu'elle allait être mère ! Si l'on quitte une maîtresse, est-ce qu'on abandonne ainsi un enfant qui va naître ?

Elle s'était relevée. Assise maintenant dans l'ombre, les mains croisées sur ses genoux, le dos plié, la tête dans le foyer de sa cheminée, elle demeurait immobile.

Une statue de la Douleur assise et muette.

Elle se disait qu'il suffisait d'allumer un peu de charbon pour mourir. Elle avait peur d'elle-même. Cette chambre maintenant lui paraissait immense. Elle y serait donc seule toujours?... Et, cette fois, le mot *toujours* prenait un sens inattendu, atrocement douloureux et cruel.

Elle pensait à tout ce qu'elle avait sacrifié pour lui. Sa vie, tout simplement. Ce sacrifice tenait en un mot. Comme ses vieux parents avaient dû souffrir !

Elle sentait maintenant ce que pèse l'abandon; quelle douleur cela est : le détachement affreux d'un être qui est comme une fibre de vous-même ! Elle savait qu'ils vivaient toujours, à Montrouge, ne parlant jamais d'elle, et elle se demandait si elle n'allait pas aller à eux et leur dire : « — Me voici ! Tout ce que je vous ai fait souffrir, je viens de le souffrir moi-même en quelques heures ! Pardonnez-moi, je suis punie ! »

Mais elle avait peur du courroux du vieil Hermann, ou — ce qui était plus épouvantable — de son mépris. Et elle se disait qu'elle était maudite, qu'il mourrait sans lui donner la bénédiction suprême de celui qui part, affranchi de la vie, à celui qui reste. Et il lui semblait, dans une sorte de cauchemar qui venait la torturer tout éveillée, qu'elle assistait à cette scène pleine de grandeur et de tristesse : la mort du pauvre homme dans un logis désert, où sa mère seule priait. Elle entendait les prières dernières, elle assistait au défilé de visiteurs inconnus qui disaient en entrant chez le moribond : « *La paix à ceux qui sont loin, la paix à ceux qui sont proches. Je l'ai dit, je te guérirai!* »

Et, sur son lit de douleur, le père, après avoir évoqué l'éternel Zébaoth, se plaignait d'une voix faible.

Toutes les prières oubliées de sa religion revenaient à Lia comme des échos lointains :

— « *La tombe est le rendez-vous général des humains!* » lui disait Job.

Elle voyait ensuite, elle voyait distinctement son père donner sa bénédiction à elle ne savait quels étrangers qu'il traitait comme ses fils et ses filles.

Le malade se faisait laver les mains, puis, sur la tête de chacun de ses enfants, il disait :

Aux garçons :

— *Puisses-tu devenir comme Ephraïm et comme Manassé!*

Aux filles :

— *Puisses-tu devenir comme Sara, Rébecca, Rachel et Lia!*

Et Lia l'entendait distinctement, ensuite, s'écrier : — Qui êtes-vous ? Pourqnoi me demandez-vous de vou: bénir ? Que faites-vous ici ? Vous n'êtes pas mes enfants Où est ma fille ?

Elle voulait alors s'élancer, mais brusquement tout disparaissait, la vision s'éteignait, et Lia avait peur maintenant, vraiment peur dans ce logis, au fond du jardin dont les arbres, à demi dépouillés de feuilles, dressaient dans l'ombre leurs branches grêles. Elle voulut sortir. Elle avait envie d'entendre du bruit autour d'elle pour oublier, pour se rassurer.

Elle jeta rapidement un chapeau sur ses cheveux qu'elle releva avec ses doigts, au-dessus de son front, et sortit, enveloppée d'un manteau.

L'air du dehors lui fit du bien. Il pleuvait. Elle dressa sa tête vers le ciel et reçut la petite pluie fine, avec joie, sur sa peau qui brûlait.

Ses yeux étaient rouges, gonflés. Elle allait tout droit devant elle, machinalement, dans la boue, essayant instinctivement de dompter la douleur morale sous la fatigue physique.

Elle marchait vite. Parfois quelques individus la suivaient.

Elle avait traversé le boulevard de Clichy, descendu la rue Pigalle, puis, par le faubourg Montmartre, gagné le boulevard sans savoir où elle était ni où elle allait.

Dans la rue Montmartre, près d'un passage, un jeune homme, fort bien mis, qui venait de descendre d'un coupé et marchait à ses côtés depuis un moment sans

qu'elle l'eût aperçu, s'approcha d'elle et lui tendant de
la main gauche un parapluie qu'il prit dans sa voiture
et qu'il ouvrit :

— Mademoiselle, dit-il, il pleut beaucoup. Voulez-
vous me faire l'amitié de partager avec moi ce morceau
de soie ?

Elle s'arrêta brusquement.

Il souriait.

— Mademoiselle, continua le jeune homme, je sors
des Variétés. La petite Anna refuse le souper que d'aimables jeunes gens lui offraient chez Brébant. Voulez-
vous me faire la grâce de la remplacer ? Vous me connaissez peut-être de nom ? Je suis Tancrède Bourtibourg, le fils du député Bourtibourg... Vous voyez
qu'on ne risque pas de s'encanailler. Les convives sont
tout ce qu'il y a de plus *chic!*

Tancrède arrondissait le bras, tendait le parapluie
avec grâce, mais il s'arrêta instinctivement.

La lumière d'une lanterne de restaurant éclairait en
plein le visage pâle de Lia.

Elle regarda cet inconnu d'un air si étrange, si
étonné, si profondément triste, si effrayant, que le
jeune homme porta la main à son chapeau, se découvrit
et dit, presque malgré lui, avec une lenteur respec-
tueuse :

— Je vous demande bien pardon !

Elle continua son chemin.

Le hasard la conduisit ainsi jusqu'aux quais. Elle
longea la Seine, qui coulait avec des remous sinistres.
Les fenêtres des maisons, éclairées du bas en haut,

donnaient à la rive un aspect quasi-fantastique. Elle
s'arrêta, regarda un bateau de blanchisseuses dont les
lampes étaient allumées et projetaient sur le fleuve des
lueurs rougeâtres qui s'accrochaient çà et là aux
petites vagues. On entendait l'eau clapoter contre l'ar-
che d'un pont.

Cette fois, Lia eut vraiment la tentation d'en finir
avec la vie, de se jeter là, dans cette eau brune, avec
joie. Quelle ivresse de ne pas voir le jour du lendemain !
Disparaître ainsi, sans que nul de ces passants, qui
marchaient vite, sous la pluie, ne se souciât de cette
chose qui tomberait au fleuve et qui serait une
femme !...

La pensée de son enfant, l'idée qu'elle ajouterait un
meurtre à un suicide, la piété superstitieuse qui reste au
fond du cœur de toute juive, l'arrêtèrent :

— Non, se dit-elle, non; ce serait lâche !

Elle entendit des pas plus lents et plus lourds
derrière elle.

C'était un sergent de ville qui, voyant cette femme
arrêtée devant le parapet du pont, s'approchait.

Lia s'enfuit comme si elle eût été prise en faute.

Elle marcha encore sous cette pluie d'automne qui
ne cessait pas, qui rayait d'une façon lugubre la
lumière des réverbères, qui avait fini par coller les
vêtements de la jeune femme à ses épaules et qui alour-
dissait ses jupes tachées de boue.

Elle sentait maintenant la lassitude la gagner. Ses
pieds se gonflaient. Elle avait dû aller longtemps
ainsi, suivant au hasard une route sans but. Les pas-

,ants se faisaient, dans les rues, de plus en plus rares.

L'instinct la ramena, — sans qu'elle l'eût voulu
peut-être, — sur ce boulevard de Clichy, maintenant
désert, les boutiques fermées, la terre boueuse. Elle
avait passé sous les fenêtres de Michel Berthier,
avenue Trudaine, sans se douter du chemin qu'elle
avait pris.

Et elle se trouva devant son logis, la porte close,
n'entrant pas, ne voulant pas entrer, se disant qu'elle
demeurerait là, écrasée, attendant l'aurore, sous la
pluie, — et tant mieux si quelque fluxion de poitrine
l'emportait ensuite !

Des gens avinés qui venaient de son côté lui firent
peur. Elle sonna. Elle sonna fébrilement plusieurs fois,
la porte s'ouvrit et elle la ferma en hâte.

Un homme, avec une bougie allumée, se montra
alors au carreau de la loge.

C'était le concierge.

— Ah! dit-il, c'est vous, mademoiselle Hermann ?...
Et sans parapluie! Si ça a du bon sens! Savez-vous
quelle heure il est?

— Non!

— Trois heures du matin!

— Ah! dit Lia machinalement, avec une voix d'enfant. Ça fait que je n'aurai pas à me coucher pour attendre le jour!

Michel Berthier, pendant que Lia courait ainsi les
rues, affolée de douleur, prête à céder à la tentation
de la mort, était rentré chez lui, et, la tête dans ses

mains, profondément remué par la scène à laquelle il avait assisté, se demandait où il allait, maintenant, et vers quel avenir.

Son premier mouvement, en se retrouvant seul dans son cabinet, avait été un mouvement de joie. Il était donc affranchi! Il pouvait donc aller droit à son but! Affranchi! Et madame de Rives? Mais madame de Rives n'était du moins ni un danger ni un fardeau. Cette maîtresse-là devait justement l'aider à parvenir.

Le but poursuivi d'ailleurs n'apparaissait pas très-distinct aux yeux de Michel.

Tout d'abord, il avait eu soif de popularité, de bravos, de ces acclamations de la foule qui enivrent comme des vins ardents. Et tout cela, il l'avait eu, il l'avait maintenant. Il trouvait déjà que c'était peu de chose.

Il se disait que la puissance de la parole et l'ascendant de la vérité ne prévaudraient jamais contre le pouvoir, cette réalité, cette force. Eh bien, après tout! la gloire ne serait que plus grande à lutter contre ce qui était redoutable! On verrait bien ce que peut contre un homme de talent un système, quelque rudement agencé qu'il soit!

Déjà Michel, lorsqu'il songeait aux luttes futures, pensait au rôle personnel qu'il allait jouer bien plus qu'à la cause même qu'il allait défendre. Il se figurait que la question politique actuelle se résumait dans un duel entre le pouvoir et lui. Ce duel devait tenir le pays attentif. Voilà bien pourquoi il importait que l'élu du peuple de Paris fût libre de tout lien, en un

mot, inattaquable. Avec toute autre femme que Lia, il
n'eût osé rompre aussi brusquement et frapper comme
d'un coup de couteau tranchant. Un scandale pouvait le
perdre. Mais il connaissait assez la pauvre fille pour
savoir qu'elle se tairait et qu'il n'avait rien à redouter
d'elle.

Il lui écrivit d'ailleurs sur-le-champ, en lui démon-
trant, par une froide série de raisonnements, que tout
ce que l'homme croit durable n'est que passager, et
en ajoutant à sa phraséologie cet argent dont il n'avait
osé parler à sa maîtresse.

Le lendemain, il recevait les billets de banque que
Lia lui retournait sans un mot.

Il fut à la fois piqué et heureux de ce silence. Allons, Lia prenait bien vite son parti de la rupture, se
disait-il, c'était tant mieux, car les récriminations se
trouvaient de la sorte évitées.

Il pensait qu'il entendrait sans doute parler d'elle le
jour où elle aurait besoin de lui, et ce jour-là certes
elle pouvait compter sur son dévouement. Michel
commençait à croire que l'argent est un remède à
tous les maux ; il avait pénétré dans ce milieu capiteux où s'agitait la baronne de Rives, et il se sentait,
lentement mais sûrement, pris du désir d'y rester, de
continuer à jouir de ce luxe, de cette existence heureuse.

Ce qu'il aimait dans madame de Rives, c'était l'atmosphère où vivait Francine autant que Francine elle-
même : c'était ce parfum de haute vie et de vie facile
qui se dégageait de ce monde qu'il n'avait autrefois

fait qu'entrevoir et où maintenant il avait sa place.

Son amour-propre satisfait était, en outre, doublé d'un véritable amour, — amour-folie, amour électrique — que Francine prenait soin d'irriter et d'entretenir. M. Bourtibourg avait invité la baronne à venir passer quelques jours dans le château qu'il possédait à Seine-Port, et il avait prié en même temps son *collègue*, M. Berthier, de vouloir bien profiter, chez lui, du soleil d'automne, durant les derniers jours de liberté qui lui restaient avant l'ouverture des Chambres.

M. Bourtibourg ignorait peut-être ou feignait d'ignorer les relations qui pouvaient unir Michel Berthier à madame de Rives, et le jeune Tancrède seul risquait parfois sur ce sujet des plaisanteries discrètes.

— Au lieu d'inviter M. Berthier, disait Nadèje à son père, pourquoi n'invites-tu pas plutôt M. de Morangis et Pauline?

— Je vois décidément que mon collègue ne te plaît pas, répondait M. Bourtibourg.

— Il ne me plaît ni ne me déplaît, dit enfin mademoiselle Nadèje, un matin, et j'espère que tu n'as pas songé un seul instant à me le donner pour mari?

— Moi? Grand Dieu, non! Il n'est pas titré, et, sois certaine, ma chère enfant, que tu auras au moment voulu un époux *doué* d'un blason. Quand on a travaillé, comme moi, toute sa vie, c'est bien le diable si l'on ne peut acheter, pour le moins, à sa fille un comte ou un vicomte authentique... Non, non, je ne songe pas à te faire appeler madame Berthier; mais un collègue de sa valeur a droit à tous les égards. Nous ne sommes pas de la même opinion, c'est vrai, mais on ne sait pas ce qui peut arriver... Ma foi, il peut devenir gouvernement tout comme un autre ! Et d'ailleurs, la baronne lui trouve l'étoffe d'un Benjamin Constant, et je tiens à être essentiellement agréable à la baronne... Elle a le bras long !

— Soit. Mais Pauline de Morangis, que tu n'invites point pendant ce temps-là, est un joli parti ! Et si Tancrède n'était pas un sot !...

— Chère enfant ! tu songes à tout ! quelle tête ! Certes, j'inviterai mademoiselle de Morangis. Dieu merci, le château est assez vaste ! Il m'a coûté assez cher !... Une propriété qui, à ce qu'on m'a dit, — mais, vrai ou faux, je tiens à ce que ce soit vrai, je suis assez riche pour ça, — une propriété qui a appartenu au prince de Conti et où il donnait à souper à tout l'Opéra !

— Tu dis ?

— Rien. Le malheur est que ton satané frère n'entend pas du tout qu'on lui parle mariage !

— Parce que tu conseilles quand il faut ordonner !

— Et s'il n'obéit pas quand j'ordonne ?

— On lui coupe les vivres, parbleu !

— Et s'il fait des dettes ?

— On les lui laisse pour compte ! Voilà !

— Quelle femme ! s'écriait M. Bourtibourg, enthousiasmé. Une vraie mathématicienne ! Et ses camarades de couvent qui osaient l'appeler *Toquette !*

L'ancien tapissier invita donc en même temps Mi-

chel Berthier, Francine, et M. et mademoiselle de Morangis.

Michel fut réellement charmé de revoir cette Pauline
à laquelle il songeait parfois comme à une vision, et
madame de Rives se sentait assez sûre de l'amour de
Berthier, elle le dominait assez victorieusement pour
ne pas craindre la venue de mademoiselle de Morangis.
Au contraire, elle la souhaitait. Il ne lui déplaisait
point de se mesurer, s'il le fallait, avec la jeune fille et
de se convaincre de la supériorité qu'en femme ex-
perte dans les choses du cœur, elle avait sur cette enfant.

C'est Pauline, au contraire, qui s'était tout d'abord
refusée à se rendre à Seine-Port, où elle savait qu'elle
rencontrerait Michel Berthier. Quand elle se trouvait
en présence du jeune homme, elle se sentait intérieurement prise d'une sorte de terreur inconnue, d'un sentiment nouveau qui la faisait frissonner, et tour à tour
rendait son front brûlant et ses mains glacées.

M. de Morangis ne l'ignorait pas, et, attiré par une
certaine conformité d'opinions vers Michel Berthier, il
ne lui déplaisait point que sa fille, si elle l'aimait, devînt la femme du tribun.

M. de Morangis, catholique libéral, mais libéral sincère, faisait bon marché de ses préjugés nobiliaires, il
était parfaitement décidé à braver toutes les clameurs
du Faubourg, si ce démocrate pouvait sauver sa fille de
ce terrible cloître, de ce costume de religieuse qui faisait maintenant au comte l'effet d'un linceul jeté tout
glacé sur une vivante.

Il y avait déjà longtemps qu'on avait cité du comte François ce mot qui résumait sa façon de penser en politique : « Quand je rencontre un inconnu qui me paraît « dès l'abord sympathique, je me demande quelle est sa « conscience. Légitimiste, je ne l'espère pas, ce serait « trop beau ; bonapartiste, je m'en tiens là ; républicain, « je l'adore ! » Pour un noble authentique, la profession ne manquait pas de liberté. A Frohsdorf, on devait le traiter de jacobin.

M. de Morangis essaya donc tout pour décider Pauline à accepter l'hospitalité de Seine-Port. Elle y trouverait Nadèje. Et deux jeunes filles qui causent peuvent laisser envoler leur pensée bien loin du couvent ! Ce fut un peu ce qui arriva. Nadèje Bourtibourg se mit en frais pour son amie. Elle s'efforça de l'arracher à ses idées tristes, lui donnant avec une raillerie amicale le surnom d'autrefois, *Mademoiselle de La Vallière*, lui montrant tout ce qu'il y a de séduisant, de flatteur et d'entraînant dans les triomphes mondains, lui disant que c'était en ne mettant point son idéal trop haut qu'on parvenait à l'atteindre, lui représentant comme un mari excellent pour une femme un homme jeune, élégant, ayant vécu, ni trop supérieur pour faire du ménage un monologue, ni trop inférieur pour être ridicule ou seulement médiocre, spirituel comme le veut le monde, connaissant Paris et tout Paris, même quand tout Paris est à Trouville ou Vichy l'été et à Pau l'hiver, jeune et pourtant rassasié des sottises de la jeunesse, un vrai *gentleman* ; bref, travaillant avec une habileté tout à fait diplomatique au succès de la candidature de son frère.

M. Bourtibourg, qui écoutait parfois sa fille, lui disait :

— Avec un courtier d'élections comme toi, on aurait d'emblée l'unanimité !

— Pourvu que Tancrède soit élu, même après un ballottage, ça me suffira, répondait Nadèje.

Elle avait installé à Seine-Port ce petit musée des reliques de Marie-Antoinette qu'elle se plaisait à collectionner.

— Ton clavecin de Marie-Antoinette ! lui disait Tancrède, c'est comme la canne de M. de Voltaire. En cherchant bien, on en trouverait des flottes !

Pauline et Nadèje le virent un soir arriver par la voiture qui allait, à chaque train de Paris, attendre à la station de Cesson les visiteurs ou les hôtes du château de M. Bourtibourg, et, cette fois, le fils Bourtibourg tenait un cadre à la main, un vieux cadre ovale, taroté de vers et dédoré.

— Tiens, dit Tancrède à sa sœur en lui tendant le cadre ; voilà pour ton musée. C'est une madame de Lamballe authentique, si authentique que le marchand qui me l'a cédée allait, il me l'a dit, en faire une Charlotte Corday ! Les Charlotte Corday se vendent mieux. Signe des temps, papa, ajouta le jeune homme, en se tournant vers Bourtibourg qui arrivait. Il faudra se faire démocrate !

Nadèje voyait bien que ces plaisanteries déplaisaient à l'esprit sérieux de Pauline de Morangis. Elle suppliait Tancrède de s'en priver à l'avenir et Tancrède répondait :

« — Pourquoi donc ? Parce que tu veux que je sé-

« duise ta mademoiselle de LaVallière ? Me changer en
« saule pleureur, moi ? Tu veux donc ma mort ? »

Aussitôt, Nadèje racontait que, sous l'apparence scep-
tique ou gouailleuse du caractère de son frère, se cachait une intelligence profonde.

Et, prenant mademoiselle de Morangis à témoin :

— N'es-tu pas de mon avis ? disait-elle.

Pauline ne répondait pas.

— Mais enfin, demanda un jour mademoiselle Bourtibourg, plus pressante, là, bien sincèrement, que
penses-tu de mon frère ?

Pauline répondit avec un joli sourire, peu habituel
sur ses lèvres sévères, et sans méchanceté :

— Il sent bien bon !

La réponse équivalait à une condamnation ; mais
Nadèje ne se tint pas pour battue.

Elle continuait son siége, parallèles par parallèles.

Le soir, après le dîner, la journée ayant été chaude,
les hôtes de M. Bourtibourg se trouvaient, prenant le
café qu'avait versé Nadèje, sur la terrasse du château,
au bord du fleuve.

Madame de Rives, étendue sur un *rocking-chair*, et à
demi enveloppée d'un châle, causait avec Bourtibourg
et Michel Berthier, tandis que M. de Morangis, qui ne
fumait point et à qui Tancrède expliquait les délices
des *puros*, regardait Nadèje et Pauline dont les deux
silhouettes charmantes se détachaient sur le ciel, encore orangé par le couchant.

La terrasse donnait sur l'eau qui passait, silencieuse,
à quelques pas de là, baignant les ombres des arbres

de la rive et les reflétant par grandes masses. De larges piliers carrés, où s'enroulait la vigne, soutenaient les treillis qui formaient comme un toit ouvert. En levant les yeux, on apercevait le ciel à travers la guipure des feuilles que la lumière rendait transparentes, d'un vert tendre, et où se cachaient les raisins gonflés déjà.

— Apportez la lampe, dit Nadèje à un domestique, et seule avec Pauline, tandis que les autres parlaient et que les voix s'envolaient dans l'air du soir, elle se mit à crayonner, sur son album, des choses vagues, des dessins bizarres, des rinceaux, des couronnes, puis des chiffres.

— Que fais-tu là? demanda Pauline au bout d'un moment.

— Rien. Je m'amuse à entrelacer la première lettre de nos prénoms avec certaines autres lettres pour voir quel serait le chiffre qui nous conviendrait le mieux à l'une et à l'autre.

— Quelle idée! fit Pauline, avec un sourire un peu contraint.

— Tu n'as jamais essayé cela? C'est très-amusant, je t'assure. Vois : N. A..., c'est fort laid; on dirait la première syllabe de *Nana*... N... B..., ce n'est pas bien beau... *Nota Bene*... N... D... Notre-Dame... pas fameux encore! C'est l'*N* de mon nom qui est terrible... Pauline, à la bonne heure, c'est charmant! Tout va très-bien avec Pauline! Vois : P... A..., c'est fort présentable... Chiffre gothique ou chiffre impérial, c'est toujours joli... P... A... Et P... B...? Voyons!

— Nadèje, dit brusquement Pauline, je t'en prie !
Nadèje la regarda. Elle était toute pâle.

— P... B..., continua mademoiselle Bourtibourg,
oh ! mais cela s'arrange admirablement. Regarde...

— Que veux-tu que je regarde ? C'est un jeu qui ne
signifie rien. Tu sais bien que je ne changerai jamais
de nom !

— Oui, sœur Louise de la Miséricorde, oui, c'est entendu. Mais il n'en est pas moins vrai que le chiffre
P. B. est tout à fait charmant... Tiens P. B., cela pourrait parfaitement faire Pauline Bourtibourg !

— Ou Pauline Berthier ! dit, derrière Nadèje, le
jeune Tancrède, qui s'était approché doucement pendant que sa sœur dessinait.

Pauline devint livide et s'appuya contre un des piliers enguirlandés de vigne pour ne point tomber. Mademoiselle Nadèje ferma brusquement son album, et,
nerveuse, jeta son crayon que Tancrède ramassa avec
rapidité, en disant :

— Je ne suis pas Charles-Quint, tu n'es pas le Titien;
ce n'est pas un pinceau, mais voilà !

— On n'est pas plus niais que toi ! lui dit tout bas
mademoiselle Bourtibourg.

Il faisait froid. On rentra dans l'appartement.
Nadèje joua au piano quelques airs de *Barbe-Bleue*,
Tancrède chanta, tout en faisant une partie de billard
avec Michel :

Un bon courtisan s'incline.

Et Pauline demanda à son père de se retirer de
bonne heure. Elle souffrait, disait-elle.

— Soit, dit Nadèje, mais n'oublie pas que demain nous avons à faire une promenade à cheval. Et il n'y a pas de migraine qui tienne.

Elle savait que Tancrède était un brillant cavalier. Il disait lui-même en risquant une figure d'un pittoresque étrange : « Je monte *comme un centaure !* » Elle essaya de faire constamment chevaucher Tancrède aux côtés de Pauline, admirablement belle dans son amazone, mais soit que Tancrède y mît quelque mauvaise volonté, soit que les chevaux fussent habitués à de certaines compagnies, Tancrède se trouvait toujours auprès de madame de Rives, et le cheval de Michel Berthier rattrapait constamment, dans les temps de galop, le cheval de Pauline.

Michel et mademoiselle de Morangis n'échangeaient d'ailleurs que des paroles rares, et M. de Morangis, qui galopait à côté de Nadèje, suivait des yeux ces deux jeunes gens, Berthier svelte, la main nerveuse, droit en selle, Pauline, dont le voile caressait les lèvres et dont la nuque et les oreilles apparaissaient ravissantes, sous ses noirs cheveux relevés.

Ils ne se disaient rien, mais ce silence même était éloquent et, plus d'une fois, madame de Rives, éperonnant et cravachant sa jument en passant à côté d'eux, jeta à ce couple quelque parole flatteuse qui n'était pas sans raillerie.

— Moi, disait Trancrède à la baronne, je ne trouve rien de charmant comme un baiser donné et reçu, à cheval, sous une allée pleine d'ombre. On se penche, on prend l'amazone dans son bras droit, et tendrement...

— Peste! répondait Francine, vous êtes trop bon cavalier pour moi, mon cher Tancrède.

Puis elle riait.

Michel Berthier, lui, regardait Pauline et devenait pensif.

On rentra le soir, au château, par une longue allée. La nuit venait. Une bande d'un rouge intense, semblable à du fer en fusion, rayait l'horizon au bout d'une plaine dont le terrain paraissait violacé, tandis que les arbres, immobiles, se détachaient en vigueur sur un ciel de septembre, d'un gris nuancé de reflets lilas. Au couchant, à l'endroit où le soleil disparaissait, le rouge avivé lançait des rayons pour ainsi dire animés à travers les cimes des pins. L'impression tout entière de ce coin de paysage était le calme, une certaine paix un peu morne, et le silence des champs n'était troublé que par les bruits vagues du soir. De temps à autre, un appel d'oiseau sous les arbres, timide et plaintif, un bruit lointain de char sur une route sèche, c'était tout. Et à mesure que le soleil disparaissait, la plaine prenait un aspect plus étouffé, plus assombri, plus silencieux, comme si ce grand ciel où l'horizon incandescent s'éteignait eût véritablement fermé la paupière.

— Quelle paix! quel beau coucher de soleil! disait Pauline.

— On se croirait à cent lieues de Paris! ajoutait Michel.

Et il se sentait comme des désirs de solitude à deux dans ce paysage assombri, tandis que Pauline, prise

d'une mélancolie profonde, avait des envies de pleurer.

On arriva bientôt au fleuve, puis au château.

En descendant de cheval, Pauline jeta un petit cri.

— Ah! mon Dieu, mon bracelet! dit-elle.

— Quoi donc? demanda Michel.

— J'ai perdu un bracelet! Un bracelet auquel je
tenais beaucoup! Vous savez, père, dit-elle à M. de Morangis qui s'avançait, ce bracelet que nous avons
acheté près du panthéon d'Agrippa, je l'ai perdu! J'y
tenais comme à un cher souvenir!

— C'est le seul bijou qui te plaisait, fit le comte. Ah!
quel dommage!

— Comment est-il, ce bracelet, mademoiselle? demanda Michel.

— Oh! très-simple. Des médailles romaines et syra-
cusaines, en argent, retenues par une chaînette et réu-
nies par un fermoir. C'est ce fermoir qui se sera ouvert.

— J'avais en effet remarqué ces médailles à votre
bras, dit Michel. Il y en a de très-belles et dont les
profils, dirait un peintre, ont quelque rapport avec
votre visage.

Pauline devint rouge et, sans répondre, entra au
château, pendant que, sur le perron, M. Bourtibourg
s'écriait :

— Allons! allons! vite! Elles sont longues, vos ca-
valcades! Et l'on meurt de faim, vous savez, dans l'ancienne salle à manger du prince de Conti!

La cloche du dîner sonnait. Au bout d'un moment,

lorsqu'on se mit à table, on chercha à sa place habituelle Michel Berthier.

Il n'était pas là.

— N'attendons pas, dit Bourtibourg. Mon collègue nous rattrapera !

Au milieu du repas, Berthier entra tout rayonnant et tenant à la main une sorte de chaînon formé par des médailles rondes, avec des profils de femmes ou de déesses, et il s'avança vers Pauline :

— Mademoiselle, lui dit-il, vous n'aurez pas à regretter cette œuvre d'art ! Voici votre bracelet !

— Ah ! mon Dieu, dit Bourtibourg, par la nuit, au risque de vous casser le cou contre un arbre ou un tas de pierres ! Et où l'avez-vous retrouvé ?

— Assez loin. Mais votre *Rolande* est une jument excellente !

Pauline, dont la pâleur mate faisait ressortir l'éclat de son regard, refermait, d'une main tremblante, son bracelet sur son poignet gauche, et Nadèje regardait Tancrède comme pour lui dire : « C'est là ce qu'il fallait faire,» pendant que Francine de Rives, le visage un peu contraint, félicitait Michel d'une voix altérée et avec un sourire qui mentait.

Voilà ce que faisait Michel Berthier au château de Bourtibourg, député, tandis que les journaux de Paris annonçaient que l'élu de la population parisienne, le fils de Vincent Berthier, l'ami fidèle du proscrit Pierre Ménard, s'était enfermé — pour quelque temps — dans un modeste logis des environs de Paris, afin d'y préparer avec plus de soin le grand discours de début dont il

14

menaçait depuis si longtemps le gouvernement de l'Empire.

XIII

L'heure était décisive pour notre pays au moment où Michel Berthier allait porter à la tribune la parole de ceux qui l'avaient élu. On ne saurait ici fixer de date exacte, mais c'est en rappelant certains petits faits qui préparaient rapidement une grande catastrophe que les dates exactes des folies, précédant les dates des catastrophes, reviendront à tous les souvenirs.

Au moment où Berthier se disposait à entrer au Corps législatif, on pouvait dire que des symptômes apparaissaient déjà, dans notre état social, qui clairement faisaient deviner la fin d'un monde. La décomposition latente s'annonçait par des fétidités indéniables. C'était l'heure des lendemains de cette splendide bacchanale qui s'était appelée l'Exposition universelle de 1867, et que M. Thiers avait nommée, regardant le défilé des souverains, le *festin de Balthazar de la monarchie.* C'était l'heure, qui dura jusqu'à la chute du trône, l'heure folle, nerveuse, emportée, exaltée, hystérique, exaspérée, exacerbée, qui précède l'heure de l'écroulement, de la lividité terrible et de la peur. C'était l'heure du dernier couplet, du dernier banquet, du dernier hoquet. C'était l'heure trouble qui précède le lever du jour où l'implacable aurore met aux faces des soupeurs les plaques rougeâtres et les verdeurs sinistres des lendemains d'orgie. C'était l'heure où l'on s'étourdit en portant un dernier toast, en poussant un dernier évohé, en lançant au plafond un rire qui sent la fatigue et l'épuisement, tandis que le pas du garçon retentit à la porte et que vient la carte à payer.

Tout se coudoyait à la fois. Les antithèses bouffonnes ou terribles se rencontraient. Les extrêmes se touchaient et se mettaient à ricaner. Le monde avait frissonné d'effroi devant les meurtres commis par un Troppmann. On disait que ces grands crimes marquaient la venue des suprêmes catastrophes.

Le journal l'*Univers* publiait une liste de souscription pour le Concile. Les journaux démocratiques avaient publié une liste de souscription pour le monument de Baudin. On représentait, même dans les salons bonapartistes, une petite farce intitulée : *Monsieur Bourbeau manque de prestige*. Le père Hyacinthe redevenait M. Charles Loyson, Aimée Desclée jouait *Frou-Frou*, et la chronique cherchait le nom véritable de M. Brigard et de ses deux filles. M. Litolff, de temps à autre, dirigeait l'exécution de l'ouverture des *Girondins*, où se trouvent quatre mesures de la *Marseillaise*. « Ce piment relève la sauce, » disait un journal cependant bien pensant. La censure empêchait un théâtre qui jouait une pièce dont l'action se déroulait sous la Révolution, de faire entendre plus de deux mesures de cette même *Marseillaise*. En outre, elle exigeait que les fusils des figurants n'eussent ni baïonnettes ni batteries. Elle craignait que la figuration ne devînt in-surrection. Un chapelier inventait un chapeau tyrolien qu'il appelait le couronnement de l'édifice. On sur-veillait les cimetières lorsque le jour des Morts arrivait, pour empêcher des émeutes, l'émeute du souvenir.

L'abbé Deguerry, dans un discours sur la chasteté, parlait, à la Madeleine, de « ces robes sans corsage et sans manches, ces robes que les femmes cherchent con-tinuellement à ramener et qu'elles ne peuvent même pas rattraper. » Dans une fête de nuit donnée chez Ar-sène Houssaye, et qu'on appelait alors un *Lido*, Prévost-Paradol disait en souriant : *Nous aurons une révolution,* et M. de Persigny lui répondait : *Une évolution, tout au plus.* Paris, qui avait sifflé le *Tannhauser*, supportait *Rienzi* et l'on applaudissait surtout, dans l'œuvre de l'Allemand, l'air du *Messager de la paix*, et M. Wagner, qui touchait des gratifications du ministère des beaux-arts français, épousait la femme d'Hans de Bulow. La princesse de Prusse rendait visite à l'impératrice en robe de faille noire avec des bouillonnés de satin pon-ceau, un manteau en cachemire des Indes et un cha-peau de paille garni de ponceau qui faisaient sourire nos élégantes. La cassette impériale soldait les déjeu-ners de trois cents francs que le prince de Prusse pre-nait dans un hôtel de Compiègne. L'*Histoire des prince de Condé* parvenait à être brochée et mise en vente après avoir attendu, en feuilles, dans les caves de l'é-diteur. Rossi jouait *Hamlet* aux Italiens, devant de banquettes vides. Félicien David entrait à l'Institut e succédait à Berlioz qui avait remplacé Adolphe Adam

La Porte Saint-Martin représentait *Patrie!* Le Palais-
Royal donnait *Poterie!* Il y avait eu des émeutes sur le
boulevard, des émeutes à heure fixe qu'on allait voir
comme le défilé de Longchamps; les cravates blanches
regardant travailler les blouses blanches. Les officiers
nommés de la garde mobile manœuvraient en simples
soldats, commandés par un sergent. « L'uniforme est
joli, disait-on. Le nouveau-né est agréable. *Maintenant
à quand le baptême et qui fournira les dragées?* »

C'était l'heure où, comme on parlait de « modifier »
le cachot de Marie-Antoinette à la Conciergerie, l'empereur télégraphiait à l'impératrice qu'elle n'avait pas
à redouter cette profanation. Les fichus Marie-Antoinette étaient bien portés. La mode avait inventé aussi
la *couleur Bismarck.* Cette couleur, qui était havane,
avait deux nuances : marron foncé, elle se nommait :
Bismarck de mauvaise humeur; tabac clair, elle s'appelait : *Bismarck de bonne humeur.* Les vendeurs de portraits-cartes exposaient la photographie de Lamartine,
maigre et défiguré, sur son lit de mort, la beauté ravagée et la gloire éteinte. On s'inquiétait peu du poète.
On ne s'inquiétait de rien. Erckmann-Chatrian ayant
donné au théâtre le *Juif polonais,* quelqu'un s'écriait :
« Plus d'Alsaciens ! Ils nous fatiguent ! Qu'on ne nous
parle point patois. En les voyant, on a envie de dire :
Voici les *tedeschi!* » Un nouveau journal paraissant sous
ce titre : *la Garde mobile, journal de la défense du pays,*
on écrivait : « — Ah ! çà, est-ce que le pays est sérieusement en danger? » On était patriote cependant; le
jour où *Gladiateur* avait battu les chevaux anglais on

14.

avait applaudi, on s'était embrassé et l'on avait bu en
disant : « C'est la revanche de Waterloo! »

L'heure dont nous parlons sonna durant plusieurs
années avec un redoublement de folie ; une fièvre dont
les accès se faisaient chaque jour plus fréquents et plus
forts. A l'Opéra, mademoiselle Marie Sass chantait, au
15 août, une cantate dont les trois couplets se terminaient ainsi :

> C'est Napoléon qui passe ! A genoux !
> C'est Napoléon qui prie ! A genoux !
> C'est Napoléon qui veille ! A genoux !

On appelait l'Opéra en construction la *console* de
M. Garnier. Une main inconnue jetait une bouteille
d'encre sur le groupe de Carpeaux. Les caricaturistes
se moquaient beaucoup des Prussiens. Un journaliste
gouvernemental demandait que *Son Activité* M. Haussmann ouvrît un boulevard de Paris à Berlin. Dans un
salon officiel, on disait de l'auteur de livres pieux, de
madame Augustin Craven : « *C'est une dévote qui a du
chien.* » *Avoir du chien* était un idéal. Les grandes dames montraient qu'elles en avaient en arborant chez
elles, en public, le répertoire de Thérésa. L'air des
Pompiers de Nanterre cédait la place à la *Chanson des
Djinns* du *Premier Jour de Bonheur*. La Patti et mademoiselle Nilsson se partageaient les triomphes, triomphes bruns ou triomphes blonds. On assurait que M. de
Rothschild, en mourant, avait laissé des *Mémoires*.
On redoutait que les héritiers de M. de Talleyrand
publiassent ceux du prince de Bénévent. On composait

des *polkas* qui s'appelaient la *Mitrailleuse.* Le temps
n'était pas loin où les magasins de confection allaient
mettre en vente le *plébiscite,* « vêtement élégant pour
les bains de mer à dispositions écossaises. » On appelait le *chassepot* le *chasse-prussien.*

C'était l'heure sans souci où l'on faisait en riant de la
politique de casse-cou. On parlait d'un tribun comme
d'un ténor. « Débuts de M. Bancel à la Chambre, disait-
on ; c'est M. Schneider qui tenait le piano, je veux dire
le fauteuil : la *Marseillaise* chantée par Capoul. » Aux
mécontents qui redoutaient une décadence, les gens
souriants répondaient : « Les Français seront toujours
le peuple qui saura le mieux faire la cuisine, la guerre
et l'amour ! » On représentait à Compiègne des revues
de fin d'année où l'on se moquait du grand aïeul de la
patrie, Vercingétorix, le martyr qu'on saluait comme
un roi d'opérette, Vercingéto...*rix qui s'avance, rix qui
s'avance,* et où des grandes dames portant des costumes
de satin, on leur faisait dire — le rôle le voulait ainsi :
« Le satin que j'ai dessous est encore plus doux ! »

La *Vie Parisienne* appelait certains députés de province, « ferrés, disait-elle, sur le code rural, » des députés *pastoraux.* Le mot nouveau était : l'*irréconciliable.*
L'auteur des *Iambes,* qui avait maudit la colonne
chantée par Emile Debraux, entrait à l'Académie. Quelqu'un remarquait qu'après avoir prêté jadis tous les
« bons mots » à mademoiselle Déjazet, la mode voulait
qu'on les prêtât à M. Dumas fils. James Pratt était le
plus grand homme de cheval comme mademoiselle
Schneider était la plus courue des comédiennes. Au

Salon, le sculpteur Van Clef exposait un buste du roi
de Prusse. On faisait des calembours sur le marquis
de Caux, qui guidait les cotillons d'un empire que
d'autres, réputés plus graves, conduisaient comme un
cotillon. Une correspondance vipérine entre mademoiselle Silly et mademoiselle Schneider devenait un
événement. Les chassepots de Mentana avaient fait
certainement moins de bruit. On se demandait si ce
n'était pas M. Prévost-Paradol qui avait rédigé la lettre
de mademoiselle Silly, comme on s'était demandé, huit
ou dix ans auparavant, si ce n'était pas l'empereur
qui avait dicté les brochures de M. de la Guéron-
nière.

Les symptômes de décadence apparaissaient un peu
partout. Les bijoutiers mettaient en vente des pendants
d'oreilles représentant des lanternes. Les petits lundis
de l'impératrice commençaient à paraître un peu tristes. Il y avait des rats qui sentaient que le navire faisait eau. M. de Girardin signait un article où il s'écriait :
L'empereur fume trop ! Cependant, Paris s'amusait toujours : « Paris est en fête, disait-on, Paris dîne, Paris
danse, Paris cotillonne, Paris a la papillonne. Malheureusement, Paris ne patine pas. » C'était, en effet, un
désastre en hiver, lorsque la gelée arrivait trop tôt.
Les membres du *Skating-Club* s'en plaignaient. Les
pauvres ne s'en plaignaient pas.

On regardait danser ce qu'on appelait les Clodoches :
Flageolet, avec sa culotte de satin cerise, son turban
blanc à fleurs, son gilet de satin vert ; Clodoche coiffé
d'un coquetier d'or ; la Normande, avec son turban

blanc à fleurs ; la Comète et son ballon blanc, sur une
culotte de satin jaune, tous quatre désossés, hystéri-
ques, hideux, les nez déformés, les bouches agrandies :
— des monstres. Cela avait été le grand succès des fêtes
données lors de l'inauguration du percement de l'isthme
de Suez. Ces baladins représentaient alors à l'étranger
la danse nationale, et la grâce française.

C'était l'heure d'aveuglement où pourtant on se rac-
crochait, en haut lieu, comme des noyés, à tout espoir
naissant. On disait de M. Emile Ollivier : « Il n'a pas
de sang dans son passé, c'est une force. » Et personne
ne sentait ce qu'il y avait d'épouvante et de sinistre
ironie contre les hommes *anciens* dans un tel éloge de
l'*homme nouveau*. On se moquait beaucoup du *plan* de
Benedeck. On entendait parfois, au milieu des qua-
drilles, des détonations : c'était les mineurs de la Ri-
camarie dont on tempérait le droit de grève. M. Gam-
betta venait de jeter à l'empire sa première harangue ;
Berryer mourant avait tracé, en souscrivant pour le
tombeau d'un représentant du peuple tué, sa protestation dernière. On appelait ceux qui rappelaient le passé
et qui évoquaient le spectre de 1851 des gens *ennuyeux*.
Les Allemands de Paris donnaient un bal monstre
au Grand-Hôtel. Les journaux de modes s'en moquaient
beaucoup. L'Odéon reprenait une pièce de Florian.
M. Dupin, au Sénat, faisait ses derniers mots. « Quelles préoccupations dans le métier de préfet de police ! » disait quelqu'un. On lui répondait : « Oui, un
vrai casse-tête. » George Sand publiait un roman, *Malgré tout*, et des indiscrets prétendaient que l'héroïne

de cette œuvre d'imagination portait dans la réalité un
« nom auguste. » Paris bouillonnait à la surface, et l'on
découvrait dans ses profondeurs des squelettes qui dataient de plusieurs siècles, les arènes de la rue Monge.
Regnault exposait la *Salomé*. On s'amusait de sa couleur. « C'est de la pâte Regnault, » disaient les plai-
sants. Le papier à lettre en vogue était couleur vert
d'eau. Une individualité nouvelle naissait : le *reporter*.
Le journalisme s'américanisait. Lamartine avait dit autrefois, avec tristesse : *La France s'ennuie.* On pouvait
dire, à cette heure, avec effroi : *La France s'amuse !*

On assurait à Napoléon III que le roi de Prusse avait
dit à un diplomate allemand : « Si nous avons eu la
guerre entre nous, nous nous réconcilierons plus tard
en faisant une autre guerre en commun. » Napoléon III
ne répondait pas et rêvait de s'allier à l'Allemagne
pour combattre la Prusse. Le général de Moltke, malgré
la pluie, seul, en voiture, un crayon à la main, visitait
la frontière de France, étudiait Forbach, couchait à
Sarrebrück et, du bas de la gare Saint-Jean, regardait
es hauteurs de Spickeren. « Faut-il le suivre ? » télégraphiait un de nos officiers à notre ministre de la
guerre. Le ministre répondait : « *Suivez-le !* » L'année
d'avant, M. Friedrich Krupp, fondeur à Essen, offrait,
par l'entremise de M. Henri Haas, chef de sa maison
à Paris, des canons d'acier à la France. Le général
Le Bœuf, président du comité d'artillerie, répondait
que l'offre était bonne à *classer*, c'est-à-dire à *rejeter*.
Il semblait que tout à la fois, hommes et choses, se
donnaient le mot pour précipiter un pouvoir qui chan-

lait. Quelqu'un étant allé rendre visite à Sainte-
euve mourant, le sénateur lui avait dit : — Je suis
alade, horriblement malade ; je ne connais qu'un
alade plus malade que moi : c'est l'Empire !

Tel était le moment où Michel Berthier entrait au
orps législatif, tête haute, précédé de sa réputation
'orateur applaudi, entraînant, redouté, et suivi des
cclamations de ceux qui l'avaient élu.

La cérémonie de l'ouverture des Chambres, telle
u'on la voyait alors tous les ans, est aujourd'hui de
archéologie. Et c'était, à cette époque, quelque chose
e solennel et d'émouvant.

Depuis onze heures du matin, la grande cour du
ouvre était envahie par les curieux. On attendait. A
'aris, on attend toujours. Il est une race éternelle qui
ait *public*, qui veut tout voir, tout savoir, et qui, pour
atisfaire sa passion dominante, bravera le soleil, l'été,
a neige, l'hiver, et sous le vent ou la pluie, guettera,
vide, le spectacle qui passe. Devant le pavillon
)chon, tendu de draperies de velours pourpre semé
'abeilles d'or, venaient mourir, comme les flots sur la
rève, les équipages, et jusqu'à midi et demi, les voi-
ures devenaient de minute en minute plus nombreu-
es. On se pressait, on se poussait, on s'injuriait, on
endait la foule, on entrait. Les cent-gardes, roides
lans leur cuirasse, la carabine au pied et semblables,
lans leur superbe rigidité, à de hautes statues poly-
hromes, se tenaient immobiles des deux côtés du pé-
ristyle et de l'escalier. Les casques reluisaient et les

poitrines cuirassées se constellaient de paillettes à chaque rayon de soleil. En haut, les musiciens des cent-gardes, en tunique rouge, leur trompette à la main. La galerie des peintures de l'Ecole française, qui aboutit à la salle des États, était transformée en un passage et traversée d'un bout à l'autre d'un tapis. Les reîtres de Valentin, les moines de Lesueur, les philosophes du Poussin, regardaient, d'un air étonné, ce défilé d'habits noirs et de robes claires, d'uniformes et de chamarrures, qui, bruissant, soyeux, agité comme une houle, allait durer une heure au moins.

L'immense salle des Etats était déjà envahie. On s'entassait dans les tribunes. Les dames, du haut des galeries, lorgnaient cette cohue de dignitaires, fourmillante, flamboyante, miroitante, avec le scintillement de ses décorations et le bariolage de ses uniformes. A gauche, dans la galerie supérieure, les ambassadeurs et les officiers étrangers causaient en s'asseyant et regardaient. Les sénateurs et les députés, les officiers, les magistrats, les archevêques arrivaient par groupes. C'était une confusion de tons crus. Un peintre ami des demi-teintes eût poussé des hurlements devant cette vaste salle au plafond couvert de peintures tapageuses, et où se croisaient et semblaient se heurter les casques de dragons et les chapeaux de Félix, la robe rouge des cardinaux et les robes bleu de ciel des élégantes, les grands cordons des généraux et les burnous blancs des chefs arabes. Véritable combat de couleurs, opposition de taches brutales : rouge, vert, violet, bleu ; ici, les officiers étincelants ; là, les groupes d'habits noirs entassés et comme troués de cravates blanches; plus haut, le lilas, le rose, le gris perle, le bleu tendre des robes féminines, et pourtant tout cela s'harmonisant et se fondant en un vaste tableau auquel le dais de velours pourpre servait d'arrière-plan, tandis que le plafond allégorique de Muller, avec ses larges rinceaux et son amalgame de rouge et de jaune criards, tenait lieu de ciel.

Peu à peu, l'œil s'habituait d'ailleurs à voir clair en ce fouillis. On distinguait et reconnaissait les visages. On analysait et lorgnait la salle entière. Là-bas, n'est-ce pas M. de*** en habit rouge, causant avec le maréchal C***? Voici M. F*** qui s'entretient peut-être de son nouveau projet de finances avec M. T***. On se montrait quelque nouvel élu, parfois un converti, qui, tout à l'heure, allait prêter serment, et qui étrennait aujourd'hui son habit de sénateur. On cherchait, sans les trouver, les députés de l'opposition.

— Et Michel Berthier est-il ici? demandait quelqu'un.

— Etes-vous fou? Un irréconciliable venant s'incliner devant César!

— C'est juste! Je n'y pensais pas!

Quelque petit personnage, qui portait la culotte courte après avoir été sans-culotte, représentait seul le souvenir des confiances qu'il avait trahies.

Mais on lorgnait aussi les femmes; et, parmi les grandes dames empoudrerizées, des actrices, des *curieuses* du demi-monde, des étrangères, sentant le cold-cream, l'opoponax, l'eau de Lubin ou le patchouli.

15

Mélange bizarre de tous les mondes et fractions de
monde, dont l'opinion politique générale était de se
chausser chez Ferry, et d'employer la veloutine Fay.
On détaillait et critiquait les toilettes. Presque partout des fourrures. Le succès, tout compte fait, était
pour quelque jeune femme en toilette simple. Chapeau
rose clair, robe rose, garnie de chinchilla, agréments
roses, et pour manchon un large ruban — rose encore
— entouré de fourrure grise ; un mouchoir minuscule,
moins que rien, un prétexte pour tenir un fragment
de dentelle à la main.

Les journaux de haute vie allaient, au surplus, noter
les toilettes, s'extasier sur la robe d'un vert clair, or-
née jusqu'à mi-jupe de volants, que portait la princesse Clotilde ; sur la toilette de madame de Metter-
nich : robe de satin d'un rouge *massaquin* recouverte
de dentelle noire, relevée par-devant et dessinant par-
derrière le manteau de cour ; sur la longue robe de
satin violet sombre sur laquelle se détachait la blancheur mate d'un point de Venise que portait la princesse Mathilde, et sur la robe à traîne unie en taffetas
nuance héliotrope, petite casaque en velours brodée et
rebrodée de nacré, à la façon des vestes des Arnautes,
qu'arborait madame de P... Ces toilettes absorbaient
l'attention.

Tout à coup, quelque grand bruit se faisait vers la
porte et la foule ondulait comme les blés sous un coup
de vent. Qu'était cela ? Des ambassadeurs marocains
qui entraient et allaient mêler leurs costumes aux uniformes des officiers étrangers, Prussiens en tunique

sombre, Russes, Circassiens avec le bonnet d'astrakan, complétant cet ensemble un peu officiel que le soleil à force de rayons, de lumière et de gaieté, rendait pittoresque et curieux. Et comme il se jouait, ce soleil, sur ces épaulettes, sur ces croix, ces rubans, ces crachats, ces dorures, ces velours, ces soieries, ces habits, ces fresques un peu pâles, ce dais aux crépines d'or, tout ce qui bientôt devait être usé, passé, défraîchi, et comme jeté à la hotte, détritus sur lesquels on pourrait écrire : *Ci-gît tout le fracas d'autrefois!*

Puis, enfin, un mouvement soudain parcourait cette foule, qui se levait brusquement. C'était l'impératrice. Elle s'avançait, montait l'estrade et saluait. L'empereur venait ensuite. Il s'asseyait sur le trône; à sa droite, le prince impérial; à sa gauche, le prince Napoléon; derrière lui, les ministres, le prince Murat et son fils, en uniforme d'officier des guides. Il dépliait un papier, et lisait. Alors, quel silence ! C'était le *Discours,* ce discours dont chaque mot tombait du haut de l'estrade, prononcé avec un accent hollandais, presque allemand, et que les chancelleries du monde attendaient, et que la Bourse avait, la veille, escompté en hausse ou en baisse, selon qu'il contenait la paix ou la guerre. Arbitre redouté, dont on ne soupçonnait point l'incroyable faiblesse, cet homme parlait et on apprenait, le soir, si l'on pouvait vivre ou s'il fallait se préparer à mourir !

Le discours achevé, le défilé commençait. Les cent-gardes reformaient la haie dans la galerie de l'École française, et l'empereur sortait le premier, puis l'impératrice. On courait alors aux fenêtres et l'on regardait maintenant la cour du Louvre, la cour Napoléon III, où les voitures fourmillaient, où la foule s'entassait, où le soleil éclatait joyeux parmi les arbres encore verts. Des cent-gardes à cheval, le sabre haut, entouraient la voiture impériale ; des musiques jouaient soudain l'air de la *Reine Hortense ;* çà et là les écuyers s'empressaient, les aides de camp éperonnaient leurs chevaux, les valets de pied, en grande livrée, couraient, se heurtaient, faisaient avancer les voitures de gala aux majestueux cochers en perruque à marteaux, culottes courtes et bas de soie. C'était un fourmillement, un bruissement, une cohue, une mer humaine. Puis toute l'escorte s'ébranlait, et brusquement disparaissait dans cette foule, du côté des Tuileries, laissant à peine parmi les curieux le sillage des choses disparues.

Après une séance pareille, on demandait à un homme d'État ce qu'il y avait de nouveau :

— Un peu trop de robes courtes ! répondait-il.

Ainsi, joyeusement, dans le luxe et l'apparat, dans l'oubli, avec ce rire étrange et effrayant qui ressemble plutôt au rictus de quelque agonie, l'Empire déclinait et touchait à sa fin, tandis que les conseillers de la dernière heure, les tard-venus du pouvoir, accourus en consultation comme des charlatans au chevet d'un malade dont on désespère, répétaient avec emphase : « Faites grand, sire ! » à un homme qui regardait l'avenir d'un œil atone et, se sentant tomber, était déjà incapable non-seulement de réagir, mais d'agir...

— La partie est à nous ! se disait Michel Berthier.

Un coup d'épaule, et la porte du pouvoir cédera. On a
tout à gagner à naître dans un temps où les hommes
manquent. On parle, et ils écoutent ; on commande, et
ils obéissent.

Et, confiant, il se disait avec fierté :

— Je serai le Pouvoir demain !

XIV

Le Pouvoir ! « Trente années de gloire, a dit un journaliste affamé de puissance, ne valent pas une heure
de pouvoir ! » Il y a d'ailleurs deux façons d'arriver au
pouvoir : l'escalader ou s'y glisser, l'emporter de haute
lutte par la brèche ou accepter d'y entrer par la porte
entre-bâillée. Michel Berthier était assez résolu, assez
orgueilleux de lui-même, assez certain de sa propre
force pour ne pas hésiter à donner l'assaut et à s'imposer. Il n'avait pas promis de traiter avec l'ennemi, il
avait juré de le renverser. Il ne doutait point du succès
final.

Madame de Rives lui demandait parfois, en femme
qui se sait assez aimée pour modifier les sentiments de
celui qui l'aime :

— Voyons, Michel, supposons que l'Empire succombe
aujourd'hui pour demain, que mettrez-vous à sa place?

— Vous le savez bien !

— Non ! je ne le sais pas ! D'ailleurs le saurais-je que j'aimerais à vous l'entendre dire !

— Eh bien ! la République !

— Pour fonder une république, il faut des républicains !

— Ma chère Francine, il fut un temps où tous les républicains de France eussent tenu dans trois ou quatre *Ventes* de *carbonari*. Ils étaient une fraction. Aujourd'hui, ils sont le nombre. Demain ils seront la majorité.

— Et demain, lorsqu'ils seront ce que vous dites, leur premier acte sera de déclarer tiède le citoyen Michel Berthier, qui leur aura ouvert le chemin ! La démocratie, mon cher ami, c'est l'ingratitude !

— Celui qui fait le bien n'a pas besoin de récompense, répondit Michel du ton d'un homme qui répète une sentence apprise par cœur.

Madame de Rives le regarda en relevant ses sourcils d'un air étonné et se mit à rire de si bon cœur, que Berthier en demeura un instant décontenancé.

— Vous riez ? fit-il d'un ton sec.

— Oui, je ris ! Pardonne-moi, Michel. Je suis horriblement impolie. Mais en vérité, je te sais assez profondément homme d'esprit pour être surprise de t'entendre débiter des moralités pareilles. Point de récompense ! Allons donc, sois franc avec moi qui te connais et qui t'aime parce que je te connais, si on te condamnait à ne recueillir en ce monde ni bravos ni couronnes, tu serais furieux et tu aurais raison. Où sont les gens qui font litière de leur propre personnalité et se sacrifient à l'humanité avec joie ?

— Mon père était de ceux-là, dit Michel.

— Sans doute. Aussi comment a-t-il fini ? Mais je suis une folle de te parler politique. Bientôt tu ne m'aimeras plus si je me change en discoureuse !

— Au contraire, fit Michel Berthier. C'est ton esprit, même lorsqu'il heurte mes opinions et mes idées, que j'aime en toi, c'est ta raillerie éternelle, ton sourire qui me tuerait s'il ne m'exaltait et m'enivrait, c'est tout ce qui fait de toi une femme si supérieure aux autres femmes, et qui me rend fou de ton regard et de ta beauté, mon adorée !

Alors, Francine était heureuse. Elle se sentait souveraine maîtresse de cet homme, et chaque jour, sur ce ton narquois de la causerie, entre deux soupirs ou deux baisers, elle s'attachait, pour détruire en lui cette sorte d'apparent rigorisme qu'il affectait volontiers, à lui montrer les inévitables fautes et les ridicules — communs à l'humanité tout entière, — des gens qui composaient le parti que Michel avait embrassé. Elle irritait ses doutes, elle éveillait ses hésitations, elle lui signalait avec un art surprenant les dangers auxquels il s'exposait, et qui viendraient, non pas de la violence de l'ennemi, mais des jalousies ou des rivalités de ses amis, « les plus soupçonneux, disait-elle, qui soient au monde. »

— S'ils soupçonnent beaucoup, c'est qu'ils ont été trahis souvent, répondait Michel.

Les paroles de madame de Rives n'étaient cependant point perdues. Leur germe restait au fond du cœur de Berthier. Il se les répétait avec inquiétude, il les ruminait, en quelque sorte. Il ne voyait qu'elle d'ailleurs avec assiduité. Pierre Ménard n'apparaissait chez lui qu'à de rares intervalles, et seulement pour répéter au fils de son vieil ami quelques paroles viriles qui paraissaient, à la longue, assez inutiles à Michel.

— Ne craignez rien, repartit un jour le jeune homme à l'ancien proscrit, avec une certaine vivacité, je sais quel doit être mon plan de conduite !

— Aussi bien, dit Ménard, ne suis-je pas ici pour vous dicter votre devoir, mais pour vous dire qu'aux heures de trouble, souvent fréquentes dans la vie politique, si vous avez besoin d'un conseil et de l'appui d'un homme qui vous aime profondément, je serai là toujours !

Berthier tendit la main à Ménard, comme pour corriger ce qu'avait eu de mécontent sa réponse de tout à l'heure, et retrouva une parole d'affection vraie pour l'ami de Vincent Berthier. Mais Pierre Ménard allait, à l'avenir, se tenir sur la réserve, ne voulant point, même en apparence, devenir importun.

— Il faut que la jeunesse essaie ses ailes, disait-il. Je lui souhaite seulement de ne point tomber, comme Icare, la cire fondue et les reins brisés.

Il en fut de Ménard comme de Lia. Michel ne regretta pas que son vieux compagnon disparût un peu de sa vie. Mentor est parfois gênant. Cela dépend de ce que projette Télémaque.

Les projets de Michel Berthier se résumaient en un seul mot : *réussir*. Il avait fait à la Chambre une rentrée triomphale. On ne regardait que lui dans la salle des Pas-

Perdus. Lorsque le président, cravaté de blanc, passait devant les soldats qui présentaient les armes, la curiosité était moins éveillée que lorsque Michel, quelque dossier sous le bras, traversait la salle et franchissait le seuil qui menait dans ce qu'on nomme si étrangement *l'enceinte législative.* Tous les regards couraient à lui. On le cherchait à son banc parmi les membres de la Gauche. On se penchait pour dire son nom. On se montrait sa personne avec cette avidité et ce respect qu'a toujours le public pour les renommées à leur zénith. Lorsqu'il levait les yeux vers les tribunes, il apercevait, çà et là, les doubles verres arrondis des lorgnettes dirigés de son côté comme autant de doubles télescopes braqués sur un astre.

Michel ne se dissimulait point que soutenir dignement une telle renommée était une tâche difficile. Devait-il aborder de front le redoutable problème de la Monarchie et de la République? Allait-il, dès son début, jeter le gant à César? L'entreprise n'était point sans danger et le chœur terrible des interrupteurs et des couteaux à papier pouvait, dès les premières attaques, avoir raison de son audace.

Ne valait-il pas mieux s'insinuer, au contraire, dans les bonnes grâce de la Chambre, réussir d'abord à se faire écouter par un discours qui s'adresserait aux cœurs plutôt qu'aux esprits, et ne livrer bataille qu'après avoir pris position? Cette méthode parut à Berthier plus politique et plus sûre. Il demanda donc la parole, pour la première fois, non pas sur une question politique, mais sur une question de moralité sociale. Il refit, en l'élargissant, en lui donnant plus d'autorité et en le basant sur des faits, le discours qu'il avait en quelque sorte esquissé, dans le salon de madame de Rives, à propos de la lettre de Clotilde Ballue, la fille abandonnée.

Il parla des filles-mères, de leurs souffrances, des lacunes et des injustices de la loi. Il flétrit de nouveau, non plus dans une causerie ardente, mais dans une harangue d'une magnifique éloquence, les séducteurs qui abandonnent ces malheureuses à tous les hasards de la vie. Il lut, du ton d'un acteur qui joue un drame, des extraits de débats de cour d'assises : il appela les chiffres à son aide : il fit de la statistique sentimentale. Il eut des accents émus, des cris courroucés, des éclairs superbes. Il fit tressaillir dans les âmes des accents oubliés. Il bénéficia de l'étonnement que produisit dans l'Assemblée cette parole chaude, attendrissante et indignée. On s'attendait à la philippique belliqueuse d'un tribun, et voilà qu'on rencontrait, mêlée à un certain ton d'irrésistible élégie, la harangue d'un poète, l'apôtre fervent, en apparence, d'une noble cause à gagner, d'une injustice sociale à détruire.

Il toucha juste et fort ; plus d'une femme qui écoutait essuya une larme. On le couvrit d'applaudissements. Ses collègues s'empressèrent autour de lui pour le féliciter lorsqu'il descendit de la tribune. La séance fut suspendue de fait pendant plusieurs minutes.

Sur les bancs de la droite, il y eut bien, çà et là, quelques rictus ironiques. Les ennemis essayaient de railler :

— C'est un joli mélodrame qu'il nous a joué là, disait l'un.

— Un succès de mouchoir! ajoutait un autre.

— Michel Berthier d'Ennery, reprenait un troisième. L'effet produit n'en était pas moins immense.

— Encore un discours comme celui-là, dit un des ministres à Michel, et la recherche de la paternité sera bien près de devenir un article de loi.

Michel se sentit flatté de cet éloge venant d'un représentant du pouvoir, d'un adversaire.

M. Bourtibourg, qui siégeait sur les confins du centre droit et du centre gauche, murmurait déjà à l'oreille d'un de ses voisins, en montrant Berthier :

— Ce gaillard-là deviendra ministre!

— Lui! Allons donc! Un *parlatore!* Rien de plus!

— N'importe! se disait Bourtibourg; je vais toujours le féliciter.

Michel avait eu soin d'envoyer pour cette séance, qui allait être le texte de bien des articles de journaux, des billets de *tribunes* à M. de Morangis. Ce n'était pas un des moindres triomphes de son amour-propre de se dire que Pauline de Morangis avait écouté ce discours, avait entendu ces applaudissements, avait pu juger de la puissance de sa parole.

Le hasard avait réuni, dans la même tribune, Pauline et son père côte à côte avec madame de Rives.

— Vous, chère enfant, vous vous occupez donc de politique? avait dit la baronne.

Cette demande, faite sur un ton un peu narquois, avait amené une réponse qui eût été ironique dans la

bouche de toute autre femme que mademoiselle de Morangis.

— Je ne me permettrais pas de marcher sur vos bri-
sées, dit Pauline en souriant.

Et Francine eut beau chercher dans les yeux de la
jeune fille autre chose que la douceur charmante qu'on
y lisait, elle ne put rien trouver de blessant ou seulement d'agressif.

— Ce n'est point Pauline qui a voulu venir ici, fit
alors M. de Morangis, c'est moi qui ai tenu à profiter
de l'invitation de M. Michel Berthier.

— M. Berthier!

— Oui, je voulais assister à son *maiden speech*.

— Ah! çà, mais vous ne boudez donc plus, mon
cousin? vous ne vous désintéressez plus de la politique?
Je gagerais que vous allez, vous aussi, courir quelque
jour la chance d'un scrutin!

— Moi? oh! j'ai d'autres préoccupations! avait dit
le comte de cet air d'habituelle tristesse qu'il gardait
lorsqu'il parlait de sa fille, mais où, cette fois, perçait
un espoir.

L'entretien en était demeuré là; pourtant Francine de
Rives n'avait point perdu de vue, tandis que Michel
Berthier parlait, la physionomie étrangement animée,
émue, pâle avec des lèvres tremblantes, de Pauline de
Morangis. Cette émotion profonde chez cette enfant
avait même parfaitement irrité la baronne. On la
voyait s'éventer avec une rapidité saccadée de mouvements nerveux et brefs. Elle se mordillait les lèvres, et,
lorsque son regard de côté glissait, pour l'épier, jus-

qu'à Pauline de Morangis, il s'en échappait visiblement de petits éclairs bleuâtres et courroucés.

— Mais vous pleurez! s'écria Francine, lorsque Michel eut fini, vous pleurez, ma chère Pauline!

— Oui, dit la jeune fille, cette peinture des martyres de tous les jours m'a serré le cœur!

— Essuyez vos beaux yeux bien vite, ma chère enfant! On doit regarder toutes choses sous leur vrai jour, dit madame de Rives, tout heureuse de trancher net cette émotion, comme on abattrait un arbuste d'un coup de serpe. Il faut prendre les harangues des orateurs pour ce qu'elles sont : des périodes bien faites, des mots bien alignés, et rien de plus!

— Oh! fit Pauline d'un ton blessé, et comme si on l'eût frappée en plein cœur, n'y aurait-il que le talent de l'artiste dans un tel discours?

— Les avocats sont si habiles!

— Et les malheureuses qui se tuent ou qui tuent parce qu'on les délaisse, sont-elles habiles aussi? dit Pauline.

— Les femmes sont si étranges! répondit Francine. Ceux qui les abandonnent n'ont pas toujours tous les torts.

— Ah! baronne, interrompit alors M. de Morangis d'un ton bref, en vérité, vous êtes un peu trop profondément désenchantée de la vie! Laissez un peu d'illusions, je vous prie, à ceux qui sont heureux de les garder!

Il sentait combien profondément les paroles de madame de Rives pénétraient au cœur de Pauline. Il avait vu sa fille pâlir, non plus seulement d'émotion, mais de tristesse et de terreur.

Madame de Rives se prit à sourire, d'une façon plus énigmatique encore :

— Oui, oh! oui, dit-elle, je sais que vous aimez toutes les poésies, mon cher comte; mais elles ont leurs revers et je vous conseille, mon cousin, de prendre garde à la prose!

Le comte devina ce que madame de Rives voulait dire par ce mot « la *prose*, » et il entrevit vaguement quelque porte close avec une croix ou un cœur entouré d'épines et surmonté d'une croix sculptée dans les panneaux : — la porte effrayante d'un couvent.

Il frissonna et, entraînant Pauline à travers les couloirs et les escaliers du Corps législatif, il lui répétait, avec une foi profonde :

— N'est-ce pas que ce discours était émouvant et beau ?

Pauline demeurait muette.

— Il t'a fait pleurer? répétait le comte.

— Oui, répondit à la fin Pauline, mais (elle semblait hésiter comme devant un gouffre ouvert) si madame de Rives disait vrai, mon père, et si ce n'était là qu'un discours, une improvisation de rhéteur?... Si cet homme ne pensait point ce qu'il dit?

— Es-tu folle! Il y a des accents qui ne trompent pas, et qu'on ne parodie point, ce sont ceux qui viennent du cœur !

— C'est vrai, dit Pauline.

Elle resta cependant songeuse.

M. de Morangis, à qui la préoccupation de Pauline
n'échappait guère, gardait un peu rancune à la baronne de l'étrange façon dont elle avait raillé l'émotion de la jeune fille. Il n'y voyait d'ailleurs que le
besoin de bel esprit qui parfois poussait Francine.
Avec sa candeur naturelle et la négation du mal qu'il
affichait comme un principe, M. de Morangis ne soupçonnait pas la liaison née entre Michel et Francine, liaison que madame de Rives cachait d'ailleurs avec une
adresse particulière, c'est-à-dire en n'affectant point de
la cacher et en traitant Berthier en ami, en le présentant comme le *lion* de son salon. Le comte François ne
devinait guère cette chose inattendue : — c'est que
madame de Rives éprouvait maintenant une véritable
jalousie contre Pauline.

La baronne n'était pas habituée à se voir disputer sa
proie. Elle entendait qu'on l'aimât toute seule et que
nulle autre femme ne vînt projeter son ombre sur cet
amour. Incapable de se livrer tout entière à une passion
qui eût empli sa vie, une de ces passions qui, par leur intensité même, semblent racheter les fautes qu'elles font
commettre, Francine de Rives avait un assez violent
amour-propre et une vanité assez profonde pour défendre la possession de celui qu'elle avait choisi, comme
si l'amour qu'elle lui portait eût été de ceux qui consu-
ment une âme.

La coquette qui tient à son pouvoir ressemble parfois
à l'amante éperdue qui tient à sa passion.

Francine se montra donc tendre, caressante, plus
enivrante que jamais, lorsque, après la séance du Corps

législatif, elle emporta, pour ainsi dire, Michel Berthier
dans son coupé : — lui se glissant presque furtivement
auprès d'elle, tandis que la foule l'attendait vers le quai
pour lui faire une ovation. Elle était d'ailleurs un peu
fière de dominer aussi complétement celui dont *tout
Paris* allait s'occuper. Elle voulut qu'il oubliât tout auprès d'elle, et que cet homme, dont la vanité était si
grande, immolât sa vanité à son amour.

— Tu ne me quittes point, n'est-il pas vrai? lui disait-elle. Toute cette soirée, tu me la donnes?

— Mais nous avons, ce soir, une réunion de la Gauche. Il s'agit de délibérations importantes.

— Non, non, Michel; tu oublies que tu m'as dit, il y
a trois jours, que ce soir tu étais libre. Si tu veux te
rendre auprès de tes collègues, c'est pour savourer encore leurs applaudissements et leurs éloges. Eh bien!
je te demande de me céder tout cela, de me sacrifier ce
triomphe nouveau et de n'avoir d'autre voix que la
mienne qui te dise, mais qui te dise tout bas, tout près,
là, ma bouche sur ta bouche : «Tu as été éloquent,
Michel; oui, c'est beau, entends-tu? c'est beau, c'est
beau!...» Ah! que je t'aime !

Michel ne résistait plus. Il demeurait auprès de cette
femme, conquis, séduit, dompté. Il s'enivrait de cette
capiteuse créature, changeante, bizarre, chaque jour
nouvelle. Il lui semblait que la demeure de sa maîtresse
était à lui. Ces meubles, ces tapis, ces émaux cloison-
nés, ces faïences, il fallait maintenant tout cela à sa
vue, à sa vie. Son cabinet de travail lui paraissait
morne, ses livres ennuyeux. Il avait toujours dans les

narines les parfums que préférait Francine et souvent,
pendant les séances où l'on discutait les affaires du
pays, il fermait les yeux, évoquait l'image de cette
femme et se croyait encore dans ses bras.

Elle lui avait si souvent répété que l'appartement de
l'avenue Trudaine était indigne de lui, qu'il s'installa
rue Taitbout, dans un logis meublé en hâte par le suc-
cesseur de la maison H. Bourtibourg et C⁰, mais
luxueux, brillant, avec l'éternel salon aux meubles de
soie rouge à dossiers dorés et le lustre de cristal à
facettes. Francine avait voulu lui faire une surprise :
elle lui avait copié, disait-elle, sur un dessin Louis XIII,
la tapisserie de son fauteuil de travail, « le fauteuil ministériel », ajoutait-elle. La vérité est qu'elle avait terminé un seul bras, celui que Michel lui voyait parfois
entre les mains, lui servant de contenance comme elle
eût tenu un numéro de la *Revue des Deux Mondes*, et
qu'elle avait fait achever le reste dans un magasin.

Il lui disait, avec un attendrissement adorablement
joué, en songeant un peu aux carrés de guipure brodés
autrefois par Lia :

— Mais c'est un travail de fée ! Mais pourquoi s'être
donné tant de peine ?

— Pour penser à toi quand tu n'es pas auprès de
moi !

Francine ne put d'ailleurs s'empêcher, le soir de
cette séance où Michel avait vaillamment plaidé la
cause des filles-mères, de railler avec une feinte douceur l'amant de la petite Lia.

— Savez-vous, ami, dit-elle en prenant un ton un

peu déconcertant, que je vous ai donné un bon conseil
et qu'il était tout juste temps que vous reprissiez — le
vilain mot ! — votre liberté ?... Car enfin, supposez un
moment que cette enfant eût été mère, voici un discours, et un des plus beaux discours de la tribune française (on va assez vous le répéter demain) que vous ne
pouviez pas prononcer ! C'eût été dommage !

Michel Berthier devint subitement très-pâle et regarda la baronne un moment pour bien se convaincre
que Francine ne cachait pas d'arrière-pensée. Soup-
çonnait-elle que Lia fût de celles qu'un homme d'honneur n'a pas le droit de délaisser ? Et Lia elle-même
n'avait-elle pu venir apprendre toute la vérité à Francine ? Mais non. Lia ne connaissait point la baronne, et
madame de Rives ignorait certainement la situation de
la pauvre fille. Elle savait que Michel s'était affranchi.
Elle l'avait poussé à le faire. Pouvait-elle donc lui rien
reprocher ?

Ces paroles de Francine, répondant si intimement à
une préoccupation de sa pensée, presque à un remords,
firent cependant passer dans les veines de Michel une
sorte de courant brûlant qui devint ensuite glacé. Là-
bas, à la tribune, grisé par sa propre éloquence, il n'a-
vait point songé à Lia. Mais ici, mais tandis que madame
de Rives parlait, le visage attristé de la pauvre enfant
lui apparut soudain blanc comme un visage de morte.

Il eut besoin d'un effort violent sur lui-même pour
chasser la vision rapide ; et quand il eut répondu à
Francine en lui disant qu'en effet il était heureux de se
sentir libre de parler comme il l'avait fait, il ajouta

tout à coup, avec l'élan d'un homme qui veut échapper
à une idée sombre :

— Laissons cela, Francine, c'est le passé. Tout cela est
au tombeau. Ce qui est vivant, c'est toi ! Aime-moi !
aime-moi ! aimons nous !

Et Francine, lui coulant au cœur un de ces regards
qui font se courber les fronts et rendent les yeux sup-
pliants, se disait, triomphante, en voyant Michel Berthier livré à elle tout entier :

— Allons, ce n'est pas encore Pauline de Morangis
qui m'arracherait l'homme que je voudrais aimer !

XV

Le discours, fameux dès le lendemain, de Michel
Berthier sur la recherche de la paternité, ne devait pas
être apprécié de la même façon par tous les journaux
du parti républicain. Tandis que la plupart constataient
avec joie un succès éclatant et plein de promesses pour
l'avenir du jeune tribun, d'autres, plus sévères, laissaient percer leur étonnement. Cette harangue leur
causait une surprise comparable à celle qu'elle avait
produite dans le Parlement, avec cette différence qu'elle
faisait naître dans la presse, non pas une admiration
sans mélange, mais une mauvaise humeur mal dissimulée.

Le vieux et dur Delesclide ne se cachait point pour
témoigner, dans son journal, de l'effet que le discours

de Michel Berthier avait eu sur lui : « Nous atten-
dions, disait il, un orateur venant proclamer hautement les revendications du peuple ; nous avons vu descendre de la tribune un avocat émouvant mais idyllique
de la femme séduite et devenue mère. M. Berthier, le
vainqueur de M. Brot-Lechesne, nous devait une harangue à la Michel (de Bourges) : il nous a donné une
tirade des *Idées de madame Aubray.* » Michel Berthier
se sentit vivement piqué par ce jugement, qui cependant n'avait rien de cruel.

— Allons, dit-il, en parlant de Delesclide, ces Jaco-
bins seront toujours les mêmes, des mécontents éternels !

Il savourait, en revanche, les *premiers-Paris* élogieux
qui comparaient son éloquence à celle de Vergniaud,
en immolant même à son éloquence, comme il eût dit,
la parole élégante de l'orateur girondin. Il ne voyait
décidément, dans le grand devoir qui lui était confié,
dans la tâche imposée et acceptée, que des satisfac-
tions d'amour-propre ou des jouissances d'ambition.

Il savait mieux que personne, mieux que Delesclide,
que ce n'était pas une harangue du genre sentimental
qu'on attendait de lui, mais il souriait à l'idée de la
pauvreté d'esprit de ces gens à principes étroits qui ne
connaissent point les ressources d'une tactique savante
et la valeur d'un premier discours insinuant servant
d'exorde et comme d'escarmouche, de combat d'avant-
postes, à toute une campagne oratoire.

— Ils me jugeront mieux et à ma juste valeur, se disait-il, quand ils verront vers quel but je tendais et

pourquoi j'ai commencé par attendrir. C'est que je voulais finir par écraser !

Et, de fait, il croyait naïvement à sa stratégique. Le hasard ayant remis sur son chemin Pierre Ménard, Michel lui demanda :

— Etes-vous de ceux qui me blâment, vous ?

— Non. Votre discours était fort beau et fort juste. On attendait autre chose de vous, voilà tout, mais ce quelque chose-là, vous le donnerez !

— A la bonne heure, fit Michel, vous n'êtes pas de ceux qui, sous prétexte d'inflexibles principes, méprisent éternellement la tactique !

— Certes non ! Seulement, ajouta Ménard, songez qu'on ne peut pas plus se passer sur terre de principes que de boussoles sur mer. Tenez, il y a des jours d'hiver où, à hauteur d'homme, un brouillard roussâtre et malsain rampe comme une émanation méphitique. On y étouffe, on y trébuche. Mais alors levez les yeux au-dessus des fronts : là-haut, bien loin du brouillard et des fanges, les étoiles scintillent dans le ciel sans tache. Le brouillard, c'est l'intérêt ; les étoiles, ce sont les principes !

Michel Berthier, en écoutant son vieil ami, ne pouvait s'empêcher maintenant de trouver que Ménard, lui aussi, malgré une certaine bonhomie, tournait à l'exclusivisme et devenait légèrement puritain. Il l'eût volontiers, pour rappeler le mot de Jean Levabre, rangé parmi les *bonzes*. C'est qu'il se faisait dans la tête du jeune tribun un sourd travail qui ressemblait à une décomposition latente. Michel avait éprouvé, en entrant

au Corps législatif, le sentiment qui saisit tous ceux qui
pénètrent dans les assemblées avec la ferme décision
d'y proclamer sans ménagements les vérités éclatantes
et qui sentent, dans un tel milieu, les dangers de l'Absolu se dressant devant tous ces gens réunis et qui
représentent des intérêts.

Et voilà qu'il trouvait que ses électeurs étaient bien
exigeants, et qu'avant de se dresser comme le spectre
du passé, il lui fallait d'abord prouver qu'il était vivant, bien vivant, en un mot, affirmer sa personnalité
avant de proclamer les revendications nécessaires.

— Je voudrais bien les voir à ma place ! se disait-il
en songeant à ceux qui l'avaient élu.

Et il haussait les épaules.

Ces intelligences butées à une seule idée, la haine du
despotisme, lui semblaient ou brutales ou ignorantes.

— « Il faut faire de la politique scientifiquement, » disait-il volontiers, mettant le calcul au-dessus de la
conscience.

Le milieu dans lequel madame de Rives vivait n'a-
vait pas peu, d'ailleurs, contribué à lui inspirer une
sorte de dédain de ce qui était autrefois son admiration et son enthousiasme. La fréquentation d'adversaires, souvent courtois, quelquefois habiles, leur rencontre dans les couloirs, dans les salles de conférences, les saluts et les propos échangés, les compliments donnés et reçus, tous ces mille riens de la vie
du législateur l'avaient rendu, peu à peu, plus indulgent pour des opinions adverses qu'il traitait déjà
moins en ennemies.

L'électeur qui donne son vote à un homme en le
chargeant de se faire le porte-voix de ses griefs ne
traverse jamais les coulisses d'une assemblée, et c'est
pourquoi il garde souvent une illusion que lui ferait
perdre la fréquentation des gens qu'il ne voit que de loin,
ou d'en bas, comme on voit les passants et les idoles.

Que de concessions de tous les jours font, par politesse ou par faiblesse, ceux qui entrent là, comme
les plus violents et les plus purs! C'est une main tendue qu'on n'a point le courage de laisser vide, c'est
un madrigal aimable qui amène un sourire, c'est une
causerie à la buvette, tout en trempant un biscuit
dans du madère et qui se termine par une liaison pas-
sagère et par des aménités réciproques.

Michel Berthier n'était pas homme à résister à des
avances faites d'un certain ton et par certaines gens.
Il avait, au surplus, une vertu : comme ses facultés
d'analyse lui faisaient apercevoir les défauts même
de ses frères d'armes, son humeur volontiers admira-
tive le portait à reconnaître de la valeur et du talent
même chez ceux qu'il combattait.

Un soir de pluie, Michel, ne trouvant pas de voiture
sur le quai, à la station de fiacres, la plus rap-
prochée du Corps législatif, s'entendit héler par quelqu'un dont il ne reconnut pas bien le visage, et qui se
montrait à demi dans l'encadrement de la vitre baissée
d'un coupé.

— Si vous ne trouvez aucun char, lui cria-t-on gaiement par la portière, je me mets à votre disposition,
monsieur Berthier !

Michel avait cru reconnaître la voix d'un de ses collègues de la Gauche, et il s'avançait, enchanté, pressé de rentrer : — la séance ayant fini tard et la pluie tombant d'une façon horrible.

Comme il approchait du coupé, il reconnut M. Maulainvilliers, un des ministres qu'il pouvait, le lendemain, combattre, et il s'arrêta net d'un mouvement instinctif.

— Allons, voyons, pas de cérémonies ! lui dit l'Excellence, en riant, *la place* que je vous offre n'est pas de celles qui puissent vous compromettre ! Je vais vous déposer chez vous, en passant.

Michel avait fort envie de refuser. Mais il se fût vraiment trouvé un peu ridicule. Pousser l'irréconciliabilité jusqu'à refuser quelque chose comme un parapluie, c'eût été niais, se disait-il.

Il monta aux côtés du ministre, qui jeta à son cocher, sans la demander à Michel, l'adresse du député.

— Rue Taitbout !

— Vous voyez que je suis informé des petites choses, ajouta l'Excellence avec un rire bon enfant, et s'il s'agissait de vous faire arrêter, je n'aurais à demander votre adresse ni à la questure, ni au préfet de police !

— Certes, vous avez raison. Cela peut vous épargner la perte d'une minute, répondit Berthier sur le même ton, et, à l'heure d'un coup d'État, une minute vaut un siècle !

— Une minute vaut un siècle à toute heure, fit le ministre, plus sérieux, et je ne comprends pas, permettez-moi de vous le dire, qu'on en perde tant à

nous faire une opposition inutile, lorsque tous les
efforts de bons citoyens, comme vous et vos amis, seraient si bien employés à travailler avec nous au bonheur du pays.

— Oh ! oh ! fit Michel, voilà que Votre Excellence
abuse de son hospitalité pour essayer de me cor-
rompre !

— On ne corrompt que les gens vulgaires, monsieur .
Berthier, répondit le ministre, on accepte les gens de
talent !

Michel comprit qu'il ne pouvait rien répliquer étant,
comme il le disait, l'hôte passager du ministre, ou plutôt il ne se sentit pas d'humeur à répliquer, peut-être
parce que la constatation de sa valeur faite par *Son
Excellence* ne lui avait pas déplu.

Lorsque le coupé s'arrêta devant la maison de la rue
Taitbout, le ministre tendit la main à Michel, qui la
serra.

En somme, Michel n'était pas mécontent de l'aventure. Comme on sait tout à Paris, on en parla beaucoup le lendemain, chez Durand, le restaurateur du coin
de la place de la Madeleine, où déjeunaient volontiers
alors les députés.

— Il est monté dans les *carrosses du pouvoir*, dit en
riant M. de Courbonne, celui qu'on appelait le *député
du Café Riche;* si les *sections* apprennent cela, elles sont
capables de regretter d'avoir battu Brot-Lechesne ;
Berthier est *coulé !*

— Ainsi soit-il ! ajouta M. Malurel (de Rouen).

L'historiette du « coupé de Son Excellence » était peu

de chose. Michel Berthier l'eût sans nulle mauvaise grâce racontée lui-même. Ce qui fut plus grave, et ce que les collègues du député de Paris ne connurent point, ce fut certain entretien qu'eut, peu de temps après, Michel avec le duc de Chamaraule, chez la baronne de Rives.

C'était au lendemain d'un grand discours politique, cette fois vigoureux, concluant, plein de mouvements oratoires ardents et fiers, pareils aux élans d'un Berryer, mais rempli de chiffres aussi, rempli de faits, à la manière des harangues familières et si françaises, quasi-voltairiennes de M. Thiers; discours où Michel Berthier avait passé en revue l'histoire des dernières années de l'Empire, depuis que la France, étourdie, même par le canon de Puebla, s'était redressée, au bruit du canon de Sadowa et se demandait, effrayée, non plus seulement ce qu'on faisait de sa liberté, mais ce qu'on allait faire de son indépendance.

Le fils de Vincent Berthier avait réellement trouvé des accents vibrants pour revendiquer, au nom de la nation, le droit de penser, d'agir, de veiller elle-même sur ses droits à l'intérieur, sur sa sécurité devant l'étranger. Il avait enfin prononcé le discours qu'on attendait de lui. Il l'avait fait d'ailleurs habilement, avec tact et finesse, et à bien lire et bien peser ses paroles, on y eût trouvé la constante préoccupation d'une sortie ménagée, d'une ligne de retraite assurée, d'un refuge ouvert.

Ce n'avait pas été là une absolue déclaration de guerre à l'Empire. Bien plutôt cela ressemblait à une

nise en demeure. Michel Berthier avait parlé des
« générations nouvelles, solides réserves de la patrie, »
en homme qui semblait conseiller à l'empereur de les
utiliser. Il avait opposé les *lutteurs juvéniles et pleins
d'espoir* aux *vieillards égoïstes* dont le pays subissait le
joug, et cette habile levée de drapeau ressemblait autant à une prière pour l'avenir qu'à une vigoureuse
satire du passé. Mais l'opinion, qui se contente volontiers des surfaces, ne vit absolument dans le discours
de Berthier que les attaques au pouvoir personnel, les
épithètes accolées aux noms des gouvernants actuels,
la volonté de lutter : — en un mot, l'œuvre de combat.

L'effet du discours fut immense. On rédigea des
adresses à Michel Berthier dans les cafés du quartier
Latin. Les étudiants se rendirent chez lui en sortant de
l'Ecole de médecine et de l'Ecole de droit, et il y eut
tapage, le soir, au boulevard Saint-Michel, devant *la
Source*, parce que les sergents de ville défendaient de
crier *Vive Berthier !*

Ce triomphe devait rendre le tribun profondément
heureux. Il y voyait surtout la constatation de sa puissance. Populaire, il savait qu'il l'était; il ne s'inquiétait qu'à demi maintenant des suffrages de la foule.
Mais il tenait à ce qu'on le redoutât, là-bas, aux Tuileries.

— J'aurais voulu voir, disait-il naïvement, la figure
de l'empereur lorsqu'il a lu le *Journal officiel !*

Madame de Rives avait-elle ménagé la rencontre qui
eut lieu le lendemain chez elle entre Michel Berthier

et le duc.de Chamaraule? Elle avait assez de science
et de coup d'œil pour cela.

On eût dit que, s'étant donné la tâche d'amener Michel à brûler ce qu'il avait adoré, elle ne voulait pas
le laisser un moment de plus dans l'exaltation d'un
succès qui allait certainement le griser comme autrefois, d'un — de ces triomphes qu'elle appelait, d'un
ton qui blessait parfois Michel lui-même, la *gloire popu-
lacière*.

Michel, qu'elle avait attendu, était précisément chez
elle lorsqu'on annonça le duc.

Habituellement, lorsque Berthier se trouvait seul
avec la baronne, madame de Rives défendait sa porte.
Elle·s'excusa auprès de son amant, et n'eut pas grand'-
peine à lui faire comprendre qu'elle ne pouvait congé-
dier M. de Chamaraule.

Le duc était peut-être alors le serviteur le plus dévoué
et le plus convaincu de l'Empire à son déclin. Il en demeurait, dans tous les cas, le plus fidèle. D'une intelligence qui n'avait pas, à beaucoup près, la souplesse de
celle de M. de Morny, le duc possédait cependant une
véritable entente des hommes. Il n'en avait pas toujours fait preuve, et bien souvent, en ses heures de
pouvoir, ses coups de tête, ses circulaires maladroites,
ses excès de libéralisme tempérés par des poursuites
judiciaires, avaient parfaitement desservi le gouvernement qu'il prétendait défendre. Mais il gardait sur
l'empereur une véritable influence, celle que conserve,
en dépit de l'âge, le compagnon des premières aventures, l'ami des heures inclémentes, celui qui vous a vu

pauvre, végétant, bafoué, ambitionnant et rêvant le pouvoir et heurté à la réalité dure des déceptions et des dettes.

Michel Berthier ne connaissait le duc que pour l'avoir aperçu, de loin, assis dans la tribune des anciens ministres.

Il ne lui déplut pas de voir de près le personnage, et cependant, intérieurement, il ne pouvait s'empêcher de sourire.

— La vie est bizarre, se disait-il; l'autre jour le coupé de Maulainvilliers, aujourd'hui la rencontre du duc de Chamaraule! c'est amusant!

Michel Berthier ne se doutait point du rôle que jouait Francine en cette rencontre, et il ne se donnait point la peine de se demander si le hasard seul l'avait amenée.

Le duc feignit d'être étonné de trouver M. Berthier chez la baronne, et lui témoigna, avec une science de profond diplomate, dissimulée sous une sorte de franchise militaire un peu brusque, les sentiments qu'il professait, toute doctrine politique mise à part, pour l'auteur du discours de la veille.

Evidemment, le duc avait été mis au courant des idées et même des faiblesses intimes de Michel Berthier. Il connaissait l'endroit sensible, le défaut de la cuirasse du jeune tribun. Il avait la clef de ce caractère ou l'âpre envie de parvenir s'unissait à un orgueil profond, ou plutôt à un profond amour-propre. Il savait quelles vanités d'artiste, et, en quelque sorte, d'acteur, il fallait caresser en lui, et il le fit avec une adresse charmante, éblouissant littéralement Michel sous des

éloges savamment calculés et qui allaient droit au cœur
du jeune homme.

— Je vous admire d'autant plus, monsieur Berthier,
disait le duc, que vous avez accepté là une œuvre in-
grate et dure. Vous avez, — on le voit, on le sent, —
en vous, tout ce qu'il faut pour faire un homme de
gouvernement, et vous vous êtes fait homme d'opposition. Vous avez la science, la volonté, l'énergie ; on
devine que vous êtes né pour diriger un Etat, non
pour le troubler ; vous n'avez pas la faconde tumul-
tueuse d'un orateur de club, vous avez plutôt la dia-
lectique serrée d'un politicien qui sait où il va et qui
entend faire à la fois réussir et respecter son œuvre.
En vérité, oui, je vous plains !

« Oui, je vous plains, continuait le duc, tandis que
Berthier le contemplait avec un étonnement déjà plein
de tentations, je vous plains, parce qu'avec des qualités de ce genre, vous appartenez au parti qui est le
moins fait pour les apprécier. Je vous demande pardon,
nous causons, nous disons là, n'est-il pas vrai, toute
notre pensée ? Excusez-moi d'avance si je blesse quelqu'une de vos susceptibilités. Eh bien, oui, monsieur
Berthier, c'est dommage ! Vous allez dépenser dans les
rangs de l'opposition plus de talent vingt fois qu'il ne
vous en faudrait pour gouverner ce même peuple qui
vous applaudira avec enthousiasme jusqu'au jour où il
sera prêt à vous jeter avec colère aux gémonies. Pen-
sez-y. Que sont vos merveilleuses harangues à côté de
l'acte pur et simple d'un homme qui commande et à
qui l'on obéit ? Un préfet qui expédie une dépêche, un

ordre, à son sous-préfet, en fait plus en quatre coups de
télégraphe que vous avec un discours où Cicéron aurait
bien des choses à apprendre, ne fût ce (et le duc souriait) que le français. Des discours, monsieur Berthier,
hélas ! qu'est cela ? *Verba et voces!* Le pouvoir, voilà le
poste où peut, où doit se montrer un homme tel que
vous. Oui, vous y arriverez, allez vous me dire. Mais
comment? Porté par une révolution qui vous ensevelira
sous ses vagues comme elle vous aura jeté au pouvoir;
esclave de ceux qui vous auront élu, esclave de votre
passé, incapable de gouverner une foule qui se défiera
d'autant plus de vous que vous serez son œuvre, et qui
exigera de vous plus que de tout autre, lorsque
viendra ce lendemain, parce que votre parole l'aura
plus profondément séduite et embrasée aujourd'hui.
Vous êtes un homme d'Etat, monsieur Berthier, et les
hommes d'État ne sont pas bien vus des vôtres, qui
savent être, je l'avoue, éloquents dans l'attaque, cou-
rageux dans la défaite, admirables dans l'exil (vous
voyez que je leur rends justice), mais qui n'ont jamais
su être vainqueurs ! *Homme d'État!* Mais c'était la suprême injure que jetait Marat aux Girondins. Elle équi-
vaut à cette épithète de *modéré* que vos amis infligent
brusquement à tout homme qui veut réfléchir et n'aller
pas, d'un bond, aux extrêmes ! Vous êtes de la race
résistante de Casimir Périer le père, et vous ambition-
nez le rôle de Ledru-Rollin, qui, malgré son honnêteté, a sombré, vous le savez mieux que moi. Les
engagements que vous prenez à cette heure pèseront
durement sur vous lorsque viendra le moment de votre

triomphe, et notez que ce triomphe est étrangement
problématique et que l'empereur ne se laissera pas
chasser, comme Louis-Philippe, sans faire tirer des
coups de fusil à ceux qui voudraient le pousser par les
épaules dans le fiacre de la monarchie de juillet.
Toutes ces réflexions me sont venues en lisant votre
magnifique discours, ce discours que j'ai vu entre les
mains de l'empereur et que Sa Majesté, — cela va vous
contrarier fort, mais peu importe, — a trouvé excellent, excellent d'intention et de forme, je me hâte de
le dire. Vous vous plaignez que la jeune génération
n'est pas accueillie comme elle le mérite par le pouvoir nouveau? Vous avez tort. Ce n'est pas notre faute
si tout ce qui est jeune suit la mode et entre dans
l'opposition. Sainte-Beuve, avant ses velléités libérales
et ses escapades au Sénat, terminait, un jour, un article sur Prévost-Paradol, en lui disant que les portes
lui seraient ouvertes toutes grandes le jour où il lui
plairait de ne plus rester dans la rue et qu'on se
trouverait même enchanté d'utiliser son grand talent.
Paradol a trouvé plus joli de répondre en laissant
tomber de son encrier ce vilain mot de *palefrenier*.
Est-ce à dire qu'on n'ait pas fait à celui-là toutes les
avances désirables? Il n'y a aux Tuileries que des
vieillards égoïstes, dites-vous encore. Je vais plus loin
que vous et tous ces personnages sont quelquefois plus
qu'égoïstes. Je ne dirai point ce qu'ils sont. Un soir j'en
parlais justement, au coin du feu, avec l'empereur, et
je lui disais que ce qui lui nuisait fort, c'était une partie de son entourage. Il me répondit tout simplement :

« *On prend ce qu'on trouve,* » et la conversation en
resta là. Eh bien, il avait raison. On prend ce qu'on
trouve. Mais le jour où on trouverait un homme résolu,
jeune, supérieur, qui voulût se vouer à cette œuvre :
l'union de l'Empire et de la Liberté, qui n'est pas un
mariage *in extremis,* comme le disait, je crois, Pelletan,
en vous interrompant ; ce jour-là, il y aurait en France
un gouvernement véritablement progressif, et le ministre qui fonderait ce gouvernement-là serait, certes,
plus assuré d'aller à la postérité que tous les tribuns du
monde. Vous voyez, je parle, je me laisse entraîner, je
vous livre là le secret de la place et j'oublie que vous
faites le siége de la forteresse ! Faites-le. Nous sommes
prêts à vous repousser vigoureusement ; mais si, pour
votre malheur, vous pénétriez là de vive force, je vous
plaindrais, car, je vous le répète, c'est sur vous que
vos soldats déchargeraient les armes que vous leur auriez mises entre les mains. Et vous verriez, le jour où,
après l'avoir accéléré, vous voudriez enrayer le mouvement ! Quelle débâcle ! D'autres que vous y ont succombé et je ne suppose pas, monsieur Berthier, que
votre idéal de gouvernement soit le gouvernement
révolutionnaire à perpétuité ! »

Michel croyait vraiment rêver. Ce duc, dont il avait
jadis regardé le nom comme synonyme d'arbitraire et
de violence, il était là, il causait familièrement, souriant et se confiant à un adversaire, avec un abandon
aimable, dont il eût été de fort mauvais goût d'abu -
ser. Etait-ce bien possible ?

— Comme il fait bien patte de velours, se disait

madame de Rives en écoutant le haut personnage...
Comme il met adroitement la jatte de lait à portée de
l'affamé !

Et elle souriait, tout en demeurant silencieuse et le
dos enfoncé dans un fauteuil, ses petits pieds passant
sous sa jupe qu'ils battaient de temps à autre, furtivement, s'éventant et regardant ces deux hommes, l'un,
causant sans façon, accompagnant ses mots d'un geste
qui semblait plein de franchise, la main ouverte et cordiale; l'autre, pâle, se mordant les lèvres, caressant
parfois ses longs favoris ou passant sa main dans ses
cheveux pour les rejeter en arrière, comme si quelque
migraine lui eût étreint le front et les tempes.

— Ce pauvre Michel ! pensait la baronne ; il en a
chaud !

L'entretien dura ainsi quelque temps encore, toujours sur le ton des généralités et des propos de salon,
de wagon ou de table.

Après quoi, le duc se leva, prit congé de madame de
Rives, salua, avec une visible expression de considération quasi-affectueuse, Berthier troublé et fiévreux, et
partit, laissant Michel et Francine face à face.

— As-tu compris ce que le duc a voulu te dire ? fit-
elle alors.

— Non ! répondit-il brusquement.

— Allons donc ! Ce n'est pas un homme comme toi
qui ne voit pas le but qu'on montre, quand ce but
est... ce que t'a dit M. de Chamaraule !

— Alors, il était chargé de m'acheter ?

— T'acheter ? Ah ! fi ! Le vilain mot ! Il n'était

chargé de rien, sans doute. Mais il a capitulé devant
toi. C'est la paix qu'il demande. Comprends-tu? Et à
quel prix!

— Oui, à quel prix! murmura Michel, qui songeait
à Pierre Ménard.

— Je n'ai jamais vu cet être de raison qui s'appelle
le pouvoir s'incliner plus profondément devant un
homme, ajouta Francine prenant à son tour Berthier
par son endroit sensible : la vanité.

— Oui, ah! oui, c'est vrai, dit-il, avec fièvre. Il m'a
aussi clairement que possible offert... quoi? Tout ce
que je voudrais peut-être! Mon discours les effraie
donc bien? L'empereur l'a lu! Oh! je savais qu'il le li-
rait!... Mais être ministre, quelle folie! Que pour-
rais-je faire? Je perdrais l'appui de mes amis et je ne
gagnerais pas celui de mes ennemis.

— Oh! les nouveaux amis se font nombreux pour
tout pouvoir nouveau.

— Allons, dit Berthier avec une sorte de fureur, et
comme s'il souffrait de la lutte qui se livrait en lui, ne parlons pas de cela! Il y a des causes qu'on ne déserte pas!

— Et qui parle de déserter? fit la baronne. Assurer
le triomphe des réformes libérales par sa présence au
pouvoir, c'est déserter? Prendre le gouvernail et aller
droit au port, c'est déserter? Alors, Robert Peel aurait
déserté. Il n'y a donc pas un de ces grands hommes
d'Etat du Parlement anglais qui ne soient des déser-
teurs!

— Nous ne sommes pas en Angleterre, nous sommes
en France.

— Et nous sommes condamnés à des révolutions à
perpétuité, parce que, lorsqu'on leur offre la puissance, les politiques pusillanimes reculent, effarés de
ce que diront le citoyen Pierre Ménard et la *cave* du
café Frontin ! Allons, dit-elle tout à coup, plus un mot
De quoi parlé-je là?... Tu as la fièvre ! Tes mains brû
lent !... Et ce front, il va éclater !...

Elle lui passait ses doigts sur les tempes, elle le regardait avec son éternel sourire.

— Mon pauvre Michel ! disait-elle, tu n'étais pas fait
pour être un homme d'État, quoi qu'en dise le duc,
mais pour écrire des romans et des vers ! Alors tu
pourrais poétiser à ton aise et tu te moquerais peut-
être de ceux à qui l'on vient dire: « Voulez-vous le
pouvoir de faire le bien? Le voici ! » et qui répondent :
— « Passez votre chemin ! »

Michel ne s'était jamais senti aussi troublé et aussi
inquiet. Il avait encore la voix tentatrice du duc
dans les oreilles, et cette Francine venait encore lui
murmurer des paroles qui l'effaraient, l'attiraient et
lui faisaient peur.

Il fermait les yeux. Il eût voulu se boucher les
oreilles, et il entrevoyait éperdu, au milieu de ce salon
luxueux, quelque chose d'étrange, une grande figure
pâle qui semblait entrer là, silencieuse, et qui était le
spectre de Vincent Berthier, l'exilé de Décembre.

Le lendemain, le duc de Chamaraule recevait, tracé
d'une petite écriture charmante, ce rapide billet :

« Bravo, mon cher duc ; on hésite, on tremble, on

soupire : *Marion* pleure, *Marion* crie, mais *Marion*, au fond, veut qu'on la marie, et on la mariera; car pour décider les gens, M. de Foy lui-même n'est qu'un niais à côté de vous.

« Votre alliée et admiratrice,

« F. de R. »

XVI

Il y a, en quelque sorte, un germe dans la parole humaine. Après avoir pénétré par l'oreille dans la conscience, comme le poison versé au père d'Hamlet, elle prend racine et s'y développe, semblable à certaines plantes à la croissance rapide. Depuis la conversation qu'il avait eue avec le duc de Chamaraule, Michel Berthier se sentait en proie à cette fièvre malsaine, faite de mécontentement instinctif, d'énervement, de colère, d'indécision et de soubresauts intérieurs, qui est comme une maladie spéciale aux ambitieux en pleine lutte.

Il éprouvait une espèce d'amère satisfaction à se répéter à lui-même tout ce que lui avait dit le duc sur l'ingratitude des foules, sur le genre de vertu que réclament surtout les démocraties et qui est bien moins le talent que l'utilité, la valeur personnelle que la valeur instrumentale; — et son orgueil, ou plutôt son amour-propre, se révoltait à l'idée de n'être qu'un outil entre les mains du nombre.

— A ce nombre même, se disait-il avec une certaine angoisse, ne serais-je pas plus utile en le dirigeant qu'en le suivant?

Il se rappelait parfois son père, et il en venait à se demander quel bien sur terre avait fait ce martyr. Son sacrifice à une idée et son exil avaient-ils même servi la cause qu'il prétendait défendre? Qu'avait-il laissé après lui? Un exemple, soit; mais, de cet exemple, quelle expérience pratique l'avenir pouvait-il tirer?

— La politique de mon père et de Pierre Ménard est une politique sentimentale, ajoutait Michel dans ces longs et fiévreux entretiens avec lui-même, ce qu'il faut faire aujourd'hui, c'est de la politique expérimentale!

Il avait déjà trouvé et répété le mot que tout homme rencontre pour cacher une palinodie, ce mot qui devient bientôt comme le masque derrière lequel on abrite toute rougeur.

De jour en jour, presque d'heure en heure, sa foi s'affaiblissait, s'écaillait comme une muraille décrépite et, de toutes ses ardeurs d'autrefois, une seule demeurait vivante et brûlante : — la soif de parvenir. Commander, ordonner, diriger les hommes, quel rêve!

Et, comme s'il eût voulu ruser avec lui-même et mentir à sa propre conscience, Michel Berthier colorait encore cette ambition et ces appétits d'un prétexte facile: servir l'humanité, servir la France.

Il n'y avait qu'un mot exact en tout cela : le mot *servir*.

A la Chambre, nul ne se doutait de ce qui se passait dans l'âme de Michel. Le cerveau bouillait sous le crâne,

mais le visage conservait cette expression froide et acé-
rée qui lui était habituelle. La lèvre était toujours ironique et un peu hautaine. On avait seulement remarqué
en lui, dans les commissions et dans les réunions de la
gauche, une certaine tiédeur relative. Il gardait volontiers le silence sur des questions qui eussent dû le pas-
sionner profondément et le contraindre à prendre la
parole.

Ses amis s'en montraient un peu étonnés.

Les plus dévoués disaient :

— Il se réserve !

Les plus défiants hochaient la tête et répondaient :

— Il se transforme !

On parla beaucoup alors, dans Paris, d'un duel manqué qui faillit avoir lieu entre un jeune avocat, Emma-
nuel Richard, ami de Berthier, et un *échotier* de petit
journal qui, à propos de Michel Berthier, avait écrit ce
mot de la fin :

« — Il est des opinions tapageuses que certains
hommes traitent comme leurs enfants. Afin qu'on ne
les entende plus à un moment donné, ils les couchent
de bonne heure. »

Michel feignait de ne point se préoccuper de ce qu'on
appelait à cette époque, d'une façon spéciale et nouvelle, vulgaire comme ce qu'elle exprime, des *racontars*.
Il marchait indécis, troublé, incertain, vers le but qui
miroitait devant lui, mais il marchait. Et quand il ne
songeait pas à l'entretien qu'il avait eu avec le duc de
Chamaraule, quand il oubliait Francine de Rives et sa
séduction capiteuse, il pensait à cette mademoiselle de

Morangis, si belle, riche à millions, et dont il se demandait, avec des frissons intérieurs, non point d'a-
mour, mais d'âpre envie de richesse, s'il ne pourrai
pas faire sa femme.

Le vicomte de Vergennes, qui vint lui rendre visite
un matin, développa sans le vouloir, dans l'esprit de
Michel, ces idées matrimoniales. Le mariage de Gontran
se trouvait retardé par la mort d'une parente de made
moiselle de Lorières, sa fiancée. Gontran en était navré
Il avait hâte d'en finir avec les voyages à travers la vie
et à travers le monde.

— Je ne sais où j'ai lu, disait-il, et pourquoi j'ai re
tenu ces vers très-plats, qui ont pour seul mérite de
dire la vérité, bourgeoisement et honnêtement à la
Pibrac :

> Renne de Groënland, grenade d'Ibérie,
> Heureux qui, voyageant, a pu vous déguster,
> Mais plus heureux encor qui sait se contenter
> Du simple pot-au feu dans la mère-patrie !

Mais (et Gontran frappait sur l'épaule de Michel), ce
pot-au-feu, mon cher, de toute nécessité, il faut une
main qui l'apprête, et un œil qui le surveille. Voilà
pourquoi je me marie !

Michel se récria sur la raison prosaïque. Vergennes
entrait si bien, à son insu, dans une des préoccupa
tions habituelles de Berthier, que celui-ci, loin de l'ar
rêter, l'approuva pour le pousser à parler encore.

— Oui, dit-il, le mariage ! Après y avoir répugné
j'y songe !

— L'important est de bien choisir, fit Gontran. Et la peste soit des *marieurs* et des *marieuses* qui tiennent à vous faire épouser, non celle qui vous plaît, mais celle qui leur plaît ! Tiens, par exemple, vous êtes dans un bal. Un ami vous montre une jeune fille : «Voilà une occasion ! Tu devrais l'épouser. Elle est charmante et je l'aimerais volontiers ! Ah ! si on rencontrait une aussi jolie fille parmi ses maîtresses ! » Il vous marierait parce qu'elle rentre dans ses types ! Il ne réfléchit pas que la seule pensée qu'il peut songer à elle enlève à la jeune fille une partie de son charme. Il vous vante ses bras, ses yeux, son pied, ce qu'on voit et ce qu'on ne voit pas. C'est fort bien, si on cherche une aventure galante. Si on songe au mariage qu'a fait le butor ? Il a simplement déchiré, éraillé la pulpe du fruit.

— Mais toi, demanda Michel, comment t'es-tu marié ?

— Tu veux dire comment je vais me marier ? Rien de plus simple. La scène se passe en province. Je m'amusais peu. On me présente une jeune fille qui ne s'amusait guère. Tous les soirs, à la même heure, on lui faisait faire de la musique, et, tous les soirs, on me la faisait écouter. En Poitou, on écoute ce qu'on peut. Je la voyais si douce, presque si triste, se diriger vers le piano avec une grâce si profondément languissante et d'un air si ennuyé, que je me suis d'abord mis à la plaindre. Pauvre petite ! Quoi, tous les soirs le même morceau de Mendelssohn ! Un morceau charmant, soit, mais toujours le même ! Mécaniquement, là, poser ses doigts sur le piano, ces jolis doigts, ces

„petites mains ! Et toujours entendre à la fin du même morceau le même *bravo* de gens que Mendelssohn ennuie ! Quelle vie ! Alors je me suis tant mis à la plaindre, que, pour l'arracher à cette corvée quotidienne, aux touches d'ivoire, au piano et à Mendelssohn, je l'ai épousée ! C'est le mariage par la pitié ! « *Pour une jeune fille qui s'ennuie, s'il vous plaît !* » Et ce sera, chose plus curieuse, un excellent mariage !

— C'est possible, dit Michel Berthier. Moi, je n'ai trouvé personne. Ni par pitié, ni par intérêt je ne me sens pris !

— Et par amour ?

— Comment ? demanda Berthier.

Gontran regardait Michel d'un air doucement railleur, avec plus d'affection que de malice :

— Mademoiselle de Morangis est charmante, dit-il.

Berthier, quelque maître qu'il fût de l'expression de sa physionomie, ne put s'empêcher de laisser apparaître un sourire sur ses lèvres, ordinairement serrées, et il devint blême.

— Es-tu fou ? s'écria-t-il avec vivacité. Mademoiselle de Morangis est adorable ; mais...

— Mais quoi ?

— Elle est trop riche !

— Avec l'avenir que tu as devant toi, tu es aussi riche que n'importe qui ! Eh vive Dieu, Michel, tu deviendras ministre !

Il semblait que tout conspirât à la fois pour tenter plus profondément Michel Berthier. Certes, Gontran de Vergennes donnait à ses paroles un autre sens et une autre couleur que le duc de Chamaraule. Mais, par quel étrange hasard venait-il justement rappeler à Michel tout ce qui s'agitait d'ambition et de projets dans cette tête ardente?

Lorsque Gontran fut parti, Michel éprouva le besoin de se plonger le front dans l'eau froide, comme si tout son sang eût afflué là. Il se sentait vraiment faiblir! Ces deux rêves parallèles, le pouvoir et la richesse, il pouvait les saisir en même temps! Ils étaient là. Le duc de Chamaraule lui tendait l'un, mademoiselle de Morangis réalisait l'autre!

Pour être ministre et pour devenir millionnaire, il n'avait qu'un mot à dire, quelques pas à faire... Oui, mais ces pas vers la puissance, ces quelques pas faits vers l'Empire, ils prenaient un nom tout à coup, un nom hideux et vil; — ils devenaient quelque chose de terrible et de bas, de honni et de flétri, une trahison, une apostasie!

Michel éprouvait, avant de se rendre à la Chambre, l'absolu besoin de prendre un peu d'air et, en plein Paris, comme un bain de solitude. Il monta, sans même se rappeler la pauvre Lia, vers les boulevards extérieurs et gagna lentement le parc Monceaux, voulant ensuite redescendre au Palais-Bourbon par les Champs-Élysées.

— Cette course au grand air me calmera, se disait-il, car j'ai la fièvre!

Par cette après-midi d'hiver finissant, le parc Monceaux était presque désert. Sur le ciel d'un gris humide, les arbres découpaient leurs branches grêles et les troncs verdis sortaient de terre comme morts et couverts de mousse ou de quelque lèpre d'un ton de vert-de-gris. De rares passants allaient lentement le long des bordures d'herbe, dans une atmosphère spongieuse qui se faisait plus épaisse de minute en minute, et, au milieu de la grande allée, pleine d'une boue jaune à demi délayée, des coupés filaient, de loin en loin, au trot des chevaux. Il y avait une pénétrante mélancolie dans cette journée de tiède hiver, où déjà on sentait sourdre comme un peu de printemps, et Michel Berthier, machinalement, regardait la masse des arbres au fond de laquelle apparaissait, à demi fondu, le massif fantôme de l'Arc de Triomphe de l'Etoile, s'enfonçant dans l'horizon gris.

Tout à coup, devant le petit pont jeté sur le cours d'eau, Michel s'arrêta et laissa échapper un léger cri d'étonnement.

Mademoiselle de Morangis, appuyée au bras de son père, venait vers lui, tandis que le docteur Loreau, qui les suivait, parlait tout haut et riait pour essayer de faire rire Pauline.

— En vérité ! se dit Michel, le hasard se mêle donc de ma vie !

Il s'avança le chapeau à la main, vers M. de Morangis, s'inclina devant Pauline, serra la main du comte et salua le docteur Loreau avec une nuance d'estime fort bien graduée et étudiée.

M. de Morangis parut enchanté de la rencontre. Pauline étant un peu souffrante, le docteur avait prescrit une promenade à pied. On avait pris le coupé qui attendait à l'entrée du parc et on aspirait, en marchant doucement, les promesses de printemps, l'air ambiant étant en réalité moins désagréable, disait le médecin, qu'il ne le paraissait.

Le docteur Loreau, tout en cheminant, avait tâché d'amener un sourire sur les lèvres sérieuses de Pauline. Il se moquait volontiers un peu de lui-même et il eût été enchanté de payer les frais de la bonne humeur de mademoiselle de Morangis.

— Figurez-vous, dit le comte à Michel, qu'abusant de son droit de prince de la science, le docteur Loreau nous fait présentement un véritable cours d'anthropologie !

— Eh bien, dit le docteur, ne faut-il pas tout savoir? Je ne voudrais en rien ressembler à cet aimable Diafoirus de Molière, qui offre à une charmante jeune fille l'agréable spectacle d'une dissection. Mais je suis persuadé que mademoiselle de Morangis n'est pas indifférente à tout ce que je lui raconte.

Edmond Loreau essayait, en effet, de réagir dans l'esprit de Pauline contre les idées ardemment mystiques et morbides dont cette âme était consumée. Dans ses causeries quotidiennes, il s'efforçait de l'intéresser à la vie, à la science, à ce qui est l'incessant travail de l'homme sur la nature et sur l'homme même. Il disait parfois à M. de Morangis :

— Ce que tu as fait, je veux le défaire. Vois-tu, vieux garçon que je suis et sans parents, j'aime ta fille comme mon enfant, et je n'entends pas qu'elle se suicide en entrant au couvent. Je me charge de l'en détourner ! Qu'elle admire, Theonilla, Mustiola; Sabine ou Séraphie, — auxquelles elle ressemble, — mais surtout, diable! qu'elle ne les imite pas!

Le docteur savait que les futilités avaient peu de prise sur Pauline. Il la traita donc, non pas en enfant gâtée qu'un caprice domine, mais en femme supérieure que possède la passion du sacrifice. Il voulut l'intéresser à tout ce qui est le siècle vivant, à cet immense travail des esprits qui est la gloire d'un temps où croupit tant de honte.

Elle n'avait contemplé que Dieu, il voulut lui faire considérer l'humanité. Et de son air joyeux et bon, sans pédantisme, le docteur Loreau dépensait des trésors d'esprit, d'éloquence, de science, pour faire se rattacher à la vie commune cette enfant éprise du néant et de la mort.

Edmond Loreau consentait même à se moquer doucement de ce que M. de Morangis appelait sa *manie* : il racontait ses voyages à quelque station préhistorique avec une verve pleine de bonhomie narquoise, et quand Pauline lui demandait, à demi railleuse :

— Eh bien! docteur, avez-vous trouvé de nouveaux crânes ?

— J'en ai reçu une caisse, répondait-il (et, souriant de l'air d'un amateur d'antiquités), mais peu intéressants : oui, tous modernes !

— Modernes! En vérité, on jurerait que vous traitez ces pauvres morts comme un collectionneur de faïences qui rejette un Rouen ou un Delft de pacotille en disant : « Pas de valeur! »

— C'est que c'est un peu cela, chère enfant; tenez, je m'occupe, par exemple, à cette heure, de la trépanation préhistorique... Tous les échantillons de ma collection crâniologique qui ne rentrent pas dans mon cadre, qui ne sont pas *sur mon rail*, m'importent peu pour le moment. Et cependant j'ai des échantillons admirables de l'époque mérovingienne et carlovingienne, de Gallo-Romains, de Gaulois et d'individus du temps des dolmens !

— Les pauvres gens ! Il me semble qu'en les installant sur les rayons de votre cabinet, vous commettez un sacrilége !

C'était sur quelque mot de ce genre que le docteur Loreau partait, selon son expression, en campagne. Il montrait aussitôt à mademoiselle de Morangis tout ce qu'il y a de vénérable et de grand dans cette science éternellement penchée sur la Mort pour lui arracher le secret de la Vie. Il trouvait des accents profondément émus pour décrire ses efforts et ceux de ses collègues qui combattaient à côté de lui pour le progrès; il ouvrait à Pauline des horizons inconnus ; il s'efforçait de substituer à chacune des visions religieuses qui hantaient le cerveau de mademoiselle de Morangis un fait précis, une notion exacte, et il combattait le merveilleux de la tradition catholique avec le merveilleux des découvertes de la science, et cette lutte d'un savant pour arracher, non plus un corps à la maladie, mais une noble intelligence à l'amour du silence et de l'ombre, était, en vérité, pleine d'une grandeur dont le gai sourire du docteur Loreau ne diminuait pas la puissance.

Le médecin avait d'ailleurs bien vite deviné que, dans ce combat en quelque sorte psychologique, il avait depuis quelque temps un remarquable auxiliaire : c'était Berthier.

L'affection instinctive et naissante que Pauline ressentait pour l'avocat émouvant des souffrances humaines, et qu'elle ne s'avouait certes pas à elle-même, le docteur l'avait devinée.

— Allons, se dit-il tout d'abord, voilà le renfort sur lequel je comptais. Si l'amour s'en mêle, nous sommes sauvés !

Et puis il se gratta l'oreille

Michel Berthier ne lui plaisait qu'à demi. Le docteur, sans tomber dans les exagérations d'un Lavater, était assez bon physionomiste pour deviner l'homme moral à travers l'homme physique, et cette jolie tête contractée et fiévreuse de Berthier ne lui disait rien de bon.

— C'est un agité, songeait-il. Pour arriver à son but, un homme comme lui serait capable de bien des concessions. Et encore suis-je modeste !

Mais il ajoutait bien vite, se parlant volontiers à lui-même, tout haut et jusque dans la rue :

— Après tout, il ne s'agit pas, quand on vous tend une planche de salut, de se demander si elle est de bois blanc ou de bois des Iles. L'essentiel est de s'y accrocher et de s'en servir ! La planche de salut s'appelle Michel Berthier : il faut l'accepter comme elle est !

Il partageait donc les secrets espoirs du comte de Morangis, et quand il rencontrait Berthier, il n'avait

garde de lui laisser deviner tout ce qu'il pensait de lui.
Le docteur trouvait d'ailleurs, et très-sincèrement, que
Michel était un homme d'une valeur vraiment haute.

— Et, ajoutait-il, avec les gens de talent il y a toujours de la ressource. Les seuls détestables sont les im-
béciles ! Qui sait? Une femme comme Pauline serait
peut-être capable de faire un héros, à l'occasion, d'un
homme comme Michel Berthier !...

La rencontre au parc Monceaux n'était donc désagréable à personne, et, tout au contraire, elle plaisait
à ceux que le hasard réunissait ainsi. Michel et M. de
Morangis se mirent à causer, en marchant. La politique fit nécessairement tous les frais de l'entretien,
et mademoiselle de Morangis ne s'y mêla que par politesse.

Puis on parla, comme s'il avait été prononcé la veille,
du discours de Michel, et Pauline, qui pouvait aborder un tel sujet en vertu de cette grâce d'état qui
fait que la charité purifie et sancifie toutes les misères,
demanda à Berthier s'il avait eu des nouvelles de la
pauvre fille dont il avait lu la lettre chez madame de
Rives.

En dépit de toutes ses recherches, mademoiselle de
Morangis n'avait pu retrouver, dans ce grand Paris
où la douleur se perd comme une larme dans un tor-
rent, cette Clotilde Ballue, dont la plainte touchante
l'avait si vivement frappée. Au numéro 12 de la rue
Lepic, où elle s'était fait conduire, on lui avait répondu
que *cette fille* (c'était la concierge qui parlait) avait déménagé depuis fort longtemps et qu'elle avait dû aller

demeurer, 50, rue Condorcet. Là, Pauline apprit que Clotilde Ballue avait été atteinte des fièvres et qu'on l'avait transportée à l'hôpital Lariboisière. Y était-elle morte? Non. Une fois guérie, on lui avait ouvert les portes de l'hospice et on l'avait laissée chercher son pain et le gagner au hasard de la vie. Elle n'avait point reparu au logis de la rue Condorcet, d'où elle était partie, d'ailleurs, en ne laissant aucune dette. Rue Condorcet, du moins, le portier avait été plus charitable dans ses propos :

— Elle travaillait beaucoup, avait-il dit à mademoiselle de Morangis, elle avait l'air chétif, elle doit être morte. Et c'est ce qui a pu lui arriver de plus heureux, car elle ne riait pas tous les jours !

Pauline racontait avec une émotion très-simple à Michel Berthier ces diverses courses à la recherche d'une misère. Lui, se rappelant qu'il avait promis à mademoiselle de Morangis de la devancer dans ses aumônes, regrettait amèrement d'avoir oublié si vite Clotilde Ballue. Mais il promit du moins, cette fois, et avec la ferme volonté de tenir sa promesse, qu'il découvrirait si Clotilde était morte ou vivante.

— Vous me rendrez service, monsieur, dit Pauline, car le sort de cette femme m'intéresse plus que je ne saurais le dire.

— Et cela parce qu'il a admirablement lu la lettre, voilà tout, murmura le docteur Loreau. Oh! nature!

Le comte François intervint bientôt en engageant Michel Berthier à porter à l'hôtel de Morangis le résultat de ses démarches.

— Je serai, ajouta-t-il, vraiment heureux de vous recevoir !

Michel remercia, accepta et fut charmé.

Pauline, en entendant l'invitation faite par son père, était très-pâle, assez troublée, mais point du tout mécontente.

On se quitta. Michel se demandait, en regagnant le Corps législatif, s'il ne devait pas regarder les avances de M. de Morangis comme une sorte d'agrément tacite. Le comte avait-il deviné les sentiments de Michel? N'était-ce là, au contraire, qu'une gracieuseté banale? Toutes ces questions, sans réponse, Berthier se les posait une à une, en cheminant, et tantôt son imagination lui faisait entrevoir la réalisation de ce rêve : la fortune venant à lui sous les traits de Pauline, tantôt son imagination bizarre le portait à désespérer de jamais atteindre un pareil triomphe.

Ce jour-là, à la Chambre, on le trouva soucieux, fiévreux, et, en le voyant rejeter en arrière ses longs cheveux, d'un mouvement bref, et s'agiter pendant que le ministre d'État parlait pompeusement de la prospérité de l'Empire et de la faiblesse des *trois tronçons* germaniques, on se dit, çà et là, sur les bancs :

— Berthier est furieux!

— Berthier va répondre!

— Berthier s'agite! Berthier se réveille!

— Le réveil du lion!

Mais Berthier ne s'éveillait pas; il n'écoutait point le ministre. Il revoyait le calme et sculptural visage de

Pauline de Morangis, et, comme il avait sacrifié l'a-
mour confiant de Lia Hermann à l'amour affolé de
Francine de Rives, il se demandait si, repu de plaisir,
la sensation étant épuisée, il n'allait point rompre la
chaîne nouvelle et demander la main de Pauline en
sortant des bras de la baronne.

Il semblait que cet homme se plût inconsciemment
à passer ainsi d'un échelon à un autre, et, à vrai dire,
il ne pensait, à cette heure, qu'à Pauline et à Francine;
l'image de Lia, — celle qu'il avait aimée cependant, et
d'un amour profond et vrai, — s'effaçant déjà comme
dans une brume indistincte.

Mais, si Michel oubliait, Lia n'oubliait pas. Elle était de
celles qui, s'étant données, ne se reprennent plus et
portent éternellement le deuil de leur premier amour.
Elle s'était volontairement enfermée, condamnée à la
solitude. Elle ne voulait plus rien devoir à Berthier;
elle se disait que sa seule consolation, sa seule joie désormais, — mieux que cela, son devoir, — serait cet
enfant qui allait naître et qu'elle élèverait loin de son
père, jalouse de lui donner seule ce qu'il était en droit
d'attendre : l'affection et le bonheur.

Elle avait gardé de la vie d'autrefois quelques économies. Une vieille parente de Lorraine lui avait laissé
en mourant un modeste héritage, trois ou quatre mille
francs, qu'elle avait jadis placés et qu'elle appelait sa
bourse. Cela lui suffisait bien à pourvoir aux premiers
besoins. Quant à l'avenir, rien de plus simple : elle tra-
vaillerait. Le travail allait devenir une double consolation : elle amasserait des économies pour le petit

être qui allait venir, et, en travaillant, elle penserait moins, elle souffrirait moins.

Non pas qu'elle eût peur de la souffrance ! La douleur lui était chère, au contraire. Elle lui semblait une expiation, un rachat du passé.

— Peut-être mes vieux parents me pardonneraient-ils, se disait-elle, s'ils me voyaient tant pleurer.

Elle se répétait, avec l'amère volupté de ceux qui regardent couler leurs larmes, comme le sang d'une blessure, la parole doucement cruelle du Talmud : « *Tout ce que Dieu a donné aux mortels est bon, mais le don le plus précieux du ciel, ce sont les larmes !* »

Elle avait parfois aussi, — comme le soir où elle avait erré, à demi folle, dans Paris, — des tentations de revenir vers ses parents et de crier grâce. Mais son état, qui était sa joie à elle, faisait sa honte.

— Non, se disait-elle, attendons. Un enfant, cela est si puissant avec ses petits bras doux et blancs ! Quand il sera né, je le porterai là-bas et ils n'oseront point repousser un innocent comme ils chasseraient la coupable.

Elle ne doutait pas que l'enfant qui allait naître ne dût être un garçon. Elle le voyait déjà tel qu'il serait, avec de grands yeux, une petite bouche toute rose et les joues fraîches. Quand elle rencontrait, dans la rue, quelque nouveau-né bien beau et bien fort, qu'une nourrice portait sur son bras, enveloppé dans une pelisse bordée de cygne, elle se disait :

— Je voudrais qu'il fût ainsi.

Puis elle ajoutait :

— Il sera plus beau encore !

C'était sa vie, un tel espoir. On eût dit que c'était sa vengeance. Elle se promettait d'aimer doublement cette pauvre créature qu'on abandonnait en même temps que la mère. Elle se disait aussi, sans bien s'en rendre compte, que peut-être, un jour, lorsqu'il saurait que « son fils est né, » Michel Berthier reviendrait à la délaissée.

Un fils ! Il y avait pour Lia tout un monde d'espoir dans ce mot : un fils ! Grâce à lui, celle qui était maintenant une fille perdue allait devenir quelque chose de respectable et de sacré : une mère ! Elle le sentait, avec des frissons heureux et pleins de fierté, s'agiter en elle. Il lui semblait que c'était une joie vivante qui palpitait là. Elle souhaitait, avec une fièvre de souffrance, l'heure douloureuse et bénie où elle allait mettre au monde cet enfant.

Elle l'appelait, par avance, Daniel, du nom de son père.

Daniel ! Ce nom lui était deux fois doux. Il signifiait à la fois le passé respecté, l'enfance heureuse, l'avenir consolé.

Daniel ! Et parfois elle avait des terreurs profondes, d'horribles craintes qui la secouaient comme un choc nerveux. Si cet enfant allait expirer en naissant ? S'il était mort déjà ? Lorsqu'il demeurait immobile, elle se sentait devenir glacée. Elle secouait alors cette peur :

— Non, disait-elle, non, Dieu m'a assez punie pour m'épargner cette douleur !

C'est toujours un drame plein d'angoisse que la nais-

sance d'un enfant. L'homme, a-t-on dit, éprouve autant de douleur à entrer dans la vie qu'à en sortir.
L'existence se manifeste chez lui par le cri ; les larmes
viendront ensuite.

La pauvre Lia était seule lorsque les douleurs de
l'enfantement la prirent. Il y avait là quelque chose
d'atroce et d'inconnu qui la terrifia. Ses sanglots aver-
tirent des voisines. On accourut. La portière alla chercher en hâte une sage-femme ; et, croyant qu'elle allait
mourir, Lia, blanche comme un suaire, montra à une
des femmes qui étaient là une lettre écrite d'avance et
adressée à Michel Berthier.

—Vous porterez cela vous-même, si je ne m'en relève
point, n'est-ce pas, madame Delâtre ?

— Oui, dit la voisine. Oui, pauvre petite. Mais soyez
calme. Est-ce qu'on meurt aussi facilement que ça ?

— C'est vrai ! fit Lia, avec un triste sourire.

Elle avait acheté, un mois auparavant, un petit berceau pour son Daniel.

Au milieu de ses cris, elle réclamait le berceau.

— Je veux qu'on mette l'enfant auprès de moi quand
il sera né, disait-elle. Mais la sage-femme se refusait à
ce qu'on apportât le berceau près de la mère.

— L'enfant se présente mal, disait-elle tout bas à la
voisine. Il naîtra probablement étouffé. Il faudra l'emporter bien vite. C'est cela, par exemple, qui tuerait la
mère !

— Ah ! la pauvre fille ! répondait madame Delâtre.
Il y en a vraiment qui n'ont pas de chance ! Bon Dieu,
si elle allait mourir ?

— Elle ou l'enfant! Il faut choisir! dit la sage-femme. Mais, après tout, quoi, il y a des miracles!...

Lia ne mourut pas et l'enfant naquit. C'était un garçon — « un beau et gros garçon, » dit madame Delâtre, tout heureuse, et tout affairée, avec cet instinctif besoin qu'a le peuple de s'apitoyer et de porter secours.

Lia avait tremblé une minute auparavant, et, malgré ses atroces douleurs, elle avait eu, avec l'admirable instinct de la mère, la perception nette d'un danger. L'enfant était venu au monde asphyxié, et, ne l'entendant point crier, entendant répéter par la sage-femme, comme un appel désespéré, ce mot inattendu : « *Du vinaigre!* » la mère s'était écriée, ou plutôt elle avait soupiré, à demi mourante elle-même :

— Il est mort! Je ne l'entends pas! N'est-ce pas qu'il est mort? Ah! décidément je suis maudite!

Lorsqu'on lui apporta, — lorsqu'on glissa le berceau où il reposait, — ce petit être frêle et doux, les yeux clos, respirant d'un souffle à peine perceptible et encore à demi endormi de ce sommeil de l'infini d'où l'on sort quelquefois pour y rentrer inévitablement après s'être agité plus ou moins longtemps à travers le monde, elle sentit ses yeux s'emplir de pleurs, qui, cette fois, lui semblèrent encore plus chers et plus consolants.

Elle se souleva ensuite, avec peine, pour tendre au front de l'enfant ses lèvres pâlies, et elle eut, en touchant de sa bouche la peau tiède du petit Daniel, la sensation qu'elle eût éprouvée à baiser quelque chose de soyeux et d'adorable.

— Eh bien ! et cette fameuse lettre qui avait l'air d'une lettre de faire part ? dit alors la voisine d'un ton de triomphe.

Un pâle sourire donna au visage douloureux de Lia une expression de reconnaissance ineffable :

— Oh ! vous pouvez la brûler maintenant... Merci, madame Delàtre !

Quoique bien faible, Lia voulut absolument nourrir elle-même son enfant. Elle trouvait des joies infinies à souffrir par les lèvres roses du petit être avide de vivre.

La sage-femme hochait bien la tête et disait :

— Je doute que vous ayez la force, ma pauvre enfant !

— Moi ? répondait aussitôt Lia fièrement ; vous verrez !

Elle voulait bien se soigner, bien se nourrir, redevenir forte, pour que le petit fût fort aussi. Mais les émotions supportées, les longs mois de souffrances, tant de douleurs morales accumulées avaient profondément affaibli et miné la malheureuse fille. Cette couche venait de l'atteindre plus cruellement encore. Elle entrait difficilement en convalescence.

Quand elle fut debout, lorsqu'elle espéra peu à peu retrouver la santé, l'état de l'enfant qui était faible, qui *ne venait pas*, comme disait madame Delàtre, frappa la mère d'une inquiétude mortelle.

— Est-ce que je n'ai pas assez de lait ? disait-elle avec effroi.

Elle ne voulait pas d'ailleurs se répondre à elle-même, tremblant à l'idée d'être condamnée à renoncer à ce devoir qui était une joie : nourrir son enfant.

Un jour cependant, le nouveau-né étant étendu dans son berceau, pâle, presque jaune, à demi mort, anémique, la sage-femme dit nettement:

— Il faut prendre une nourrice !

Une nourrice! une étrangère! Partager avec une autre femme les chères caresses, les premiers sourires de son enfant! Faire couler dans ses veines un autre lait que le lait maternel! Mais Daniel n'allait donc pas demeurer fibre à fibre, la chair même de sa chair?

Lia éprouva comme une jalousie inattendue et farouche.

— Une nourrice, dit-elle, en prenant l'enfant dans le berceau et en le serrant contre son sein, comme si on eût voulu le lui prendre, une nourrice qui ne sera pas moi !

— Regardez-le, dit la sage-femme pour toute réponse.

La tête du pauvre petit pendait sur son épaule gauche, dont on apercevait un peu de chair pâle à travers l'échancrure de la chemisette et des langes ; les paupières s'abaissaient, comme alourdies, sur les yeux atones.

Lia frémit. Il lui sembla que Daniel allait tout à coup mourir entre ses bras.

— Oui! oui! une nourrice! s'écria-t-elle éperdue; vous avez raison, une nourrice!

La voisine et la sage-femme coururent alors, en voiture, vers ces quartiers de la Montagne-Sainte-Geneviève où, dans des ruelles étroites comme la rue Thouin, sont établis les bureaux de nourrices.

Etranges débits de chair humaine. Les femmes ou filles mères, leur enfant, ou parfois un nourrisson de hasard, entre les bras, attendent, assises devant la porte ou errant dans le jardin, qu'on vienne les appeler et les arrêter, pour les emmener n'importe où, dans un coin de Paris. Elles ont déposé entre les mains du loueur le certificat d'inscription de la police, qui, en vertu d'une attestation du maire de leur commune, assure leur aptitude à allaiter un enfant nouveau-né. Le certificat d'inscription délivré par le chef du 5e bureau de la 1re division, en vertu de l'ordonnance de police du 2 juin 1842, porte la date de l'accouchement de la nourrice future. Date approximative. Il se passe, dans ces antres, des marchés lugubres, et la fraude est partout. Ces enfants qu'on apporte sont loués souvent; les nourrices spéculent sur leur lait, et font parfois deux nourritures l'une après l'autre avec le même lait vieilli. Il y a de quoi faire reculer d'effroi le père et la mère qui confient le nouveau-né au hasard de cette nourrice prise en hâte dans quelque bureau de louage.

La sage-femme et madame Delâtre ramenèrent au boulevard de Clichy une forte fille de la Nièvre, qui avait les yeux rouges de larmes et venait de quitter son enfant.

Le prix du retour de l'enfant, renvoyé au pays pour y être, à son tour, nourri par une étrangère, est fixé et payé d'avance.

Lia regarda jusqu'au fond des yeux la paysanne qui

entrait et qui allait lui prendre en quelque sorte, lui arracher son enfant.

La nourrice, de son côté, examinait l'appartement où elle entrait.

— Voici votre nourrisson, dit la sage-femme en montrant le petit Daniel couché dans son berceau.

La nourrice le prit et ne put s'empêcher de devenir pâle en le trouvant, comme elle dit, si *ch'ti*, et en apercevant sa pauvre petite tête qui semblait ne pas tenir sur ses épaules.

Elle voulut lui donner le sein. L'enfant ne le prit pas.

Lia suivait de ses yeux agrandis et pleins de fièvre les mouvements de lèvres de l'enfant. Ces lèvres se fronçaient à peine, et il n'y avait plus, eût-on dit, dans ce petit être, assez de force pour aspirer le lait qui devait le nourrir.

La paysanne le déposa alors dans le berceau et, après être demeurée un instant silencieuse, elle prit à part la sage-femme et lui dit :

— Ma petite fille n'est point encore partie pour Gien-sur-Cure. J'ai le temps de la retrouver. Je veux retourner rue Thouin, au bureau. Ce petit sera mort ce soir. Je n'ai rien à faire ici !

Tout cela dit du ton brutal et de mauvaise humeur de la paysanne qui vient de faire une méchante affaire.

La sage-femme essaya de répondre à la nourrice que, s'étant louée, elle répondait, devant la police, de la vie même de l'enfant qui lui était confié ; mais l'autre éleva la voix et madame Delâtre arriva toute pâle dans

la pièce où les deux femmes discutaient ainsi, et elle
s'écria, effrayée :

— Taisez-vous donc ! Elle entend tout !

Lia entendait, en effet. Elle avait saisi ce mot sinistre : *mort*... Elle avait senti comme une lame qui lui
entrait dans le côté. Que faire ? Elle regardait le petit
Daniel avec des yeux éperdus. Il lui semblait déjà qu'il
ne bougeait plus, qu'il ne respirait plus. Vingt fois elle
s'était déjà penchée sur le berceau, approchant sa joue
des lèvres presque froides de l'enfant, et se redressant
éperdue, en criant :

— Il est mort !

Mais en dépit de son angoisse, elle ne croyait pourtant pas à un danger immédiat et si effrayant. Elle répétait qu'un tel malheur était impossible. Lorsqu'elle
entendit la paysanne formuler si nettement une pareille sentence, elle courut, affolée, vers elle, et, lui
montrant la porte :

— Vous avez peur que l'enfant ne meure, dit-elle
d'une voix vibrante. Il ne mourra pas, du moins, devant vous. Et s'il peut être sauvé, je le sauverai, moi,
entendez-vous ! Ce ne sont pas les étrangères qui sau-
vent les enfants, ce sont les mères. Allez-vous-en !
allez-vous-en !

Elle était maintenant presque terrible, elle, si douce
d'ordinaire, elle était menaçante, avec ses longs cheveux noirs dénoués. La femme eut peur. Elle sortit.
Alors, semblable à une folle, Lia, tantôt assise, tantôt
allant et venant par la chambre, se demandait ce qu'il
fallait faire :

— Un médecin ! c'est un médecin qu'il faudrait !

Elle demandait à la sage-femme si elle en connaissait.

— Oui, et de très-célèbres !

— Eh bien ! cherchez-en un, amenez-en un ! Amenez-les tous ! On paiera ce qu'il faudra. Mille francs, deux mille francs ! Tout ce que j'ai ! Dieu merci, je puis payer un médecin comme le paierait un roi !

La sage-femme, sans se montrer piquée dans son amour-propre, partit pour donner satisfaction à Lia, mais n'espérant rien. D'ailleurs, c'était un dimanche et le soir venait. Elle aurait de la reine à rencontrer un docteur.

Lia demeura seule avec madame Delâtre.

Elle avait pris son enfant sur ses genoux et, le tenant immobile et raidi devant le feu, elle le regardait d'un œil fixe.

— Savez-vous ce qu'on fait dans mon pays quand on veut sauver les enfants ? dit alors madame Delâtre.

— Non, dit Lia en redressant la tête.

— Eh bien ! on prend leur premier bonnet et on le brûle. On dit que ça leur rend la santé ! Ce n'est pas les juifs qui auraient découvert ça !

— Quelle folie ! dit Lia avec son sourire triste.

Puis elle ajouta presque aussitôt :

— Donnez-moi son premier bonnet. Il est là, dans le tiroir. Oui, merci !

Et, le prenant des mains de madame Delâtre, elle le jeta au feu. Le petit bonnet fut consumé bien vite.

Lia, pâle comme une morte, les lèvres blêmes et les yeux cernés, regardait toujours l'enfant.

Daniel ne bougeait pas.

— Attendez, attendez, disait madame Delâtre.

Au bout d'un moment, les lèvres violettes du malheureux enfant s'agitèrent.

Lia frissonna. Elle se dit, avec effroi, que c'était le dernier soupir.

— Regardez, mais regardez donc ! s'écria alors la vieille voisine. Il veut téter ! Il demande à téter !

Les lèvres de l'enfant semblaient, en effet, chercher dans le vide.

Lia poussa un cri de folle joie, puis, presque en même temps, se frappa la poitrine et s'enfonça les ongles dans sa robe comme pour se déchirer les seins.

— Misère ! Ah ! misère ! dit-elle avec un cri sinistre et une douleur terrible. Je ne puis même pas le nourrir, moi ! Je n'ai plus de lait !

Et maintenant, de ses poings fermés, elle se frappait le front avec un désespoir tragique.

— Ecoutez, dit madame Delâtre ; vous êtes assez bien remise à présent pour sortir, et vous êtes plus leste que moi qui suis grosse comme un tonnelet ! Eh bien, sortez, allez tout près d'ici, chez Damoiseau... Il vend du lait de santé pour les enfants ! C'est lui qui a sauvé autrefois le comte de Paris... Demandez-lui une fiole de son lait... Nous avons déjà ici un biberon... Revenez vite et le petit est sauvé !

Lia fit répéter l'adresse que lui donnait la voisine. « Damoiseau, boulevard de Clichy. » Et s'enveloppant d'un châle, une sorte de mantille de laine sur la tête, elle sortit.

Les boulevards extérieurs, par ce soir d'hiver attiédi, pleins de monde, de passants, de cris d'enfants gais comme des cris d'oiseaux, étaient joyeux. Un reflet de soleil s'abaissait, doré, réchauffant, sur les toits des maisons et une lumière vivifiante baignait les choses. Le ciel avait une limpidité printanière d'un bleu pâle et doux. Il passait dans les arbres comme un courant de séve. Endimanchés, les gens allaient, souriaient, marchaient vite, et les gamins, avec le sable amoncelé, construisaient déjà, se roulant par terre comme en plein été, des maisons fantastiques. Il y avait partout une odeur renaissante. Dans les horizons clairs, dans des battements d'ailes invisibles, dans tout ce qui caresse l'être humain écrasé par le dur hiver, une première promesse de gaieté, de bonheur et de printemps passait.

Ce paysage, plein de joie, sembla ironique à Lia Hermann. Ces cris d'enfants lui entraient au cœur comme des vrilles. Elle avait envie de se boucher les oreilles pour ne pas les entendre. Il y avait donc des enfants qui devenaient grands? Ah! que leurs mères à ceux-là étaient heureuses!

Lia n'avait pas, au surplus, un bien long chemin à faire.

Elle entra bientôt dans une sorte d'avenue, à peu près semblable à l'entrée du logis qu'elle habitait, et, au fond du jardin, elle aperçut une espèce de pavillon précédé d'une petite terrasse où l'on arrivait en gravissant quatre ou cinq marches.

C'était là.

Elle poussa la porte rapidement.

Une grosse dame, à l'air aimable, était assise devant une table où se trouvaient rangées des petites bouteilles de différentes grandeurs, cachetées à la cire verte et étiquetées.

— Là! là! se dit Lia, avec fièvre, en la regardant, là est la vie de mon Daniel!

— Madame, dit-elle avec vivacité, je viens chercher une bouteille de votre lait!

— Pour un malade?

— Pour un enfant!

— Du lait de vache nourrie à notre laiterie de carottes fraîches et garanti?

— Je ne sais pas, dit Lia, mais du lait, du lait pour mon enfant!

— Avez-vous une ordonnance du médecin? demanda la dame.

Lia n'avait pas prévu cette question. Fallait-il donc une ordonnance pour donner quelques gouttes de lait à un pauvre être qui mourait de faim?

— Non, madame, dit-elle, je n'ai pas d'ordonnance; mais mon enfant se meurt. On m'a dit que votre lait le sauverait! Une de ces fioles, donnez-moi une de ces fioles, et je vous la paierai au prix de l'or!

— Oh! fit la dame en souriant, ce ne sera pas si cher que cela. Seulement, nous ne vendons le lait qu'à la quinzaine ou au mois. Voulez-vous qu'on vous en envoie pendant une quinzaine?

— Pendant le temps que vous voudrez, madame!

18.

s'écria Lia ; mais c'est aujourd'hui, mais c'est maintenant qu'il me faut une de vos bouteilles !

La dame avait ouvert un grand registre et écrivait :

— Votre nom, madame, et votre adresse ?...

— Lia Hermann !

— Madame Hermann... Rue ?...

— Boulevard de Clichy.

— Nous sommes voisines ! dit la dame, pendant que Lia se tordait les doigts et essayait de chasser l'épouvantable vision de son enfant à l'agonie. Quel est votre médecin ?

— Je n'en ai pas. J'ai une sage-femme, madame Letrain !

— Cela suffit.

La dame tendit à Lia, qui la prit fébrilement, une des bouteilles cachetées et lui dit :

— Demain, et jusqu'à la fin du mois, vous aurez une bouteille pareille. Nous réglerons le compte plus tard.

— Merci ! dit Lia, qui courait déjà vers le boulevard, laissant la porte du pavillon ouverte et pressant contre sa poitrine cette fiole pleine de lait.

Il lui semblait que c'était quelque élixir sacré qu'elle apportait ; elle regardait ce liquide blanc et se disait : Quelle joie ! quelle joie ! Cela, c'est la vie !

Elle n'avait plus qu'une terreur maintenant, c'est que l'enfant fût mort avant qu'elle n'eût pu lui apporter ce breuvage qui le sauvait.

Son premier cri, en arrivant chez elle, fut celui-ci :

— Vit-il encore ?

— Vite, vite, du lait, répondit madame Delâtre qui

avait déjà fait chauffer le bain-marie où l'on devait plonger le biberon.

Lorsque Lia approcha des lèvres sans force du petit être le bout d'ivoire, et qu'elle vit cet enfant, tout à l'heure mourant, aspirer doucement, lentement, puis peu à peu, avec une hâte plus avide, le lait qui montait dans le tuyau, comme du sang figé jusque-là se remettrait à couler dans une artère; lorsqu'elle surprit dans ce petit corps immobile, la force renaissante, la vie, elle crut qu'elle allait maintenant mourir de joie et essuya du revers de sa main gauche les larmes qui allaient tomber, chaudes et heureuses, sur le front ranimé du petit Daniel.

XVII

La paternité ne pesait pas beaucoup à Michel Berthier. Tandis que Lia supportait de telles angoisses, cet homme ignorait même qu'il fût père.

— Tant que je pourrai le lui cacher, se disait-elle, je le ferai. Plus tard, je verrai, quand Daniel sera grand!

Grand! Ce mot était plein de poésie et d'espérance pour Lia. La mère qui contemple son enfant nouveau-né le voit déjà sous les traits d'un beau jeune homme à la taille élancée, volant au-devant du plaisir, et se suspend par la pensée à ce bras encore si frêle qui sera plus tard le bras qui la défendra, comme ces petits yeux, qui regardent sans bien distinguer encore les formes et les couleurs, seront les prunelles qui se fixeront sur elle, pleines de reconnaissance, de respect et d'amour.

L'enfant, c'est, pour la mère, l'avenir vivant, le rêve devenu chair. Lorsque la mère naît, — car la naissance est double pour ces deux êtres, l'enfant entre dans la vie et aussitôt la femme connaît une vie nouvelle, — lorsque la mère naît, l'épouse et l'amante s'attiédissent. L'homme a un rival et le plus délicieux de tous, l'être né de son sang. Il ne peut être jaloux que de lui-même.

Lia n'aimait pas moins Michel maintenant, mais elle le retrouvait dans Daniel, et Daniel remplissait sa vie. Elle était moins seule, elle était moins triste, elle renaissait.

— Quand il sera plus *grand* (c'est le mot éternel, la femme devenue mère et vraiment mère demande à vieillir : voilà le miracle), quand il sera plus grand, je verrai si le *père* refuse l'absolution à ses petits bras tendus.

Le *père*, cette fois, dans la pensée de Lia, c'était le vieil Hermann.

Ainsi Daniel était à la fois pour la pauvre fille l'espoir et le pardon incarnés.

Pour Michel Berthier, encore un coup, cet enfant n'existait même pas. Il était né, il avait failli mourir à six pas de lui et il ignorait qu'il fût au monde. Il ne songeait presque jamais que Lia pût être mère, ou, s'il y songeait maintenant, c'était pour détourner aussitôt sa pensée d'un tel fait.

— Elle me le dira bien sans nul doute!

C'était avec cette réponse qu'il mettait en paix sa conscience.

Il n'avait point le temps, au surplus, de songer à quelque créature qui lui devait la vie, par hasard; son existence était, à cette heure, trop occupée, trop agitée, trop surexcitée, en proie à trop de complications, en lutte à trop de méchants propos, — de calomnies ou de médisances, on ne savait, — pour que le souvenir de Lia et le nom de Daniel pussent trouver place dans une seule de ses préoccupations.

La conduite politique de Michel Berthier prêtait décidément aux interprétations les plus diverses, et Pierre Ménard avait dû déjà, devant la foule, dans une réunion publique, défendre le fils de Vincent Berthier d'une accusation nettement formulée.

— Prenez garde! avait dit Ménard ; le soupçon éternel est une des plaies de notre parti! S'il faut être implacable devant la preuve d'une félonie, il faut être prudent devant des allégations qui peuvent viser droit au cœur d'un honnête homme!

Celui qui avait accusé Berthier était ce Jean Levabre, à qui Ménard avait déjà répondu lors du banquet donné à Michel. Levabre commençait à trouver que Pierre Ménard devenait bien indulgent.

Mais ce n'était pas seulement Jean Levabre et ses amis qui accusaient Michel. Les petits journaux s'en mêlaient et, *piano*, s'amusaient à railler celui qu'ils appelaient déjà l'*ex-irréconciliable*. Olivier Renaud avait pris la plume pour défendre Berthier. C'était une

méthode dangereuse. Il ne faisait que donner un corp[s]
aux vagues imputations des salons ou de la foule
M. Maulainvilliers, le ministre, ayant peut-être fait d[e]
l'esprit en racontant l'anecdote du coupé, — Miche[l]
Berthier recueilli par lui un jour de pluie, — les gen[s]
d'esprit avaient ajouté leurs broderies à l'aventure, e[t]
il était de mode d'appeler Michel l'*opposant au coupé*.

« Il n'y a plus de conte, écrivait Olivier Renaud
que l'on n'édite sur Michel Berthier. Les estomac[s]
d'une légion d'autruches ne suffiraient pas à digére[r]
les dîners multiples que les gazetiers de toute espèce
depuis les rédacteurs de premiers-Paris jusqu'au[x]
échotiers, en passant par les chroniqueurs, lui fon[t]
faire quotidiennement avec des ducs, des princes, de[s]
sénateurs, des banquiers, des *gouvernementaux* et de[s]
droitiers, tout cela dans le but de faciliter une grand[e]
trahison. — Demandez la grande trahison de M. de Mi[-]
rabeau! — trahison qu'on annonce chaque mois pou[r]
le mois prochain et qui n'arrivera pas plus vite qu[e]
la direction des ballons ou l'invention de la quadratur[e]
du cercle. Ces petites infamies ne troublent pas Miche[l]
Berthier ; il marche, certain de lui-même et droit a[u]
but, comme le plus ferme et le plus brillant orateur d[e]
la liberté. »

Ces bruits tant de fois répétés — d'abord murmuré
tout bas, puis affirmés tout haut — ne laissaient pa[s]
que de trouver du crédit parmi ceux qui avaient chois[i]
Michel Berthier pour les représenter au Corps législa[-]
tif. Des symptômes de courroux violent éclataient che[z]
les électeurs du député de la lutte à outrance. O[n]

rlait de citer Michel Berthier devant une'sorte de
bunal d'honneur, de lui demander, en pleine réu-
on publique, compte des accusations dont il était
bjet. On ne voulait de lui qu'une chose : qu'il se dé-
ndit. On n'exigeait rien qu'une explication.

Il fut décidé qu'une députation de ses électeurs lui
rait envoyée. Jean Levabre avait été, avec un certain
ucherade, choisi pour conduire les réclamants et
ur prendre la parole en leur nom.

Roucherade était un ancien ouvrier feuillagiste, dont
réputation grandissait chaque jour dans les réunions
bliques, et qui posait, avec une énergie singulière,
termes du problème social toujours pendant entre
bourgeoisie et le peuple.

Roucherade n'inspirait point, d'ailleurs, confiance à
t le monde et, au moment de l'Exposition de 1867,
mmé délégué de sa *partie*, il s'était, dit-on, rappro-
é du pouvoir, et, dans un travail publié dans le re-
eil des *Rapports des délégations ouvrières*, imprimé par
lre de l'empereur, sous la direction de M. Devinck,
ivait demandé, non pas des réformes obtenues par
liberté, comme en réclamaient d'autres délégués,
is décrétées par César lui-même.

La façon dont Roucherade savait parler haut dans les
nions, et toucher certaines cordes secrètes de son
litoire, faisait oublier ces concessions dont il se dé-
dait d'ailleurs quand on y faisait allusion, en dé-
rant qu'en sociologie, le but est tout, les moyens
tant rien.

La députation qui arriva, un matin, chez Berthier,

se composait d'une douzaine de braves gens, condui[
par ces deux hommes.

Jean Levabre prit d'abord la parole et, ses yeu[
hallucinés jetant des flammes, il peignit à Michel Be[
thier, qui l'écoutait sans dire un mot, les souffranc[
éternelles' du peuple, éternellement trompé par ceu[
en qui il met sa foi.

Il lui rappela les promesses formelles du candida[
et, les comparant aux discours du député, il termin[
en disant très-nettement à Michel :

— Je vous laisse le soin de conclure!

La tête macérée de ce Christ roux avait vraimer[
une expression superbe, et la terrible conviction d[
cet illuminé troubla légèrement Berthier.

L'avocat n'était pas homme, au surplus, à se laiss[
déconcerter longtemps.

Il répondit en appelant à lui toutes les ressources d[
son adroite éloquence. Il fut tour à tour souriant [
railleur, séduisant et légèrement courroucé. Quoi! o[
le soupçonnait! En vérité! Et qu'avait-il fait, qu'avai[
il dit qui ne fût conforme à la vraie politique modern[
la politique expérimentale?

D'ailleurs la députation qu'on lui envoyait avait-el[
la prétention de représenter les électeurs qui l'avaie[
choisi? Dix personnes incarnaient-elles des milliers d[
citoyens? Quel mandat avait-il reçu? Celui de fond[
la liberté : il y travaillait chaque jour. Celui de ren[
verser l'Empire? Il fallait attendre et choisir l'heur[
Les révolutions avortées amenaient les réactions im[
placables.

— J'aurais la République dans ma main, à cette heure, dit-il, que cette main, je ne l'ouvrirais pas, de crainte que la République ne naquît point viable. La sagesse suprême consiste parfois à savoir attendre !

Cette réponse fut accueillie froidement. Il y avait là des gens qui s'étaient précipités au logis de l'avenue Trudaine, le soir de l'élection, et qui, après avoir entendu, ce jour-là, Michel Berthier, ne. le reconnaissaient plus maintenant.

— Il y a loin de l'avenue Trudaine à la rue Taitbout, dit l'un d'eux.

— Il y a plus loin de Paris à Cayenne, répondit Michel, et si l'on vous écoutait, des milliers parmi vous partiraient pour l'exil avant huit jours, car demain vous tenteriez une attaque à main armée, et vous seriez infailliblement écrasés.

— Il ne s'agit pas de descendre dans la rue, dit Roucherade, il s'agit de savoir si vous avez bien rempli votre mandat.

— A l'avenir, ajouta Jean Levabre, nous exigerons de nos candidats l'acceptation du mandat impératif.

Michel se récria.

— Je ne l'eusse jamais accepté.

— Alors on ne vous eût pas nommé !

— Et, en supposant qu'un de vos élus ne remplît pas ce mandat impératif, que feriez-vous contre lui ?

— Nous protesterions !

— Eh bien, protestez, dit Michel. J'aurai pour moi ma conscience !

— Citoyen, reprit Jean Levabre, il est encore temps

de vous rendre digne du peuple. Proclamez que tout
ce qui est le produit du travail appartient au travailleur. Qu'est-ce que Paris, ses palais, ses rues, ses maisons, sinon du travail accumulé? A qui ce travail as-
semblé appartient-il? A quelques-uns. — A qui de-
vrait-il appartenir? A tous!

Roucherade regardait les yeux étonnés de Michel
Berthier et souriait en caressant sa barbe.

Jean Levabre, avec son éloquence âpre et cette espèce d'amour de l'absolu que donnent les privations
et les journées de diète, comme si le rêve naissait de
la faim, continuait son résumé des revendications dont,
selon lui, Michel Berthier devait se faire l'apôtre.

Il y avait dans ses paroles exaltées, nées de lectures
confuses, de longues veilles prolongées, de nuits sans
sommeil et de jours sans pain, une part profonde et
terrible de vérité, et, quel que fût son égoïsme, Michel
se sentait remué par les accents presque touchants de
cet homme maigre et pâle qui disait, d'une belle et
harmonieuse voix de poitrinaire :

« — Voyez-vous, citoyen, l'autre jour Pierre Ménard
me reprochait, en demandant le droit de vivre, de
m'adresser surtout au ventre. Je l'ai laissé dire. Ménard
a souffert pour nous, il a le droit d'être écouté. Mais,
enfin, s'il a connu l'exil à l'étranger, a-t-il connu les
privations ici, chez nous, sur le sol même de la patrie?
S'est-il éveillé en se disant : — « Aurai-je ma nourriture
d'aujourd'hui, en ayant de l'ouvrage? Et aurai-je mon
toit demain en payant le prix de mon terme? » Le ventre, citoyen, il est creux chez des milliers d'êtres et,

quand ils le disent et quand ils le crient, on répond à
ces affamés comme on répondrait à des loups. Prenez
garde! Il y a là une question à résoudre, et, quoi
qu'elle dise, la société est malade. Quand elle voit apparaître, comme une meute à longues dents, des gens
à faces inconnues qui hurlent et quand elle les a écrasés à coups de fusil, elle se croit sauvée, reprend sa
vie accoutumée, se divertit, rit, danse, saute, cara-
cole et mange. Mais rien n'est résolu, le problème est
le même, le danger est le même, le mal est le même,
et la plaie, quoique cautérisée, se rouvrira plus large.
Je vous le jure, citoyen, il y a des malheurs immérités,
des misères qu'il faut consoler, des maux qu'il faut
guérir; je vous le jure, il y a des sacrifices à faire en
haut; il y a des injustices à réparer en bas; je vous le
jure, je vous le jure, l'égoïsme d'un côté, l'appétit de
l'autre, c'est grave. Faites-y attention! Et n'oubliez
pas que de telles blessures sont mortelles à la longue si
on ne les guérit pas, et que, depuis trop de temps, le
pur sang du peuple coule en vain, — peuple-ouvrier
ou peuple-soldat, les veines sont les mêmes, — quand
un peu, je ne dirai pas de charité, mais de justice, suf-
firait peut-être à tout réparer! »

En parlant ainsi, Jean Levabre ne semblait plus le
même homme que Michel avait vu, presque effrayant,
le jour du banquet. Une sorte d'apaisement s'était fait
en lui. Ce n'était plus une menace, mais une plainte
vivante. Berthier ne savait que répondre. Il répliqua
par quelques phrases banales, par de nouvelles promesses, et prétexta de ses occupations nombreuses

pour indiquer aux délégués que leur mission était ter-
minée.

Mais Roucherade avait à parler.

Il s'adressa avec une hauteur absolue à Michel Berthier et le somma d'avoir à exécuter le mandat qu'il
avait reçu : dès la prochaine séance, mettre les ministres de l'empereur et l'empereur lui-même en accusation.

Michel haussa les épaules et quelques-uns des membres de la députation applaudirent.

— Nous vous donnons, reprit Roucherade, jusqu'à
demain, citoyen représentant. Mais, demain, nous attendons votre discours ! A demain ! Et souvenez-vous
que la nuit porte conseil !

Il fit à ceux qui le suivaient signe de s'éloigner, et
ceux-ci, précédés par Levabre, se dirigeaient déjà vers
l'antichambre.

— A demain ! dit encore Roucherade en se tournant
vers Michel Berthier qui demeurait debout, les bras
croisés, appuyé contre sa cheminée.

Roucherade marchait sur les talons des autres délégués. Tout à coup, les quittant rapidement et accourant, en deux pas, presque d'un bond vers Berthier :

— Tout cela ne signifie pas grand'chose, vous savez,
dit-il tout bas, rapidement, comme à l'oreille de Michel, et en touchant avec une familiarité soudaine le
bras du jeune homme étonné, tout cela est du bavardage. Quand pourrai-je vous voir, seul à seul ? Je vous
donnerai, moi, les moyens de les amadouer !

— En vérité ? fit Michel un peu hautain.

—Oh ! ils ne sont pas malins, fit Roucherade, souriant d'un ton de soumission. Et Jean Levabre ! En voilà un qui a son araignée. Voyons ; je reviendrai demain, voulez-vous ?

Il regagna vivement l'antichambre, où se tenaient encore quelques-uns de ceux qui l'avaient suivi, et, sur le pas de la porte, reprenant son ton de bravade sévère de façon à être entendu de ceux qu'il avait guidés chez Michel :

—· La nuit porte conseil, répéta cet homme en enfonçant sur son front son chapeau mou. A demain, citoyen !

Et il suivit ses compagnons, en redressant fièrement sa haute taille.

— Eh bien ? se demandèrent les délégués, au bas de l'escalier.

— Eh bien ! fit Jean Levabre, cet homme deviendra ministre, et pendant qu'il sera au pouvoir, je mourrai sur une barricade !

— Oh ! c'est encore à voir, ça, dit Roucherade, d'un ton capable.

Cette démarche des électeurs vers Michel Berthier fit grand bruit à Paris et précipita peut-être le dénouement que madame de Rives attendait. Michel en fut en effet profondément irrité. Sa vanité se refusait maintenant à répondre à ceux dont il avait sollicité la confiance. L'idée insolente du mandat impératif lui paraissait la pire des insultes. Les journaux se mêlèrent, au surplus, de la chose et deux auteurs fort applaudis imaginèrent de donner un pendant aux opérettes où ils narguaient alors l'antiquité, héros, dieux et déesses.

La pièce nouvelle s'appelait *Cléon*. Poursuivi par ses mandants, Cléon, mandataire du peuple, ne pouvait ni s'asseoir à un festin avec le financier Gnathon, ni se glisser chez la courtisane Pholoé, sans que deux farouches électeurs ne vinssent se dresser devant lui en lui répétant : « Cléon, le peuple ne t'avait élu ni pour to couronner de roses chez un ventru, ni pour passer ton temps chez une hétaïre! »

La pièce était annoncée et déjà lue aux Variétés, lorsque la censure exigea de telles modifications que les auteurs retirèrent leur comédie aristophanesque. Elle ne fut pas jouée, mais des indiscrétions de coulisses permirent cependant qu'un des airs du premier acte devînt rapidement populaire :

> Cléon gémit, c'est positif,
> Sur le mandat impératif!
> Le mandat im,
> Le mandat pé,
> Le mandat ra,
> Le mandat tif,
> Le mandat impératif!

Il était de mode de fredonner, dans les soupers, ce couplet, mis en musique par Offenbach.

Son Excellence M. Maulainvilliers, ayant abordé Michel Berthier dans la salle des Pas-Perdus, lui fit observer que c'était par considération pour celui qu'on appelait « Cléon » que la commission d'examen n'avait point donné son *visa* à l'opérette nouvelle.

— Nous ne voulons pas, dit Son Excellence, qu'on

traîne sur la claie, en plein théâtre, les hommes qui
sont certainement, pour tout gouvernement intelligent,
la réserve de l'avenir.

Michel répondit qu'après tout Aristophane avait ses
droits, et qu'il n'entendait pas que ce fût pour lui qu'on
interdît *Cléon*.

— La liberté avant tout, dit-il.

— Eh bien! si ce n'est pas pour vous, c'est pour
nous que la pièce est et demeurera supprimée. *Cléon*
ne sera pas joué !

Michel, au fond du cœur, n'en était point fâché, mais
il ne pouvait publiquement renier son amour pour la
liberté absolue. Ces petites et continuelles attaques fi-
nissaient par l'exaspérer. C'étaient autant de coups
d'épingles qui ne s'arrêtaient pas toujours à l'épiderme
et qui s'enfonçaient parfois en pleine chair.

En France, ce qu'on dit d'un homme a presque autant d'influence sur sa destinée que ce qu'il fait, et
quand il est de mode de lui trouver un ridicule, on lui
en a bientôt découvert une foule. Il suffit de saisir le
défaut de la cuirasse; tout passe ensuite par la fissure.
Une caricature du temps montrait, par exemple, Michel Berthier méditant devant le costume qu'il devait
endosser pour l'ouverture des Chambres, et le texte
imprimé au-dessous était celui-ci : « *Le premier rôle
cherchant une entrée à sensation. — S'il mettait un
bonnet phrygien à plumes, une carmagnole brodée
d'or ou une bande sur son mollet de sans-culotte?* »

— Vous voyez à quoi vous exposent vos amitiés, lui
dit madame de Rives, on vous prend pour un exalté

et, en même temps, d'un autre côté, on vous regarde comme un tiède. Les uns vous redoutent et les autres sont bien près de vous renier. L'heure me paraît venue cependant de choisir entre la foule et l'élite.

Michel le sentait, en effet. Il devinait que son influence baissait dans le camp démocratique. A la Chambre, ses collègues de la gauche ne lui parlaient plus que froidement. En revanche, les partisans de l'empereur redoublaient d'amabilités, et, après avoir murmuré à l'oreille de Berthier qu'il était, malgré ses antécédents, malgré les souvenirs de son père, un homme *possible*, quelques-uns ajoutaient déjà qu'il était un homme *nécessaire*.

Nécessaire? et comment? C'est que l'empire vieillissant voulait conter fleurette à la liberté. Le vieillard lutinait la déesse éternelle. Les serviteurs, déjà usés, étant trop compromis pour pousser à l'aventure, à ce qui ressemblait à une sénile amourette, il fallait, de toute nécessité, des hommes nouveaux. Et quel homme politique était mieux placé que Berthier pour réconcilier la nation avec un régime qui déclinait visiblement?

Michel n'était pourtant pas sans éprouver une violente fièvre, une instinctive terreur à l'idée qu'après avoir tant et si violemment attaqué l'Empire, il pouvait arriver à le servir. Etait-ce l'Empire, il est vrai, ou la Liberté qu'il servait ainsi? La question était là.

Depuis qu'il avait vu de près et dans le feu de l'action ses compagnons de l'opposition, il se demandait s'ils servaient bien efficacement la cause du progrès :

— Que font-ils? Des discours, des phrases! Où sont

les actes ? D'un coup de plume, si j'étais le maître, je
réaliserais plus de réformes en dix minutes qu'ils n'en
rêveraient en dix ans !

C'était là le sophisme constant de l'ambitieux. Lorsqu'un homme se pose à lui-même de telles questions
et voit devant lui s'ouvrir de telles perspectives, il est
perdu.

— Vous avez raison, dit un jour Michel à madame de
Rives, il n'est ni de ma dignité, ni de l'intérêt de la
cause libérale de rester plus longtemps parmi des gens
qui me soupçonnent, parce que je suis plus qu'eux pratique et militant. Si le pouvoir capitule, si les paroles
du duc de Chamaraule peuvent passer du domaine de
la causerie dans celui des faits, je me jette à l'eau. J'y
suis résolu, et je mets un fleuve, s'il le faut, entre mon
passé et mon avenir !

— Allons donc ! Enfin ! s'écria madame de Rives,
triomphante. Voilà ce que je voulais t'entendre dire !
Avant un an, avant six mois, tu seras ministre !

— Soit ; mais ministre tout-puissant, m'entourant
seulement de ceux que j'estime, de collaborateurs qui
soient tout à moi, tout à mon œuvre !

— C'est affaire à toi de discuter cela avec le pouvoir.
L'important, c'est la résolution nouvelle, c'est ta décision. Cela est brave, est net. Veux-tu que j'écrive au duc
de Chamaraule ?

— Que lui diras-tu ?

— Que je l'attends chez moi ce soir et qu'il t'y trou-
vera.

— Soit ! dit Michel.

La baronne s'était assise devant son bureau et traçait déjà rapidement quelques lignes sur son papier vert d'eau.

Michel la regardait, à demi penchée, quelques brins de cheveux blonds s'enroulant sur sa nuque élégante, et il se demandait s'il était vrai que cette main qui courait ainsi sur le papier tenait le sort même de son existence à venir.

— C'était décidément la vraie maîtresse, la maîtresse rêvée pour un homme comme moi, pensait-il. Maintenant il me faut *la femme !*

Il voulut lire ce que Francine écrivait au duc.

Une invitation presque banale en apparence, le nom de Berthier tracé dans le post-scriptum. Rien de plus. Et cependant ce petit billet parut à Michel quelque chose de décisif et presque de dramatique. Tant d'espoirs tenaient là, dans cette enveloppe que cette femme portait maintenant à ses lèvres et mouillait du bout de sa langue avec une expression étrange, souriante, presque ironique !

La baronne sonna.

— Vous envoyez cette lettre sur-le-champ ? dit Michel.

— Oui.

— Par la poste ?

— Non, par Félix !

— Ah ! fit-il.

Il avait maintenant des envies de reprendre la lettre, de la saisir, de la déchirer et de s'écrier : Non ! Je ne verrai pas le duc ! Je ne veux pas le voir !

— Est-ce que vous avez des remords ? dit Francine d'un ton railleur.

— Des remords ?

— Oui. Le citoyen Jean Levabre et le citoyen Roucherade projettent-ils leur ombre sur cette pauvre petite lettre ? A propos, l'avez-vous revu, ce Roucherade, et vous a-t-il expliqué ce qu'il attendait personnellement de vous ?

— Non, dit Berthier, qui regardait toujours la lettre.

— Félix ne vient donc pas ? dit madame de Rives en donnant un nouveau coup de sonnette. Décidément, nos gens se démocratisent, car on ne peut plus se faire servir !

Michel ne répondit pas.

En tenant toujours, entre le pouce et l'index de sa main droite, la lettre, qu'elle frappait doucement sur les ongles roses de sa main gauche, Francine plongeait ses yeux gris dans les yeux de Berthier et accentuait avec plus de bizarrerie encore et de charme inquiétant son indéfinissable sourire, tandis qu'elle fredonnait à demi-voix les couplets satiriques de *Cléon* :

> Le mandat im,
> Le mandat pé,
> Le mandat ra,
> Le mandat tif,
> Le mandat impératif!

La porte s'ouvrit. Félix entra.

— A l'hôtel de Charamaule, dit elle. Pour porter immédiatement.

Le valet prit la lettre.

Michel se leva et alla à la fenêtre, regardant les passants du boulevard, pour n'être point tenté de rappeler
Félix.

Machinalement ses doigts, soulevant les rideaux, couraient sur les vitres et battaient les dernières mesures
des couplets de *Cléon*.

Tout à coup, il se retourna, regarda madame de
Rives bien en face et du ton d'un homme parfaitement
résolu :

— Le sort en est jeté, dit-il. Et si, ce soir, le duc
m'affirme que l'empereur suivra ma politique, — par ma
foi, je suis à l'Empire, ou l'Empire est à moi ! Ah ! tiens,
j'étouffais ! Je ne vivais plus ! Maintenant, je suis heureux, je suis sûr de moi, le Rubicon est franchi ! Et ceux
qui m'appelleront un traître, eh bien, je les écraserai à
coups de libertés...

— Et au besoin à coups de fusil, fit la baronne en
riant. Il n'y a que le premier pas qui coûte !

XVIII

Il était temps que Michel Berthier prît un parti. Lou-
voyer plus longtemps lui était interdit. Ses anciens amis
étaient trop défiants, ses nouveaux amis étaient trop
pressés. Encore un peu il fût devenu quelque chose de
négatif et d'inutile, une non-valeur. Il n'eût plus représenté l'opposition pour les uns et la liberté pour les
autres.

Il commençait à être deviné, percé à jour. Un illustre homme d'Etat disait de lui, tout haut, dans une de ses réceptions :

— Berthier, c'est l'amour-propre même et l'être le plus complétement atteint de personnalisme qu'on puisse rencontrer. Quand il assiste à un mariage, dans la foule, il est désolé de ne pas servir de point de mire à toute l'assemblée et de n'être pas le marié qu'on regarde ; s'il assiste à un baptême, il est navré de n'être pas le petit être qu'on ondoie et dont les cris attirent les assistants ; et, quand il suit un enterrement, il est furieux de n'être pas le cadavre dont on salue le cercueil et dont on ad·mire les draperies, et il est prêt à mourir de dépit de n'être pas le mort !

La définition fit fureur. Jamais l'amour-propre, l'envie, le besoin de paraître n'avaient été plus joliment raillés.

Mais ce colossal amour-propre pouvait devenir utile au pouvoir. Dans le nouvel entretien qu'eut le duc de Charamaule avec Berthier, chez madame de Rives, les conditions de la paix, et mieux que cela, de l'alliance, furent nettement posées. Michel Berthier se chargeait de développer, dans un long et prochain discours, — un *discours ministre,* — le programme de la jeune école politique à laquelle le pouvoir ouvrait ses portes.

Ce programme serait à la fois fermement libéral, pour conserver certaines sympathies, entraîner et vaincre certaines résistances, et résolûment conservateur pour rassurer les vieux serviteurs et les trembleurs éternels. Mais avant tout, la harangue serait absolument, franchement dynastique. Le brillant *leader* de l'opposition rendrait les armes à César en donnant pour raison déterminante le salut de la France et de la liberté.

Le discours une fois prononcé, le programme une fois tracé, le pouvoir l'accepterait, et M. de Charamaule se chargeait de le faire approuver en quelque sorte publiquement par l'empereur lui-même. Quelle gloire! quel résultat! quel rêve! Michel Berthier triomphait.

Des remords, comme disait Francine, il n'en avait pas. L'angoisse du succès, la terreur de la chute, le double vertige de la puissance bientôt atteinte et de cette union secrètement caressée avec Pauline de Morangis emplissaient son être, ne lui laissaient aucun instant pour songer au passé, au nom qu'il portait, à ses amours premières, à ses premières haines, à ses premiers serments.

Il lui semblait que le discours qu'il préparait était l'axe sur lequel pivotait le monde entier. Il s'enfermait chez lui, seul avec sa pensée, accumulant sophismes sur sophismes pour arriver à proclamer la sublimité de sa conduite et la moralité de sa politique. Il ne voyait plus ni Pauline, ni Francine. Il vivait face à face avec lui-même, s'admirant par avance dans son œuvre et s'applaudissant du terrible coup de foudre qu'elle allait produire.

Ce jour, ce solennel et dramatique jour où, d'un pas ferme, semblable à un soldat qui va au feu, ou plutôt à un triomphateur qui se dispose à monter au Capitole, il était résolu à gravir les marches de la tribune et à

secouer tout son passé comme un manteau plein de
poussière, ce jour fiévreux, orageux, décisif, effrayant,
approchait d'ailleurs. Les heures de tempête sonnent
à la minute voulue comme les heures de calme. Il
n'y a point de différence pour l'inévitable durée entre
l'heure d'un deuil et celle d'une joie; glas ou caril-
lon, le tintement semble le même sur le cadran de
l'éternité.

Des mois avaient passé depuis l'entrée de Michel à
la Chambre, de longs mois de trouble, des mois d'hésitation et de luttes. Et le jour où il fallait agir, passer
le fleuve, jeter le lest, couper le câble, ce jour était
venu. Et ce jour, c'était demain.

Demain!

Il faisait nuit. Dans son cabinet de travail, la fenêtre ouverte aux bouffées du vent printanier, Michel,
assis sous la lampe dont la lumière assoupie par un
abat-jour d'opale, éclairait son front, relisait les notes
prises pour son grand discours, mesurait d'avance
l'émotion que devaient produire tels mouvements
oratoires; puis, se levant, marchait à travers la chambre, répétant par avance, comme un acteur à la veille
d'une représentation, les *effets* de sa harangue, et, par
un prodige tout spécial, se sentant lui-même remué,
ému à mesure qu'il trouvait quelque trait saisissant,
comme si l'artiste eût survécu en lui à l'homme politique.

Il était profondément satisfait de ce qu'il trouvait.
Il se disait, avec un orgueil absolu, que son talent était
assez puissant et assez souple pour résister à toutes les

attaques, pour riposter à toute heure aux interpella-
tions et aux interruptions.

— Allons, voilà l'heure venue ! Demain je ne serai
plus seulement une voix isolée réclamant la liberté ! Je
serai la voix toute-puissante donnant des ordres, dic-
tant des arrêts et faisant passer dans l'ordre des faits
la moindre de ses paroles !

Et, allant à sa fenêtre, regardant dans la rue les
passants plus rares de minute en minute, il songeait à
ce soir d'été, où il contemplait Paris, du haut du balcon
de l'avenue Trudaine, se demandant si c'était la victoire ou la chute, la vie ou la mort qui allait sortir, en
quelque sorte, des entrailles de la grande ville.

Quelques mois le séparaient à peine de cette soirée
de fièvre, et pourtant quel chemin il avait fait depuis
lors !

Maintenant, rien ne le séparait plus de son rêve.
Rien !... A moins qu'un obstacle... Mais quel obstacle
pouvait se dresser entre lui et son but ? Qu'avait-il à
craindre ?

Parfois, l'image de son père et les souvenirs de Pierre
Ménard venaient bien lui traverser l'esprit, mais il les
chassait en hâte. Il se rappelait justement ce que Ménard lui contait : le tableau de la nuit de Décembre
passée au carré Saint-Martin, et les récits de la vie
d'exil. Bah ! il fallait oublier tout cela ! Les générations
nouvelles avaient-elles besoin de s'embarrasser des
haines et des vengeances des générations qui les avaient
précédées ? La méthode politique que Michel prétendait inaugurer ne voulait pas, en quelque sorte, sur-

charger le progrès en marche d'un fardeau trop lourd. Ce n'était pas derrière soi, c'était devant soi qu'il fallait regarder maintenant.

Tout à coup, Michel tressaillit.

Le timbre de sa sonnette venait de retentir. Le coup avait été donné avec force, fébrilement, et, quoique la porte fût assez éloignée, Michel avait entendu le bouton de cuivre retombant vivement, avec un son mat.

Qui pouvait sonner à cette heure ?

Il regarda sa pendule : elle marquait minuit et dix minutes.

Michel avait dit à son domestique de se retirer. Jusqu'au lendemain, il n'avait plus besoin de lui.

— J'ouvrirai donc, se dit-il.

Puis, une sorte de crainte magnétique lui traversa le cœur. Comme tous les ambitieux, Michel connaissait cette faiblesse étrange : — la superstition. Il avait souvent, aux heures décisives, interrogé le sort pour obtenir de lui quelque favorable réponse. Que lui annonçait ce coup de sonnette ? A la veille d'une journée aussi grave que celle du lendemain, qui se présentait à lui ? Quel inconnu ? Quelle nouvelle ?

C'était peut-être madame de Rives qui venait avertir Michel de ne pas jouer la partie !

— Francine ? Le duc lui aurait-il parlé ? Y aurait-il du nouveau ? Si le pouvoir revenait sur ses promesses ? Si l'empereur reculait ?

— Au fait, dit machinalement et tout haut Berthier, effroyablement troublé et qui s'efforçait d'être calme, je vais bien le savoir !

Il fit craquer ses doigts en les tirant, d'un geste sec, et alla droit à la porte, en tenant sa lampe de la main gauche.

Là, il lui sembla qu'il entendait sur le palier comme un soupir, quelque chose de plaintif et d'étouffé.

Une plainte? Qui donc était là?

Il ouvrit brusquement la porte.

Une femme entra, comme d'un bond, repoussant la porte derrière elle, et Michel Berthier ne put retenir un cri.

— Lia!... dit-il, avec une expression d'étonnement pleine d'effroi.

Elle le regarda bien en face, et, d'une voix étrange, sèche et menaçante :

— Oui, Lia, répondit-elle. Cela t'étonne? Tu vas savoir pourquoi je suis ici!

Elle fit un pas en avant, et, effaré, il s'écarta machinalement pour la laisser passer ; puis l'idée lui vint de l'empêcher d'aller plus loin, et il s'élança vers elle ; mais devant le regard profond de cette femme, il recula de nouveau. C'était comme une vivante énigme qui, tout à coup, se dressait devant lui.

Une chose le frappait surtout, l'épouvantable pâleur de Lia.

Elle était blanche comme un suaire ; ses yeux cernés semblaient creusés dans une face émaciée, tirée, qui criait la souffrance, et son nez se pinçait comme celui d'une malade. Mais, amaigrie, affreusement changée, presque défigurée, Lia, dont les cheveux s'emmêlaient sur le front, avait maintenant une expression résolue, presque hardie, qu'il ne lui connaissait pas.

Il voulut du moins savoir ce que voulait cette femme. Il avait peur.

Allant droit devant elle comme si elle eût connu le chemin, elle entra dans le cabinet de travail de Michel, et le premier objet qu'elle aperçut ce fut la guipure qu'elle avait autrefois faite pour lui.

Elle eut alors un petit rire bref et triste.

— Que j'étais bête ! dit-elle.

Michel s'était avancé vers elle, prévoyant quelque catastrophe épouvantable, et voulant bien vite en avoir le secret.

— Lia ! dit-il. Qu'y a-t-il, Lia? Qu'y a-t-il donc?

— Ce qu'il y a ? fit-elle d'une voix ironique et brisée. Rien. Je viens mourir chez toi !

— Mourir?

Il recula. Il sentit que quelque chose d'effroyable surgissait devant lui.

Lia était-elle devenue folle? Malade, voulait-elle donner à Michel, comme la plus cruelle des vengeances, le spectacle de sa lente agonie?

— Mourir? Pourquoi mourir? Pourquoi veux-tu mourir?

— Parce que je me suis empoisonnée!

Elle avait dit cela simplement, en plongeant ses yeux noirs dans les yeux de Berthier.

— Empoisonnée?

— Oui!

— Toi, empoisonnée?... Lia!... voyons, Lia!... Quelle folie!... Dis-tu la vérité?... Que dis-tu là? Empoisonnée?

Il se croyait le jouet d'une hallucination ; il avait comme une nerveuse envie de rire ; et en regardant le visage d'une pâleur sinistre de Lia, il se sentait pris d'un tremblement soudain.

— Empoisonnée ?

— Je te dis que oui. Je te dis que je suis venue ici pour te montrer ce que deviennent les femmes que l'on rejette loin de soi, quand on en a assez, comme un haillon. Tu me disais que nous serions l'un à l'autre toujours et *encore après*. Eh bien ! après ma mort, je serai là, auprès de toi, voilà. Je l'ai voulu. Je suis contente !

Elle se laissa tomber, comme affaissée, dans un fauteuil, et Michel, éperdu, alla à elle, essayant de deviner la vérité dans le regard de la malheureuse.

— Ah ! tu ne sais pas, toi ? fit-elle brusquement. Mon enfant — ton enfant, car si tu ne l'as jamais vu, si tu ne l'as jamais embrassé, si tu l'as renié, comme tu m'avais reniée, il était à toi, cependant. — Eh bien ! il est mort ! Mort, entends-tu ? Mort comme mon père qui ne m'a jamais pardonné... Mort, oui, mort ! Il s'est tordu dans son berceau pendant des jours, pendant des nuits... C'est fort encore ces petits, et ça veut vivre !... J'ai veillé auprès de lui, j'ai prié, j'ai pleuré. Ah ! bien oui !... Mes prières étaient celles d'une maudite ! Daniel est mort !... Tu ne savais pas son nom ? C'est Daniel !... Il est devenu froid entre mes bras... froid, oh ! froid ! Et on me l'a arraché, et on l'a emporté, et on l'a jeté dans un trou ! Oui, Michel, oui. Et c'est pour cela que je me tue !

— C'est donc vrai? hurla Michel, fou de terreur.

— Si c'est vrai? Regarde-moi donc! Tu me diras après ça qu'avant le poison je n'étais pas bien haute en couleur... Les larmes, c'est un vilain fard!... Mais enfin, je ne dois pas avoir la figure d'une personne qui plaisante... Oui, je vais mourir, je vais mourir chez toi, et je veux te dire avant, entends-tu, tout ce que j'ai supporté, tout ce que j'ai souffert, tout ce qui s'est brisé d'espérances en moi, tout ce que tu as fait, tiens, Michel; car mon empoisonnement, car la mort du petit, c'est ton œuvre à toi! S'il était né plus fort, qui sait? Si j'avais eu tout de suite du lait pour le nourrir, il aurait survécu peut-être. C'était ma joie, vois-tu, toute ma joie! Lui mort, c'est fini. Ecoute.

Et alors, avec une éloquence irrésistible, entraînante, tragique, elle fit à cet homme qui écoutait haletant, éperdu, qui l'interrompait, qui la suppliait de songer à elle, qui se frappait le front, qui lui prenait les poignets, qui semblait prêt à se mettre à genoux, — elle fit le récit poignant de cette mort du petit Daniel qui la condamnait, comme elle le disait, à mourir.

Exaltée, heureuse de revivre encore par le souvenir avec son enfant mort, elle le montrait à ce père tel qu'elle l'avait vu grandir. A quatre mois, charmant, si doux aux baisers! Sa petite tête blonde avait des couleurs de fleurs nouvelles et des attractions de fruit mûr. Sous son bonnet blanc, ruché, les mèches naissantes de sa chevelure faisaient au haut de son front une ombre brune. Rien n'était joli comme ses yeux aux

sourcils semblables à deux coups de pinceau d'un
maître, aux cils longs déjà et qui trouaient sa figure
rose de deux prunelles noires, limpides, curieuses,
déjà pensives, pleines de caresses lorsqu'un grand rire
illuminait cette petite figure en ouvrant les lèvres
rouges, humides où un bout de langue passait. Les
oreilles montraient leur ourlet sous les rubans du bonnet qui, s'attachant sous le double menton, s'enfonçaient dans cette chair appétissante et saine comme la
pulpe d'une pêche. Et, dans cette figure d'enfant de
quelques mois, une curiosité, un besoin de connaître,
de vivre, s'éveillait, se traduisait par ces impatiences
charmantes, par ces crispations de petits doigts gras,
par ces cris effarouchés et impératifs, par ces mouvements en avant de tout le corps qui veut saisir sans
comprendre, qui se lance vers tout ce qu'il aime, par
ces grands désespoirs comiques d'amoureux de quelques mois dépités dans leur désir de bruit ou de couleur, et où les parents croient toujours voir des désor-
dres graves et des douleurs profondes.

Michel frissonnait à cette peinture et songeait à cette
lettre de Clotilde Ballue qu'il avait récitée chez madame
de Rives et à ce discours attendrissant prononcé du
haut de la tribune.

— Lia, disait-il, Lia, je t'en supplie, dis-moi si le
poison, tu l'as pris ?

Elle souriait d'un air étrange et, comme fière de le
faire souffrir, elle évoquait l'image de Daniel, ses premiers regards, ses premiers cris. Y a-t-il une musique
au monde qui vaille le bégaiement indistinct, le cri

nfus, la chanson impossible à noter et caressante cendant, et exquise, du petit être qui s'essaie à parler,
ui jette, en s'agitant, ses appels à la vie, qui mur-
ure, qui vagit, qui ronronne, qui balbutie et qui,
ans ses mélopées vagues, riantes ou plaintives, semble
arler à quelqu'un d'invisible une langue innomée,
connue, dont la mélodie niaise fait cependant monter
es larmes attendries aux yeux de la mère penchée
ur le berceau? Toutes les harmonies de l'art surhu-
ain qui a Mozart pour grand maître, tous les soupirs
nus des amoureux qui passent dans ce monde sublime
e l'art, ne valent pas et ne vaudront jamais le ronron
uttural et charmant de l'enfant qui ne parle pas et qui
a parler.

— Il était si beau, il était si bon ! répétait Lìa.
Et tant de joies, tant d'espoirs, tant de baisers, de
resses, pour aboutir à quoi ? Au néant !
Elle montrait alors à Michel le petit être murmurant,
gayant, grandissant. Puis, un jour, la maladie en-
ait : la toux, l'horrible toux ; un petit rhume ; presque
en. Mais le rhume grandissait ; il secouait Daniel par
affreuses quintes. L'enfant pâlissait, devenait maigre.
nuit, des cris ; le jour, la fièvre. Allait-il donc mou-
?
La superstition s'ajoutait chez la mère à la terreur.
Talmud dit que quatre choses peuvent éveiller la
séricorde divine : l'aumône, la prière, le repentir et
djonction d'un nom à celui que nous portons. Lia
rs ouvrait la Bible, et la première lettre qui se pré-
tait à droite indiquant le nom à donner, elle l'ajou-

tait au nom de Daniel. Le médecin luttait de son mieux
et il disait volontiers qu'il avait deux malades : la mère
et Daniel. L'insomnie minait la pauvre Lia. On la cal-
mait avec du laudanum. Vain remède. Le docteur dou-
blait, triplait les doses. Lia ne pouvait dormir, peut-être
parce qu'elle ne le voulait pas.

— Mais vous vous tuerez, ma pauvre enfant, lui disait-on.

— Oui, certainement, si Daniel meurt !

L'enfant succomba. Chacun crut que Lia allait devenir folle. Elle eut cependant le sang-froid de faire avertir ses parents, ne voulant pas que le petit s'en allât
seul au cimetière, comme un chien. Mais le père Heu-
mann, lui aussi, était mort.

— Mort ! Je l'avais rêvé ! dit d'un ton bizarre la malheureuse.

Elle ajouta :

— Du reste ! je le reverrai bientôt !

Quant à la mère, des parents l'avaient emmenée à
Metz.

Dans Paris, Lia était donc affreusement seule. De
Michel, il ne fallait point parler.

— Ça le dérangerait, disait Lia, prenant des accents
cruels et un ton vulgaire qu'elle n'avait jamais eus.

— C'est une pauvre fille qui se *laisse aller*, disait
d'elle madame Delâtre. Elle n'en a pas pour longtemps !

Quand l'enfant fut au cimetière, à Montmartre, Lia
attendit le soir, fit sa prière, écrivit à sa mère et avala
d'un seul coup tout le laudanum qu'on lui avait prescrit et dont elle n'avait bu jusque-là qu'une faible par-

tie, cachant le reste avec soin, le gardant comme un trésor, une suprême consolation, un souverain remède!

Elle jeta ensuite un mauvais châle autour de ses épaules, et alla droit chez Michel Berthier.

Elle ne savait même pas qu'il avait déménagé.

Le portier de l'avenue Trudaine hésitait à donner à cette femme hagarde la nouvelle adresse du député.

Elle lui jeta une pièce d'or et lui dit :

— Voyons, regardez-moi. Est-ce que vous ne m'avez jamais vue ? Vous savez bien que je suis sa maîtresse!...

— L'ancienne ?

— Oui, l'ancienne ! répondit-elle froidement.

Son apparition chez Michel produisit l'effet d'un spectre. Pendant qu'elle parlait, Berthier, dont l'angoisse croissait, calculait avec épouvante tout ce qu'une pareille aventure apportait d'effroi.

Si Lia disait vrai, si elle mourait là, si elle venait jeter là un cadavre en travers de la route qui menait au triomphe, tout s'écroulait ; c'était l'anéantissement de tout espoir, l'avenir en cendres, le rêve écroulé ; c'était la ruine.

Il apparaissait, l'obstacle redouté et que tout à l'heure Michel ne croyait pas possible. Il se dressait, vivant, sous les traits de cette femme, de cette Lia que Berthier avait aimée, plus aimée que Francine peut-être !

Et alors, le cerveau de cet homme bouillait, ses nerfs s'exaspéraient. Il entrevoyait, dans une sorte de fantasmagorie terrible, les conséquences de cette scène, qui se jouait là, chez lui, dans la nuit. Spectacle atroce : le cortège du commissaire, du médecin des morts, des agents de police, la foule des voisins accourus, tout ce monde s'entretenait du décès de cette femme, les accusations, les versions diverses, le bruit des journaux, l'éclat effrayant, le scandale.

— Je suis perdu ! Je suis perdu ! se disait-il à lui-même, lâche et terrifié devant cette réalité sinistre : une femme qui venait mourir à ses pieds.

Mais en vérité Lia allait-elle mourir ? Ne pouvait-on la sauver ? Quel poison avait-elle pris ?

— Lia, ma pauvre Lia, réponds-moi, disait-il, que ressens-tu ?

— Rien encore. Un vertige, peut-être, mais il me fait du bien. C'est bon de mourir ! J'ai soif pourtant.... et la tête me pèse !...

— Quel poison as-tu pris ?

— Tiens, dit elle, en prenant dans la poche de sa robe un petit flacon brun étiqueté de blanc et de rouge, et qui avait contenu du laudanum de Sydenham.

Michel s'en saisit.

— Tu as pris tout cela ?

— Oui, fit-elle avec un sourire ; et une autre fiole encore !

Michel avait pris son chapeau machinalement et fermé la fenêtre. Il s'élança vers la porte.

— Où vas-tu ? dit Lia.

— Te sauver !

— Oh ! ça serait cruel, va, et c'est bien inutile !

Il ne l'écoutait pas ; rapidement, il descendit l'escalier, frappa aux carreaux du concierge, répéta vive-

ment : « Ouvrez ! Mais ouvrez donc ! » et s'élança dans
la rue.

C'était un pharmacien qu'il cherchait. Au plus pressé
d'abord.

Un contre-poison. Le médecin viendrait ensuite.

Sa tête était en feu. Il se prenait maintenant à dire :
— Si l'on m'accusait de l'avoir tuée ?

Il maudissait Lia, il l'eût volontiers arrachée de chez
lui, jetée dans un fiacre, envoyée n'importe où. Mais
non, il fallait la sauver.

La boutique du pharmacien qu'il cherchait était fermée. Il sonna, frappa aux volets. Un garçon de mauvaise humeur vint lui ouvrir, un rat de cave à la main.

Michel le regarda des pieds à la tête.

— C'est votre patron que je veux, dit-il.

— Le patron dort.

— Réveillez-le. Il y a quelqu'un qui se meurt !

L'aide-pharmacien haussa les épaules d'un air d'ennui et disparut. Au bout d'un moment, grelottant dans
sa robe de chambre, avec des pantoufles rouges qui
traînaient, le pharmacien descendit de son appartement.

Michel lui expliqua rapidement, presque avec colère,
la situation terrible où il se trouvait. Il avait la fièvre
et s'exaltait davantage à voir celui qui l'écoutait ho-
cher la tête froidement ou regarder d'un air vague ses
bocaux dont les larges étiquettes brillaient à demi dans
l'ombre.

— Voyons, dit le pharmacien en portant sa main
droite à sa bouche pour masquer un bâillement, résu-

mons-nous ! C'est une femme dont il est question ?

— Oui, fit Berthier.

— Jeune ?

— Jeune.

— Bon. Quel poison ?

— Du laudanum !

— De Rousseau ?

— De Sydenham !

— Ah ! toutes ces préparations d'opium, la morphine, la codéine, la narcotine, sont terribles. (Et le pharmacien bâillait encore.) Quels symptômes se sont produits déjà ?

— La soif, et une certaine pesanteur de tête, rien de plus.

— Quelle quantité a-t-elle prise ?

— Je n'en sais rien. Deux petits flacons comme celui-ci.

Le pharmacien regarda le flacon que Michel avait apporté.

— Y a-t-il longtemps ?

— Je ne crois pas ! Je ne lui ai pas demandé... Une heure peut-être.

— Nous avons le temps de lutter... Il faut environ de sept à douze heures pour amener la mort. Si, au bout de douze heures, votre malade se rétablit, elle est sauvée !

Douze heures !...

Il était une heure du matin.

—Quelle nuit ! se dit Michel Berthier avec effroi.

— Il n'en faut pas moins agir promptement, reprit le

pharmacien. Quelquefois la mort arrive en six heures !

— Que faire ?

— Vous n'avez pas le temps d'aller chercher un docteur. Voici du tartre stibié. Faites-en prendre à la malade par doses de 5 à 15 centigrammes ; il y aura nausées, sueur abondante, congestion momentanée du
visage, refroidissements, tremblements nerveux. Ne
vous inquiétez pas de cela. C'est le salut.

— Le salut ! s'écria Michel... Bien.

— Puis, toutes les cinq minutes, et alternativement,
une tasse d'eau acidulée avec du vinaigre et une tasse
de café très-fort ! En même temps, vous lutterez contre
l'engourdissement en frottant les bras et les jambes avec
une brosse ou un morceau de laine, peu importe. Ne
cessez surtout le café et l'eau vinaigrée que lorsque tout
danger aura disparu. Enfin, si la malade en réchappe,
des soins, beaucoup de soins. Ne lui donnez que des
aliments liquides. Mais nous n'en sommes pas encore là.

— Hélas ! pensait Michel.

Il se fit répéter, pour se les graver dans le cerveau,
les prescriptions rapides, prit les paquets qu'on lui tendait, remercia et fit un pas vers la porte.

— Pardon, dit le pharmacien. Votre nom, monsieur ?

— Mon nom ?

Michel s'arrêta.

— Sans doute. Vous me parlez d'un empoisonnement. Je vous donne ce tartre sans ordonnance de médecin. Je veux savoir...

Donner son nom, livrer son secret, Michel n'avait
point songé à cela.

— Vous ne me connaissez donc pas ? dit-il.

— Non ! fit le pharmacien.

Michel respira.

— Eh bien ! dit-il, je m'appelle Gontran de Vergennes !

— Rue ?

— Rue d'Aumale, 12.

Et il se précipita dans la rue, pendant que le pharmacien, bâillant toujours, écrivait sur son livre l'a-
dresse du vicomte.

— J'expliquerai tout à Gontran, se disait Michel.

Il retrouva, dans son cabinet de travail, Lia à la
même place, pâle et effrayante, enfoncée dans le grand
fauteuil rouge et ses deux mains maigres et blanches,
appuyées sur les deux bras noirs du siége.

Le poison avait fait son œuvre lentement, mais sûrement, et déjà les premiers symptômes, la pesanteur de
tête et le vertige, suivis d'excitations, faisaient place à
une sorte de torpeur.

— Lia, dit Michel en entrant, voici le contre-poison.
Tu es sauvée !

— Qu'est-ce que c'est que ça ? dit-elle, en regardant
la matière pulvérulente que Michel glissait dans un
verre, en dépliant un des petits paquets remis par le
pharmacien.

— Du tartre stibié ! Mais que t'importe ? C'est le salut ! C'est la vie !

Un sourire navrant passa sur les lèvres sèches de la
pauvre fille, un de ces sourires qui disent à quel point
la douleur est entrée dans une âme. Puis, comme si le

gard mourant de Lia eût clairement lu, au fond du cœur de Berthier, tout ce qui s'agitait en lui de lâches pensées, d'égoïstes terreurs, de craintes du lendemain, Il le repoussa le salut que lui tendait Michel et dit :

— A quoi bon ?

Puis, d'une voix traînante, une voix de malade qu'elle s'efforçait de rendre forte et résolue :

— Je ne suis pas empoisonnée, dit-elle fermement.

Michel, qui s'était penché vers elle, se redressa d'un bond, avec de la fureur dans les yeux.

— Que dis-tu donc là maintenant ?

— Je dis que tu ne vaux même pas qu'on meure pour toi, fit Lia avec une expression de mépris et une énergie qu'il ne lui avait jamais connue. Je dis que tu serais trop fier de te dire que ta maîtresse, l'*ancienne*, comme cet homme m'appelait tout à l'heure, s'est empoisonnée pour toi. Une femme qui meurt ! Jugez donc ! C'est un titre nouveau à l'attention ! Comment nommeraient-ils donc ça, tes journalistes ? Une *réclame!* Non, non, ne sois pas si fier. Je ne me suis pas empoisonnée. Je souffre, oui ; je me meurs, oui ; mais ce n'est pas pour toi. Je n'ai pas pris de laudanum. Je t'ai menti !

— Ah ! en vérité, s'écria Berthier, est-ce maintenant que tu mens ou tout à l'heure que tu m'as trompé ? Il y a là quelque machination odieuse. Tu veux me perdre !

— Tu m'as bien perdue, toi, fit-elle lentement. Mais non, je te répète que je ne vais point mourir. Il n'y a pas de poison dans mes veines, il n'y en a pas !

Michel se demandait s'il conservait tout entier son bon sens. Ses pensées s'entre-choquaient, confuses, pleines de doutes. Il lui semblait qu'un mur d'airain se dressait tout à coup devant lui, contre lequel il avait la tentation de se briser le crâne.

Que faire ? Lia se refusait à prendre l'antidote prescrit.

Elle répétait :

— A quoi bon ? Je n'ai pas bu de laudanum !

Disait-elle vrai ? Et pourquoi eût-elle menti ? Mais alors, tout à l'heure, dans quel but était-elle venue dire : — J'accours ici pour mourir !

— O cœur des femmes ! cria Michel.

Et le temps passait.

Lia s'efforçait de sourire, souffletant toujours Berthier de son ironie et lui disant :

— Tu vois bien que je ne meurs pas !

Il ne savait plus que penser et que résoudre.

Lia, cependant, ressentait une certaine amertume à la bouche et, peu à peu, il lui semblait qu'on lui serrait le cœur comme dans un étau : un sentiment de défaillance s'emparait aussi de tout son être ; des nausées commençaient à la secouer atrocement, il lui passait en même temps dans le cerveau des idées bizarres, des vertiges ; elle avait comme la sensation que tout ce qui se passait autour d'elle n'existait pas. Sa respiration devenait lente et profonde.

Alors elle fermait les yeux et revoyait, dans cet état singulier de somnolence, le petit hôtel de la place de la Sorbonne, la loge où elle se tenait et le petit café où

la menait, le jour du Sabbat, le père Hermann ; —et à
côté d'elle, pendant que le bruit osseux des dominos
retentissait sur les tables de marbre, elle avait, assis
sur une chaise, son petit Daniel qui lui chantait maintenant la chanson qu'elle-même lui avait tant de fois
murmurée à l'oreille, pendant les heures d'insomnie :

> L'petit enfant voudrait *dormi;*
> Son p'tit sommeil veut pas *veni!*

Et elle était heureuse, et elle souriait. Mourante et
ignorant maintenant qu'elle mourait, elle se disait que
c'était bon de vivre.

Michel Berthier suivait sur le visage, blanc et couvert d'une moiteur légère de Lia, les progrès terribles du poison.

Il se penchait vers elle, il l'interrogeait du regard,
effrayé et anxieux.

— Malheureuse, s'écria-t-il tout à coup, tu m'as
trompé, tu m'as menti, tu meurs !

— Oui, dit-elle, avec une expression de joie déchirante, oui, je t'ai menti, sais-tu pourquoi? parce que
j'ai voulu donner au poison le temps de faire son
œuvre, et que, maintenant, je suis perdue ! Ah ! c'est
fini, va ! Tu ne te doutais pas qu'il y aurait, cette nuit,
un cadavre chez toi. C'est pourtant vrai. J'ai vécu par
toi, je meurs pour toi !

— Lia ! Lia ! s'écria Michel avec épouvante. Lia!
prends cela! prends vite ! Au nom du ciel, prends,
prends !

Il lui tendait le contre-poison qu'elle repoussait de

la main, et il avait envie de la saisir au cou pour la forcer à boire. Elle se débattrait. Elle eût été capable de crier. Et si l'on était venu! Si les voisins avaient entendu!

— Mais je suis perdu, mais c'est épouvantable, dit-il tout haut, ses mains s'enfonçant, nerveuses, dans ses cheveux blonds.

Lia hochait la tête, et le regardait maintenant avec un mépris plus profond encore. Cet homme, qui avait été un amant sans foi et qui n'avait pas su être père, il avait peur. Devant la mourante, un sentiment vil et lâche l'agitait seul : l'égoïsme.

Que dirait-on de lui demain? Et ce discours, ce discours solennel, cette profession de foi, cette magnifique conversion politique, l'avenir, la confiance du souverain, les honneurs, le pouvoir, que devenait tout cela? Échouer au port, échouer niaisement et tragiquement à la fois! Rompre avec son passé, braver son parti, avoir l'audace de devenir un autre homme, se jeter, tout entier, dans la lutte avec une nation, se heurter — à quoi? — à une grisette suicide!

C'était impossible!

Alors, cet homme hautain, cet orgueilleux, cet affamé d'honneurs, devint, devant celle qu'il avait trahie, suppliant et courbé. Il se traînait à ses pieds, il joignait les mains, il la baisait au front, il pleurait, il la conjurait de vivre :

— Pour qui? répondait Lia. Daniel est mort!

Et, naïvement, dans sa terreur égoïste :

— Pour moi! pour moi! disait-il. Au nom de notre

amour passé, au nom de ce long temps heureux que je
le dois, au nom de ta bonté, Lia, ma chère Lia, ma
pauvre Lia, vis, vis, je t'en conjure!

Il évoquait cet amour avec des effusions et des
larmes. Il était à genoux devant elle, il l'attirait à lui,
il lui demandait de prendre l'antidote comme il lui eût
demandé une aumône.

Et Lia, le voyant à genoux, hochait la tête tout en
comprimant sa poitrine, et disait avec amertume :

— Le voilà donc comme autrefois, à mes pieds !

— Oui, vis, vis, Lia, et je t'aimerai, et je reviendrai
à toi ! Ah ! au nom de notre enfant mort, Lia, consens
à vivre !

Lia eut, devant le petit fantôme de Daniel, comme
un soubresaut de dégoût. Elle voulut repousser brutalement Michel, puis un atroce sanglot la prit à la
gorge, une sorte de pitié, un dernier reste de faiblesse
et de bonté qui lui restait au cœur, se fit jour en elle ;
elle regarda cet homme dans les yeux, lui plongeant
cette pitié même comme un poignard, en plein cœur et
lui dit, d'un ton bref :

— Eh bien, donne !

— Elle est sauvée ! se dit Berthier en lui tendant le
contre-poison.

Comme écrasée par tant de secousses, Lia se laissa
aller, quand elle eut pris le tartre stibié, sur le dossier
du fauteuil, à demi évanouie.

Michel la prit dans ses bras et la porta dans sa
chambre, sur son lit, dégrafant ses vêtements, regar-

dant ces pauvres épaules amaigries où il avait autrefois posé ses lèvres en s'endormant.

Lia, presque décharnée, lui fit peur.

Les effets du laudanum de Sydenham se succédaient
mathématiquement. Après la pesanteur de tête et le
vertige, après l'excitation factice, la nausée était venue
puis l'affaissement, la somnolence, une sorte de coma
tragique, effrayant.

Elle ne bougeait plus. Etendue sur le lit, elle paraissait morte.

Michel trembla. C'est en vain qu'il l'appelait. Elle
répondait parfois, mais lentement, par monosyllabes
comme déjà loin de la terre.

La face était pâle et calme, les pupilles contrac-
tées, la peau fraîche, presque froide ; il lui tâtait le
pouls, comme s'il eût craint que le sang fût déjà
figé ; ce pouls était petit, serré et fréquent. Parfois, un
léger tremblement secouait tous les membres d'un
mouvement convulsif et sec.

— Mon Dieu ! se dit Michel, si c'était la mort, cela
Il frissonnait.

Peut-être le tartre avait-il été administré trop tard
Peut-être avait-il forcé la dose ! Un sentiment profond
de défaillance, le ralentissement du pouls, la lenteur
de la circulation, tout maintenant le faisait trembler

Il regardait la pendule. Elle marquait deux heures
et demie.

Jusqu'au matin, que d'angoisses encore !

Et le jour, ce jour qui allait naître verrait-il Lia vivante ?

— Ah! fou, triple fou que j'ai été d'aimer cette femme, disait-il en la regardant.

Puis, dans des transports qui ressemblaient tantôt à de la haine, tantôt à de l'amour rallumé, il avait envie de se jeter sur ces lèvres sèches et d'y chercher le dernier soupir.

Le contre-poison, d'ailleurs, faisait son œuvre, et Lia souffrait, pour revenir à la vie, plus qu'elle ne l'eût fait pour mourir. L'antidote la secouait horriblement, et Michel seul, n'appelant point son valet, lui présentait, aux intervalles indiqués par le pharmacien, l'eau acidulée et l'infusion de café qui devaient lutter contre le mal.

La nuit s'écoulait ainsi, tragique et pleine de fièvre.

Lia, couchée et comme endormie, le bras gauche replié entre la joue et l'oreille, commençait à reposer, plus calme, mais avec une expression de souffrance seulement assoupie. Sa jolie figure pâlie prenait des teintes d'une transparence de cire. Il y avait sur ses lèvres closes de petits frissons tremblants. C'était là (cette pensée revenait encore à Michel!) qu'il avait tant de fois cherché, appelé les baisers! Ses paupières baissées faisaient, avec leurs longs cils, une ombre noire sur la joue, et ses cheveux, en désordre, laissaient paraître, à travers leurs mèches échappées, le lobe rosé de l'oreille. L'oreiller, creusé, paraissait caresser, embrasser cette petite tête souffrante et charmante. Il l'entourait de ses plis et lui faisait comme un appui plus doux.

Parfois, dans son sommeil, elle poussait un soupir

et, sans s'éveiller, elle prenait, d'un geste saccadé, sa
tête entre ses mains et, la bouche entr'ouverte, ses
dents blanches apparaissant entre les lèvres blémies,
elle continuait quelque rêve douloureux.

Assis près de là, Michel songeait tout éveillé.

On entendait, danscette nuit d'angoisse, le tic tac mo-
notone du balancier de la pendule et le bruit lourd
des passants attardés qui se perdait au loin.

Michel, à la lueur de la lampe, regardait le verre où
dans le liquide la cuiller était placée et semblait re-
muer encore, et il se disait :

— Voilà cependant à quoi je devrai mon salut !

Un soulagement lâche emplissait son être. Que fût-il
arrivé si Lia fût morte ? Mais à quoi bon penser à cela ?
Le contre-poison agissait.

Le jour vint ainsi, lumineux, avec un soleil de victoire. Michel se sentait énervé plutôt que las.

— Tant mieux, se disait-il, je paraîtrai plus net et
plus altier à la tribune !

Il ne songeait plus maintenant qu'à son discours.
Mais il ne voulait, il ne pouvait pourtant pas abandonner Lia avant de la savoir complétement guérie.

Jusqu'à une heure de l'après-midi, le temps, d'ailleurs, lui restait.

Après douze heures, l'affaissement devint moins profond chez Lia, la chaleur revint à la peau lentement, le
pouls cessa de battre avec sa vitesse accélérée, et,
après une transpiration générale, la pauvre fille put
soulever ses mains qui pendaient jusqu'alors, blanches
comme du marbre, sur les draps du lit. Ses yeux cher-

chaient autour d'elle, interrogeaient ; on eût dit qu'elle semblait vouloir se rendre compte de l'endroit où elle se trouvait. Il lui semblait sortir d'un rêve, et son sommeil lui paraissait même avoir été de courte durée.

Elle ressentait seulement aux tempes ce serrement indistinct qui suit les crises de migraine, et à la bouche une sécheresse extrême.

Elle demanda à boire.

— Allons, se dit Michel, elle est sauvée !

Il prit son valet de chambre dans un coin et lui donna pour ordre de veiller sur la malade et d'envoyer, par un commissionnaire, un billet à M. de Vergennes.

Ce billet contenait quelques lignes rapides et peu claires, afin qu'elles ne fussent pas compromettantes, où Michel expliquait à Gontran pourquoi et comment il s'était servi de son nom.

— Tiens, se dit Michel avec son égoïsme éternel, je n'avais pas songé à une chose, c'est que, si l'on c'lote s'ébruitait, elle pourrait bien lui faire manquer son mariage ! Mais bah ! le secret de la confession est obligatoire pour ceux qui soignent le corps comme pour ceux qui ont la prétention de guérir les âmes ! Il n'y a aucun danger !

Il entra dans son cabinet de travail, ramassa ses notes, les glissa dans la serviette de cuir marquée à son chiffre et qui affectait déjà des aspects de portefeuille ministériel, mit ses gants, donna un coup d'œil à sa glace, renouvela ses ordres à son domestique et, descendant, se jeta dans le premier coupé qu'il vit passer, en disant au cocher, d'une voix vibrante :

— Au Corps législatif et vite !

Le cocher fouetta ses chevaux, tandis que Michel, poussant un soupir de soulagement en songeant aux angoisses, aux dangers de cette sinistre aventure, se dit qu'il était décidément certain du succès, puisque le sort avait été pour lui, cette nuit.

XIX

Michel Berthier était résolu à étonner jusqu'à ceux qui savaient bien que décidément cet homme se rapprochait de l'Empire. Il n'essaya point d'être habile pour masquer sa conversion, il fut hautain, hardi, agressif, et son fameux discours stupéfia ses anciens amis au point qu'ils n'essayèrent pas même d'interrompre ni l'apologie que faisait l'orateur d'un régime auquel il avait jadis déclaré la guerre, ni les applaudissements qu'on lui prodiguait.

En même temps que Berthier rendait les armes à l'ennemi, ceux-là mêmes qui l'avaient toujours combattu l'acclamaient. Ils lui répliquaient jadis par des bruits de couteaux à papier, couvrant énergiquement sa voix ; maintenant ils lui répondaient par des bravos saluant et soulignant plus énergiquement encore son apostasie. C'est que le bruit courait déjà que Berthier était le favori du maître. On parlait d'une entrevue, qui n'avait d'ailleurs pas eu lieu, entre le député et l

souverain. On citait les mots du tribun attiédi et les réponses de César.

Michel Berthier devenait donc tout à fait un personnage et sa harangue ressemblait à ces discours officiels pour lesquels les députés de la nation, servile-
ment agenouillés devant la puissance impériale, épui-
saient toutes les formules d'admiration, s'échauffant
les mains à les applaudir.

L'effet du discours fut immense, comme Berthier s'y
attendait. Cette affirmation éclatante du droit des
jeunes à gouverner le monde séduisit jusqu'aux vieillards de l'Assemblée. On se leva en masse pour aller
féliciter Michel. La droite et les centres rayonnaient :
la gauche était atterrée ou furieuse. Les mains se tendaient vers celles de Berthier. C'était un tumulte incroyable.

— L'Empire est sauvé! disaient les uns.

— L'Empire est perdu! répondaient avec humeur les
Mamelucks.

— La conscience publique subit une éclipse ! dit un
vieil homme d'Etat.

Michel, lui, était enchanté. La stupéfaction de ses anciens amis ajoutait même à son triomphe.

— Je leur ai prouvé, se disait-il, qu'il y a en moi
l'étoffe d'un homme politique. Et, quant à eux, leurs
personnalités les plus populaires sont des titis qui se
croient des Titans!

Ce mot, qu'il devait plus tard prononcer tout haut,
allait faire fortune.

Après le coup de théâtre de sa harangue, Michel

avait hâte, au surplus, de se retirer, moins pour savoir
ce que devenait Lia que pour laisser carrière aux jugements et aux critiques.

Le duc de Chamaraule, qui le prit à part dans les
couloirs, lui glissa à l'oreille que, le soir même, il rece-
vrait des nouvelles de la façon dont le discours serait
accueilli au Château.

— Et je ne doute pas qu'il ne fasse grand plaisir,
ajouta le duc.

Michel, très-regardé, très-entouré, traversait la salle
des Pas-Perdus, lorsqu'il aperçut, près du groupe de
Laocoon, un homme, pâle et sombre, qui le regardait
fixement.

C'était Pierre Ménard.

Déjà ébloui par son triomphe, ou peut-être résolu à
tout braver et à aller, par tactique, au-devant des sévérités de ses anciens amis, Berthier se détacha brusquement du cercle d'hommes qui marchaient autour
de lui, et se dirigea vers Ménard, qui en parut stupéfait.

— Etiez-vous là? dit-il.

— Oui, j'étais là, fit Ménard.

— Mon vieil ami, dit Berthier, la liberté avant tout!
Vous l'avez défendue; je voudrais la fonder!

— Vraiment? répondit Ménard.

Il considéra un moment Michel, puis froidement :

— Il n'y a qu'une seule chose qui m'inquiète, dit-il.
Comment allez-vous vous appeler maintenant?

— Moi?

— Oui, dit Ménard. Vous ne pouvez plus vous appe-

er Berthier, du nom du proscrit de Décembre. Ce se-
ait illogique. Quand on change 'de peau, on change
le nom !

Et, brusquement, il tourna le dos à Michel qui lui
endait la main et qui, interdit, demeurait avec cette
main tendue vers l'honnête homme qui ne la prenait pas.

Il y avait, dans la foule, des journalistes qui écou·
aient et regardaient.

Michel était devenu légèrement pâle, mais il reprit
bientôt son sang-froid, haussa les épaules et dit :

— Bah ! faites donc comprendre aux pataches qu'on
oyage aujourd'hui en chemin de fer !

Il rentra chez lui. Sa première question fut pour
lemander si Lia était tout à fait rétablie.

Lia n'était pas chez lui. Gontran de Vergennes, après
voir reçu la lettre de Michel, avait mis une véritable
âte à se rendre rue Taitbout. Ne comprenant pas fort
ien ce dont il s'agissait, il voulait tout connaître.
l rencontra là une pauvre femme qui, malgré sa
douleur, au risque de mourir, éprouvait un âpre désir
le s'échapper, en quelque sorte, du logis où elle était
enue et qui lui faisait horreur maintenant. Elle sup-
lia Gontran, elle lui apprit, en quelques mots cruels,
out ce qu'elle souffrait. Il la fit transporter dans un
acre, et, comme une convalescente qu'on emmène à
a campagne, lentement, il la fit conduire au boule-
ard de Clichy, à l'adresse qu'elle lui avait donnée.

Lia le remercia, et fut contente de se retrouver dans
ette pauvre chambre où elle avait tant pleuré, tout
rès du berceau vide du petit Daniel.

— C'est vrai, dit-elle. Est-ce qu'il ne vaut pas mieux mourir ici, en baisant le petit oreiller où il a dormi pour la dernière fois?.

Gontran éprouvait en face de ce désespoir très-simple, presque tendre encore et résigné, une émotion profonde et comme un remords; il lui semblait qu'il s'était associé à la mauvaise action de Michel lorsque, autrefois, il lui disait de rompre.

— Je ne connaissais pas cette enfant-là, se disait il. Pauvre fille! Elle est bonne et douce, et elle aime comme on n'aime plus! Mauvaise besogne que j'ai faite là!

Il ne voulut point revoir Michel, au moins tout de suite. Il revint s'informer bientôt de la santé de Lia. Il fit mieux; il envoya auprès d'elle un médecin vraiment hors de pair, qu'il connaissait beaucoup et qui était justement le docteur Edmond Loreau. Celui-ci eut facilement raison des derniers malaises dont souffrait la pauvre fille. Mais il hocha la tête en disant à Gontran

— La véritable maladie demeure, et c'est le moral qui est frappé! Au surplus, voilà un être qui m'intéresse, et je reviendrai!

Michel Berthier avait été enchanté d'apprendre que Lia n'était plus chez lui. Il doit y avoir un peu de la satisfaction qu'il éprouva dans le soulagement bestial ressenti par un meurtrier qui a fait disparaître la trace de son crime.

Cette femme malade dans son logis, à l'heure où il en était venu, l'eût gêné comme un cadavre gêne l'assassin. Il respira. Maintenant il n'avait plus d'autre préoccupation que son discours et l'effet qu'il avait produit au Château. La dépêche du duc de Chamaraule le lui apprit bien vite. Elle arriva dans la soirée, laconique mais éloquente : « *Effet excellent, décisif,* » et bientôt suivie d'une lettre où le duc avertissait Michel que l'empereur l'attendrait, le soir même, à dix heures, dans son cabinet de travail, au rez-de-chaussée des Tuileries, tandis qu'il y aurait réunion (c'était *un lundi*) dans les salons de l'impératri e. Michel entrerait par le guichet de l'Echelle, rue de Rivoli, et serait conduit de là directement au cabinet de Sa Majesté.

Cette lettre combla de joie, emplit d'orgueil satisfait, de fièvre et de folie, le fils de Vincent Berthier. Il triomphait donc! Il touchait au but! Il avait la main sur son rêve matérialisé! Il allait devenir le maître! Le soir, l'entretien avec le souverain fut long et eut lieu devant M. de Chamaraule.

Entretien ou plutôt monologue, car Michel Berthier parla seul. Il refit, avec plus d'ardeur peut-être, son discours de la journée, et, pendant qu'il parlait, son auditeur le regardait, immobile, du fond d'un fauteuil où il était enfoncé, comme très-las, et suivant de ses yeux bleus une sorte de rêve.

On faisait encore de la musique, au premier étage, lorsque Michel Berthier s'éloigna, ses artères roulant du feu.

Trois jours après, il était ministre...

Ceux qui lui donnaient le pouvoir se croyaient vrai-

21.

ment sauvés et, avec une confiance éperdue, remettaient leur sort en des mains nouvelles.

Michel Berthier connut alors tous les enivrements, toutes les fièvres de ce qu'on appelle la puissance. Il vit la servilité et l'avidité des hommes. Il connut les basses demandes, les adulations qui ont un but, les complaisances qui cachent des appétits. Tout ce qu'il voyait autour de lui semblait fait pour étouffer en lui tout remords, si le moindre remords eût existé encore.

Madame de Rives était fière de son œuvre. Elle avait l'immense joie du sculpteur qui vient d'achever sa statue. Elle avait, en quelque sorte, pétri de ses mains cet homme devant qui on s'inclinait.

— C'est de l'argile peinte en pierre, disait-elle; mais dans un temps de simili-marbre, les apparences suffisent!

Michel Berthier commençait à être regardé comme un grand homme d'Etat, même par ceux qui l'avaient tout d'abord combattu. Plusieurs, de la même plume tout fraîche encore de l'encre dont ils avaient tracé contre lui quelque article sévère, lui envoyaient une supplique et l'assurance de leur dévouement. Dalérac vint un jour lui adresser une demande de croix.

— Pour qui?

Dalérac sourit, s'inclina, et, du geste, montra sa boutonnière.

— Je verrai, dit Michel.

Dalérac sortit, obséquieux,— ses longs cheveux s'inclinant, en quelque sorte, comme tout son être, — et

jurant bien de *démolir* Berthier si *Son Excellence* ne
faisait point droit à une telle demande.

Son Excellence! Michel Berthier prenait plaisir à re-
lire les enveloppes des lettres à larges enveloppes qui
lui étaient adressées. Il trouvait que son nom faisait
fort bien ainsi précédé de ce titre. Quand on ne le lui
donnait point, il était déjà tout prêt à croire qu'on
l'insultait.

— Michel *devient Dieu!* avait dit de lui Olivier Renaud, au dernier *Dîner des Douze.*

Le lendemain, poussé par une sorte de désir de
plaisanterie, le peintre Paul Vigneron, un des *Douze*,
se présenta au ministère, demandant *M. Michel Berthier.*
Il fit passer sa carte et entra dans le cabinet du ministre. Il venait tout simplement, dit-il, voir une *Excellence* de près.

— C'est vrai, dit le peintre, je n'avais vu ça que dans
les carrosses, de loin, comme le fretin voit le pêcheur.
Alors, cher ami, j'ai voulu me rendre compte de la
chose. Eh bien! mon compliment, ça ne vous a pas
changé !

Et, tout en parlant, Vigneron allumait un cigare.

— Avez-vous vu mon dernier tableau? dit-il. Toujours des petites *Parisiennes* bien attifées. Ça aurait
fait pousser les hauts cris au père Ingres, mais ça se
vend comme du pain !

Michel Berthier toussa vivement, pour faire comprendre à Vigneron que le cigare était exilé d'un cabinet ministériel.

Vigneron continuait:

— Il y a de la fumée ici ! dit alors Berthier.

— Oui, ce doit être votre cheminée, répondit mali-
cieusement le peintre, qui s'amusait à enlever, comme
il disait, à l'entrevue tout caractère officiel.

Cette visite mit Berthier en fureur. Il avait deviné
l'intention maligne qui se cachait sous le sans-façon
de l'artiste.

— Les amis mêmes ne vous pardonnent pas votre
élévation, se dit-il.

Madame de Rives rendait assez fréquemment visite
à Son Excellence. Après avoir aidé à son succès, elle
tenait à en profiter. Elle avait passé avec le duc de
Chamaraule une sorte de traité, d'association tacite, et
elle voulait que Berthier mît à leur service la mine
d'informations facilement monnayables qui gît dans
un ministère. Elle proposait à Michel des marchés bizarres, qu'il rejetait assez volontiers, ayant plus soif
d'honneurs que d'argent, ce qui faisait répondre à
Francine :

— Vous êtes un maladroit, mon cher. On n'est pas
toujours ministre quand on l'a été une fois, mais on
peut rester riche toujours quand on l'est devenu !

Michel avait d'autres visées. La fortune, pour lui,
c'était Pauline de Morangis. Que lui servait de la gagner
par fractions, lorsque, d'un seul coup, c'était des millions qu'il pouvait obtenir ? Francine fit si bien, pourtant, qu'elle lança Berthier dans une opération de
Bourse où il réalisa des différences considérables.

— Et tout cela, dit-elle, parce que vous m'avez laissée
lire une dépêche à temps et que vous m'avez autorisée

à donner, de compte à demi avec moi, un ordre à votre agent de change. Vous avouerez que vous seriez bien niais de refuser ma collaboration !

— C'est vrai, fit Michel.

Il était, on ne saurait dire heureux, mais profondément enivré et respirait comme une capiteuse atmosphère. Il se croyait maintenant prédestiné. Des visions absolument folles, des rêves insensés lui traversaient le front. Après s'être élevé d'échelon en échelon jusque-là, il avait cette folie d'une ambition suprême, et le sort d'un Essex ou d'un Walter Raleigh le tentait. Il se disait parfois : « Pourquoi pas ? » Ceux qui sont au sommet ne se doutent point des ambitions qui, comme un lierre, grimpent vers eux étrangement.

Tout paraissait possible maintenant à Michel, et tout lui paraissait permis. Il touchait le fond même de la nature humaine. Il la méprisait plus que jamais. Il la trouvait réellement vile. Cet apostat était prêt à rougir de tant d'apostasies rencontrées.

· Un homme, entre tous, faisait ses efforts pour se rapprocher de lui, pour obtenir une faveur quelconque, fût-ce au prix d'une trahison. C'était Roucherade.

— Si vous voulez, lui disait cet homme, je vous servirai comme il faut, exagérant au besoin les revendications, afin de marquer plus activement un dévouement que vous connaîtrez seul. La partie est grosse à jouer, mais nous réussirons et nous ferons, voyez vous, monsieur Berthier, un solide ouvrage. La démocratie césarienne sera fondée !

Au milieu de ses occupations et de **ses vastes satis**·

factions d'orgueil, Michel Berthier souffrait pourtant.
Çà et là, il entendait la voix profonde et douloureuse
de la vérité. Elle se traduisait par un cri, cette voix
qu'il eût voulu étouffer, par un quatrain imprimé dans
quelque petit journal, par le coup de crayon d'un cari-
caturiste, par le trait de plume d'un chroniqueur;—plus
forte encore et plus implacable par quelque écrasant
article ou par quelque discours public prononcé par un
homme à la parole libre.

Un journaliste mordant se plaisait alors à publier des
devises satiriques. Il avait prêté celle-ci à Michel Berthier : — *Plus d'honneurs que d'honneur.* Quelque mauvais plaisant la lui envoya sous enveloppe, gravée par
Stern, et sous forme d'*ex-libris.*

Michel se sentit devenir effroyablement pâle et se
mordit les doigts avec rage. Mais qui atteindre? Des
poursuites furent ordonnées d'abord contre le journaliste, puis abandonnées, pour éviter le bruit.

Un matin, Michel Berthier reçut du préfet de police
la demande expresse d'un mandat d'amener décerné
contre un certain orateur qui, présidant une réunion
publique, s'était laissé aller à une diatribe violente
contre le gouvernement et, malgré les avertissements
du commissaire, et la dissolution de la réunion nettement prononcée, avait achevé son discours plein de
haine.

— C'est Jean Levabre, se disait le ministre.

C'était Pierre Ménard.

Michel Berthier fut atterré.

Ménard avait fait cela? Ménard avait perdu la raison au point de déclarer publiquement la guerre à la loi?

Le ministre répondit qu'il examinerait le cas de l'orateur, mais le préfet arriva bientôt lui-même, faisant un tableau de l'agitation causée, dans les quartiers excentriques par la harangue de Ménard et réclamant formellement l'arrestation de cet homme.

— C'est le moment de frapper un grand coup, ajouta-t-il en regardant en face Michel Berthier. Chacun sait que vous avez été intimement lié à Pierre Ménard. Eh bien, en vous voyant sacrifier à la loi même un vieil ami, nul ne doutera de votre énergie. Vous êtes le droit, soyez la force !

Michel hésitait.

— Si vous reculez, vous êtes perdu !

— C'est vrai, fit Berthier.

— On a voulu vous tâter. Le peuple est rétif; faites-lui sentir le mors, il sera dompté !

— Soit, dit encore Berthier.

Il signa l'ordre avec une sorte de colère; mais à peine le papier était-il sorti, qu'il appelait en hâte son secrétaire, un jeune homme que lui avait recommandé Francine de Rives, en qui il avait une certaine confiance, et lui recommandait d'aller sur-le-champ chez Pierre Ménard, et de le prier, de le supplier, de lui ordonner, au besoin, de fuir.

— Qu'il se cache où il pourra, dans mon appartement privé, s'il le veut. Il sera arrêté ce soir.

— Bien, monsieur le ministre, dit le secrétaire.

— Vous m'avez compris? Insistez beaucoup !...

Pierre Ménard répondit froidement aux ouvertures de Michel Berthier :

— Vous direz à Son Excellence que je tiens à voir comment le fils de Vincent Berthier s'y prendra pour faire con lamner Pierre Ménard. Je ne partirai point et je ne me cacherai pas !

— Quel orgueil ! s'écria Michel, lorsqu'on lui transmit la réponse.

Ménard allait être arrêté le soir même.

Le lendemain était justement le jour fixé pour le dîner mensuel des *Douze*. Michel Berthier éprouva la tentation et comme e besoin de s'y rendre, pour oublier bien plus encore que pour jouir de l'effet produit sur ses anciens camarades par sa situation nouvelle. Il avait, en vérité, la nostalgie de ces causeries, de ces plaisanteries d'autrefois. Parler des choses de l'art, de la musique, du théâtre, quelle joie !

On ne l'attendait point parmi les *Douze*. Son arrivée jeta sur la réunion une sorte de glace. Ce n'était pas l'homme de jadis qui entrait, c'était un homme nouveau, attaqué de tous côtés.

Le docteur Gerveix n'avait-il point, tout bas, il est vrai, — rapporté le propos qui courait sur Berthier : —

— Il s'était donné pour le spectre de Banquo, mais Banquo, au lieu de terrifier Macbeth, s'est mis une serviette sur le bras gauche et sert à table !

Michel vit bien que son entrée causait quelque surprise. Il alla s'asseoir entre Gontran de Vergennes, qui lui parut froid, et Dalérac, toujours courbé en deux, attendant la croix.

Emile Meyer, le peintre Vigneron, le wagnérien
Limmansohn, Olivier Renaud, le banquier Verneuil,
Georges Soriolis, le poète Charles Dumas, tous étaient
là. On se racontait que ce bon Varoquier, d'Olivet,
après le dernier dîner, avait trouvé fort joli d'achever
sa nuit à l'Opéra, et que là, rencontrant une aimable
chercheuse d'amour, il s'y était si bien attaché que
madame Varoquier, ne recevant pas de nouvelles, était
venue à Paris à la recherche de son époux et suivie
de ses trois enfants.

— Lorsqu'il apprit l'arrivée de madame Varoquier,
dit Paul Vigneron qui racontait l'affaire, Varoquier
sortait précisément d'un bal masqué, et cet homme
grave, — vous l'avez vu ici, messieurs, — était déguisé,
devinez en quoi? en polichinelle. Il eut alors une inspiration vraiment touchante, et, après s'être informé de
l'hôtel où était descendue madame Varoquier : « — Eh
bien! non! se dit-il, je ne me déshabillerai pas. J'irai
me faire pardonner en polichinelle, *ça amusera les
enfants!* »

— Tiens, dit Vigneron tout haut après avoir conté
l'historiette, vous ne riez pas? On ne rit donc plus ici?
Alors, pour être gais, parlons politique!

Michel fronça imperceptiblement les sourcils.

La politique! Ce n'était point cela qu'il venait chercher au Dîner des Douze! On en parla cependant, et le
ministre remarqua, chez presque tous ces hommes,
une certaine affectation commune à railler cruellement ceux qu'Olivier Renaud, le journaliste, appelait,
après Figaro, des *puissants de quatre jours*.

Il se demanda même s'il allait répondre. A quoi bon ?
Il écoutait.

— Il faut bien se figurer, disait Olivier Renaud, que
nos assemblées politiques, depuis cinquante ou soixante
ans, ont été loin de représenter la véritable force intel-
lectuelle de la France. Sauf quelques exceptions éclatantes, elles se sont recrutées dans les couches d'intelligence moyenne du pays, et elles ont donné peut-être
l'exemple de la fortune, mais non l'exemple du talent.
La plupart des personnalités vraiment hautes, vraiment supérieures de la nation sont demeurées, pour
une cause ou pour une autre, en dehors de ces assemblées. A qui fera-t-on croire que le Corps législatif
incarne la science, la littérature, la philosophie, la
supériorité nationales ? Toute collectivité de ce genre
est une réunion de médiocrités qui, d'ailleurs, par une
rencontre bizarre, peuvent parfaitement accomplir une
œuvre au-dessus du médiocre. Il y a l'entraînement du
vote, l'électricité que dégage un discours, la puissance
d'un orateur qui entraîne une masse hésitante, l'ascendant de l'exception supérieure sur les majorités,
voilà où se trouve le salut, et ce qui fait que plus d'une
assemblée insignifiante par ses unités a valu de laisser
un souvenir, grâce à son total. Mais, sauf les politiques
par passion et par nature, je ne sais pas d'homme
d'une valeur véritable qui se soit, si l'on peut dire,
augmenté en entrant dans une assemblée, et j'en connais beaucoup qui se sont diminués. Tout homme qui
entre sans ambition à la Chambre se condamne à une
œuvre vaine, puisqu'il est résolu à ne servir son parti

que platoniquement, et tous ceux qui y pénètrent avec
des ambitions se condamnent à des intrigues, à des
alliances révoltantes, à des compromis quotidiens, où
l'homme le mieux trempé laisse chaque jour un peu de
sa moralité. Ajoutez qu'au point de vue purement
égoïste, tous ceux qui ont, en dehors de la politique,
un état ou une carrière, y perdent tout net : l'écrivain,
les livres qu'il n'a plus le temps d'écrire ; le maître de
forges, l'usine qu'il n'a plus le temps de diriger ; le
médecin, les clients qu'il n'a plus la possibilité de visiter ; l'avocat, les procès qu'il n'a plus le loisir de
plaider. Deux seules espèces de gens n'ont rien à y
perdre : ceux qui ont la fortune et ceux qui n'ont point
de métier, ceux qui voient dans le mandat l'occasion
de venir à Paris et d'y vivre sans trop écorcher leur
revenu, et ceux qui comptent, à la fin du mois, sur la
somme qu'ils émargent à la caisse de l'Etat. Mais tout
homme qui demande son indépendance à son travail
quotidien n'a ni le temps, ni l'argent nécessaires pour
se vouer tout entier à une assemblée. Reste la question
du devoir civique à remplir. Chacun le remplit à sa
manière. On n'a pas besoin de gravir la tribune pour
être utile à son pays. « Ce qu'il y a de plus beau, dit
Joubert, c'est un beau livre. » Dix lignes qui durent
valent mieux qu'un discours qui enthousiasme et qui
passe. Et sans être un homme qui lutte, la plume à la
main, pour le droit et la vérité, tout citoyen qui tra-
vaille vaillamment à l'échelon où le sort l'a placé,
qu'il peigne une toile comme Delacroix, qu'il fabrique
du drap comme le plus humble tisserand, ou qu'il cul-

tive simplement son jardin, comme Candide, pour nous nourrir de ses fruits, celui-là sert son pays et donne un exemple aux autres. *Age quod agis*, fais ce que tu fais, voilà le mot d'ordre que tout homme devrait prendre dans la société moderne, et, si chacun le prenait, le monde irait mieux et nous aurions tous le cœur plus dispos, le foyer plus riant, et, en fin de compte, la patrie plus libre !

— Conclusion ? fit Dalérac.

— Conclusion, répondit Renaud : les politiciens de profession sont des virtuoses et rien de plus. Je ne dis pas cela pour ceux qui, ayant la puissance comme certains hommes, pouvaient facilement s'en passer, puisqu'ils avaient le talent, qui vaut mieux !

Michel ne put s'empêcher de rougir sous ce trait, d'ailleurs aimable, qui visait tout droit à lui. Il ne répondit pas, il s'inclina, choisit, comme prétexte pour se retirer, ses occupations redoutables, salua collectivement ses anciens amis dont plusieurs s'inclinèrent légèrement, tandis que deux ou trois ne s'inclinaient même pas, et s'éloigna en priant Gontran de Vergennes de lui dire un mot en particulier.

— Eh bien! dit Michel, lorsqu'ils furent seuls dans l'antichambre et tout en endossant son pardessus, je trouve l'accueil des Douze assez *frais !* Je vous gêne donc ?

— Non, répondit Gontran, ce n'est pas toi, c'est....

— Je vois ce que c'est : c'est mon portefeuille !

— Pas précisément.

— Qu'est-ce donc ?

— Eh bien! fit le vicomte très-nettement, ce sont tes

discours d'autrefois. Tu sais! On n'aurait qu'à en réciter une phrase par mégarde. Alors, tu en souffrirais, et cette seule pensée suffit pour nous mettre mal à l'aise.

— Gontran !

— Je te demande pardon. Mais, je suis franc comme un homme qui a vu bien des choses, et, quoique rien ne m'étonne, je suis, je l'avoue, un peu surpris. Oui, il y a des choses qu'on ne fait pas, et, puisque nous en sommes aux confessions, je m'accuse de t'avoir poussé jadis à t'affranchir de certain lien.... D'ailleurs, il y a encore des façons de s'en tirer. Tu as procédé par un coup droit, là, en plein cœur. C'est plus commode. Là-dessus, adieu. Je pars demain pour le Poitou, et tu n'entendras plus parler de moi. Si tu as des adresses à donner aux pharmaciens, ne choisis pas la mienne. Je n'y serai plus !

Il tourna le dos à Michel stupéfait, et le ministre descendait l'escalier du restaurant en faisant claquer avec rage son pouce contre son index lorsqu'une voix le rappela.

C'était Dalérac qui, souriant et pressant, venait lui demander des nouvelles de son *ruban*.

— Ah! par ma foi, répondit Michel, un peu de patience! Si vous croyez qu'on peut répondre à tous les solliciteurs !

Et il se jeta, en refermant violemment la portière, dans la voiture qui l'attendait.

Dalérac, furieux, rentra dans la salle du repas, où l'on prenait le café et le kummel.

— Messieurs, dit-il alors, — et sa voix mielleuse prit

tout à coup l'accent de la haine, — vous voyez bien
l'homme qui sort d'ici? Eh bien, c'est Polignac jouant
au Mirabeau ! Adorant ce qu'il a brûlé et brûlant ou
faisant arrêter ce qu'il a adoré, c'est le Sicambre de
l'irréconciliabilité !

— Seulement, il n'est pas fier, murmura le docteur
Gerveix.

— Le Sicambre de l'irréconciliabilité? Le mot ne
doit pas être de toi, Dalérac! dit Emile Meyer.

— Ah! çà, fit Gontran de Vergennes, est-ce que Michel Berthier est déjà menacé de n'être plus ministre?

— Pourquoi? dit Dalérac.

— Parce que vous l'attaquez, mon cher !

Dalérac sourit, murmura un « *Ah! charmant!* » d'un
ton vexé et s'assit, tandis que Limmansohn réclamait le
silence et jouait, comme un prêtre officie, un morceau
du *Vaisseau Fantôme.*

XX

Le comte François de Morangis avait vu, avec une
sorte d'épouvante, la conversion et, en quelque sorte,
l'avénement de Michel Berthier. Cet homme d'honneur
n'admettait pas ces capitulations et répugnait à de tels
compromis. Puis, avec cette facilité, presque candide,
qu'il avait à croire au bien, il se demandait si Michel
n'avait pas obéi à une conviction et n'avait pas cru, en
servant le pouvoir, être utile à la liberté.

C'était précisément le thème qu'avait développé, devant lui, avec un aplomb absolu, Michel Berthier, un soir que le comte François l'avait pris à part, chez madame de Rives.

— Il a l'air très-convaincu, disait le comte au docteur Loreau.

M. de Morangis, vivant dans la retraite, et tout entier absorbé par l'amour qu'il portait à sa fille, ignorait absolument les commentaires qu'avait fait naître la conduite politique de Michel.

Il avait bien vaguement entendu rappeler, à propos de ce changement de front, le mot éternel de M. de Sartines : *Cherchez la femme,* mais il avait souri d'un air de doute profond lorsqu'il avait cru comprendre que *la femme* c'était Francine de Rives.

— Ma cousine est charmante sans doute, avait-il dit, mais je ne la soupçonne point d'avoir fait ce prosélyte. Elle tient à avoir un salon bien meublé d'hommes célèbres ; mais peu lui importe que les salons des Tuileries soient plus ou moins fréquentés.

Le docteur Loreau avait bien raison d'appeler l'auteur de la *Vie de couvent au Moyen-Age* « un admirable aveugle. » Jusqu'au jour où sa fille avait concentré sur elle toute l'attention de son père, le comte François n'avait regardé que *là-haut.*

— Relis La Fontaine, lui disait encore Edmond Loreau Il y a là un astronome qui te ressemble.

— Pas du tout, répondait le comte. Il se laisse choir parce qu'il regarde les étoiles créées. Moi, je regarde le Créateur.

— Résultat : deux chutes. A ton aise !

— Mécréant ! Tu as des griffes aux pieds !

— Mon pauvre François, tu as des ailes dans le dos !

Ils se querellaient ainsi, souriant, mais le comte n'eût rien résolu sans prendre l'avis de Loreau, surtout lorsqu'il s'agissait de Pauline. Il fit donc part au docteur de ses hésitations, du changement que la défection de Michel Berthier pouvait amener dans ses projets.

— Un changement ! un changement ! C'est bel et bon à dire, fit Loreau. Mais ta fille s'occupe peu de politique, et ta fille l'aime ce monsieur ! Il faut savoir ce qui te semble le plus redoutable de lui ou du couvent !

— Tu comprends bien que poser la question ainsi, c'est la résoudre...

— Cela dépend. Pouvons-nous parler l'un à l'autre comme à nous-mêmes ?

— Il y a trente-cinq ans que nous parlons ainsi.

— Oui, mais il n'y a pas trente-cinq ans que tu songes à marier ta fille. Eh bien ! à vue d'œil, ce Berthier est plutôt un vaniteux qu'un malhonnête homme ; je parierais qu'il ne se croit pas un apostat ; il est capable de s'admirer et de s'applaudir. Il croit peut-être, dans son naïf orgueil, avoir donné un exemple au monde. On a vu de ces choses-là. Encore une fois, je compte beaucoup sur l'influence de Pauline. Elle est assez riche pour qu'il n'ambitionne plus la fortune ; il aura été assez puissant pour qu'il ait, à un moment donné, le dégoût du pouvoir. Tu es certain qu'il aime ta fille ?

— J'en suis certain.

— Il te l'a dit?

— Il me l'a laissé comprendre, chez madame de Rives, l'autre soir.

— Eh bien! François, n'hésite pas. Ou lui ou le cloître, le dilemme est toujours le même. L'important est
de sauver Pauline, de la garder, d'empêcher qu'elle ne
meure. Après tout, il y a des « pis-aller » pires que celui-là!

— C'est bien ton avis?

— Certes. J'ai beaucoup questionné de gens sur le
cas de Michel Berthier. Te dire qu'il est adoré, heu!
heu! ce serait aller loin. Mais l'homme privé me paraît
sans reproche, si l'homme public... Ah! le diable soit
de Pauline, qui s'amourache de celui-là plutôt que d'un
autre! Mais c'est la règle. A la garde du sort, donc! Je
ne te dirais : *non*, mon cher François, que si je décou-
vrais dans la vie de cet homme quelque acte qui mena-
çât, non pas lui, mais elle, mais Pauline. Et, ce jour-
là, par exemple, je te dirais, implacable : Quelle meure
au monde, elle aura du moins le repos du cloître. Cela
vaut mieux encore que l'enfer au logis.

— Le cloître! ah! le cloître! Jamais! s'écria M. de
Morangis effrayé.

Il sonna et fit demander si « *mademoiselle était chez
elle.* »

Pauline était sortie. Elle portait à Clotilde Ballue, rue
Hauteville, au coin de la rue des Petites-Ecuries,
dans le nouveau logis où la malheureuse était venue
échouer, de l'argent, du linge et des remèdes.

— Vous direz à mademoiselle, lorsqu'elle rentrera, que je l'attends ici !

— Tu vas lui parler ? demanda Loreau.

— Oui.

— Tu as raison. Et ce soir, tu me donneras des nouvelles de l'entretien. Je te quitte. Je vais voir une pauvre fille qui se meurt et du diable si je sais de quelle maladie ! Il y a des êtres qui ont mal à la vie, si l'on peut dire. Cette jeune femme est de celles-là et Pauline a souffert du même mal. C'est le pire de tous. Allons, sauve ta fille ! Je vais essayer, moi, de sauver ma malade !

Michel Berthier s'était, en effet, ouvert au comte. Il lui avait donné à entendre que, si sa demande avait chance d'être agréée, il solliciterait avec joie la main d'une jeune fille aussi accomplie que mademoiselle de Morangis. Le comte avait dit, à son tour, qu'il tenait avant tout à consulter Pauline. Après quoi il dirait à Michel Berthier si le projet pouvait avoir des suites.

Le comte voyait avec effroi approcher la date fixée par lui où Pauline allait lui répondre définitivement. Il avait, qu'il essayait de combattre en elle la vocation tardive qu'un seul homme avait pu faire hésiter la jeune fille. Le père se hâtait donc de mettre à néant, lorsqu'elles s'élevaient, les objections de l'homme politique, le salut de son enfant avant tout.

Lorsque Pauline rentra, elle vint à lui, le teint plus animé que d'ordinaire, le regard plus souriant, le sourire presque heureux.

— Tu es contente, lui dit M. de Morangis, je parie
ｉe tu viens de faire quelque bonne action!

— Je viens de faire une chose toute simple, conso-
ｒ quelqu'un. Ah! qu'il y ait de pareilles misères dans
 monde, cela est trop triste, en vérité! Je voudrais
ｕtes les connaître et pouvoir toutes les soulager.
ｕssi bien, je sais grand gré à M. Michel Berthier de
'avoir trouvé l'adresse de Clotilde Ballue. C'est à lui
ｉe je dois d'avoir donné à la malheureuse une joie
ｉssagère.

— Oui-dà? fit M. de Morangis.

Il allait aborder sur-le-champ la question qui le
ｒéoccupait, puis il réfléchit qu'il serait plus prudent
ｅ tourner la situation, et, laissant là Michel, il parla à
ｕuline de l'espèce de traité touchant qu'ils avaient fait
ｄis ensemble, le père et la fille.

Jamais il n'avait rappelé jusqu'alors à Pauline cette
ｄuloureuse échéance d'une année après laquelle son
fant pouvait lui échapper pour toujours.

Pauline le regarda, très-étonnée.

— Pourquoi me parlez-vous de cela, mon père?

— Parce que le temps approche où tu devras répon-
ｅ enfin, parce que c'est dans un mois...

— Eh bien! répondit-elle avec son beau sourire, j'ai
core un mois à réfléchir!

Mais, cette fois, le comte ne sentait plus en elle cette
ｓolution presque implacable qui mettait déjà comme
ｅ grille de couvent entre elle et lui. Il lui semblait
ｅ Pauline était moins héroïque maintenant et plus
ｎme, et une immense joie emplissait le cœur de ce

père qui voyait revenir à lui, comme du fond du tombeau, sa fille adorable, jeune, rayonnante et sauvée.

M. de Morangis, maintenant persuadé qu'il pouvait tout dire sans crainte, prononça alors le nom de Michel Berthier, et, après un éloge absolu, il osa exprimer les sentiments de dévouement, de respect et d'amour dont Berthier lui avait fait la confidence. Pauline devint un peu rouge, mais, aux questions de son père, elle répondit sans trouble que Berthier était un homme de talent et, elle n'en doutait pas, un homme de cœur.

Pauline de Morangis sentait bien, avec sa droiture instinctive, qu'il y avait, dans l'arrivée de Michel au pouvoir, quelque chose d'incompréhensible ; mais elle ignorait qu'il y eût quelque chose de tortueux. Elle revoyait toujours Michel, elle l'entendait toujours plaidant la cause des souffrances imméritées, et elle lui gardait, comme elle le disait, une reconnaissance profonde pour cette occasion qu'il lui avait donnée de faire encore une fois le bien.

Le comte rencontra cependant une résistance inattendue lorsque, poussant l'entretien plus avant, il essaya d'obtenir de Pauline l'autorisation de répondre catégoriquement à la demande de Michel Berthier.

Cette fois, Pauline eut peur ; elle eut peur de renoncer trop vite à son rêve d'anéantissement chrétien. Elle eut peur de rompre à tout jamais avec ce qui avait été sa consolation et sa volupté. Elle éprouvait un délicieux plaisir à demeurer encore dans cet état de liberté où elle pouvait, selon son désir, disposer de sa vie.

Elle ressemblait à une jeune fille qui voudrait arrêt

les heures avant les fiançailles, et qui ressentirait une caresse intérieure à être là, palpitante, hésitante, avant de s'abandonner à une résolution qui décidera de son existence. Certes, elle sentait bien que tout son être allait à l'amour terrestre sans se détacher de l'amour divin, mais pour cette âme passionnée, un tel détachement ressemblait presque à une désertion.

Elle voulait donc demeurer encore, jusqu'au jour où elle avait juré de répondre, dans cet état troublant et charmant où il lui semblait que deux routes s'ouvraient devant elle, l'une qu'elle avait crue jusque-là fangeuse et sinistre, et qui lui apparaissait unie et droite comme un devoir, avec de l'herbe et des fleurs et des gazouillements d'oiseaux et d'enfants ; l'autre qu'elle avait si souvent voulu suivre et dont la perspective maintenant s'éloignait, la longue route de la prière, de la solitude et du salut avec ses horizons bleus traversés de battements d'ailes blanches.

— Mon père, fit Pauline, dans un mois je répondrai !

— Dans un mois, c'est bien long !

— Non, dit-elle en l'embrassant avec effusion sur les deux joues, c'est bien court !

Ce double baiser fit du bien à M. de Morangis. Il devinait que c'était aussi une façon de répondre.

— Quand elle songeait au couvent, se disait-il, elle répondait sans m'embrasser. Fiancé pour fiancé, je préfère au Seigneur qui me prend mon enfant celui qui me laisse au moins sur les joues les baisers de ma fille !

Il était heureux, il souriait, il se sentait pris d'une envie de confier son bonheur à tout le monde. La ba-

22.

ronne de Rives, étant venue lui rendre visite, ne put s'empêcher de lui faire compliment sur cette joie qui débordait, et le comte laissa entendre que Pauline se rattachait décidément à la vie commune.

— Je l'avais bien remarqué, fit la baronne, dont M. de Morangis ne saisit point le léger froncement de sourcils.

— Pauline est-elle visible? ajouta Francine, d'un ton presque indifférent.

— Oui, dit le comte.

— Je vais lui donner le bonjour!

Et Francine tendit au comte sa petite main gantée.

La baronne se sentait un peu piquée de ce qui se passait. Elle devinait parfaitement tout ce qui s'agitait dans le cœur de mademoiselle de Morangis, et elle en éprouvait un secret dépit. Ce Berthier avait donc pu se faire aimer d'une jeune fille qui n'avait aimé personne!

Elle alla embrasser Pauline qu'elle trouva occupée à donner, à travers les barreaux, des petits morceaux de sucre à des becs-d'argent, sénégalis et oiseaux diamantés de l'Inde qu'elle avait dans une volière. On causa. La joie du père se retrouvait, un peu moins éclatante, dans le regard de la fille, et madame de Rives feignit adroitement de ne pas s'en apercevoir. Elle parla de choses ou de gens parfaitement indifférents, annonça que mademoiselle Nadèje Bourtibourg se mariait à un haut personnage de l'entourage de l'empereur, ce qui avait désolé ce pauvre Louis Dalérac, un garçon aimable que Pauline devait connaître; puis elle arrive

oucement à parler politique et loua alors Michel
erthier d'une façon telle que Pauline se sentait le
œur serré comme dans un étau pendant qu'elle parlait.

Elle faisait, avec une perfidie de diplomate et de
emme, l'éloge de cet homme d'Etat qui, du moins, avait
u le courage d'abandonner ses anciens compagnons et
e braver l'impopularité pour arriver à faire triompher
es idées qu'il croyait justes. Elle admirait ce politique
ui signait des ordres d'arrestation contre l'ancien ami
e son père. Elle déclarait digne de la reconnaissance
u pays cet orateur puissant qui, sentant que ses idées
remières étaient impraticables, les avait noblement,
ourageusement reniées, et était venu proclamer, en
ublic, la théorie de la légèreté des souvenirs.

— Voulez-vous que je vous dise, ma chère enfant?
onclut Francine : M. Michel Berthier est le seul homme
l'Etat qu'il y ait aujourd'hui au ministère et peut-être
n France!

Pauline étouffait tandis que la baronne parlait. Elle
vait envie de pleurer, elle étranglait dans sa gorge les
anglots. Elle se demandait si ce que disait Francine
tait vrai et dans quel but elle le disait.

Lorsque madame de Rives, en prenant congé de Pau-
ine, l'embrassa au front, la jeune fille éprouva une
ensation inaccoutumée. Ce baiser était froid comme la
eau d'une couleuvre.

Francine partie, mademoiselle de Morangis se laissa
omber sur un fauteuil et pleura à son aise. Quoi!
Etait-ce donc vrai? Pouvait-on parler ainsi de Michel
Berthier? Sous les éloges de cette femme, qu'il y avait

d'ironie, de cruauté, de mépris peut-être!... Du mépris?
on pouvait mépriser l'homme qu'elle aimait, elle, Pauline de Morangis? Etait-ce possible?

La tête de la malheureuse enfant se perdait. Elle
voyait revenir, plus effrayant encore qu'autrefois, le
cortége affreux des doutes.

C'était donc là le monde! Elle croyait avoir rencontré un homme placé bien au-dessus des autres, supérieur par le talent et par l'âme, et de cet homme on
pouvait dire, sous prétexte de le louer, ce que venait
en dire la baronne de Rives.

— Mon Dieu! songeait Pauline, mais on ne parlerait
pas autrement d'un traître!

Elle s'était levée. Elle cherchait autour d'elle un conseil, une consolation, un appui. Si le docteur Loreau
eût été là, elle lui eût tout dit. Sa parole était si puissante! Il lui montrait si clairement, si nettement la réalité des choses!.

Pauline tournait autour d'elle un regard éperdu.
Qu'elle se sentait isolée! Son père? Mais elle ne voulait pas l'affliger encore.

— Ah! mais comme je suis seule, disait-elle, navré.

Tout à coup elle aperçut son prie-Dieu, et, jetant un
cri, elle se précipita vers lui, s'agenouillant soudain
devant un triptyque de Filippo Lippi, qu'elle avait autrefois rapporté de Florence, et, fervente alors, toute
son âme montant, altérée de vérité, dans une oraison,
elle pri .

M. de Morangis, qui entrait peu d'instants après, la

trouvait courbée, les mains jointes et le front appuyé
sur le chêne du prie-Dieu.

Instinctivement il frissonna. Il regarda sa fille avec
effroi. Des mouvements nerveux, saccadés, secouaient
les épaules de mademoiselle de Morangis et faisaient
passer par tout son corps le tressaillement douloureux
d'un sanglot.

Pauline priait, mais elle pleurait.

— Mon Dieu! pensa M. de Morangis, dont le sang
devint glacé, et qui devina, à la douleur terrible de ce
corps incliné, quelque chose de foudroyant et d'affreux,
que lui a donc dit cette femme?

XXI

Le soir même de cette journée, le docteur Loreau
revenait à l'hôtel de Morangis. Il était pâle, visiblement
ému, faisait claquer sa langue d'un air de méchante
humeur, et, trouvant Pauline aux côtés de son père, il
lui demanda de les laisser seuls un instant.

— Oh! rien de grave, dit-il. Une affaire particulière,
voilà tout.

Pauline se retira, mais elle eût juré en sortant qu'il
s'agissait de Michel Berthier, et qu'on allait parler de
lui.

Elle devinait juste.

— Qu'y a-t-il donc? demanda M. de Morangis lorsqu'il fut seul avec son ami.

— Quelque chose de fort triste. Ecoute, je vais droit
au but, comme à coups de bistouri. Nous avions cru
que Berthier était un habile, eh bien! c'est pis que
cela...

— Michel ?

— C'est un misérable !

Oui, hélas! oui! continua le docteur. Je donne
mes soins à une pauvre fille qui se meurt. C'est une
ancienne maîtresse à lui. Tout le monde a eu des maîtresses, soit; mais tout le monde ne s'est pas conduit
avec elles comme Michel Berthier avec celle-là. Moralement et physiquement, il l'a tuée.

— Tuée ?

— Parbleu, il ne l'a pas étranglée! Mais si elle meurt,
à qui la faute ? Ah ! si cette fille m'avait fait un de ces
récits toujours banals que nous recueillons au chevet
de toutes les malades, dans les hôpitaux, je pourrais
croire qu'elle a radoté le vulgaire roman de toutes les
créatures perdues. Mais non! Elle n'a rien dit, j'ai tout
deviné et je lui ai fait tout dire. Elle était parfaitement
honnête quand elle l'a aimé. Elle était vierge. Les vir-
ginités perdues ne se retrouvent plus, dit-on. On se
trompe. Elles renaissent dans l'enfant. Tu vois que pour
un matérialiste... Bref, cette femme est devenue mère.
Lui n'a jamais vu son enfant. L'enfant est mort. La mère
a pris du laudanum, comme une grisette qui veut en finir, mais, survivant, elle a agonisé comme une martyre
qui rachète toute une vie. Elle meurt de douleur, — et je
vais te dire une chose étrange, — elle meurt d'amour
pour un homme qu'elle haït .. Voilà le fait !...

— Comment sais-tu que cet homme, c'est *lui?* demanda M. de Morangis.

— Elle n'avait jamais prononcé son nom. Tout à l'heure elle m'a dit : « Je vais mourir, n'est-ce pas, docteur ? » — Je lui ai dit que non. Elle est debout. On pourrait ne pas la croire mourante. — « Oh ! je sais que *si*, je sens que *si!* » — Je ne suis pas tendre par métier, par habitude, par force. Pourtant j'ai frissonné. Elle m'a presque arraché l'aveu de son état. Alors elle m'a dit avec une énergie singulière et une douleur profonde : « — Docteur, j'ai été trop dure pour lui, l'autre jour, lorsque je lui ai dit que ma mort venait de lui ; je veux lui demander pardon, je ne veux pas mourir sans qu'il me pardonne. Puisque c'est fini, à quoi bon lui laisser un mauvais souvenir ? Je n'ai fait de mal à personne dans ma vie, je ne veux pas qu'il puisse dire, lui, que je lui en ai fait. » — Elle m'a prié alors de dire à la personne qu'elle allait m'indiquer qu'une femme qui se meurt le demandait. Elle m'a fait jurer que je le ferais. J'ai juré. « Ah ! mais c'est que c'est quelqu'un de très-haut placé ! » a-t-elle dit alors d'une voix d'enfant, naïvement et presque fièrement, pauvre fille ! — « Qui que ce soit, je l'amènerai. » Elle l'a alors nommé : — Michel Berthier. Il n'y avait pas à douter. Je suis allé chez lui...

— Toi ?

— Moi. Je lui ai tout dit. Il pouvait du moins être ému, il est demeuré froid. Je lui ai fait promettre d'aller voir cette femme qui n'a plus que peu de jours, peut-être des heures, à vivre. Il m'a donné sa parole

qu'il irait et je suis certain qu'il n'ira pas. Certain, te
dis-je. J'ai vu clair au fond de cet être. Son attitude
devant moi, son hésitation, son regard, tout l'a dé-
noncé. Crois-tu qu'il éprouvait de la pitié pour la
malheureuse qui succombe? Pas le moins du monde.
Il n'avait contre elle que de la colère. Elle a eu l'*indiscrétion* de le nommer!.. Il y a aussi de ces cas, que
veux-tu? Si les femmes savaient de quoi est fait l'amour
de certains hommes, il y aurait, je ne dirai pas plus
d'honnêtes filles, on peut être honnête même en tombant, mais moins de filles malheureuses! Ah! pouah!
j'ai la migraine. Je suis désolé et je suis fiévreux.
Maintenant que va devenir Pauline?

— Pauline? fit M. de Morangis, pâle comme un mort.
C'est vrai!... Pauline?...

— L'homme capable de broyer littéralement ainsi
une maîtresse est capable de tuer lentement une
femme! Tu comprends bien qu'il ne peut épouser la
fille.

— Non, dit M. de Morangis, avec effroi. Mais si elle
meurt?

— Elle ne mourra point; — seulement elle entrera
au couvent.

— N'est-ce pas?...

— Sans doute. Une déception pareille! Ce sera le
dernier coup.

— Que faire?

— Laisser faire.

— Je ne comprends plus.

— Tout ce qui peut arriver, à l'heure qu'il est, ap-

artient, je ne dirai pas au hasard, mais à la loi natu-
elle des choses. Voudrais-tu que Pauline devînt la
emme de cet homme ?

— Eh ! je voudrais qu'elle restât près de moi, qu'elle
e me quittât jamais, qu'on ne m'arrachât point le
œur en me la prenant pour la donner à Dieu !

— Un miracle peut faire cela. Reste à savoir, je te l'ai
lit souvent, s'il arrive encore des miracles.

M. de Morangis se sentait lâche. Perdre sa fille (et
l la perdait si Berthier ne l'épousait pas) lui semblait
une épouvante plus cruelle que toutes les autres. Il
estait silencieux maintenant, et le docteur Loreau sui-
ait sur sa physionomie les traces du violent combat
ntérieur qui se livrait en lui.

Entre ces deux hommes, un silence lugubre s'était
ait et ils demeuraient face à face, des deux côtés d'une
ampe, chacun d'eux écrasé par ses propres pensées,
orsque Pauline de Morangis entra, traversa le cabinet
le travail de son pas de statue et vint droit à Loreau
sur l'épaule duquel elle appuya la main.

Le docteur tressaillit et se redressa.

— Mon ami, dit Pauline d'une voix vibrante, une
question, je vous prie, une seule, et promettez-moi d'y
répondre franchement.

— Je vous le promets, fit Loreau.

M. de Morangis avait relevé la tête et, toujours assis, regardait sa fille, pressentant que ce qui allait se
dire déciderait d'une existence.

— Vous connaissez bien M. Michel Berthier ? demanda Pauline.

23

M. de Morangis et Edmond Loreau avaient deviné,
avant même que Pauline ne parlât, qu'il s'agissait de
Michel.

— Oui, je le connais, répondit le docteur.

— Eh! bien, jurez-moi que c'est, non pas seulement
un honnête homme, mais *l'honnête homme* dans le
sens absolu. Lorsque, devant mon père, vous m'aurez
juré cela, je vous croirai.

Loreau devint blanc et regarda M. de Morangis,
qui, debout maintenant, était livide et, de son regard
suppliant, adressait, — lui qui n'avait jamais menti, —
au docteur, à son ami, la prière d'un mensonge.

Loreau passa sa main sur ses yeux où le sang af-
fluait, et il dut éprouver, durant une minute, l'affreuse
hésitation d'un homme qui va en condamner un autre
à mort.

Mais, froidement ensuite et comme un juge, il répondit :

— Je ne puis pas vous jurer cela, Pauline!

— Ah! s'écria-t-elle avec un accent brisé, je le savais bien! *Elle* avait dit vrai!

— Misérable Francine! murmura tout bas M. de Morangis.

— Pauline, ajouta le docteur, l'amour est fort, l'a-
mour est sacré; l'amour peut rendre à un homme la
plénitude de sa vertu!

— Pauline, disait M. de Morangis, ma chère Pauline,
mon enfant, il t'aime, il t'obéira, il te donnera le
bonheur.

— Adieu le rêve! répondit Pauline. Celui que j

voulais aimer ne devait avoir ni une tache ni une faiblesse. Merci, docteur, vous m'avez jugée digne de la vérité pleine et entière. Vous avez bien fait. La connaissant avant, je souffrirai. L'apprenant après, je serais morte.

— Voilà pourquoi j'ai parlé, dit le docteur à l'oreille du comte de Morangis.

Pauline s'éloignait.

— Où vas-tu ? lui dit son père.

— Prier, répondit-elle lentement.

Puis, souriante :

— Et pleurer, ajouta-t-elle.

Le comte de Morangis l'embrassa au front.

— Après tout, bah! fit Loreau. Qu'est-ce que les larmes? De l'eau, du mucus, un peu de soude, de muriate de soude, de phosphate de soude et de phosphate de chaux! Voilà tout. Vue de près, la chimie console!

Et il souriait, lui aussi, d'un sourire navré, sans consolation et sans espoir.

Michel Berthier allait se retrouver bientôt en face de M. de Morangis. C'était chez Francine de Rives. A la façon évasive dont le comte lui répondit, Michel comprit que le mariage était manqué, ou tout au moins profondément compromis. M. de Morangis n'avait pas cru d'ailleurs devoir faire allusion à la confidence du docteur Loreau. La raison qu'il donnait à Michel pour éloigner tout projet était une de ces raisons banales qu'on choisit en pareil cas.

— Il y a autre chose, se dit Berthier.

Ce qu'il y avait, madame de Rives le savait. M. de Morangis était venu le lui dire (et le lui reprocher) assez vivement. Lorsque Michel fut seul avec elle, Francine ne se gêna point pour tout apprendre à son amant. Elle éprouvait un malin plaisir à faire reluire aux yeux de l'ambitieux les cinq millions de mademoiselle de Morangis, ces cinq millions qu'il n'aurait jamais maintenant. Elle n'était point fâchée de se venger de l'espèce d'abandon que lui avait fait subir Michel. Pure affaire de coquetterie irritée, car de jalousie amoureuse, il n'était pas question.

— Mon pauvre Michel, lui dit-elle sur un ton d'apitoiement qui n'était que du persiflage, combien je suis désolée de ce qui vous arrive! Une telle dot! Et une fiancée aussi exquise! C'est bien dommage. Et ce qu'il y a de plus agaçant, c'est que mon cousin vous eût parfaitement donné sa fille si vous n'aviez pas accepté de servir l'Empire et si vous aviez tout bonnement quitté cette petite Lia comme cent mille jeunes gens quittent journellement cent mille grisettes. Est-ce étrange que le chemin le plus simple soit quelquefois le plus court et le meilleur?

Michel avait envie de jeter à cette femme des paroles de rage et de lui reprocher de l'avoir entraîné hors de ce droit chemin dont elle parlait. Mais c'eût été peine perdue. Et d'ailleurs, n'avait-il pas couru lui-même au-devant de la tentation?

Il était furieux et mécontent. Il cherchait un moyen de tout réparer, mais lequel?

— Cher ami, fit madame de Rives, comme si elle eût

deviné la pensée de Berthier, si j'avais encore la bonne
fortune d'être votre conseillère, je vous dirais que, Pauline étant éprise de vous, — car elle l'est, — il n'y a
pas à dire, rien n'est perdu. Il s'agit seulement de la
revoir, lui parler.

— Et comment?

— Faut-il que ce soit moi qui vous en dise les
moyens? Ne l'avez-vous pas déjà précédée chez cette
Clotilde Ballue, à qui vous portez des secours pour
vous faire bien venir de mademoiselle de Morangis?
Qui vous empêche de vous trouver avant elle — pour
vous trouver avec elle — dans ce taudis?

Michel Berthier regarda la baronne avec effroi.

— Et dites ensuite, s'il vous plaît, que je suis jalouse
et que, par dépit, j'ai cessé d'être pour vous une amie
dévouée et une collaboratrice ingénieuse. Ingrat!

Michel sortit la tête en feu du salon de madame de
Rives.

Dans l'escalier, il se heurta, ou à peu près, contre un
homme qui montait. C'était Dalérac. Ganté de frais,
parfumé, ses longs cheveux gras pommadés, l'air triomphant d'un homme qui savoure une conquête, Dalérac
regarda Berthier avec un sourire qu'il n'avait point
d'habitude.

— Mon cher ministre, dit-il, si j'étais méchant, quel
joli *mot* je ferais!

— Lequel?

— Eh bien!... C'est que je monte et que vous descen-
dez!

— Vous vous trompez, mon cher, dit Berthier, qui

comprit bien que Dalérac faisait allusion à Francine et à quelque succession convoitée ou peut-être déjà touchée, — je ne descends pas, je me retire.

Il emportait d'ailleurs un espoir inattendu. Sa première action fut d'aller, rue Hauteville, dans la maison qui formait l'angle de la rue des Petites-Écuries et où un marchand de vins et un boucher logeaient côte à côte, demander à quelle heure une jeune fille, qu'il dépeignit à la concierge, venait visiter Clotilde Ballue. Depuis huit jours, Pauline n'avait jamais manqué d'apporter des secours à la malade. Elle venait chaque matin.

Berthier regarda sa montre.

C'était l'heure de la Chambre.

Il recommanda à la concierge de ne point dire que quelqu'un était venu aux informations; il se donna pour un médecin, et partit, se promettant d'être là le lendemain.

Il avait hâte de brusquer, s'il le fallait, le dénouement, de se jeter aux pieds de Pauline, d'obtenir d'elle son consentement à une union qui assurait pour lui l'avenir. Le terrain parlementaire était mouvant, en effet, sous ses pieds. Tout ce qui défendait la liberté le haïssait maintenant et le combattait sans merci, et, depuis que le bruit avait été répandu que le souverain semblait un peu déçu dans les espoirs fondés sur le nouveau ministre, les serviteurs courbés sous la volonté du maître se montraient remarquablement plus froids. Une brochure perfide et dont le succès était grand énumérait les fautes déjà commises par S. E.

Michel Berthier. Des recherches ordonnées par Michel avaient abouti à cette découverte, que l'auteur anonyme de ce pamphlet n'était autre que Louis Dalérac.

— Il y a de ces flatteurs dont la langue déchire comme celle des chats, dit Berthier.

Et il eut envie de clouer cet homme au pilori. Il n'en avait déjà plus l'énergie. Il se sentait miné, attaqué sourdement, enveloppé de quelque chose de vague et d'étouffant qui s'appelait d'un nom terrible : le mépris! Il éprouvait des angoisses profondes maintenant, lorsqu'il montait à la tribune. Il n'y retrouvait plus sa verve et son talent d'autrefois. Il paraissait diffus, terne, ou, s'il s'exaltait, insolent. Une interruption le poussait hors des gonds. Il n'était plus maître de sa parole.

On dirait que le talent a pour assises les convictions. Sans cette base solide, tout s'écroule.

— Si Son Excellence était mariée, — disait parfois M. Bourtibourg, qui, après avoir adulé Michel, le critiquait vertement, — nous assisterions à un spectacle que nous donne la femme de Son Excellence Marignac. Lorsque ce ministre a fait un *fiasco* à la tribune, sa femme se revêt de noir de la tête aux pieds. Grand deuil. Si le discours a obtenu un demi-succès, sa femme rend ses visites en demi-deuil. Toilettes violettes ou grises. S'il y a succès, les robes bleu, rose, jonquille sont arborées, et nous avons dans ces nuances de si jolis tons!..

— Oh! oh! Prenez garde, Bourtibourg, interrompait Gaston Malurel (de Rouen), laissez là les étoffes, on va vous prendre encore pour un tapissier!

— Et si Bourtibourg n'est plus un de nos célèbres tapissiers, avouons-le, c'est un de nos jolis *lâcheurs!* ajoutait en riant M. de Courbonne.

— Un *lâcheur?* je ne comprends pas.

— Ça veut dire que vous êtes de ceux, mon cher collègue, qui, après avoir cassé l'encensoir sur le nez des gens au pouvoir, finissent par leur casser le nez avec les débris de l'encensoir cassé. Je ne vous en blâme pas, ça se fait tous les jours !

— Tant pis pour ceux qui ont le nez trop long, concluait Malurel.

Michel Berthier se savait, en outre, depuis quelques jours, menacé par une interpellation redoutable.

Quelques-uns des *Mamelucks*, comme on appelait les impérialistes, plus bonapartistes que l'empereur, avaient résolu de lui demander compte de la conduite hésitante dont il avait fait preuve à l'égard de Pierre Ménard, arrêté seulement douze heures après un discours ardemment révolté, et relâché deux jours après son arrestation, si bien que Ménard avait pu gagner la Belgique et lire à Bruxelles le texte du jugement qui le condamnait à trois ans de prison, pour propos séditieux.

Le bruit courait que le préfet de police avait instruit les auteurs et les meneurs de l'interpellation annoncée des hésitations du ministre. Il y avait là un nuage grossissant, un danger, et, comme on disait alors, un *point noir.*

— Tant mieux ! se disait Michel.

Il ne tremblait pas. Il était certain qu'il retrouverait,

en plein orage, sa puissance oratoire d'autrefois. Cette
odeur de soufre et de poudre l'excitait.

— Des pierres qu'ils prétendent me jeter, avait-il dit,
ils me bâtiront un piédestal !

Le lendemain du jour où il avait passé rue Hauteville, quelques heures seulement avant la séance où il
allait enfin se défendre solennellement et parler, Michel, poussé par cet âpre désir qu'il avait de poursuivre
deux buts à la fois, certain de vaincre deux fois, montait les cinq étages qui conduisaient à la mansarde où
Clotilde Ballue se traînait, poitrinaire, et là, devant ce
grabat, devant cette misère, cette commode de noyer
où la malade avait placé, entre deux fleurs fanées, le
portrait carte de celui qui l'avait perdue, Berthier ré-'
solut d'attendre Pauline.

Il interrogeait, en attendant, Clotilde Ballue et, tandis qu'elle lui faisait, avec cette prolixité des malheureux, le récit de ses souffrances, il se demandait, — et il
interrompait cette femme pour demander — si Pauline
viendrait.

On frappa enfin à la porte. C'était elle. Clotilde se leva
à demi pour aller ouvrir. Michel la prévint et Pauline
entra.

Elle sembla, un peu éblouie par la lumière, au sortir de l'escalier sombre, ne pas reconnaître d'abord
Berthier, puis, quand elle vit ce visage pâle et inquiet, elle devint livide à son tour, recula et avança
la main vers la serrure comme pour rouvrir la porte
fermée.

Pauline montait toujours seule. Elle ne voulait pas

humilier ceux qu'elle secourait en les consolant devant
un domestique.

— Vous ici ? dit-elle alors à Michel.

Il prit un ton suppliant et, tout bas :

— Mademoiselle, dit-il, je vous en conjure, un mot,
un seul !

— Lequel ?

— Pardon !

— Pourquoi ? Qu'ai-je à vous pardonner ? Laissez-
moi ! Je viens ici pour consoler ceux qui souffrent, je
ne viens pas pour absoudre ceux qui se repentent !

L'espèce de froideur habituelle à Pauline de Morangis était devenue sévère et presque cruelle. Le ton dont
elle répondait à Michel Berthier le souffletait. Tout cela
était dit bien bas, comme une confidence, tandis que
Clotilde Ballue, étonnée, regardait et n'entendait pas.

Pauline s'approcha de la malheureuse, prit la main
qu'elle lui tendait en se soulevant avec peine, y glissa
quelque pièce de monnaie ou quelque fiole contenant
un médicament, et s'informa rapidement de l'état où la
malade se trouvait.

Mademoiselle de Morangis avait hâte de s'éloigner.

Michel comptait sur cet instant décisif pour tout dire
tout oser, et il se répétait encore le mot du héros de
Stendhal, le cri de Julien Sorel : *Aux armes !*

Lorsque Pauline voulut se retirer, il s'effaça en s'inclinant, contre la muraille, pour la laisser passer, puis
rapidement, il sortit derrière elle.

Il avait calculé que, durant le temps qu'il fallait pour
descendre cinq étages, il pouvait répéter à mademoi-

selle de Morangis combien il l'aimait, la ramener à lui,
la retrouver, la reconquérir.

Au cinquième, en sortant de chez Clotilde Ballue, il
fallait, avant d'arriver au palier, suivre un long corridor, avec chambres de chaque côté, chambres de domestiques ou d'ouvriers, toutes désertes durant le
jour.

Ce corridor équivalait à une solitude.

Pauline se hâtait de le suivre, lorsque Michel, marchant sur ses traces, l'arrêta, suppliant.

—Vous me fuyez?... Ecoutez-moi, mademoiselle, dit-
il. J'ai vu votre père. Je l'aurais supplié de me dire
pourquoi, à une confiance sans bornes, succédait chez
lui une froideur absolue. J'ai mieux aimé vous le demander, à vous, et voilà pourquoi je suis venu ici !

— Ce n'est donc pas pour secourir cette femme qui
se meurt ?

— C'est pour vous parler, pour vous supplier d'écouter, fût-ce en passant, la voix d'un homme qui vous
aime et qui mourra, Pauline, si vous ne l'aimez pas !

Mademoiselle de Morangis sentit à son cœur comme
un coup de lancette. C'était la première fois qu'une
voix humaine lui disait ces adorables mots qui semblent
devoir contenir toute une vie de dévouement et une âme
tout entière : *Je vous aime !*... Et la voix qui lui murmurait ces mots était celle d'un homme pour qui, par qui
une femme mourait. Le docteur Loreau avait tout dit en
effet à Pauline, et mademoiselle de Morangis connaissait
maintenant l'histoire de Lia Hermann.

Au lieu de la troubler, cette déclaration inattendue

lui fit horreur. Elle se révolta comme devant quelque chose de bas. Elle croyait voir devant elle un mensonge vivant.

— Laissez-moi! répondit-elle. J'avais juré de n'écouter ces mots que tombés des lèvres d'un fiancé, et je n'ai plus maintenant d'autre fiancé que Dieu !

— Pauline, s'écria Michel, que dites-vous?... Vous voulez donc mourir au monde et tuer votre père en mourant? Pauline, je vous aime, ma vie est à vous, et si vous permettez au plus dévoué de tous ceux qui vous adorent de vouer son existence à vous et à ceux qui vous chérissent, je suis là, Pauline, et votre père, qui m'a dit d'espérer, vous suppliera de vivre !

— Mon père? dit mademoiselle de Morangis. Mon père, maintenant, m'aimerait mieux morte que mariée à celui qui ment !

Berthier recula foudroyé.

Il avait fait sa voix plus douce et plus caressante, il avançait doucement vers Pauline, cherchant, dans l'ombre, la main de la jeune fille pour la presser entre ses mains ; devant cette parole, il s'arrêta.

— Vous avez voulu me voir et me parler? reprit alors Pauline, comme si elle eût été heureuse de laisser échapper le secret de sa vie. Eh bien ! soit, écoutez-moi. Je vous ai aimé, monsieur Berthier, oui, vous étiez le seul homme que j'aie cru paré des vertus que je rêvais pour celui à qui je me serais donnée, ne me donnant pas à Dieu ! Vous avez été pour moi tout l'idéal de ma vie. Je croyais en vous, j'avais foi dans votre éloquent dévouement pour tout ce qui souffre sans se plaindre.

Grâce à vous, je m'étais reprise à croire à la vie, à la
vertu humaine ! J'aurais voulu vous faire riche pour
que vous devinssiez grand. J'étais prête à abandonner
mes songes d'éternel bonheur pour partager avec vous
vos épreuves ! Je ne vous connaissais pas. Aujourd'hui,
soyez heureux, monsieur Berthier, vous avez tué en
moi toute espérance ! Et il n'y a plus dans mon cœur
assez de patience ou d'illusions pour que je recommence
une telle épreuve ! Vous m'aimez, dites-vous ? Vous
mentez ! Il y a une femme à qui vous avez dit ces
mêmes paroles et qui se meurt pour les avoir écoutées.
Lia Hermann n'avait pas les millions de mademoiselle de Morangis, et vous avez rejeté loin de vous cette
femme qui, vous ayant donné sa vie, ne pouvait
pas vous donner la richesse. Monsieur Michel Berthier,
il y aurait entre nous ce visage de mourante et cette
infamie. Adieu. Laissez-moi. Je vous ai aimé et je vous
méprise, et je vous hais, parce que tout ce qui s'épa-
nouissait, refleurissait, chantait en moi, d'espoir et de
songes, vous l'avez écrasé, anéanti, saccagé, flétri.
Allons, laissez-moi passer et ne reparaissez plus jamais devant moi. J'aime mieux le crime que la honte ;
j'aime mieux le couvent qu'un lâche !

Elle fit un geste et Michel Berthier la laissa s'éloigner
étonné, presque hébété, vaincu.

Lorsqu'il revint à lui, Pauline était déjà au bas de l'escalier.

Il s'élança, comme un fou. Pourquoi dire ? Pourquoi
faire ? Il ne savait. Un éclat, un scandale, quelque infamie, qui eût forcément uni à lui cette jeune fille. Il ne

songeait même pas à ce qu'il était. Il oubliait tout, et son titre, et sa réputation même. Il ne voyait que cette enfant si belle, si pure, si superbe dans sa colère, et qui partait, emportant cinq millions dans sa main gantée.

Et Michel descendit en courant l'escalier.

Lorsqu'il arriva au bas de la rue, il aperçut le coupé qui emportait mademoiselle de Morangis, pâle comme une morte et à demi évanouie sur les coussins de la voiture.

— Allons, se dit Michel Berthier, avec rage, c'est une partie perdue. A l'autre !

L'autre, comme il disait, devait se livrer au Corps législatif.

Il y avait déjà foule autour du Palais. L'interpellation fameuse était attendue. Les cartes d'entrée faisaient prime. Dans l'intérieur, à la Bibliothèque, sous les peintures d'Eugène Delacroix, dans la salle des Conférences, devant les médaillons de Suger, de Sully et de Colbert, on ne parlait que de Michel Berthier.

Dans la salle des Pas-Perdus, le salon de la Paix, avec ses longs panneaux, d'un jaune clair, décorés dans le style Empire, sous le plafond où Horace Vernet a groupé des magistrats, des ambassadeurs et des pairs, sans compter les gardes nationaux, en même temps qu'il montre les divinités de la mer fuyant devant la navigation à vapeur; — autour des statues de Minerve en bronze vert, et de la copie du *Laocoon*, on allait, on venait, on se groupait, on questionnait, on écoutait. Les nouvellistes, ceux qui *font la Chambre*, prenaient des notes. Les députés causaient, en regardant vaguement le jardin dans l'embrasure des fenêtres. Partout ce nom : *Michel Berthier*. Partout ces mots : *Interpellation, majorité, crise, ordre du jour*.

Il y avait dans l'air du salpêtre. On sentait, à de certains signes, à de certains regards, la tempête prochaine, inévitable. Des mugissements précurseurs passaient.

Lorsque la séance s'ouvrit, tout d'abord, les conversations particulières ne laissèrent monter aux oreilles du public, entassé dans les tribunes, qu'une sorte de brouhaha composé de bruits confus où l'on eût découvert, en l'analysant, — si l'on pouvait analyser un bruit, — des invitations à souper, des propos de théâtre, des récits d'alcôve, des termes de Bourse, des calembours, des futilités et des sottises. Ce bruissement dura longtemps. Les plus jeunes députés lorgnaient les dames, comme toujours. Madame de Rives, qui n'ignorait pas qu'aux eaux, une femme doit faire par jour cinq toilettes, — une toilette de bain, une toilette du matin, une toilette de courses, une toilette d'après-midi, une toilette du soir, — avait revêtu une toilette de Corps législatif, bleu marine, chapeau assorti. Elle riait, s'agitait, s'éventait; et avait auprès d'elle Louis Dalérac qu'elle avait fortement engagé, la veille, à faire des conférences pour un orphelinat qu'elle entreprenait de fonder.

Le doux Dalérac avait pris pour texte *La Bonté*. Avant de monter en chaire, il avait écrit à Francine : « Je penserai à vous, madame, et voilà pourquoi je serai éloquent. »

On se montrait, dans une tribune voisine, un jeune

homme élégant qui considérait d'un air railleur, tout en caressant de sa main sa longue barbe blonde, l'assemblage des députés, et qui tenait surtout à ce qu'on lui montrât, au banc des ministres, le ministre de la guerre. On disait que c'était un haut personnage allemand, mi-parti soldat et diplomate, et qui s'était fort distingué à Kœniggrætz. Ilregardait, il écoutait, il étudiait.

Tout bruit cessa lorsque le président de l'Assemblée donna la parole à l'un des auteurs de l'interpellation dirigée contre Michel Berthier à l'occasion de sa politique.

C'était un jeune homme audacieux, ferme et violent, qui s'était résolu à porter à la tribune les griefs des *Mamelucks* contre Berthier. Il le fit avec une brutalité qui n'avait presque rien de parlementaire, mais dont la franchise devait évidemment déconcerter celui qu'elle attaquait aussi rudement. Point de phrases, des faits. Une série de coups droits. Et, çà et là, des mots terribles : *incapacité, vanité, immoralité.* « Comment le souverain pouvait-il espérer un appui quelconque de celui qui fondait son pouvoir sur une apostasie ? »

Berthier pâlit à ce trait, et il espéra que les énergiques interruptions de ses amis et le concert des couteaux à papier allaient étouffer brutalement la voix de l'orateur. Il devint livide lorsque, au contraire, il entendit des bravos nombreux accueillir une déclaration de guerre aussi nettement formulée. A peine, vers les centres, une cinquantaine de fidèles opposaient-ils leurs coassements au discours de cet homme. Partout ailleurs, on demeurait de glace ou l'on applaudissait. Les droites éclataient en bravos. La gauche demeurait impassible, sévère; et Berthier, qui lui faisait face, sentait sur son front les froides prunelles de ses anciens amis.

L'effet produit par l'orateur de l'interpellation fut immense. On crut un moment que Michel Berthier demanderait un jour pour y répondre.

Il préféra couper court sur-le-champ à l'émotion qui s'emparait de l'Assemblée.

Pâle, nerveux, les lèvres blêmes et furieuses, il monta à la tribune immédiatement.

Il était violemment ému. Il regardait, avec une expression de colère hautaine, ces visages implacables ou narquois, dont les yeux se fixaient sur les siens, ces tribunes pleines de monde, ces banquettes de velours disposées en amphithéâtre et où les députés, devant leurs pupitres, s'appuyaient, se penchaient, causaient ou écrivaient. Au-dessus de sa tête, roide sur son fauteuil, cravaté de blanc et le torse traversé d'un large ruban rouge, le président se tenait, les bras croisés, la sonnette à bascule à portée de sa main.

Un huissier, de temps à autre, montait vers lui et se penchait à son oreille. Des colonnes ioniques, avec des statues de la Liberté et de l'Ordre public, encadraient les bureaux et la tribune dont le bois et les ornements de bronze doré reluisaient.

Deux grands voiles verts à petits plis cachaient, des deux côtés de cette muraille, faisant face à l'Assemblée, deux bas-reliefs devenus factieux : Louis-Philippe ac-

ceptant la Charte et Louis-Philippe distribuant les dra-
peaux à la garde nationale. Au bas de la tribune, les
sténographes écrivaient. De lourdes draperies se soulevaient parfois des deux côtés du bureau; et laissaient
passer, un épais tapis assourdissant le bruit de leurs
talons, les députés qui venaient de la salle des conférences ou de la buvette.

Michel avait l'habitude de manier les foules; plus
d'une fois il avait été acclamé par cette même assemblée qu'il s'agissait d'entraîner et de dompter aujour-
d'hui. Il ne doutait donc pas du succès, et il commença
son discours d'un air altier, lui donnant l'apparence
d'une accusation plutôt que celle d'une défense.

Il s'aperçut d'ailleurs bientôt que le jeu était dangereux. On l'interrompit. Ceux qu'il croyait dociles se
cabraient. Ce n'était déjà plus le favori de César qu'ils
avaient devant eux, c'était l'ex-opposant Michel Berthier, dépouillé de son autorité d'orateur officiel et de
son prestige. Il perdit pied devant cette hostilité. Par
une sorte de fantasmagorie épouvantable, il revoyait
devant ses yeux, là, au milieu même de cette foule,
sous la lumière devenue livide de la coupole, comme
si, au dehors comme au dedans quelque orage gron-
dait, il revoyait Lia mourante, et il entendait à ses
oreilles la voix terrible de Pauline. Ce n'étaient là que
des éclairs, des visions. Il se domptait lui-même, se
montrait à lui-même le but : enlever le vote de cette
Chambre, la conquérir, l'éblouir, la foudroyer.

Et alors, il se multipliait, il appelait à lui toute son
énergie, tout son talent, toute sa virilité, toute son

audace ; il était étonnant à la fois et éclatant ; puis il se démontait et sentait qu'il ne retrouvait pas les accents, les tonnerres d'autrefois. Des éclats de rire, des lazzis, des colères, des accents de haine montaient jusqu'à lui, comme une buée, comme quelque chose d'étouffant, comme un miasme chargé de menaces. Il allait et venait, dans cette tribune, semblable à un fauve dans sa cage, puis il s'y cramponnait, frappant du poing et regardant ses adversaires en face, comme un sanglier forcé.

Il évoquait les services rendus, il montrait le but poursuivi, l'alliance d'un gouvernement fort avec la liberté, il attaquait les courtisans qui perdaient l'Empire, il attaquait les impatients qui voulaient le renverser.

Mais plus il allait, plus la haine autour de lui s'exacerbait, plus il montrait à nu son effarement ; sa voix s'enrouait, son geste se multipliait, saccadé, affolé, presque comique.

Dalérac disait mielleusement à madame de Rives, dans la tribune : « Il me fait vraiment pitié ! »

Et des interruptions sanglantes montaient de cette assemblée irritée.

— Où est le spectre de Décembre ? criait-on.

— A la question ! Etes-vous l'allié de Pierre Ménard ?

— Souvenez-vous de Vincent Berthier !

— Vous avez fait arrêter l'ami de votre père !

Il crut que cette interruption, venue de la gauche, lui fournirait l'occasion d'un triomphe, et il se servit alors du souvenir de son père pour parler avec attendrissement du dévouement de Vincent Berthier à la cause de la liberté, « dévouement héroïque, mais inutile. »

— Oui, messieurs, inutile, hélas, disait-il, et mon âme saigne d'évoquer devant vous un tel souvenir...

Alors, une voix amère et stridente, coupant en deux le mot comme d'un hoquet méprisant, interrompit Michel Berthier et lui cria simplement :

— *Commediante !*

Michel se redressa sous l'injure et voulut braver l'interruption face à face, tandis que le président s'apprêtait à rappeler l'interrupteur à l'ordre; mais des applaudissements acharnés partaient en même temps de presque tous les bancs de la Chambre, et Michel crut qu'il valait mieux foudroyer l'insulte et l'insulteur :

— Que celui-là se lève qui veut me braver ! dit-il en rejetant en arrière sa chevelure blonde.

Et une autre voix, gutturale, jeune et vibrante, avec un accent méridional et une sonorité puissante, lui jeta le second mot du pape à son geôlier :

— *Tragediante !*

Les applaudissements devinrent un tonnerre. Sous le plafond lumineux qui éclairait toujours la salle d'une lumière fantastique, blafarde, les députés s'agitaient comme des larves dans une pénombre, et des bouffées de haine, de chaleur et de mépris se dégageaient, plus terribles de minute en minute, de leurs mouvements convulsifs.

Michel Berthier était perdu.

— Il me semble voir Robespierre au 9 thermidor, dit Dalérac.

— Maximilien moins la vertu, fit la baronne.

Le haut personnage allemand caressait toujours sa longue barbe et se penchait en ricanant vers un homme droit et correct, à tournure d'officier, qui se tenait derrière lui.

Lorsqu'on passa au vote, l'interpellation réunit une majorité de 97 voix. Michel sortit, non pas atterré, mais furieux. En regagnant sa voiture, seul, sans quelqu'un qui vînt à lui, il se heurta contre la baronne, au bras de Dalérac.

Il vit le sourire étrange de Francine, ce sourire charmant et perfidement exquis, devenir railleur, et il crut entendre ce mot tomber des lèvres de Dalérac :

— Feu Mirabeau !

— Le coup de pied de l'âne ! se dit-il.

Il lui semblait que sa tête allait se briser. Arrivé chez lui, — il avait voulu rentrer, non pas au ministère, mais rue Taitbout, — il se plongea le front dans l'eau, puis il alla droit à son bureau pour y prendre une plume et une feuille de papier.

Sur sa table, il vit une lettre qui l'attendait, une lettre pliée d'une façon bizarre et dont l'adresse tracée d'une encre pâle l'intrigua par sa rédaction et son orthographe :

A Mossieu le Minisse Michele Berthié.

Il la décacheta et, machinalement, la lut, le nom de Lia l'ayant frappé.

La lettre était ainsi conçue :

Mossieu,

C'est pour vou dir que la pauve mademoiselle Lia Her-mann se meure. Elle voudrai bien vou voire avan. Ne la féte pas attende s. v. p. Ce sera une bone euve.

Je vou salut umbleman.

F^me Ve Delatre.

— Lia ! dit alors Michel avec un égoïsme farouche, Lia ! C'est ma jeunesse qui se meurt le jour où se meurent aussi peut-être mon ambition et mes rêves !

Il jeta de côté la pauvre lettre de la bonne femme, et, d'une main nerveuse, d'une plume qui crevait le papier, il traça sa démission de ministre et l'expédia à l'empereur.

XXII

Le docteur Loreau avait deviné juste. Michel Berthier ne devait pas venir au chevet de Lia mourante.

Il y avait longtemps que Lia l'appelait pourtant, sachant bien qu'elle touchait à sa fin.

Elle en était comme consolée.

Elle aspirait à cette heure clémente où elle serait enfin couchée dans le cercueil, le *taleth* sur la tête.

Elle redevenait maintenant, comme sa mère, juive de cœur et d'âme, et elle priait, en se serrant les doigts avec un cordon de cuir. Elle avait mis de côté, avec soin, les vêtements que toute femme israélite alsacienne doit porter à l'église, dès le mariage, et qui serviront à l'ensevelir : une chemise, deux tabliers formant jupe noués avec des rubans noirs, une façon de scapulaire en toile blanche à épaulettes noires, garni de bandelettes de rubans noirs, une guimpe ou fichu de mousseline, un serre-tête qui cache les cheveux et donne aux juives le caractère des femmes d'Orient, un bonnet et une paire de chaussures.

Elle se disait :

— Je n'aurai jamais été aussi belle qu'avec cette toilette !

Puis, souriant :

— Voilà une question, par exemple, madame Delâtre. Le petit Daniel me reconnaîtra-t-il en me voyant comme ça ?

Elle priait. Elle avait sur les lèvres les noms de : Chéroubim et Séraphim. Ou bien elle évoquait, attendrie, les visions d'autrefois, les parties de campagne, les journées de soleil, la Marne, où les saules penchaient leurs feuillages dormants, où les hirondelles attroupées rasaient l'eau pour faire la chasse aux insectes.

Et, comme des chants d'oiseaux lointains, les chansons du pays messin, oubliées depuis longtemps, lui revenaient à la mémoire. Il lui semblait que ces refrains pleuraient son bonheur défunt :

> Où donc est-il le rosier blanc
> Qui fleurit en boutons d'argent ?

Puis, hochant la tête :

— C'est loin, tout ça, c'est trop loin ! Mieux vaut s'en tenir à la prière !

Elle se rappelait alors les prières en hébreu des jours de la Haggada, et elle les récitait avec ferveur ces poésies colorées comme des poésies orientales :

« Quand nos yeux seraient brillants comme le soleil et la lune, nos mains étendues comme les ailes de l'aigle, et nos pieds légers comme ceux des biches, nous serions impuissants, Éternel, notre Dieu et Dieu de nos pères, à te louer et à bénir dignement ton nom ! »

Ensuite, elle pensait à sa fin, à ses funérailles. Elle était contente parce qu'elle avait assez d'argent pour s'acheter une tombe.

— Pour un temps deux mètres carrés valent cinquante francs, disait-elle ; à perpétuité, deux mètres carrés valent cinq cents francs ! Ce n'est pas cher pour dormir toujours !

Elle voyait tous les jours le docteur Loreau. Elle lui demandait s'il pensait que Michel *viendrait*.

— Certainement, ma chère enfant, répondait-il.

Et le lendemain :

— J'ai pourtant encore bien moins de temps à vivre, docteur, et il ne vient pas.

— Patience. Il viendra.

Le jour où elle se sentit mourir, elle dit :

— Ce soir, ça sera fini, et je ne l'aurai pas vu. Ça n'est pas bien, ça... Non... je n'aurais pas cru... Je ne lui ai pourtant rien fait... Je sais bien : il y a le laudanum... Mais puisque j'ai pris le contre-poison, puisque je ne suis pas morte chez lui !... Enfin, si je ne le vois pas, *lui*, je vais revoir Daniel. Et puis, *il* viendra peut-être à mon enterrement... Oh ! c'est vrai, je ne voudrais pas m'en aller seule à Montmartre... Vous viendrez bien, vous, madame Delâtre?...

La pauvre vieille femme pleurait.

— Vous me le jurez ? reprenait Lia

— Etes-vous folle ! Est-ce que vous allez mourir ?

— Enfin, jurez-moi que vous viendrez !

— Eh bien ! je vous le jure... mais, je vous dis...

— Bien, bien ! Oh ! je sais ce que je sais, allez... Alors, il y aura vous... et puis, dans le quartier, peut-être des gens... On sait bien, dans la maison, que je n'étais pas une mauvaise fille... On viendra... M'en aller comme un chien, ça, ça me ferait de la peine !

L'agonie commença le soir même.

Lia, douce devant la mort comme pendant la vie, mourut en souriant et en priant.

Elle disait, d'une voix faible, en pensant qu'elle serait bientôt délivrée :

— Tu frappes, mais tu guéris, Père des Miséricordes !...

Le dernier nom qu'elle prononça, après celui de Michel, fut celui de son enfant : *Daniel !*

Le lendemain, lorsque Edmond Loreau revint, on lui dit qu'elle était morte.

— Je savais, dit le docteur, que ce matin elle aurait cessé de souffrir.

Il voulut la revoir.

Elle était étendue sur son lit aux rideaux bleus semés d'iris. La tête, les yeux clos, enfoncée dans l'oreiller, semblait dormir. On lui avait croisé les bras sur la poitrine, et sa main droite, aux doigts écartés, semblait caresser son bras gauche, qui apparaissait, avec sa coloration mate, sur la blancheur du drap.

Elle dormait, eût-on dit, mais la bouche avait pourtant la sévérité muette des lèvres des morts, les cheveux emmêlés prenaient des aspects funèbres et le visage demeurait glacé.

Quand on enterra Lia, chacun se demandait quel était cet homme qui marchait derrière le corbillard, tête nue, la rosette d'officier de la Légion d'honneur à la boutonnière.

—C'est le médecin, disait-on.

C'était Loreau.

—Je sais bien que ça ne se fait pas, disait-il, mais j'ai tenu à le faire !

La veille, le ministre démissionnaire, M. Michel Berthier, était parti pour l'Italie.

Un mois après, Pauline de Morangis entra dans le cabinet de travail de son père.

M. de Morangis frissonna.

—L'année est écoulée, mon père, dit Pauline résolûment, et j'ai vainement cherché à ma vie un but plus noble que le service de Dieu. Je me ferai religieuse !

—Pauline ?

—Ah ! vous avez promis, mon père.

—Mon enfant !...

Elle montra de nouveau à M. de Morangis les livres
qu'il avait écrits autrefois et dit encore :

— Vous avez raison, voyez-vous, le bonheur est là !

— Tu veux donc mourir ?

— Je ne veux pas vivre de cette vie infâme que j'a-
vais devinée sans la connaître, que je hais après l'avoir
entrevue, et qui est la vie du monde. Je veux être
toute à la joie du Seigneur !

Elle voulait, vierge sainte, donner à la mort, livrer
au froid du cloître, sa jeunesse et sa beauté. C'en était
fait. La trahison de Berthier, le secret de l'existence de Lia, tout ce qu'elle avait appris, — ce coup
de foudre l'avait frappée au cœur; il avait tué en
elle tout ce qui l'eût rattachée à la vie commune. Il
avait tranché brutalement le lien qui la retenait encore
auprès du monde. Maintenant, elle avait soif de repos,
d'ensevelissement volontaire, d'oubli, d'immolation et
de silence.

— Celui que je vais aimer, se disait-elle, ne change
pas, ne trahit pas !

Et son âme, tout entière, par un éréthisme violent,
allait vers Jésus. Il y avait comme de charnels baisers
dans les prières ferventes qu'elle lui adressait. Toute
sa tendresse souffrante montait vers lui comme un
cantique d'amour.

Pauline devenait pâle cependant quand elle songeait
à son père. Comme il devait souffrir! Quelles angoisses! Il y avait, — elle le voyait bien, — au coin de ses
yeux rougis, des traces de larmes. Pauline alors songeait à ce que dit Thérèse, la fiancée de Jésus, lorsqu'il

lui fallut abandonner son père : « Il me semblait que
« tous mes os se disloquaient...» Et, comme Thérèse,
elle dominait ce combat intérieur et ne voulait aller au
sacrifice qu'avec un sourire résolu, mieux que cela,
confiant, heureux, sur ses belles lèvres pâlies.

Le jour où elle entra au couvent des Carmélites, Pauline de Morangis rayonnait. Elle eut pour son père
un dernier baiser, une dernière larme.

— Pardonnez-moi, lui dit-elle, du moins ce n'est pas
pour un homme que je vous quitte, c'est pour un Dieu!

M. de Morangis, le cœur broyé, la gorge déchirée par
les sanglots, crut vraiment qu'il allait mourir.

Il n'eut pas le courage d'assister à la prise de voile.
Il demeura seul tout le jour enfermé avec Loreau.

Des sons de cloches qui venaient lui semblaient sonner le glas des funérailles et lui entraient dans le cœur
comme des fers rouges.

Ce jour-là, Louis Dalérac, qui avait choisi madame
de Rives pour *piédestal* et que Francine, peut-être pour
irriter Michel Berthier, avait accepté, comme un passe-
temps passager — un attachement d'entr'acte, — se
présenta, selon son habitude, au logis de la baronne.
Il en trouva la porte et les fenêtres closes. Le portier
lui répondit que madame la baronne était partie pour
le Berri.

— Chez M. de Rives, peut-être?

— Chez M. de Rives !

— C'est étrange ! fit Dalérac, dépité.

Comme si elle avait eu honte d'elle-même, Francine

avait voulu mettre un obstacle entre elle et ce dernier amant.

Dalérac passa la main dans ses longs cheveux et se gratta l'oreille : — Mademoiselle Bourtibourg se marie ! la baronne s'enfuit ! Allons, se dit-il, cherchons ailleurs ! Il ne faut ni se désespérer, ni désespérer de rien !

Michel Berthier voyagea beaucoup. A travers la Suisse, l'Italie, l'Allemagne, il promena dans les musées et dans les palais, au bord du Léman, aux Cascines et au Prater, la colère de sa chute et l'amertume de ses souvenirs. Le hasard des rencontres le fit se retrouver, un jour, à Florence, avec le jeune Tancrède Bourtibourg, qu'il voulut un moment éviter, comme s'il eût eu la conscience de son abaissement.

Les affaires politiques préoccupaient fort peu le jeune et toujours parfumé Tancrède, et s'il avait eu une opinion sur Michel Berthier, c'est que l'ancien ministre était un « *roublard,* » — ce que le fils de M. H. Bourtibourg regardait comme une vertu.

Il apprit cependant de Michel que le dégoût s'était emparé de cet homme, et comme il lui demandait s'il comptait rester à la Chambre :

— Non, dit Berthier, je suis tombé de trop haut. J'ai donné à la fois ma démission de ministre et celle de député.

Le nom de madame de Rives vint à être prononcé :

— Ah ! vous ne savez pas ? dit Tancrède, elle ne fait plus partie du *tout Paris !* Non, éclipse totale ! Elle vit en province, auprès de son mari qui l'a recueillie, paraît-il, mais sans lui avoir pardonné. Elle est cependant fort à plaindre, dit-on. Ce fameux sourire à la Vinci, comme vous disiez, et dont elle était si fière, et ce terrible regard, si dangereux... à ce qu'il paraît... vous savez?...

— Eh bien?

— Finis! Fini, le regard! Fini, le sourire! Ils n'existent plus. La petite vérole a tout détruit : la bouche est tordue, dentelée... les yeux, rouges et déchirés... Une ruine!

— Ah! dit Michel.

— Oui, complétement décatie! Alors la baronne, enfermée dans son Berri, s'agite sur place. Elle a fait des ministres (Michel devint un peu pâle), elle fait maintenant et défait des conseillers municipaux. Cette ennuyeuse histoire romaine prétend que César disait qu'il voulait être le premier dans son village. Elle pense comme César. Elle tripote dans un trou de campagne. Elle a raison. A Paris, elle serait une épave!

— Mais je vous demande pardon, ajouta Tancrède, il faut que je vous quitte. J'ai là une petite femme qui me fait faire le voyage d'Italie. Une actrice de la compagnie Meynadier. Elle vous joue les rôles de Desclée, il faut voir ça! Et quand on donne une représentation à son bénéfice, c'est moi qui surveille le contrôle. Addio, caro!

Ils se séparèrent.

Les mois passaient. Michel ne rentra à Paris que pour repartir. Il recherchait les coins cachés, la soli-

tude. Il s'était réfugié dans un petit village de pêcheurs, près de Fécamp, chez les Tainbœuf, qui le logeaient et ne se doutaient guère que le *Parisien* avait
été ministre.

Là Michel éprouvait une sensation délicieuse et profonde qui le faisait frissonner jusqu'aux os presque
aussi vivement qu'autrefois les acclamations et les
triomphes ; il jouissait de son obscurité, de l'anéantissement de sa personnalité dans ce coin de terre ignorée. Il allait, venait, pensait, lisait, écrivait et essayait
de tout oublier du temps évanoui, excepté (chose
étrange!) les heures bénies passées avec Lia et qui
gardaient toujours leur parfum de jeunesse!

Il avait d'ailleurs la mélancolie et le remords de son
œuvre. A de certains symptômes il sentait que la
France était menacée.

— Si elle succombe, n'aurai-je pas poussé à sa ruine?
se disait-il.

Coupable, il avait du moins le sentiment de sa
responsabilité et de son crime. Il se disait que sa main
débile avait voulu soulever un poids trop lourd. Au haut
des falaises blanches et jaunâtres, plaquées de lam-
beaux d'herbe, devant la vague qui déferlait avec des
flaques d'écume d'un vert savonneux, des bonds et des
volutes, couvrant les galets d'un gris violet d'une dentelle qui montait et redescendait ; devant ces bouillon-
nements, ces bondissements de la mer, au milieu de
laquelle des rochers noirs couchés avaient l'air de gros
phoques qui se baignaient, il avait encore plus profond
le sentiment de sa médiocrité.

Un jour, sur le rebord, il s'arrêta, plus courbé, plus
pensif. Il regarda. Un coup de soleil sur la mer, des
reflets d'argent à l'horizon, puis le soleil voilé par les
nuages, une mer de mercure, des remous sombres. Et,
luttant contre la mer, des rameurs, ombres noires de
pêcheurs, s'enfonçant dans la brume, leur barque re-
bondissant, parfois sortant à demi de l'eau, avec des
reflets clairs sur les lames, des reflets d'acier et de
sabres ; ces fantômes de marins lui donnaient l'idée
de la lutte vainement soutenue.

— Peut-être succomberont-ils aussi, se dit-il, si la
tempête vient !

Le soir, la tempête était venue.

Il faisait froid dans la petite chambre que Michel
Berthier occupait chez les Tainbœuf et qui donnait sur
la mer.

Il demanda du bois et on lui fit du feu.

Depuis le matin, une terrible pensée l'étreignait.

En lisant un ouvrage d'un aliéniste célèbre, Michel
avait été, jadis, profondément frappé par cet axiome,
d'une valeur scientifique et qui était demeuré gravé
dans son cerveau, comme certaines phrases on ne sait
d'où venues et qui survivent parfois à un monde de
lectures : « L'observation prouve que la mort volontaire est à peu près incompatible avec les derniers de-
grés de l'avilissement. »

Et maintenant, il ne savait pourquoi, cet axiome lui
revenait à l'esprit, pareil à une sentence. Il l'écrivit, à
tout hasard, sur un bout de papier, qu'il cacheta, en

mettant sur l'enveloppe : « *A Monsieur Pierre Ménard,*
« *rue Neuve, n° 20, à Bruxelles.* »

— On ne sait pas ce qui peut arriver, se dit-il.

Il se souvenait de ses tentations bizarres d'autrefois,
de ces journées de chasse où il appuyait ses dents sur
le canon de son fusil, comme pour sentir, par avance,
avec une volupté funèbre, la sensation de la mort.

Et, comme si cet acier eût été là pour le tenter, la
chandelle qui brûlait dans un chandelier normand en
fer, éclairait un couteau aigu et brillant, laissé par
mégarde sur la table par la mère Tainbœuf, — un couteau qui servait à tailler le bois, à couper le pain, à
manger, à tout faire.

Michel sourit. Un vague refrain de la romance de
Gounod, que Lia aimait à chanter, *Medjé*, lui revenait,
attristé, comme par delà l'infini :

> Eh bien! prends donc cette lame
> Et plonge-la dans mon cœur!

— Je suis fou! se dit-il.

Il s'assit devant le feu et regarda.

La flamme gaie du foyer léchait la bûche de bois qui
brûlait en sifflant. Ces flammèches, bleues à la base,
blanches à la pointe, comme des languettes lumineuses,
sautaient, s'éteignaient et se rallumaient joyeuses,
semblables à des flammes de punch. Il y a comme un
magnétisme, comme un charme attirant dans les coins
de feu sur lesquels l'homme se penche, les interrogeant comme il interroge toutes les choses muettes et
qui semblent vivantes : les nuages qui passent, l'eau

qui court. Cette flamme du foyer se reflétant sur les meubles grossiers animait d'un éclair la petite chambre rustique.

Tout à coup, Michel se redressa, pâle, hagard, effaré, comme devant un spectre.

Là, dans la flamme, distinctement, avec une terreur soudaine, il venait d'apercevoir quelque chose de tragique et d'effrayant : — ces mots, tracés en blanc sur du bois noir et qu'il lisait encore au milieu des flammes :

CI-GIT

. . . . . . LIA

— Lia ! s'écria-t-il, Lia ! Oui, certes ! oui, je deviens fou, je deviens fou ! Ah ! châtiment !

Il courut à la porte. Il appela.

La mère Tainbœuf accourant le trouva pâle, l'œil égaré, et, du geste, indiquant le feu, en disant d'une voix étranglée :

— Qu'est cela?.... Voyez ! Lisez ! Est-ce que je me trompe ? Est-ce que je n'ai pas lu ce nom : « Lia !... » Lia ! Oui, voyez, voyez... Dans les flammes !

La mère Tainbœuf sourit, et, doucement :

— Bah ! dit-elle. Faites pas attention ! Ça n'est rien. C'est le bois des vieilles croix du cimetière qu'on brûle comme ça quand les parents en ont payé des neuves... Ce qui arrive pour les enfants, vous savez, et pour les mères, mais, entre nous, pas pour les maris !

Michel respira. Il avait donc encore sa raison !

— Mais ce nom, *Lia... Lia?...*

— Eh bien ! fit la paysanne, je la connais, cette croix.

Je me suis amusée à la lire en bas : « *Ci-gît Rochette* (*Jeanne-Aimée-Rosélia*). » C'est la fille à notre adjoint. Une jolie fille même !.... Vous n'aurez lu que la fin du nom. Le reste aura brûlé déjà.

— Merci !

Il congédia la Normande et fut sur le point de lui dire d'enlever, d'emporter ce couteau qui était là. Mais il eut honte de sa terreur.

Il reprit sa place auprès du feu. La croix noire était consumée.

Alors Michel se reprit à songer à Lia Hermann, à la petite chambre, à cet enfant qu'il n'avait point connu, et il pleura.

Le vent sifflait, au dehors, sinistre. Michel se leva, ouvrit la fenêtre, n'aperçut rien dans la nuit noire et referma les vitres, puis machinalement vint se planter devant une glace posée sur la cheminée.

En se regardant, il eut peur.

Cette face pâle qu'il apercevait, la douleur l'avait effroyablement ravagée, pétrie, déchirée de ses ongles. Les tempes étaient creuses, les yeux cernés, la bouche tirée. Et, — spectacle bizarre, — il croyait retrouver sur ses lèvres le sourire énigmatique de Francine, mais flétri, la bouche déchiquetée, telle qu'on la lui avait décrite.

Un homme qui, seul, dans la nuit, regarde en face dans la glace ce *quelqu'un* qui fixe ses yeux sur lui, croit voir son propre spectre. Pour Berthier, ce spectre semblait l'appeler, l'entraîner, lui sourire, lui désigner du geste le couteau qui brillait là-bas.

Michel demeurait debout, et se contemplait toujours, frémissant de sa propre pensée, mais essayant de la dompter.

Tout à coup, il éclata de rire, d'un rire nerveux, saccadé, affolé :

— Tu le veux? dit-il à son spectre. Tu le veux? répétait-il. Tu le veux?

Il inclina la tête, et l'autre s'inclina devant lui ; l'éclair même du couteau passa dans ses prunelles.

Michel bondit vers le couteau et revint devant la glace, debout, regardant le fantôme.

Le fantôme ouvrit ses vêtements, déchira sa chemise, et Michel Berthier le vit appuyer la pointe du couteau sur sa poitrine nue.

— Tu le veux? répéta Michel.

Il se mit à rire encore, tandis que le vent battait effroyablement les vitres de la petite chambre.

Deux noms revinrent aux lèvres de Michel comme deux noms étaient revenus aux lèvres de Lia : — le nom de Vincent Berthier et celui de Lia Hermann.

La femme avait songé à son enfant.

L'homme songeait à son père.

Froidement, et regardant toujours son spectre, Michel Berthier appuya la pointe du couteau entre deux côtes, à l'endroit où battait le cœur, et, après avoir cherché d'une main la « bonne place, » il enfonça la lame des deux mains, en pesant sur le manche.

Un cri étouffé, le dernier et le seul.

Dans la cuisine, en bas, les époux Tainbœuf entendirent un bruit sourd et ils crurent tout d'abord que c'était un meuble quelconque qui tombait.

Ce ne fut que lorsque le sang s'égoutta à travers le plancher mal joint, qu'ils s'effrayèrent et qu'ils virent que le *Parisien* s'était tué là-haut.

Depuis la prise de voile de Pauline, l'hôtel de Morangis était clos, triste et sombre. On n'y entendait jamais de bruit. Les portes roulaient comme assoupies sur leurs gonds. Les domestiques parlaient bas. On voyait passer à travers la bibliothèque et le cabinet de travail, marchant sur les tapis qui étouffaient le bruit, une sorte d'ombre. C'était le comte François, pâle, courbé, le dos voûté comme celui d'un vieillard, et dont la barbe longue et les cheveux avaient complétement blanchi. Il ne parlait presque jamais. On lui servait à manger d'ordinaire dans son cabinet même; il en sortait peu. Il écrivait.

A la porte de l'hôtel, personne ne frappait. On appelait ce logis, dans le Faubourg, le *tombeau*. Le comte avait volontairement rompu avec le monde. Un seul visiteur apparaissait assez fréquemment devant l'hôtel, frappait au lourd portail qui s'ouvrait à demi, traversait la cour où le pas des chevaux ne retentissait plus, entrait dans le vestibule et montait au premier étage, vers l'appartement de M. de Morangis.

On ne l'annonçait jamais.

Le comte savait que c'était le docteur Loreau.

Il lui tendait la main sans dire un mot, lui montrait un siége, souvent l'invitait à partager son repas.

— C'est que je suis bien pressé, disait Loreau. Des visites... des consultations... La maladie ne chôme pas !

— Voyons, répondait M. de Morangis, tu ne veux donc pas me laisser la joie de parler d'elle?

— Mon pauvre François ! Ah ! de tous ceux que je soigne, tu es peut-être le plus atteint !

Et le docteur s'asseyait. Il s'informait de la manière dont le comte avait passé la nuit. Il le trouvait presque toujours agité et fiévreux.

— Tu as encore travaillé jusqu'au jour? lui disait-il avec reproche.

— Oui, oui, j'ai travaillé !...

La voix de M. de Morangis était creuse, avec de sourds accents irrités et souffrants.

— Qu'as-tu besoin de te brûler le sang à passer les nuits devant ton papier?

A cette question, M. de Morangis ne voulait point répondre. Un jour pourtant il se leva, tout droit, marcha d'un pas ferme à sa table, en ouvrit le tiroir, et saisissant de grands feuillets couverts d'une large écriture :

— Tiens, dit-il d'un ton résolu, voici pourquoi je veille, et voici ce que je veux avoir terminé avant de mourir !

Loreau regarda M. de Morangis comme s'il avait deviné ce que contenaient ces feuillets, et il hocha la tête tristement :

— Eh bien! dit-il, avais-je tort, jadis, mon pauvre François?

— Comment, dit M. de Morangis, tu sais donc?...

— Je sais que ta raison lutte contre ta foi et te mène; je sais que le père s'est révolté en toi contre le chrétien; je sais que tu as brûlé dans ton âme ce que tu y adorais; je sais tes douleurs, tes hésitations, tes souffrances. Ah! mon cher et vieil ami, le déchirement qui t'a atteint a tué en toi tout espoir, et ces pages que je n'ai pas lues contiennent, je le devine, le testament de ta conscience révoltée maintenant contre toi-même.

— Oui, fit le comte, oui, eh bien! oui, c'est cela! Et ce livre qui a été toute ma jeunesse, toute ma vie, ce livre qui m'a coûté tant de recherches et de peines, qui m'avait causé tant de joies, cette *Vie de Couvent au Moyen-Age*, qui m'a pris mon enfant, cette œuvre de mon esprit, qui m'a volé la chair née de ma chair, je le détruis maintenant avec ces feuillets, qu'on lira quand je serai mort, et où le père, comme tu dis, se révolte contre ce père de tous, contre ce Dieu qui nous prend nos enfants! — Et, avant de le détruire ainsi, ce livre, je le brûlerais avec joie, afin qu'il n'arrachât point le cœur à d'autres, comme il l'a fait à moi!

Il y avait tant de douleur, et si profonde et si atroce, dans ces paroles du comte, qui ressemblaient à un cri de l'âme, que le docteur Loreau lui répondit, en lui tendant la main :

— Mon pauvre ami, tiens, veux-tu que je te dise? Je

souhaiterais que tu eusses conservé la foi. Au moins,
cela t'aiderait à supporter ta douleur !

Et c'était un touchant spectacle, celui de ces deux
hommes, deux cœurs droits et deux fiers esprits, dont
l'un, le croyant, étouffait en lui toute espérance, tout
souvenir du passé, heureux d'élargir sa blessure, en
homme demandant de quel droit on ne sait quelle
puissance d'en haut sépare les êtres nés pour s'aimer ;
— et dont l'autre, savant, ayant touché, comme un
mineur infatigable, au tuf même de la science, oubliait volontairement ses superbes et fermes théories et
ses conclusions nettes et inflexibles pour souhaiter à
son ami, quoi ? — une bulle de savon irisée, mais une
bulle consolante, un peu d'espoir et un peu de foi !

Un soir, le hasard d'une lecture mit entre les mains
du docteur Loreau, en visite chez M. de Morangis, un
journal. Il le lut, et, tout à coup, devint un peu rouge.

— Tu as lu ce journal ? demanda-t-il à son ami.

— Non, dit le comte.

— Ah !

— Que contient-il donc ? fit M. de Morangis.

— Une fin d'histoire, répondit Loreau. Michel Berthier vient de mourir !

— Lui ?

— Il s'est tué ! — Lis.

Le journal contenait en effet le récit plus ou moins
dramatisé de la mort de Berthier, avec celui de ses funérailles. Le curé du petit village de pêcheurs avait refusé d'inhumer, même provisoirement, dans le cimetière
des chrétiens le corps du suicidé, dont l'identité avait

été cependant reconnue, grâce aux papiers qu'il laissait. Il avait fallu l'intervention du préfet, obtenant
un ordre de l'évêque, pour que ce cadavre, qui avait
été une Excellence, reposât quelque temps au bord de
la mer, dans une humble fosse, en attendant qu'on le
ramenât à Paris.

— Eh bien? fit Edmond Loreau en regardant M. de
Morangis, devenu plus pâle encore.

— Eh bien! dit le comte, c'était un lâche. Il y a plus
de courage à ne pas mourir!

L'accent de ces mots était lugubre comme un glas et
trahissait bien des souffrances.

— Je ne suis pas de ton avis, fit le docteur. Il y a des
gens qui sont tombés aussi bas que cet homme et qui
n'ont point cherché de refuge dans la mort. Lui, du
moins, n'a pas eu l'audace de vivre!

— Ce n'est pas une audace, c'est un devoir!

— Oui, quand on croit encore!

— Même quand on ne croit plus!

— Mon cher François, reprit Loreau après un silence,
le suicide est presque toujours un défaut d'animalité
saine, cela est vrai. Et pourtant ceux qui rangent tous
les suicides dans l'aliénation mentale, la lypémanie ou
la criminalité, se trompent étrangement. Il y a parfois
dans le suicide un acte résolu, un acte de décourage-
ment ou d'expiation, de douleur et de remords. Crois-
moi : paix à ceux qui se frappent! Il y a sans doute
quelque chose de supérieur à une mort courageuse,
c'est une existence droite. Mais quand la vie est gâchée,
usée, salie, en vérité, heureux ceux qui retrouvent

assez d'énergie cérébrale et physique pour ne pas la traîner plus longtemps et la souiller davantage ! Ma théorie est sauvage peut-être, mais, sois-en certain, François, elle a son prix. En fait de coquins, je ne déteste que ceux qui durent !

— Qui sait ? Tu as peut-être raison, dit le comte.

Il repoussa le journal loin de lui, passa sa main sur ses yeux comme pour en chasser une vision sinistre. Puis il dit au docteur :

— Veux-tu m'accompagner ? Je vais voir Pauline.

Et M. de Morangis soupira :

— A travers les barreaux, sans pouvoir l'embrasser, il me semble que je lui parle comme à travers la tombe! Ah ! vienne la mort, du moins, pour nous affranchir, et...

Il hésita un moment.

— Et nous réunir ! dit Loreau, qui ajouta tout bas : « Oui, nous réunir, dans l'immense univers où tout rentre, où tout renaît ; où tout se transforme et où rien ne périt, où tout palpite de l'éternelle vie, matière dont nous appelons *Mort* la modification et dont le vrai nom est *Renaissance !* »

FIN

Décembre 1875 à Février 1876.

3616. — Imprimé par Ch. Noblet, rue Soufflot, 18.

PUBLICATIONS RÉCENTES DE LA LIBRAIRIE E. DENTU

Collection gr. in-18, à 3 francs et 3 fr. 50 cent. le volume.

Imprimé en France
FROC021644230120
23251FR00011B/152/P